사랑에 빠진 딸기

사랑에 빠진 딸기

1판 1쇄 찍음 2014년 12월 23일
1판 1쇄 펴냄 2014년 12월 30일

지은이 | 단(但)
펴낸이 | 고운숙
펴낸곳 | 봄 미디어

기획·편집 | 손수화 정수경

출판등록 | 2014년 08월 25일 (제387-2014-000040호)
주소 | 경기도 부천시 원미구 소향로17, 304(두성프라자) (우)420-864
영업부 | 070-5015-0818 편집부 | 070-5015-0817 팩스 | 032-712-2815
E-mail | bommedia@naver.com
소식창 | http://blog.naver.com/bommedia

값 9,000원

ISBN 979-11-86093-76-4 03810

사랑에 빠진 딸기

단(但)
장편 소설

목차

I
그 여름날의 추억

살랑살랑, 한 줄기의 빛처럼 부드러운 바람이 뺨을 간질였다. 노르스름하게 익은 태양은 적나라하게 정수리 위로 쏟아졌다.

봄은 이마에 맺힌 땀을 손끝으로 훔치며 까끌까끌한 숨을 내뱉었다. 주위를 둘러보아도 보이는 건 고개를 세운 채 빼곡히 심어져 있는 벼뿐이었다. 벼 위로 아지랑이가 스멀스멀 피어오르는 것 같다. 숨이 막히고 목구멍이 따끔거렸다.

이가 시릴 정도의 냉수는 바라지도 않았다. 갈증을 해결할 정도의 물 한 모금과, 땅딸막한 나무 한 그루 밑의 휴식이 봄에겐 절실했다.

지친 다리를 이끌고 부지런하게 걸음을 옮기던 봄은 두 갈래로 나누어진 길을 앞에 두고 멈추었다.

그 앞엔 바위 하나가 덩그러니 자리 잡고 있었다. 일하다가 잠깐 쉴 때 앉는 용도인지 납작한 윗면은 반질반질했다.

휴, 봄이 나지막한 숨을 쉬었다. 이제야 쉴 수 있을 것 같다. 비록 고개를 들면 바로 태양과 마주해야 할지라도.

자연스레 엉덩이를 들이미는 순간, 델 듯이 달궈진 돌덩이의 열기에 화들짝 놀라 벌떡 일어났다.

"으악!"

핫팬츠를 입은 탓에 엉덩이뿐만 아니라 하얗게 드러난 허벅지까지 뜨끈뜨끈했다.

모처럼 만의 여유로운 방학이었다. 고작 2주밖에 되지 않는 짧은 기간이었지만, 평화로운 휴가를 상상하며 단꿈에 젖어 온 시골집이었다.

그러나 더위 때문에 편안한 나날을 보내긴 힘들겠다는 불길한 예감이 들었다. 그녀의 얼굴에 실망의 그림자가 드리워졌다.

"앉아서 쉬지도 못해! 정말, 이번 여름은 왜 이렇게 더운 거야!"

울상을 지은 채 울먹이던 봄은 허벅지를 문지르던 손으로 햇빛을 잠시나마 가렸다. 뜨겁게 작열하는 태양 아래서 찜 구이가 될지도 모른다는 위기감이 엄습하자, 잠시 멈췄던 발걸음을 다시 빠르게 놀렸다.

오랜만에 보는 흙바닥에 걸음을 한 발짝씩 내디뎠다. 신발 바닥에 느껴지는 터벅터벅한 감각이 전혀 반갑지 않았다. 땅을 발로 차자 메말라 버석한 흙이 부옇게 일어났다.

한 번, 두 번, 세 번. 양쪽 발을 번갈아 가며 바닥을 차는 봄의 얼굴엔 짜증이 역력했다.

"어, 어라?"

발을 다시 한 번 드는 순간, 몸이 기우뚱했다. 아찔한 태양을 정면으로 담은 봄의 눈동자가 커졌다. 눈앞이 새하얗게 변했다.

넘어가겠구나 싶어서 눈을 질끈 감는데, 단단한 게 등에 닿으며 뒤로 기울어지던 몸이 순간적으로 멈추었다. 우와. 당황한 듯 눈을 깜박거리던 봄이 마음속으로 비명을 질렀다.

'시간 정지?'

학교 친구들과 옹기종기 모여 앉아 수다를 나누던 중 유진이 시간이 멈추는 경험을 했다며 허풍을 쳤던 게 머릿속에 떠올랐다.

'거짓말이라고 놀려 댔었는데…….'

그때 그 이야기를 건성으로 흘려 넘겼던 봄은 자신에게 다가온 상황에 가슴이 두근두근 설레었다.

그 기분을 만끽하려 뒤로 더 기대 보았지만, 이상하게도 몸이 서서히 일어나고 있었다. 영화 매트릭스의 그 명장면처럼. 어느새 봄은 멀쩡하게 두 다리를 땅에 디딘 채 곧게 서 있었다.

"응? 뭐지?"

고개를 갸웃거리던 봄은 시선을 돌리고 나서야 제 옆에 한 사람이 서 있다는 걸 깨달았다. 어색한 웃음을 흘린 봄이 고개를 꾸벅 숙였다.

"고맙습니다! 하마터면 땅에 헤딩할 뻔했어요."

봄의 얼굴이 붉게 달아올라 홍조를 띠었다. 붙잡힌 허리춤을 타고 올라오는 열기에 심장이 두근두근 뛰었다.

'왜 안 놓아주는 거지?'

남자의 옆모습을 멀뚱히 바라보던 봄이 한마디 하려는 순간,

허리에 감겼던 팔이 힘없이 떨어졌다. 그는 고개를 까닥하더니 봄이 가야 할 길과 반대쪽 길로 걸어갔다.

봄은 팔이 닿았던 자리에 손을 대고 문질렀다. 허리에서 강아지풀 하나가 바람에 나부꼈다. 간질간질.

"……잘생긴 아저씨다."

점점 멀어지는 그의 뒷모습을 한참 바라보던 봄은, 조용히 중얼거리며 속으로 낮게 웃었다.

"목소리는 어떨까? 아, 다시 만났으면 좋겠다."

숨통을 죄어 오던 무더위와 입안을 버석하게 하던 갈증이 조금 가신 것 같았다. 봄의 입가에 부드러운 미소가 자리 잡았다. 이내 가벼워진 발걸음을 남자가 간 길과 반대편으로 내디디며 씩씩하게 걸었다.

'근데 아저씨? 음…… 아, 몰라. 나보다 나이 많으면 아저씨지, 뭐.'

봄이 고개를 기울였다. 어깨 위에 늘어진 머릿결 사이를 설렘 담긴 바람이 스치고 지나갔다.

"어휴, 우리 봄이. 먼 길을 어떻게 걸어왔대. 이 땀 좀 봐."

오랜만에 보는 이모네 식구들이 봄을 반갑게 맞이했다. 비록 이모와 이모부, 둘뿐인 단란한 구성이었지만.

수건으로 봄의 땀을 닦아 준 수인은 호들갑을 떨며 얼음물을 건네었고, 그사이 현욱이 에어컨을 세게 틀었다. 봄은 쓰러지듯 거실에 드러누우며 투정을 부렸다.

"으아, 나 쩌 죽는 줄 알았어. 밖에 진짜 더워."

낯설지 않은 그녀의 모습에 수인과 현욱은 마주 보고 웃었다. 그런 그들을 올려다보던 봄도 함께 유쾌한 소리를 내었다.

"샤워하고 와. 씻고 나오면 수박 먹게. 냉장고에 넣어 놓으면 시원할 거야."

"딸기 먹고 싶은데."

작게 중얼거린 봄은 부엌으로 향하는 수인의 모습을 멀뚱멀뚱 바라보았다. 현욱이 그런 봄의 작은 두 손을 붙잡고 잡아당겼다. 쑥 끌려 올라간 봄의 머리카락이 꼭 자다 일어난 것처럼 헝클어졌다.

"이모부, 왜 딸기는 봄에만 나는 걸까?"

"딸기 사다 줘?"

"……아냐, 제철 아니면 맛없는걸. 그것보다 너무 힘들다. 더위가 날 죽이려 들고 있어."

"그래도 얼른 씻으셔야지, 못난이 공주님."

"그렇게 추해?"

진지하게 고개를 끄덕이는 현욱의 모습에, 몸에서 땀 냄새라도 날까 싶어 이리저리 킁킁대던 봄이 욕실로 후다닥 달려갔다. 쾅. 곧이어 세게 닫힌 문틈 사이로 외마디 비명이 비집고 튀어나왔다.

"씻으러 들어갔어요?"

잘라 놓은 수박을 냉장고에 넣어 놓은 뒤 거실로 나온 수인이 현욱에게 작게 속삭였다. 미소를 머금은 입가에서 웃음기가 담긴 음성이 흘러나왔다.

"그래도 여전하네요."

바닥에 엉망으로 널브러진 짐을 하나둘 주운 현욱이 몸을 일으키며 욕실을 바라보았다. 씻기 시작했는지 물소리가 들려왔다.

"그러게. 여전하네."

"외지에 혼자 나가 있어서 걱정했었는데 다행인 것 같아요."

"그쪽 집안이랑 연락은 하고 있대?"

현욱의 물음에 수인이 물기를 머금은 손을 앞치마에 닦으며 조심스레 말했다.

"아직……. 그래도 책임 의식은 느끼는지 매달 생활비는 보내는 거 같은데……."

수인이 시선을 내려 앞치마를 물끄러미 바라봤다. 하얀 천 위로 수박의 빨간 물이 스며들어 있었다.

'이번에 봉숭아 꽃 활짝 폈던데. 봄이 손톱에 물들여 줘야겠네.'

수인이 부드럽게 미소 지었다. 골치 아픈 듯 관자놀이 부근을 꾹꾹 누르던 현욱이 한마디 하려 입을 열 때, 욕실의 물소리가 뚝 끊겼다.

수인은 손에 쥐고 있던 앞치마를 놓고 부엌으로 돌아가 부산스럽게 움직였다. 미리 설탕을 뿌려 놓은 수박 조각들을 냉장고에서 꺼냈다. 하얀 설탕 눈이 솔솔 내려앉은 수박 산은 붉음이 더 짙어지고 달아졌다.

"표정 좀 풀어요."

먹기 좋게 조각 난 수박이 담긴 접시를 테이블 위에 올리며 수인이 말했다. 그때 허둥지둥하는 봄의 목소리가 문틈을 비집고 새어 나왔다.

"이모, 이모! 수건이 없어."

"거기 찬장 세 번째 서랍 열어 봐."

"악, 어떡해! 나 옷도 안 들고 왔어!"

"으이구, 기다려."

봄의 엉뚱한 외침과 수인의 대답에 현욱의 굳어 있던 입술에 미소가 자리 잡았다. 봄날에 눈 녹듯, 사르르.

아삭, 물기를 가득 머금은 수박을 한입 크게 베어 물자 달콤한 향과 시원함이 혀끝을 함락시켰다. 봄은 치아 모양을 따라 굴곡이 생긴 수박을 바라보았다. 붉은 과즙이 손을 타고 흘러내렸다. 차가운 기운이 손등 위로 맺혔다.

"하아, 할머니가 직접 만든 식혜가 이 시릴 만큼 시원했는데."

되게 달았지. 갑자기 작년에 돌아가신 외할머니가 떠올랐다. 늘 인자하게 웃으며 뭐라도 사 먹으라고, 비록 많진 않았지만 용돈을 손에 꼭 쥐어 주곤 했었다.

봄은 점차 밀려드는 그리움에 수박을 먹다 말고 한껏 가라앉은 표정을 했다.

"할머니 보고 싶다."

물기에 젖은 봄의 눈이 금방이라도 눈물을 쏟을 듯 반짝였다. 옆에 앉아 함께 수박을 먹던 현욱이 큰 손으로 봄의 머리를 다정하게 쓰다듬었다.

"봄아, 재현이는 같이 안 왔어? 내일 온대?"

"응?"

분위기를 환기해 보려 수인이 다정한 미소를 지으며 질문했다. 봄이 고개를 들고 눈동자를 데구루루 굴렸다.

"아, 걔 오늘 늦잠 잤어. 그래서 표 환불하고 저녁 늦게 올 거래."

수인과 현욱의 걱정스러운 시선을 알아챈 봄은 소꿉친구인 재현의 게으름을 얘기하며 금세 웃음을 터트렸다.

눈가에 맺힌 눈물을 손으로 훔치고 활짝 웃는 봄을 바라보는 수인과 현욱의 마음은 편치 않았다. 워낙에 눈물이 많고 감정이 예민한 아이였다.

작년에 상을 치렀을 때도, 부정하며 애처롭게 눈물만 흘리던 봄은 결국 밤새 할머니를 찾으며 고열에 시달렸었다. 늘 보듬어 주고 싶고 감싸 주고 싶었다. 아이같이 여린 봄이라서.

'어째서 먼저 가 버린 거야, 언니.'

안쓰러운 봄을 볼 때마다 저도 모르게 하게 되는 언니와 형부에 대한 원망.

그런 심정을 알아채기라도 한 걸까. 현욱이 불안한 듯 주먹을 쥐었다 폈다 하는 수인의 손을 단단히 깍지 끼우며 붙잡았다. 팔랑팔랑, 바람에 떠다니던 솜털 하나가 손등에 내려앉았다. 차분해지는 마음에 떨림이 자연스레 멈춘다.

"내년엔 못 오는 거니?"

"……음, 아마도? 나 내년엔 수험생이니까. 이번 여름이 마지막 방학일지도 몰라. 우울해."

"우리 봄이, 이번 방학 알차게 보내야겠네? 푹 쉬고, 놀고, 먹고, 자고."

수인의 말에 봄은 신이 난 듯 고개를 세차게 끄덕이며 천진한 웃음을 지었다. 그런 봄을 보던 현욱이 장난기를 담은 목소리로 말했다.

　"당신 하란 대로 하다간, 우리 공주님 살찐 꽃 돼지 되겠어."

　"악, 이모부!"

　아니야. 아닐 거야. 그럴 리 없어. 내가 설마. 봄이 현실을 회피하려는 듯 반복해서 중얼거릴 때, 수인은 맞잡은 현욱의 손 위로 자신의 손을 한 번 더 덮었다. 닭이 알을 품듯 포근히.

　따뜻한 온기가 손등에서 느껴지자 현욱은 수인의 옆얼굴을 바라보았다. 봄을 다정한 눈길로 응시하는 그 모습에, 입가에 미소가 그려졌다.

　뿌리를 깊게 내린 단단한 고목 같은 현욱과 세상의 모든 걸 포용하는 따스한 빛 같은 수인. 그렇게 그 둘은 서로에게 의지가 되는 존재였다. 항상 그랬듯이.

　"참! 근데 이모, 저기 별장에 아직 사람 없어?"

　가까스로 정신을 차린 봄이 수박을 한입 베어 물며 고개를 갸웃거렸다.

　"잘 모르겠네."

　"저 숲 되게 시원한데, 오랜만에 가 볼래."

　봄이 생글생글 미소 지으며 자리에서 벌떡 일어났다.

　"잠깐만 있어 봐."

　덩달아 몸을 일으킨 수인이 방 안에서 챙이 넓은 모자 하나를 가져와 봄의 머리 위에 푹 눌러 씌웠다.

　"햇볕에 탈라. 어르신들 뵈면 인사 꼭 하고. 해지기 전엔 돌아

와야 한다?"

이것저것 당부하는 수인의 말에 봄은 해맑게 웃으며 고개를 끄덕였다. 어깨를 넘나드는 머리카락을 말아서 모자 속에 쏙 넣자, 가려져 있던 하얀 목덜미에 서늘한 에어컨 바람이 스쳤다. 들고 있는 작은 가방엔 책 한 권과 비스킷, 그리고 딸기우유를 넣었다.

문을 열고 밖으로 나갔을 땐 머리 위에 위치하던 해가 사선으로 기울어져 있었다. 하얀 다리에서 뻗어 나간 그림자가 길 위로 길게 늘어졌다.

"아! 뭐 잊은 거 같은데?"

손바닥으로 해를 가리고, 손가락 틈새로 갈라지는 빛줄기를 신기한 듯 바라보던 봄이 걸음을 멈춰 섰다. 주변을 둘러보니 숲으로 향하는 둔덕 주위론 특별한 게 보이지 않았다.

뭘 잊은 거지? 다시 걸음을 천천히 옮기며 고개를 갸웃했다. 그때 갑자기 주위가 시끌벅적해졌다.

"어이구, 우리 봄이 왔누."

"어머, 이제 아가씨 티가 나는 거 같네."

"뭐가! 예쁘장하니 이미 아가씨 같구면."

옹기종기 모인 마을 어른들이 그늘진 원두막에서 더위를 피하고 있었다.

수박을 먹던 옆집 아줌마와 뒷집의 새댁 언니, 부채질하며 화투를 치던 건넛집 할머니들과 구석에서 장기를 두던 할아버지들도 모두 하던 일을 멈추고 오랜만에 보게 된 봄을 반겼다.

넓은 챙 모자를 쓰고 있었지만 열기는 어찌할 수 없는 터라, 봄은 그늘 안으로 들어와 고개를 꾸벅 숙였다.

"안녕하세요!"

밝게 인사하며 웃는 봄에게 할머니 한 분이 물었다.

"그래, 봄이 지금 어디로 가는 중이누?"

"저어기, 숲에요. 오랜만에 가 볼까 싶어서요."

"봄아, 수박 한 조각 먹을래?"

"봄이는 나날이 예뻐져 가는구먼?"

새댁 언니가 잘 익어 새빨간 수박을 내밀자 뒤편에 있던 옆집 아주머니가 칭찬을 건넸다.

"괜찮아요. 집에서 많이 먹고 왔어요. 아주머니도 나날이 젊어지시네요."

두 손을 저으며 사양한 봄은 이어서 옆집 아줌마에게 답례했다. 그 칭찬에 기분 좋은 듯 아주머니의 입가엔 방실거리는 웃음기가 돌았다. 기울어 가면서도 여전히 쨍쨍한 해를 바라본 봄이 그들을 돌아보았다.

"그럼 저 이만 가 볼게요."

"갈 길을 붙들고 있었나 보네. 그려, 숲길 조심하고."

"봄아, 그늘에 재빨리 들어가. 자외선은 피부에 독이란다."

"네, 잘 새겨들을게요. 편히 쉬세요!"

한마디씩 들려오는 배웅에 봄은 고개를 살짝 숙이고 둔덕길로 방향을 틀었다. 봄의 모습이 시야에서 멀어져 갈 때쯤, 원두막에 있던 사람들이 한마디씩 내뱉었다.

"항상 활짝 웃어서 보기 좋구먼."

"그렇죠? 나까지 기분 좋아지는 거 보면 전염성이 있는 거 같다니까?"

"아가, 수박 한 조각 잘라라."

"호호, 알겠어요."

웃음을 흘리던 새댁이 수박에 과도를 가져다 대었다. 서걱서걱, 수박 덩어리가 일정한 형태로 손쉽게 조각났다. 수박 한 조각을 건네주고 자신도 한입 베어 먹으려 입을 벌리는 순간.

"어머, 그걸 말 안 해 줬네?"

새댁이 놀란 듯 들고 있던 수박을 떨어뜨리며 입을 가렸다. 바닥에 떨어진 수박이 뭉개졌다. 오래되어 누렇게 바랜 나무 바닥 사이사이로 붉은 과즙이 스며들었다. 아주머니가 급히 걸레를 들었다.

"칠칠치 못하게. 그나저나 뭘 말이냐?"

"제가 숲 속 별장 관리하잖아요. ……어제부터 그 집 가족이 휴가 내려왔는데."

"어이쿠야."

말끝을 흐린 새댁의 얼굴엔 당황한 기색이 역력했다. 급히 둔덕으로 시선을 돌렸지만 봄은 이미 꺾인 길로 들어섰는지 뒤꽁무니조차 보이지 않았다.

시커먼 바닥 먼지와 함께 붉은 물이 든 걸레를 내려놓은 아주머니가 새댁의 건망증을 타박했다. 어쩔 줄 몰라 하던 새댁이 걱정스러운 어조로 조심스럽게 말을 꺼냈다.

"……어쩌죠? 별일은 없겠죠?"

한 줄기 바람이 불자 맑고 서늘한 공기가 온몸을 휘감았다. 그늘이 우거진 숲엔 더위란 단어가 애초부터 존재하지 않았던 듯싶었다.

봄은 머리에 푹 눌러 썼던 모자를 벗어 손에 들었다. 고개를 살짝 흔들자 틀어 올렸던 머리칼이 자연스럽게 흘러내리면서 향긋한 샴푸 향이 코끝을 간질였다.

흙바닥 위에 자리 잡은 풀잎이 샌들을 신은 봄의 발등을 부드럽게 스쳤다. 풀잎들은 이슬을 머금은 듯 서늘했다.

오솔길을 따라 천천히 발을 내디딜 때마다 팔에 걸린 가방이 달랑거리며 흔들렸다.

"아아, 좋다."

나뭇잎 틈새로 보이는 파란 하늘을 바라보며 걷던 봄이 가벼운 웃음을 내뱉었다.

혼자만의 시간을 보낼 수 있는 이 장소는 나름의 휴식처였다. 땅에 뿌리를 내린 작은 나무들이, 햇빛과 빗물을 받고 비바람을 견뎌 이룬 울창함과 넘쳐흐르는 생명력이 좋았다.

향긋한 숲 내음과 선선히 불어오는 바람, 서로 부딪히는 나뭇잎 소리, 새들의 지저귐. 때때로 나무에 귀를 기울이면 무언가의 소리가 들려올 것 같은 착각이 들기도 했다.

바스락바스락, 풀잎을 밟으며 산뜻한 기분으로 걷다 보니 익숙한 벤치가 시야에 들어왔다.

"어? 뭐지?"

새하얀 벤치 위 인영의 머리카락이 바람에 흔들린다. 고개를 갸웃하던 봄은 느린 걸음으로 다가갔다. 그의 긴 다리가 손잡이 넘어 걸쳐져 있고, 하얀 나무 위에 옅은 갈색 머리카락이 흐트러져 있었다.

거리가 점점 가까워질수록 낯익은 모습이 머릿속에 떠올랐다. 오늘 만났던 그 사람이었다.

나뭇잎 사이로 쏟아져 내려오는 빛들이 별처럼 반짝였다. 남자는 눈이 부신지 단단해 보이는 팔로 이마를 가리고 있었다.

"등 안 아파요?"

벤치 앞까지 도착한 봄은 들고 있던 모자를 그 위로 불쑥 내밀며 질문했다. 얼굴 위로 검은 그림자가 드리워졌다. 팔을 내리면서도 그는 여전히 눈을 감은 채 미동이 없었다.

생각보다 긴 속눈썹은 눈 아래 음영을 그렸다. 두 눈 사이로 오똑하게 솟은 콧날이 차갑게 느껴졌다. 봄은 들고 있던 모자와 그를 가만히 번갈아 봤다.

'눈동자가 보고 싶어.'

마음이 속삭였다. 친구들이 연예인에 빠져 허우적거릴 때 먼발치에서 바라보기만 했던 봄은, 이제야 그 기분이 손끝에 닿는 듯했다.

순간 그의 미간이 좁아지더니 닫혀 있던 눈꺼풀이 천천히 열렸다. 부드러운 입술 사이로 흘러나온 나지막한 음성이 봄의 귓바퀴를 뱅그르르 타고 안착했다.

"······누구야."

바닥으로 다리를 내리고 몸을 일으키자 봄이 모자를 제 품으로 쏙 가져가 안았다. 서로의 눈동자가 맞닥뜨렸다. 와, 예쁜 갈색이다.

"여기서 뭐해요?"

예쁘게 미소 짓는 봄의 마음을 가벼운 바람이 흔들어 놓았다. 콩닥콩닥, 낯선 이방인에 대한 호기심이 메말랐던 바닥을 채우고 올라왔다. 그에 대해 알고 싶어졌다. 봄의 분홍빛 입술이 움직였다.

"아저씬 왜 여기 있어요?"

'아저씨'란 단어에, 유한의 옅지만 굵은 눈썹이 치켜 올라갔다.

'이 꼬맹이가 날 대체 몇 살로 생각하는 거지?'

유한은 몸을 바로 세워 앉으며 등받이에 기대었다. 그의 시선이 자연스레 봄을 향했다. 마주 보는 두 눈동자가 물기를 머금은 듯 반짝거렸다. 파도를 따라 맑은 바닷속에 굴러 들어간 유리 조각처럼.

"아저씨 여기 사람 아니죠? 외지에서 온 거 맞죠?"

유한은 미간을 좁힌 채 대답이 없었다. 그러나 봄은 아랑곳하지 않고 하얀 벤치의 빈자리에 폴싹 앉았다. 유한과 나란히 앉은 봄은 모자를 품에 껴안고 생글거리며 미소 지었다. 벤치 밑으로 뻗은 봄의 하얀 다리가 그네를 타듯이 움직인다.

등으로 느껴지는 딱딱한 벤치의 촉감을 무시한 채 유한은 고개를 뒤로 젖혔다. 울창하게 펼쳐진 나뭇잎 사이로 파란 하늘이 얼굴을 비죽 내민다. 얼핏 보면 푸른 잎사귀가 하늘 같기도 했다.

가만히 눈을 감자 세상은 금세 캄캄해졌다. 그 위로 하늘을 그리던 유한의 귓바퀴에 바람 소리, 새소리가 차곡차곡 담겼다.

"어디에서 왔어요?"

고요한 평화 사이로 봄의 재잘거림이 파고들었다. 귓속을 툭툭 건드리는 낯선 소녀의 관심이 꽤나 성가셨다.

봄은 가만히 눈을 감고 있는 그의 옆모습을 바라보았다. 나뭇잎 틈새를 비집고 나온 햇살이 유한의 위로 내려앉았다.

'목소리, 다시 듣고 싶은데.'

그의 굳게 닫힌 입매를 애타게 바라보던 봄은 달아오르는 두 뺨에 고개를 세차게 저었다. 그리곤 유한처럼 눈을 감고 머리를 뒤로 기대었다. 살랑살랑 불어오는 바람이 기분 좋게 스쳤다.

적막한 시간이 얼마나 흘렀을까. 봄은 무언가 생각난 듯 몸을 바로 세워 앉으며 작은 가방을 뒤적거렸다.

"아! 찾았다."

부스럭거리는 소리와 봄의 작은 외침에, 유한의 매끈한 이마에 자리 잡은 힘줄 하나가 불쑥 올라왔다. 눈을 뜨고 고개를 돌리자 하늘을 그리던 눈앞이 순식간에 봄의 얼굴로 가득 찼다. 유한과 시선을 맞추게 된 봄은 입가에 화사한 웃음을 띠었다.

"아저씨, 비스킷 먹을래요?"

그는 과자를 내미는 봄의 작은 손을 내려다보았다.

"먹기 싫어요? 그럼 우유는요? 딸기우윤데."

"됐어."

유한의 목소리가 나지막하게 들려왔다. 고개를 갸웃한 봄은 핑크빛 우유갑을 들었다.

"이거 맛있는데……"

나지막하게 중얼거리는 봄의 두 뺨에 발그레 붉은 기가 돌았다. 그 모습에 피식하고 바람 빠진 웃음이, 유한의 입술을 비집고 흘러나왔다.

'어지간히도 딸기우유를 좋아하나 보네.'

봄은 벤치의 좁은 공간에 비스킷과 우유갑을 조심스레 내려놓고 그 위로 챙 모자를 올렸다.

"그럼 나 먹는 동안 책이라도 볼래요?"

다시 가방을 뒤적거리던 봄이 납작한 책 한 권을 꺼냈다. 먹는 동안 유한이 옆에 있을 거란 전제하에 이야기하는 봄의 두 눈엔 경계심이란 게 없었다. 유한은 앞으로 내밀어진 푸른색의 책 타이틀을 보았다.

세상의 중심에서 사랑을 외치다.

'여자 주인공이 죽었던가? 꽤나 소녀다운 취향이군.'

유한이 말없이 내려다보고만 있자, 계속 시야에 노출된 봄의 손이 부끄러운 듯 꼼지락거렸다. 매끄러운 손톱에 자리 잡은 하얀 반달 모양이 단정해 보였다.

"책에 뭐 묻었어요, 아저씨?"

"나 아저씨 아니다."

유한이 시선을 들어 봄의 동그란 이마를 톡 쳤다.

"에이, 아저씨 몇 살인데요? 나보다 많죠?"

봄이 옅은 감촉이 남은 이마를 문지르며 장난스럽게 물었다. 그러면서도 꽤나 의심스러워하는 눈길에 유한의 한쪽 눈썹이 올라갔다. 봄의 미소가 맑아졌다.

"무섭지 않아, 내가?"

유한이 무심히 말문을 열었다. 봄은 의아하다는 듯 고개를 갸웃거리며 되물었다.

"왜요?"

물끄러미 바라보는 유한의 시선이 봄의 두 눈과 마주쳤다.

"……낯선 사람이잖아."

"아까 저 도와주셨잖아요. 그리고 낯선 사람이지만 나쁜 사람은 아닌 것 같아요."

"나쁜 사람은 보통 저 스스로 나쁜 사람이라고 말하지 않지."

"그렇지만, 아니, 그럴 리 없어요! 제 감은 예민하거든요."

여자의 감이요! 검지를 들며 강조하는 봄의 모습에 유한은 피식 웃었다.

"웃지 마요!"

봄은 고개를 홱 돌리고는 불안하게 흔들리는 모자를 무릎 위에 올리며 말했다.

"아저씨 이곳에 놀러 온 거예요? 마을에 아는 분 있어요?"

"글쎄."

"나 이 마을 어르신들 다 아는데. 어느 집에 오셨어요?"

유한은 봄의 질문을 한쪽 귀로 흘리면서 손목에 찬 은빛 시계를 바라보았다. 생각보다 시간이 꽤 지나 있었다.

"다음에."

유한이 벤치에서 일어났다. 그 움직임에 벤치가 덜컹하고 흔들렸다. 의자를 짚고 있던 봄의 손바닥으로 잔 진동이 전달되었다.

"아저씨, 어디 가요?"

봄이 눈을 동그랗게 뜬 채 그를 올려다보았다.

'와, 크다.'

벤치에 다리를 뻗고 누워 있을 때부터 짐작했지만, 그의 큰 키에 봄은 속으로 나지막한 감탄사를 내뱉었다.

"이제 가야지. 늦었어."

봄을 바라보던 유한은 가볍게 대답하며 그녀에게 미련 없다는 듯 등을 돌렸다.

"어? 아저씨!"

봄이 놀란 듯 급하게 자신이 왔던 방향과 유한을 번갈아 보았다.

"마을로 돌아가는 길은 저쪽인데……."

점점 멀어지는 유한의 뒷모습에 봄의 말끝이 흐려졌다. 살랑거리며 흔들리는 그의 옅은 머리카락을 가만히 바라보다 벌떡 자리에서 일어났다. 무릎 위에 올려져 있던 모자가 바닥에 나동그라졌다.

봄은 종종걸음으로 그에게 다가가며 다급하게 외쳤다.

"아저씨! 잠깐, 잠깐만요!"

유한이 봄의 목소리에 걸음을 우뚝 멈춰 섰다. 큰 키만큼 보폭도 넓은지 꽤 많은 거리가 벌어져 있었다.

함께 걸음을 멈춘 봄이 한 발자국 다가섰다. 거리는 여전히 멀었다.

"내일도 여기에 있을 거예요?"

"글쎄."

질문에 대답하는 유한의 표정이 잘 보이지 않았다.

"저는…… 내일도 여기에 올 거예요."

봄이 웃었다. 그는 봄을 조용히 바라만 보았다.

"저 벤치, 제 전용이거든요. 근데 아저씨한테 반쪽 양보할게요."

맑고 곧게 뻗어 나가는 목소리와 달리, 동떨어져 있는 하얀 벤치를 가리키는 봄의 손끝이 가늘게 떨렸다.

"그러니까…… 저 내일도 아저씨 만나러 와도 되죠?"

"네 마음대로 해."

봄의 망설임을 읽은 듯 그가 가볍게 웃음을 내뱉었다. 그리고 다시 갈 길을 가기 위해 방향을 틀었다. 그의 등 뒤로 봄의 생기 넘치는 외침이 흩어졌다.

"아저씨, 꼭 와요!"

봄은 멀어져 가는 유한의 뒷모습을 물끄러미 바라보다 두 뺨을 손으로 감쌌다. 가슴의 뜀박질은 계속되었다.

"거절할까 봐 무서워 죽을 뻔했어."

봄이 키득키득 웃으면서 작게 중얼거렸다. 어디선가 새소리가 들려왔다.

"아, 몇 시지?"

문득 깨달은 듯 벤치로 빠르게 다가간 봄은 떨어진 모자를 줍고는 시간을 확인했다.

"으아, 늦겠다!"

봄의 눈동자가 휘둥그레졌다. 벤치 위로 흩어진 물건을 챙기는 손길이 빨라졌다. 늦으면 어떡하지? 작은 가방 속으로 우유와 비스킷, 책을 주섬주섬 집어넣은 봄이 서둘러 길을 되돌아 뛰어갔다.

숲의 깊숙한 곳에서 바람이 불어왔다. 봄의 새카만 머리카락이 붕 떴다가 가라앉았다. 서늘한 공기는 푸른 숲의 향기를 머금고 있었다.

둔덕을 급하게 내려오던 봄이 하늘로 고개를 들었다. 구름조차 물감을 머금은 듯 빨갛게 물들어 있는 하늘의 정경이 눈 안 가득 들어찼다.

'이모가 해지기 전에 오랬는데. 어떡해.'

그 순간 몸이 기우뚱했다. 봄은 얼른 중심을 잡고 이마의 식은땀을 훔쳤다.

흐트러진 머리칼과 옷매무시를 정리하던 봄의 시야에 저 멀리 익숙한 인영이 들어왔다. 새까만 고수머리를 한 남자 또한 봄을 발견했는지, 성난 표정으로 성큼성큼 다가오고 있었다.

봄의 눈이 점점 커졌다. 저녁 늦게 온다던 소꿉친구 재현이었다.

'잊고 있었던 게 생각났어!'

사납게 눈을 뜬 그가 제 앞에 당도하자, 입을 가리던 두 손을 내린 봄이 배시시 웃었다.

"야! 한봄!"

그 모습에 재현은 버럭 소리를 질렀다.

"재현아, 너 되게 빨리 왔다."

"이 오빠가 아까 뭐라고 했어?"

"네가 왜 내 오빠야? 나보다 늦게 태어난 주제에 오빠 행세하지 마!"

"어허, 이거 정말 못쓰겠네. 도착하자마자 전화하라고 했지?"

새끼손가락까지 걸었던 기억이 생각 틈새를 비집고 솔솔 흘러나왔다. 약속을 잊어버린 봄은 빠르게 재현에게 팔짱을 끼며 달래듯이 말했다.

"미안, 미안! 걱정 많이 했어?"

"오빠 걱정하시는데 넌 쫄래쫄래 숲으로 탐방 갔다 오냐?"

오빠 타령 또 시작이야. 입을 불퉁하게 내민 봄이 재현을 흘겨봤다. 자기보다 3개월이나 늦게 태어난 주제에 키가 크단 이유로 오빠 행세를 하는 재현이 얄미웠다.

"입술 내밀지 마, 안 통해."

봄의 입을 툭 친 재현이 팔짱을 빼 버리며 저 앞으로 나아갔다. 나 화났다, 등에 써 놓은 채 성큼성큼 걸어가는 재현의 뒤를 봄이 종종걸음으로 쫓아가면서 외쳤다.

"야, 이재현! 삐졌어?"

봄이 쪼르르 달려가 등에 턱 하니 달라붙었다. 화 풀어, 응? 익숙한 그녀의 행동에 재현은 허탈한 웃음을 흘렸다.

"화 풀렸지?"

재현의 반응에 얼굴빛이 화사하게 밝아진 봄은 등에서 떨어지지 않은 채 생글생글 웃으며 이야기했다.

"참, 나 이상한 사람 만났다?"

"이상한 사람? 누구?"

"이모네 집에 가는 길에 넘어질 뻔했는데 날 구해 줬어. 근데 그 사람을 숲에서도 만난 거 있지? 내 전용 벤치에 있었어!"

되게 잘생겼어. 봄의 두 뺨이 발그레 홍조를 띠었다. 재현은 인상을 찌푸리며 불만스런 목소리로 말했다.

"뭐? 잘생겨? 언제는 잘생긴 연예인들 별로라며."

"아냐, 그런 게 아녔어. 달라!"

"그런 게 아니면 뭐."

"내가 더 얘기해 줄게. 오늘 이모네 집에서 저녁 먹고 가!"

"싫어, 내가 왜."

"그러지 말구!"

재현에게 대롱대롱 매달린 채 새처럼 신 나게 재잘대는 봄의 등 위로 붉은 노을빛이 내려앉았다.

하늘에 구멍이라도 뻥 뚫린 듯 장맛비가 우수수 내렸다. 어제부터 내린 비는 그칠 생각을 하지 않았다. 봄은 잎사귀를 붙여 하얀 실로 동동 맨 손가락을 탁 트인 유리창 쪽으로 펼쳤다.

손가락 사이로 비치는 우중충한 하늘을 멍하니 바라보았다. 순간 빗발이 굵어졌다. 여름에서 장마철을 빼면 절반밖에 안 남는다더니, 그 말이 맞는 듯싶었다.

"봄아, 과자 먹어."

수인은 우울한 표정을 한 봄의 앞에 접시를 내려놓았다.

"어제부터 그칠 생각을 안 하네."

"이모, 나 너무 심심해……. 방학인데."

"그러게. 우리 봄이 지루해서 어떡하니. 재현이라도 불러서 놀아."

"재현이? 걔 귀찮다고 안 올 거야. 분명해."

"전화라도 해 보지 그러니?"

"음, 그래 볼까?"

근데 이모부는? 과자를 입에 넣고 오물대던 봄이 전화기를 들면서 수인을 향해 물었다. 아침부터 보이지 않는 현욱의 모습에 고개를 갸웃했다.

"잠깐 옆집 아저씨 만나러 나갔어. 목 안 메여? 마실 거 가져다줘?"

"응응."

봄은 턱 밑에 전화기를 낀 채 한 손으로는 과자를 깨물었다. 수인이 자리에서 일어나며 말했다.

"조금 이따가 손가락 풀자."

"응! 예쁘게 됐으면 좋겠다."

전화 버튼을 누르다 말고 고개를 끄떡이는 봄의 모습에 수인이 나지막하게 웃음 지었다. 냉장고 문을 열자 냉기가 흘러나왔다. 에어컨을 틀어 놓은 집 안 기온보다 더 차고 시렸다. 주스를 꺼내 컵에 기울이니 긴 유리잔에 노란 오렌지 주스가 차올랐다.

"나 심심해, 재현아!"

봄의 투정 어린 목소리가 부엌까지 들려왔다. 보지 않아도 입이 불퉁하게 튀어나온 봄의 표정이 눈앞에 선하게 펼쳐졌다.

"우와, 정말? 진짜지? 응응, 알겠어. 얼른 와."

쟁반을 들고 나가자 조심스럽게 전화기를 내려놓은 봄이 신난 얼굴로 수인을 돌아보았다.

"이모, 이모! 재현이 조금 이따가 온대. 맛있는 거 준비해 놓으래. 걔 오면 뭐하지?"

무료함이 조금 덜어진다고 생각하니 신이 나는지, 오렌지 주스를 한 모금 마신 봄이 자리에서 벌떡 일어났다.

"보드게임판이 어디 있지? 내 방에 있었나?"

주위를 두리번거리는 봄을 보며 수인이 말했다.

"나중에 같이 찾아 줄 테니까, 그전에 실부터 풀자."

"아, 맞다."

수인이 묶인 실을 풀고 손톱을 덮고 있던 짓이겨진 잎을 떼어 주자, 봄이 싱크대로 달려가 손잡이를 올렸다.

약하게 흘러나오는 물줄기에 손을 가져다 대자 시원함이 느껴졌다. 너저분하게 붙어 있던 잎들이 뽀득뽀득 비비는 손길에 하나둘 떨어졌다.

유한과 만나고 집으로 돌아오는 길에 보았던 노을처럼, 주홍빛으로 선명하게 물든 손톱이 나타났다. 와, 예쁘다. 봄은 예쁘게 색이 입혀진 손톱을 물끄러미 바라보았다.

'어제도 숲에 못 갔는데. 기다렸을까?'

툭툭툭, 빗방울이 부엌에 있는 작은 창을 두들겼다. 봄의 얼굴이 살짝 어두워졌다.

여름이 되니 날씨는 극과 극이었다. 이틀 전엔 땅을 뜨겁게 데우던 햇볕 때문에 힘들더니, 이젠 흘러넘치게 적시는 비 때문에 오도 가도 못 하고 있었다. 쏟아지는 비의 끝이 언제쯤일까 싶어서 조금 걱정되었다.

봄은 젖은 손을 수건으로 말끔히 닦고 거실로 달려갔다.

"이모! 되게 깨끗하게 됐어. 예쁘다, 그치?"

"그래, 예쁘다."

"좀 이따 재현이 오면 이모랑 이모부도 같이 보드게임 하자."

수인의 목을 껴안은 봄이 밝게 웃으며 말했다. 봄의 손등 위로 따뜻한 온기가 살며시 덮였다. 수인이 바라보던 젖은 땅에 봄의 시선이 함께 머물렀다.

콩닥콩닥 뛰는 봄의 마음에 작은 소망이 머물렀다.

내일은 비가 그치게 해 주세요.

"다녀오겠습니다!"

파란 원피스를 입은 봄이 비닐우산을 펼치며 수인과 현욱에게 인사했다.

집 밖으로 나선 봄은 투명한 우산 위로 떨어지는 빗줄기를 바라보았다. 비가 아예 안 오는 건 아니었지만, 어제 억수같이 쏟아졌던 물줄기보다는 소담한 가랑비가 땅을 적시고 있었다.

촉촉한 바닥에 발을 한 발짝씩 내디뎠다. 그때 맞은편에서 오던 재현이 검은색의 장우산을 쓰고 손을 흔들었다.

"봄아, 우리 집에 놀러 가자."

재현에게 다가간 봄은 그의 우산을 올려다보았다.

"너, 우산이 왜 이렇게 커."

재현의 우산 안으로 쏙 들어가 위를 올려다보았다. 안까지 까맣게 칠해져 있을 줄 알았더니 밝은 은색이었다. 넓어 보이던 우산은 봄이 함께 서자 딱 맞게 들어찼다. 재현은 두리번거리는 봄의 어깨를 짚으며 말했다.

"갈 거지?"

"못 가! 나 숲에 갈 건데, 같이 갈래?"

미소 짓는 봄을 내려다보는 재현의 표정이 굳었다.

"거길 왜 가?"

"거기 가는 게 한두 번도 아닌데, 뭐. 아저씨랑 약속도 했어, 가기로!"

"진심으로 하는 말이랑 예의상 한 말도 구분 못 하냐? 날씨도 꿉꿉한데 그냥 우리 집에서 아이스크림이나 먹자."

장난스러운 목소리와 달리 재현의 시선은 매서웠다. 봄은 빠르게 검은 그늘 속을 빠져나갔다.

"싫어."

"거길 왜 가려는 건데!"

"같이 가자니까?"

해맑은 봄의 모습에 재현은 배알이 뒤틀리는 것 같았다. 바람결에 날아온 불씨 하나가 가슴 위로 내려앉았다.

이곳으로 온 첫날, 숲에 간 이야기를 하던 봄의 얼굴이 머릿속을 떠나지 않았다.

숲이 더 우거졌다든가, 바깥 기온보다 시원했다든가, 계곡도 놀러 가고 싶다든가 하는 얘기는 다 흘려들었지만 봄이 얼굴을 붉히며 얘기했던 '아저씨'는 차마 무시할 수가 없었다.

설레는 듯 수줍어하는 그 표정이 낯설었다. 봄은 자신의 표정을 깨닫지 못하는 듯했지만.

재현이 봄의 손목을 꽉 죄며 버럭 소리 질렀다.

"야! 가지 말라니까!"

지금까지의 재현과는 다른 모습에 겁을 먹은 봄의 작은 몸이 움츠러들었다. 재현에게 붙들린 손목을 비틀어 빼낸 봄은 우산 손잡이를 생명줄마냥 꼬옥 부여잡았다.

"흥, 난 갈 거야!"

자신을 여전히 노려보는 재현을 곁눈질하던 봄은 뒷걸음질을 두어 번 하더니 와락 외쳤다. 메롱! 입술 사이로 핑크빛 혀가 쭉 나왔다가 금세 숨었다. 투명한 우산이 봄의 종종걸음을 따라 흔들렸다.

재현은 그런 봄을 잡지도 못하고 물끄러미 바라만 보았다. 마음속에 떨어진 불씨가 뜨거운 열기를 머금은 붉은 꽃을 피우기 시작했다.

재현을 뒤로한 채 재촉하던 봄의 걸음이 건전지 닳은 로봇처럼 점점 느려졌다. 그리고 멈춰 섰다.

"왜 그랬던 거지?"

무서웠던 재현의 얼굴을 떠올린 봄이 고개를 갸웃했다. 아무리 생각해도 이유를 알 수 없었다. 그냥 같이 놀러 가면 좋을 텐데.

'아저씨도 소개해 주고.'

키 큰 두 사람이 마주 볼 생각을 하니 나란히 서 있는 전봇대 같아 봄이 살며시 웃음 지었다.

멈추었던 걸음을 다시 내디뎠다. 언제 다시 폭우로 변할지 알 수 없는 비 때문인지 숲으로 가는 길에 위치한 원두막은 사람 하나 없이 적막했다.

우산을 살짝 젖히자 끄트머리에 대롱대롱 매달렸던 빗물이 봄의 뺨에 뚝 떨어졌다. 비는 여전히 오지만 맑아 보이는 하늘은 말해 주고 있었다. 내일은 맑음.

숲으로 들어선 봄은 우산 밖으로 손을 내밀었다. 나뭇잎이 걸러 내는 빗물은 드물게 자그마한 손바닥 위로 내려앉았다.

우산 접으면 안 되겠다. 봄이 물기에 젖은 손을 치마에 스윽 닦았다. 천 자락 위로 파란색의 짙은 얼룩이 물들었다.

촉촉이 젖은 숲의 공기를 힘껏 들이마시자 청량감이 온몸을 타고 흘러내렸다.

안으로 들어갈수록 발의 움직임이 조금씩 빨라지기 시작했다. 발등 위로 스쳐 지나간 풀잎들이 샌들 속의 작은 발을 적셨다.

"와!"

시야에 한 인영이 자리 잡는 순간, 봄은 저도 모르게 감탄사를 내뱉었다. 하얀 벤치와의 거리가 열 발자국쯤 될 때 걸음을 멈추었다. 그제야 이슬에 젖은 발끝의 차가움이 느껴졌다.

벤치 앞에 서 있는 유한을 보자 가슴 깊숙한 곳에서 떨림이 느껴졌다. 그 감각은 말로 표현할 수 없이 미묘했다. 봄은 우산을 든 채 그를 가만히 쳐다보았다.

'여길 바라봐요.'

봄의 입술이 살짝 벌어지다 닫혔다. 목소리는 성대에서 머물러 앞으로 나아가지 않았다. 유한의 고개가 서서히 움직이더니 봄을 발견한 듯 멈추었다.

"거기서 뭐해?"

캡 모자를 쓴 채 우두커니 선 유한에게서 낮은 음성이 흘러나왔다. 봄이 신 난 듯 뛰어가 그를 올려다보았다.

"와. 아저씨, 나 정말 기다렸어요?"

"산책 중이었다."

"에이! 나 기다린 거죠?"

아저씨, 어제는요? 피식 웃은 유한이 등 돌려 걸어가자 봄이 졸졸 따라가며 재잘거렸다. 그리고는 우산을 번쩍 들었다.

"아저씨, 들어와요. 같이 써요, 우리."

"필요 없어."

"몇 방울 안 떨어진다고 방심하면 안 돼요. 갑자기 소나기가 쏟아지면요?"

봄은 유한의 손에 억지로 우산을 쥐어 주며 말했다.

"아저씨, 나 비 맞게 하면 안 돼요."

유한은 얼떨결에 손에 들린 우산과 봄을 바라보고는 그녀의 머리를 눌렀다.

"너무 들이대지 좀 마라."

"누르지 마요. 키 안 큰단 말예요! 근데 아저씨, 생각보다 키 되게 커요."

그를 따라가던 봄이 신기한 듯 올려다보았다. 유한의 걸음이 점차 나란히 걷는 봄의 작은 보폭에 맞춰 느려졌다.

"네가 작은 거다, 꼬맹이."

봄을 바라본 유한이 짓궂은 웃음을 띠며 다시 한 번 머리를 꾹 눌렀다.

"나 별로 안 작은데. 아저씨가 큰 건데! 으악! 머리 그만 눌러요! 아저씨 때문에 키 안 크면 어떡해."

봄이 유한의 손을 피하려 머리를 내저었다.

"언제까지 따라올래?"

유한은 머리를 누르던 손으로 봄의 머리칼을 흩뜨렸다. 향긋한 샴푸 향과 함께 옆에 딱 달라붙은 봄에게서 싱그러운 향이 얼핏 났다. 봄의 목소리가 이어졌다.

"심심하니까 계속 따라갈래요. 어디 가는 거예요?"

경쾌한 봄의 걸음걸이에 손에 들린 가방이 함께 흔들렸다.

"음, 너 보쌈하러?"

"네?"

걸음을 멈춘 봄은 눈을 댕그랗게 든 채 유한을 올려다보았다. 쉴 새 없이 움직이던 입술이 딱 다물리자 재잘거리던 음성도 멈추었다.

봄을 흘끗 본 유한은 이제야 위기감을 느낀 듯한 표정에 피식 웃었다. 그 웃음은 입술 사이로 점점 흘러나오더니 푸른 바람기를 머금은 듯 시원하게 숲에 울려 퍼졌다.

"거짓말하지 마요, 나 진짜 겁먹었잖아!"

유한의 웃음에 봄의 눈꼬리가 옆으로 휘어지며 샐쭉해졌다.

"너 은근슬쩍 말 놓는다."

봄이 까르륵 웃으며 자랑스럽게 손을 내밀었다.

"이것 봐요, 예쁘죠? 어제 물들인 거예요."

손톱에 물든 주홍빛이 마음에 쏙 드는지 봄의 두 뺨이 발그레 물들었다.

예쁘게 물든 손끝을 바라보는 사이, 갑자기 유한이 걸음을 멈춰 섰다. 숙이고 있던 고개를 들어 주변을 둘러보자 익숙한 장소가 봄의 시야에 들어왔다.

"어? 별장?"

유한이 하얀색으로 칠해진 낮은 울타리 입구의 문을 밀었다.

"이 별장에 놀러 온 거예요? 설마 별장 주인?"

울타리 문이 열리자 봄은 유한보다 먼저 걸음을 옮겼다. 늘 그랬듯 변함없는 모습에 봄은 들뜬 시선을 감추지 못하고 주변을 둘러보느라 정신이 없었다.

정말 오랜만에 온 별장이었다. 어릴 적엔 불 꺼진 별장의 모습을 보며 무한의 상상력을 펼쳤다.

봄의 꿈속 별장엔 '헨젤과 그레텔'에서 본 무서운 마녀가 살고 있을 때도 있었고, 왕자님의 키스를 기다리는 공주님이 잠들어 있을 때도 있었다. 비록 그 상상들은 꿈을 꾸지 않게 되는 순간이 왔을 때 깨어졌지만.

한 살, 두 살. 철이 들고 나서는 별장을 관리하던 새댁 언니를 따라오는 일이 빈번했다. 그 빈도가 잦아 별장 내부를 빠삭하게 꿰고 있을 정도로.

때때로 혼자 숲 속을 거닐 땐, 벤치에 머물거나 별장 주위를 가볍게 산책하며 시간을 보내었다. 그 기억의 마지막은 1년 전이었다.

유한이 두리번대는 봄을 보곤 웃음 지었다.

'이상한 꼬맹이.'

봄과 헤어진 그날부터 유한의 산책은 잦아졌다. 언제 온다는 말도 없었고 그 약속을 승낙했던 것도 아니었다.

단지 무작정 걷다 보면 저도 모르게 홀린 듯 벤치 앞에 서 있곤 했다. 새하얀 벤치 위로 살짝 벗겨진 페인트와 묻어 있는 손때는 봄이 머물렀던 시간을 짐작케 했다.

오늘도 다름없는 하루였다. 적막하게 비어 있는 벤치를 바라보던 유한의 시선이 방향을 돌린 순간, 그곳에 그녀가 있었다. 그제야 유한은 깨달았다. 난 저 아일 기다렸구나.

"아저씨, 정말 여기에서 지내요?"

봄이 유한의 팔을 붙잡았다. 붉어진 뺨에 빗방울이 내려앉아 있었다. 그 순간 멀어졌던 현실이 성큼, 한 발짝 다가왔다.

친화력이 좋다고 해야 하나, 적응력이 좋다고 해야 하나. 꼬맹이에 대해 뭔가 더 알 수 없어졌다.

고개를 설레설레 젓던 유한은 하얀 울타리와 대조되는 검은 문의 초인종으로 손을 가져갔다. 작위적인 새소리가 두 번 정도 울렸을까. 열린 문으로 단발머리의 여자아이가 불쑥 튀어나왔다.

"오빠, 어디 다녀온 거야! 10분만 나갔다 온다면서 한 시간도 넘었어!"

"산책."

"정말! 매일매일 어딜 가는 거야? 오빠 없는 사이에 하나 언니가 전화 와서 얼마나 징징대던지, 힘들어 죽을 뻔했다구, 나."

"하나? 전화 왔었어?"

"어! ……근데 누구야?"

열변을 토하던 세영이 봄을 발견한 듯 말을 멈추었다. 고개가 옆으로 기울자 세영의 짧은 단발머리가 뺨에 닿았다.

"안녕하세요, 아저씨가 따라오라고 해서 왔어요!"

유한의 등 뒤에 숨어 있던 봄이 몸을 쏙 내밀었다. 생글생글 웃으며 고개를 꾸벅 숙이자 모자가 바닥에 툭 떨어졌다.

"내가 언제?"

유한이 황당하다는 듯 내려다보자 봄은 맑은 두 눈으로 말했다.

"나 보쌈한다면서요?"

"조용히 좀 해, 꼬맹이."

나지막한 목소리로 대꾸한 유한은 떨어진 모자를 털어 봄의 머리에 푹 씌웠다. 모자 아래로 들려오는 외마디 비명에 가볍게 웃은 유한이 세영을 바라보며 물었다.

"어머니는?"

봄에게 하는 다정한 행동이 낯설어 세영은 유한을 멍하니 바라보았다.

'오빠야? 아니야, 오빠일 리 없어.'

유한의 모습이 머릿속을 혼란스럽게 만들었다. 세영은 눈을 느리게 끔뻑거렸다.

늘 무뚝뚝한 오빠 때문에 속앓이 했던 기억이 파노라마처럼 스쳐 지나갔다. 모르는 문제를 물어봤을 때 당했던 면박과 친구들에게 오빠를 소개하는 순간의 민망함, 병역의 의무로 군대 간 오빠를 면회 갔을 때 불청객인 듯 바라보던 시선.

유한의 무성의하고 무관심한 모습에 서운하거나 곤란했던 적이 한두 번이 아니었다.

세영은 얼어붙어 버린 몸을 꼿꼿이 세우고 눈동자를 굴리며 봄과 유한을 번갈아 바라보았다. 그런 세영의 모습을 의아한 듯 응시하던 봄이 유한의 옆에 찰싹 달라붙었다.

"아저씨, 안 들어가요?"

기대감 서린 음성으로 봄은 재촉하듯 유한의 팔을 잡고 흔들었다. 그때 망부석이 되어 버린 세영의 뒤로 낯선 여인이 나타났다. 놀란 듯 뜨인 두 눈이 봄의 시선과 마주쳤다.

"누구니?"

"……아저씨, 어머니세요?"

"어머머. 유한아, 너보고 아저씨래. 웬일이니."

시원한 웃음을 내뱉는 자신의 어머니를 바라보던 유한의 팔에 힘이 들어갔다.

"와, 아저씨 힘줬죠? 꿈틀했어요."

봄이 재밌는 듯 까르륵 소리를 내었다.

"이 꼬맹이가."

유한이 심술 난 듯 봄이 쓰고 있는 챙 모자 앞부분을 잡고 꾹 눌렀다. 봄의 외마디 비명이 모자 속에서 울려 왔다.

"왜 이래요, 정말!"

재깍재깍, 적막한 공간을 울리는 시계의 초침 소리가 밖에서 들려오는 새소리와 어우러졌다.

'꼭 아카펠라 하는 거 같아.'

봄이 쓰고 있던 모자를 벗어 얌전히 소파 옆에 두었다. 오랜만에 찾아온 넓은 별장 안을 둘러보며 하나둘 기억의 조각을 맞쳐 보았다. 한결같은 별장의 모습이 반가워 마음이 들떴다.

그 순간 맞은편에 앉은 여인과 눈이 마주쳤다. 미소 짓는 눈매에 봄도 덩달아 생기를 띠며 웃었다.

부엌 쪽에서 쟁반을 들고 나온 세영은 얼음이 동동 띄워진 냉커피를 유선과 봄 앞에 내려놓았다.

'오빠도 가져다줘야 하나?'

들어오자마자 자기 방으로 쏙 들어간 유한을 떠올리던 세영이 이내 고개를 설레설레 저었다. 흥, 알 게 뭐야.

제 몫의 커피를 쥐자 손끝에 서늘한 감촉이 닿아 왔다. 커피를 한 모금 머금은 세영은 서로 마주 보고 있는 봄과 유선을 바라보았다.

유선이 물방울이 맺힌 잔을 들면서 입을 열었다.

"이 아가씨는 누구실까?"

"봄이에요, 한봄! 지금 고등학교 2학년이에요."

"봄이? 이름이 예쁘네?"

"아줌마도 예쁘세요."

"어머, 아줌마라니. 예쁜 건 좋은데 아줌마는 싫다, 얘."

"그럼 이모?"

봄이 고개를 기울이며 말하자 유선이 미묘한 표정을 지었다. 그리고 손바닥을 치며 말했다.

"언니는 어때? 언니라고 불러 봐. 유선 언니."

"켁!"

얌전히 둘의 대화를 들으며 커피를 한 모금 삼키던 세영이 사레들린 듯 기침했다. 만족스러운 미소를 띠고 있는 유선의 모습이 기가 막혀 세영은 휴지로 입 주변을 닦으며 말했다.

"왜, 엄마? 아예 회춘이라도 하시려고?"

"뭐 어떠니? 난 사실 엄마 소리도 듣기 싫어."

황당한 대답에 세영은 허탈한 웃음을 내뱉었다. 그 모습을 대수롭지 않게 넘긴 유선이 어깨를 으쓱이며 말을 이었다.

"그나저나 고등학교 2학년이면 너보다 언니네? 그럼 유선 언니는 좀 그런가? 좋아, 그럼 이모로 타협!"

"네, 유선 이모."

봄이 고개를 끄덕이며 방긋 웃었다.

"얼른 마셔. 녹겠다."

유선이 봄의 앞에 놓인 커피를 손짓했다.

"저 커피 마시면 잠을 잘 못 자요."

"아직 커피는 이른가? 얘, 세영아. 넌 뭐니? 애늙은이같이 커피라니."

"엄마는 커피도 분위기 때문에 마시잖아!"

과장된 한숨을 내쉬는 유선의 놀림을 능숙하게 맞받아친 세영이 봄을 바라보며 손을 살짝 들었다.

"봄이 언니라고 부른다? 난 세영이야."

카랑카랑한 목소리가 곧게 뻗어 나왔다. 어쩐지 시원한 바람을 닮아 있었다.

"주스 가져다줄게. 잠시만."

"응."

"쟨 1학년이야, 봄아. 근데 네가 더 어려 보인다, 진짜."

부엌으로 사라진 세영과 멀뚱멀뚱 앉아 있는 봄을 번갈아 보던 유선이 즐거운 듯 말했다. 엄마! 나 귀 간지러워! 주방에서 세영의 외침이 들려왔다.

"내 딸은 귀도 밝아라."

유선의 장난기 담긴 목소리에 배시시 웃던 봄은 2층으로 올라가는 계단을 올려다보았다.

"근데 아저씬 어디 갔어요?"

계단을 바라보고 있자니 그의 발끝이 보일 것만 같았다.

"우리 오빠? 원래 저래."

어느새 주방에서 나온 세영이 오렌지 주스를 봄의 앞에 놓으며 투덜거렸다. 투명한 유리컵 너머로 노란색 액체가 넘실대는 게 보였다. 달짝지근한 향기가 코끝을 간질였다.

"들어오면 그냥 자기 할 일 하러 방에 쏙 들어간다? 그리고 밥 먹기 전까진 안 나와. 아마도 지금쯤 하나 언니 달래고 있을 걸?"

낯선 이름에 봄은 고개를 갸웃했다.

'하나 언니?'

주스를 한 모금 마시자 달콤하면서도 상큼한 오렌지 향이 혀끝으로 퍼졌다.

"어머! 봄이, 손톱 물들였구나."

유선이 봄의 손톱을 발견하고 손짓했다. 봄은 '작은 별' 율동을 하듯이 손을 좌우로 빙글빙글 돌리며 자랑하듯 말했다.

"예쁘죠? 우리 이모가 해 줬어요."

"예쁘다. 나도 해 볼까? 근데 봄 언니, 언니는 언제까지 여기 있어?"

예쁘게 물든 손톱과 새하얀 자신의 손톱을 번갈아 보던 세영이 봄을 향해 고개를 기울였다. 짧은 단발을 손끝으로 빙글 돌리는 세영에게 봄이 말했다.

"다다음주 수요일."

"어머, 우리랑 별로 차이 안 나네?"

"정말요? 이모네는 언제 가요?"

"우린 월요일에 돌아가거든. 그다음 날 유한이가 개강해서. 사정 있으면 뭐, 좀 더 빨리 갈 수도 있어."

봄이 신 난 듯이 미소 지었다. 와, 아저씨 이름이 유한이구나. 세영이 나지막하게 중얼거리는 봄의 어깨에 손을 올렸다.

"언니, 그날까지 우리랑 놀아 줘야 한다?"

"응!"

"너 아직 안 갔냐."

생글거리며 주스를 마시고 있는 봄의 머리 위에서 무심한 목소리가 들려왔다. 봄은 컵을 기울이다 말고 계단에 몸을 걸친 유한을 올려다보았다.

"어? 아저씨?"

봄이 유한을 향해 컵을 치켜들었다. 노란 액체가 넘칠 듯 출렁거렸다.

"아저씨, 주스 안 마실래요?"

"됐어. 입구까지 데려다 줄게. 나가자."

컵을 들고 멍하니 있던 봄은 유한이 현관에서 신발을 신자 부산스레 가방과 모자를 챙겨 들었다. 주스는 빠르게 삼켜 뱃속으로 밀어 넣었다. 차가운 음료가 들어가자 속이 시렸다.

쪼르르 달려 나가 샌들을 신은 봄이 현관 앞까지 나온 유선과 세영에게 꾸벅 인사했다.

"안녕히 계세요!"

"봄이 내일 또 놀러 오렴."

"저 또 와도 돼요? 매일매일 와도 돼요?"

"언니, 당연하지! 그런 걸 왜 물어! 우리 셋만 있는 거 너무 재미없어. 생각만 해도 지겹다. 으으!"

두 손으로 팔을 감싼 세영이 부르르 떨었다. 단발머리도 함께 흔들린다. 그 모습이 우스워 봄은 청량한 웃음을 터뜨렸다. 샌들을 신는 동안 맡겨 놨던 모자를 유한이 건넸다.

"가자."

"아저씨, 같이 가요!"

급하게 챙 모자를 눌러 쓴 봄은 병아리가 어미 닭 따라가듯 얼른 유한의 옆에 섰다. 유한은 그런 그녀의 모습에 머리를 꾹 누르며 말했다.

"아저씨 아니라니까."

"머리 누르지 말라니까?"

인상을 찌푸린 봄과 입가에 만연히 미소를 띤 유한의 티격태격하는 모습이 점점 멀어져 갔다. 유선이 넋을 놓은 듯, 말로 표현할 수 없는 표정을 지으며 말했다.

"유한이 쟤 왜 저런다니?"

"맞지, 엄마? 오빠 좀 이상하지 않아? 나한테 하는 거랑 저 언니 대하는 거랑 뭔가 다르다니까?"

세영이 분한 듯 씩씩 콧김을 내뿜었다. 방에 한번 들어가면 식사하라고 부르기 전까지 나오지 않는 유한이 밖으로 나온 이유가 단지 봄을 배웅해 주기 위해서라니.

이건 소가 뒷걸음질 치다가 쥐 잡을, 비 오는 날 길 가다가 벼락 맞을, 로또 2등에 당첨될 만한 확률이었다.

"저거, 저거. 웃는 거 봐 봐. 이상해! 이상하다고!"

세영이 두 손으로 머리를 붙잡고 경악한 목소리를 내질렀다.

"그러게. 별일이네. 하긴, 오늘 처음 보긴 했지만 딱 봐도 봄이 하는 짓이 예쁘잖니. 안 챙기고 배기겠어?"

봄을 떠올리는 유선의 입가에 미소가 머물렀다.

"그건 그렇긴 하지만."

유선의 말에 머리를 붙잡고 있던 손을 내린 세영이 중얼거렸다. 긍정하면서도 심술이 났는지, 세영은 갑자기 유선의 팔에 팔짱을 끼며 얼굴을 들이밀었다.

"엄마, 나는? 나도 예쁘지 않아?"

"어머. 당연히 넌 사랑스러운 내 딸이지, 얜."

엇갈려 걸쳐진 세영의 팔을 꽉 조인 유선이 장난스럽게 대답했다. 세영은 그 대답에 만족스러운 듯 빙긋 웃으며 고개를 끄덕였다.

무심코 위를 보자 푸른 숲에 가려져 보이지 않던 하늘이 나뭇잎 틈새로 붉음을 띠고 있었다. 노을이 진다. 그렇게 하루가 마무리되고 있었다.

함께 집 안으로 들어가는 유선의 어깨에 머리를 기댄 세영이 한탄스럽게 중얼거렸다.

"하아, 근데 내일은 뭐하지? 봄 언니 진짜로 또 왔음 좋겠네."

"딸, 우리 이제 저녁 준비할까? 뭐 먹고 싶어?"

유선이 즐겁게 묻자 세영이 불고기를 외쳤다. 코끝을 킁킁거리던 세영은 향긋한 고기 냄새가 벌써부터 느껴지는 행복한 착각에 사로잡혔다.

솔솔 내리던 가랑비가 어느새 멈춰 있었다. 촉촉이 젖은 숲 속에 흙과 비 냄새가 뒤섞였다.

유한이 계속 누르는 바람에 헝클어진 머리를 정리하던 봄이 나란히 걷는 그를 올려다보았다.

"아저씨, 나 진짜 내일도 올 건데!"

"그래서?"

"숲에 있을 거죠?"

"응."

"와! 진짜요?"

그의 대답에 봄의 얼굴이 화사하게 밝아졌다. 유한이 대답 뒤에 생략된 말을 툭 내뱉었다.

"별장이 숲 속에 있잖아."

정돈한 머리를 말아 올려 모자 속으로 집어넣던 손이 멈추었다. 봄은 유한에게 시선을 돌렸다. 모자 틈새로 빠져나온 머리칼이 하얀 목 주변을 간질였다.

"아니요! 그 벤치에 있을 거잖아요. 그렇죠?"

"생각해 볼게."

긴장한 듯한 봄의 표정에 유한이 파도를 닮은 시원한 웃음을 흘렸다.

입술을 뾰족이 내민 봄은 봉숭아로 물들인 손끝을 바라보았다. 따뜻한 노을빛을 닮아 있었다. 시선을 살짝 들어 유한을 힐끔거렸다. 그의 옆모습에서 보이는 턱 선이 날카롭게만 느껴졌다.

유한의 이름을 세영과 유선의 대화에서 유추해 냈지만, 그에게서 제대로 듣고 싶었던 봄은 조심스레 말문을 열었다.

"아저씨, 아직 내 이름 모르죠? 나도 아저씨 이름 모르는데."

"그래서."

"봄이에요, 한봄. 아저씨는요?"

"누가 물었어?"

유한의 무관심한 대답에 심술 난 봄이 다시 뾰루퉁한 얼굴을 했다. 조금 더 이야기하고 친해지고 싶은데, 그와 자신의 사이에 있는 거리감이 좁혀지지 않았다.

숲의 입구가 눈에 들어오자 쪼르르 달려가 햇빛과 그늘의 경계 사이에 섰다. 한 발자국만 더 내디디면 그늘을 완전히 벗어난다.

햇볕이 내리쬐는 곳에서 푹푹 찌는 열기가 전해졌다. 서늘했던 피부가 서서히 데워지는 기분이 들어 봄은 햇빛 방향에서 한 발짝 물러났다. 얼굴을 숙여 모자로 표정을 가렸다.

눈앞에서 왔다 갔다 하는 봄의 모습을 바라보던 유한이 고개를 작게 저었다. 걸음을 봄에게로 옮기려는 찰나 심술이 가득한 목소리가 들려왔다.

"흥, 계속 아저씨라고 부를 거예요!"

뒤집어쓴 모자 위로 언뜻 성난 표정이 그려지는 것 같았다.

창을 들자 빼꼼, 봄의 얼굴만 삐져나왔다. 유한을 불만 어린 눈동자로 바라보던 봄이 후다닥 등을 돌렸다.

그 때문에 느슨하게 썼던 모자가 벗겨지자 두 손으로 챙을 잡고 꾹 누른다. 돌돌 말아 넣었던 머리카락이 쏟아져 내렸다.

허둥지둥하며 멀어지는 봄의 모습에 유한이 가벼운 웃음을 잇새로 흘렸다. 그녀가 시야에서 사라질 때까지 유한은 입가에 미소를 머금은 채 한참 동안 그 자리에 머물렀다.

봄의 손톱에 물들었던 봉숭앗빛처럼 봄이 유한의 마음속에 물을 들였다.

따스한 봄날이 마음의 문을 두드렸다.

똑똑똑.

봄의 여름방학은 유한의 집에 간 날을 기점으로 조금씩 달라졌다. 재현과 함께 보내는 시간이 점차 짧아졌고, 별장에서 보내는 시간은 늘어났다.

봄의 재잘거림 속에서 별장 이야기가 나오는 일이 빈번해졌다. 그때마다 상기된 두 뺨을 감추지 못한 봄의 얼굴엔 들뜬 표정이 고스란히 드러났다.

수인과 현욱은 처음엔 낯선 사람들과 어울리는 봄을 걱정했지만, 새댁 아가씨에게 점잖은 사람들이란 이야기를 들은 뒤로는 안심한 듯 별장에 가는 일에 대해 왈가왈부하지 않았다.

평화로운 일상 속에서 유일하게 불만이 있는 건 재현이었다. 숲을 좋아하는 봄과 달리 그는 처음부터 그곳이 싫었다.

자라난 이곳을 탈출하고 싶은 마음에 고등학교를 타지로 갔지만 무슨 의미가 있나 싶었다. 여름만 되면 봄이 이곳을 찾아오는데.

봄을 빼앗겼다는 사실이 성큼성큼 다가올수록 열이 올랐다. 속은 점점 뜨거워져 가는데 해소 방안이 없었다.

봄으로 인해 화병이 나기라도 하면 사나이 자존심에 스크래치 나는 일이 아니겠는가. 부모님은 물론이고 마을 전체의 웃음거리가 될 게 분명했다.

"젠장, 뭐 하나 되는 게 없어!"

게임 속 캐릭터가 죽자 화면이 어두워졌다. 재현은 게임기를 침대 위로 집어 던졌다. 창밖으로 보이는 하늘은 새파랬다. 날씨마저 마음에 들지 않는 하루였다.

오늘도 봄은 별장으로 놀러 갔을 게 분명했다. 같이 가자는 제안을 괜히 거절했나 싶다가도 그 사람들과 어울려서 뭐하나 싶은 생각이 들기도 했다.

"어차피 여름방학 끝나면 다시 안 볼 사람들인데."

짜증이 뒤섞인 재현의 목소리가 허공으로 흩어졌다.

봄이 갈 때마다 유한은 벤치에 있었다. 책을 읽고 있을 때도 있었고, 이따금 낮잠을 잘 때도 있었다. 그의 옆은 봄의 자리라고 말하는 것처럼 항상 비어 있었다.

봄은 나란히 앉아 함께 책을 읽을 때도 있었지만, 대부분 아무것도 하지 않았다. 뭔가 애써 하지 않아도 단지 유한과 함께 있는 시간, 그 자체가 좋았다.

고요한 시간 속에 존재하는 책장 넘어가는 소리, 재잘대는 새들의 지저귐, 나뭇잎을 스치는 바람 소리, 풀잎이 피부에 닿는 느낌들이 그 순간을 특별하게 만들었다.

어느 날은 봄이 불쑥 유한에게 말했다.

"아저씨는 신기해요."

"뭐가?"

"뭔지 알 수 없지만, 말로 표현할 수 없는 무언가 있어요."

"그게 뭐야."

"그런 게 있다니까요, 진짜?"

눈을 반짝이며 봄이 뜬구름 잡는 소리를 하자 유한은 읽던 책을 덮으며 피식 웃었다.

"너도 이상해."

"네? 이상해요?"

동그랗게 눈을 뜬 채 고개를 갸웃거리는 봄의 이마를 검지로 톡 건드렸다. 유한의 입가엔 부드러운 미소가 걸려 있었다.

"뭔지 알 수 없지만, 말로 표현할 수 없는 무언가 있지."

"그게 뭐예요!"

자신의 말을 그대로 베껴 온 유한의 대답에 봄이 입술을 삐죽였다.

"네가 그렇다며. 나도 그래."

유한은 봄을 내려다보며 어깨를 으쓱했다. 어느 순간부터 일상에 자연스럽게 봄이 스며 있었다. 매사에 관심 없고 무감각했던 자신의 변화가 믿어지지 않았다. 봄은 묘하게 사람을 끄는 매력이 있었다.

바람이 불어 봄의 뺨으로 머리칼이 흩어졌다. 매미 소리가 쩌렁쩌렁하게 울렸다. 그 순간 봄과 유한은 자연스럽게 풍경 속에 녹아들어 갔다.

별장으로 들어서자마자 달그락거리는 소리가 귀를 자극했다. 발걸음을 옮긴 부엌 허공엔 뿌연 가루가 부유했다.

"안녕하세요! 지금 뭐하는 거예요? 밀가루?"

경쾌하게 인사한 봄이 눈을 동그랗게 뜨고 테이블에 펼쳐진 재료를 훑었다. 세영이 얼굴에 하얀 가루를 묻힌 채 손짓했다.

"언니 왔어? 같이 만들자. 지금 쿠키 만드는 중이걸랑."

"어머, 봄이 왔어?"

"네! 이모, 쿠키 자주 만드세요?"

"아니, 처음이야. 그래도 뭐, 레시피가 있으니까!"

유선이 어깨를 으쓱이며 구석에 널브러진 종이를 가리켰다. 얼핏 보면 뭉쳐진 채 바닥에 굴러다니는 여느 재료 포장지 중 하나 같기도 했다.

뒤이어 들어온 유한이 어지러운 광경에 미간을 살짝 찌푸리고는 멈춰 섰다. 하얀 밀가루로 난장판이 된 부엌은 들어갈 엄두가 나지 않았다. 유선과 시선이 마주친 그는 고개를 까닥 숙였다.

"저 왔어요."

인사를 하는가 싶더니 어느새 등을 돌려 버리는 유한에게 봄이 쪼르르 달려가 눈을 반짝이며 말했다.

"같이해요! 이모랑 세영이가 쿠키 만든대요."

"됐어, 귀찮아."

"같이 만들지……. 그럼 다 되면 부를게요! 먹으러 와요."

밝은 표정으로 이야기하는 봄의 뺨에 하얀 밀가루가 내려앉아 있었다.

"그래. 먹고 죽지 않을 만큼만 해라."

유한이 뺨에 묻어 있는 밀가루를 손끝으로 훑은 뒤 봄의 코끝을 툭 쳤다. 하얀 가루가 코끝으로 번졌다. 잇새로 웃음을 흘리는 유한의 모습에 봄의 두 뺨이 발그레 물들었다.

"맛있을지도 몰라요!"

봄의 외침을 듣는 둥 마는 둥 한 유한은 계단으로 올라가더니 이내 모습을 감췄다. 봄은 뺨에 손을 갖다 대었다. 닿았던 손끝의 감촉이 머물러 있었다.

'부끄러워.'

고개를 세차게 젓던 봄은 두 뺨을 감쌌다. 열기가 쉽게 사그라지지 않았다.

"언니, 얼른 와!"

"어!"

세영의 외침에 가까스로 뜀박질하는 심장을 진정시킨 봄이 부엌으로 돌아왔다. 빨간 믹싱 볼 안에 달걀과 밀가루, 코코아 가루가 뒤섞여 있었다. 세영이 분주하게 반죽을 휘핑했다. 그 모습을 바라보던 봄이 말했다.

"난 뭐하지?"

"언니, 초코칩 쿠키 만들 거니까 초콜릿 봉지 뜯어서 여기 부어 줘. 그리고 다 될 때까지 조금 앉아 있어."

"알겠어."

세영이 휘핑기 손잡이에서 손을 살짝 뗐을 때 반죽 위로 초콜릿 봉지를 기울였다. 좌르륵, 믹싱 볼에 까만 콩알 같은 게 쏟아졌다. 초콜릿 몇 개는 반죽 속으로 폭폭 박혔다.

테이블 위로 튕겨 나간 초콜릿 하나를 입에 집어넣자 혀끝에서 달콤하게 녹아들어 갔다.

"자, 너두."

봄이 초콜릿 하나를 세영의 입에 넣어 주고는 레시피를 보는 유선의 옆에 엉덩이를 붙였다.

"이모, 우리 잘하고 있는 거 맞죠?"

"우린 세영이만 믿고 기다리면 될걸?"

유선이 등 뒤에서 분주한 세영을 흘끔 보며 어색하게 웃었다.

"이모, 세영이 아버지……? 아! 이모부는 언제 오세요?"

턱을 괴며 꽃받침을 한 봄이 생글생글 웃었다. 세영인 유선과 닮았으니 유한은 그의 아버지를 닮지 않았을까, 막연히 생각했다. 유선이 레시피를 보던 시선을 들어 대답했다.

"우리 남편? 출장 갔으니까 아마 휴가 끝나는 날 오겠지?"

"그럼 못 뵙겠네요. 아쉽다."

"아쉬워?"

유선은 양쪽 귀를 아래로 늘어뜨린 강아지 같은 봄의 머리칼을 부드럽게 쓸어내렸다. 배시시 웃은 봄이 고개를 살짝 기울였다.

"그럼 이모는 무슨 일 해요? 그냥 주부?"

"아, 옷 만들어."

"디자이너요?"

"······음. 뭐, 비슷해."

봄의 질문에 하나하나 대답하던 유선은 베이킹파우더를 넣는 세영을 보고 자리에서 벌떡 일어났다.

"세영아! 너 베이킹파우더 너무 많이 넣는 거 아냐?"

"대충 넣어. 원래 음식은 손대중, 눈대중이야. 이미 넣은 걸 어쩔 거야."

유선의 걱정스러운 목소리에도 세영은 태연하게 반죽을 휘젓 더니 비닐 팩에 담아 냉장고에 넣었다. 싱크대에서 손을 헹군 세 영이 유선과 봄의 맞은편에 앉았다.

"다 됐다! 이 상태로 30분만 있으면 돼. 그나저나 나 빼고 무 슨 얘기 했어?"

"이모 옷 만드는 얘기!"

"다음에 봄이도 옷 하나 해 줘야겠네?"

"와, 정말요?"

짝, 손뼉을 마주치는 봄의 얼굴이 꽃처럼 화사해졌다. 유선은 그런 봄의 발간 뺨을 톡톡 치며 말했다.

"당연하지. 조금 더 커야겠지만."

"무슨 옷이에요?"

"나중에 숍에 한번 놀러 와. 예쁜 걸로 해 줄게."

"네."

봄이 햇살만큼이나 밝게 대답했다. 따뜻하고 다정한 온기가 봄의 마음에 사르륵 스며들었다.

땡, 오븐에서 들려오는 소리에 세영과 유선, 그리고 봄이 우르르 달려갔다. 오븐을 열기도 전에 달콤하고 고소한 냄새가 부엌을 가득 채웠다.

"자, 연다?"

"얼른 열어 봐."

오븐 장갑을 끼는 세영을 유선이 재촉했다. 봄도 세차게 고개를 끄덕였다. 오븐을 열어 팬을 살며시 꺼낸 세영의 눈이 휘둥그레졌다. 유선이 팬 위에 올려진, 쿠키였어야 하는 형체를 포크로 쿡 찔렀다.

"쿠키가 왜 이래?"

"왜 이렇게 커졌지?"

유선과 세영이 불룩한 그것을 멍하니 보고 있자 봄이 까르륵 웃었다.

"초코 빵이에요!"

"베이킹파우더 많이 넣을 때부터 이렇게 될 줄 예상했지 뭐야. 어쩌지, 쿠키는?"

유선의 타박에 세영이 시무룩해졌다. 세영을 물끄러미 보던 봄이 초코 쿠키라고 볼 수 없는 폭신폭신한 빵을 집어 들었다.

한입 크게 베어 물자 쌉싸래한 초콜릿 향이 입안에 퍼졌다. 박혀 있던 초콜릿 알갱이가 혀끝에 녹았다.

"와, 맛있다. 이거 저 가져가도 돼요?"

봄의 감탄사에 세영의 표정이 한결 나아졌다. 봄을 따라 입안에 빵을 넣고 우물우물하던 유선이 세영을 바라봤다.

"어머, 생각보다 부드럽고 괜찮네?"

"그렇죠?"

세영이 빵을 찌르며 웃음을 터뜨렸다. 그녀의 얼굴에 머물던 우울한 기색이 사라졌다. 밀가루 향이 밴 부엌에선 행복한 소리가 가득 흘러넘쳤다.

똑똑, 봄이 유한의 방문을 두들겼다. 고요한 복도에선 알 수 없는 긴장감이 느껴졌다. 이내 문이 열리면서 그가 모습을 드러냈다.

"아저씨, 이거요."

봄이 접시를 앞으로 내밀었다. 동그란 접시에 빵으로 보이는 것들이 옹기종기 모여 있었다.

"쿠키 만들려고 했는데 어쩌다 보니 빵이 돼 버렸어요. 근데 생각보다 맛있어요!"

"들어와."

유한이 비켜서자 봄은 살짝 망설이다가 발걸음을 내디뎠다.

여러 번의 별장 방문에도 유한의 방에 들어선 건 이번이 처음이었다. 전체적으로 푸른빛이 도는 방 안은 깔끔하게 정돈되어 있었다. 독서 중이었던 듯 책상 위에 펼쳐진 책장 하나가 팔랑 넘어갔다.

"아저씨 방은 이렇게 생겼구나."

천장을 올려다보며 봄이 빙그르르 돌았다. 작은 움직임에 치마가 팔랑이며 원을 그렸다. 빵이 굴러 떨어지려 하자 유한이 접시를 낚아채며 방 한가운데 있는 테이블 위로 올렸다.

"서 있지 말고 앉아, 여기."

유한이 의자를 빼 주자 폴싹 앉은 봄이 맞은편에 앉는 그를 바라보며 웃었다.

"아저씨, 얼른 먹어 봐요. 여기, 목마를까 봐⋯⋯. 이건 아저씨, 이건 내 거."

봄이 딸기우유를 유한의 앞에 놓으며 제 몫의 우유를 뜯었다. 조그만 입구 너머로 핑크빛 액체가 넘실거렸다. 맛있겠다. 작게 중얼거린 봄의 눈꼬리가 곡선을 그렸다.

빵 하나를 베어 무는 유한을 보던 봄이 재촉하며 물었다.

"어때요, 아저씨? 맛있죠?"

"또 아저씨라 한다."

유한이 곧게 뻗은 봄의 코를 살짝 비틀었다. 금세 떨어져 나간 손길에 봄이 맑게 웃으며 코끝을 찡긋했다.

"다음에는 저 혼자 만들어 볼까요?"

"만들 수 있어?"

"아마도요. 세영이한테 자세히 물어보면 되니까⋯⋯."

봄은 말끝을 흐리며 불안하게 빵을 내려다보았다.

'어떻게 만들었더라?'

머리를 재빠르게 회전시켜 보았지만 레시피는 드문드문 떨어진 퍼즐 조각처럼 흩어져 있었다.

"그러다 빵 뚫어지겠다."

살짝 미간을 좁힌 봄의 모습에 유한은 가볍게 미소 지었다.

"아저씨, 다아아아음에 만들어 줄게요. 조금만 더 배우고⋯⋯."

머쓱하게 웃으며 작게 웅얼대는 봄의 얼굴로 유한이 손을 뻗었다.

봄은 또 아저씨라 불러 그러나 싶어 몸을 움찔거렸다. 그 순간, 보드랍고 따뜻한 게 턱 밑에 닿았다.

"입이나 닦아."

동그랗게 말린 손가락 네 개가 턱을 받치더니 입가에 묻은 딸기우유의 잔해를 스치고 지나갔다. 엄지손가락이 닿은 입술에서 열기가 스멀스멀 올라왔다.

가까워진 유한의 두 눈이 봄의 동그래진 눈동자와 마주쳤다. 유한이 미소 지었다.

"어린애처럼 묻히고 먹기는."

유한의 다정한 음성에 봄의 심장이 덜컹 내려앉았다. 얼굴이 빠르게 달아올랐다.

"어…… 세영이가 원두막에 가자고 불렀는데 잊었어요! 얼른 내려가 봐야 할 것 같아요."

급히 자리에서 일어난 봄이 유한에게 고개를 꾸벅 숙였다. 아래로 쏟아져 내린 검은 머리카락이 붉어진 얼굴을 가렸다.

봄은 유한이 볼세라 잽싸게 등을 돌리며 허둥지둥 문으로 달려갔다. 쾅! 문이 세차게 닫혔다. 문소리가 귓속에서 메아리치듯 맴돌았다.

계단을 향해 내딛던 발걸음이 조금씩 느려지다 이내 멈추었다. 봄은 입술에 손끝을 살며시 가져다 대었다. 보드랍고 따뜻했던 촉감이 머물러 있는 기분이었다.

"어떡해."

봄은 두 손으로 얼굴을 폭 가렸다. 눈앞이 새빨개진 기분이었다. 심장이 펌프질해서 피를 정수리까지 끌어 올린 걸까. 귀가 뜨거워졌다.

"언니! 아직 방 안에 있나?"

"얘기하고 있겠지. 딸, 거기 조금 더 담아 봐. 우리 먹을 건 조금만 남겨 둬."

"그럴까? 그럼……."

아래층에서 세영과 유선의 대화 소리가 들려왔다. 두근거림은 점점 잦아들었지만 봄은 여전히 여운이 가시지 않는지 멍하니 제 손끝을 내려다보았다. 혀끝으로 입술을 훑자 딸기 향이 묻어나왔다.

뒤돌아 유한의 방을 바라보았다. 닫힌 문은 그게 끝인 듯 미동도 없었다. 귓가를 울리던 문소리는 사라졌다.

"정신 차리자!"

눈을 질끈 감은 채 고개를 세차게 저은 봄이 두 뺨을 꾹 눌렀다가 떼며 스스로에게 다짐하듯 외쳤다. 계단을 내려가자 거실에 앉아 있던 세영과 유선이 기다렸다는 듯 자리에서 일어났다.

"얘기가 길어졌네? 유한이 갠 그냥 던져 주면 감사합니다, 하고 받아먹으면 될 걸. 혹평은 안 했어?"

봄이 어색하게 웃음 지었다. 세영은 작은 상자를 내밀었다.

"언니, 여기 초코 빵 담아 놨으니까 가져가."

"응응, 고마워."

"근데 오빠는 뭐래? 맛있대?"

"응, 맛있댔어."

"정말? 웬일이래? 입맛도 까다로우면서."

얄밉다는 듯 말하면서도 기분은 좋은 듯 세영의 입이 양옆으로 슬며시 벌어졌다.

"다음에 나 레시피 좀 다시 알려 줘."

"그래. 어려운 것도 아닌데. 근데 언니, 얼굴이 빨개. 더워?"

"응? 아니, 아니!"

세영의 의아한 시선에 고개를 설레설레 저은 봄이 수줍게 웃음 지었다. 유한의 모습을 떠올리자 심장 근처가 간질거렸다. 조금 전 일은 꼭꼭 숨겨 둬야 할 비밀이 되었다.

붉어진 얼굴을 손으로 감추었다. 오늘은 설레어 잠을 이루지 못할 듯했다.

찰랑찰랑, 시린 감각이 봄의 발가락 사이로 미꾸라지처럼 빠져나갔다. 골짜기를 타고 흘러내리는 물의 표면이 울룩불룩했다. 그 모양을 물끄러미 바라보던 봄이 고개를 들었다.

하늘이 하얗다. 먼지처럼 뿌연 구름 덩어리가 바람을 타고 빠르게 움직였다. 시간이 흐르고 있었다. 느리다고 느꼈던 시간은, 화살이 과녁을 향해 공기를 가로질러 가듯 빠르게 지나가 버렸다.

토요일, 일요일, 월요일. 나지막하게 중얼거리며 손으로 하나하나 꼽아 보던 봄은 멍하니 시선을 내렸다.

맑은 물은 바닥의 돌멩이까지 선명하게 투영했다. 덥고 눅눅한 습기에 온몸이 녹아내릴 것 같다.

"자, 꼬맹아. 마셔."

들고 있던 레모네이드를 건넨 유한은 봄이 앉아 있는 돌덩이에 나란히 앉았다.

짤랑, 컵을 살짝 흔들자 떠오른 얼음이 맑은 소리를 내며 유리잔에 부딪혔다. 손끝에 냉기가 느껴졌다.

넋 놓았던 정신을 부여잡은 봄은 물에 담그고 있던 두 발을 그러모았다. 발끝이 시리다. 손에 든 컵 끄트머리를 입에 대고 유한을 흘끔 쳐다보았다.

'며칠 뒤엔 못 볼 텐데.'

유한은 등 뒤로 손을 짚은 채 가만히 눈을 감고 있었다. 나뭇잎 사이를 비집는 햇빛이 그의 머리 위로 내려앉았다. 옅은 갈색을 띤 가느다란 실이 투명해졌다.

얼굴에 열이 오르는 느낌에 차가운 잔을 뺨에 가져가 대었다. 레모네이드의 얼음이 점점 녹아 가고 있었다. 봄은 이슬 맺힌 유리잔을 만지작거리다가 입을 열었다.

"아저씨, 개구리 잡을 수 있어요?"

"개구리?"

유한이 봄을 바라봤다. 머리카락과 같은 색을 한 눈동자와 마주치자 당황한 봄은 고개를 빠르게 돌렸다. 멀지 않은 곳에서 물놀이하는 유선과 세영을 보며 말을 계속 이었다.

"예전에 재현이랑 자주 놀러 왔었거든요. 걔 되게 장난을 많이 쳤는데 어느 날 제 손에 덥석 개구리를 쥐여 준 거예요. 그때 얼마나 놀랐는지. 으으, 그 물컹한 감촉!"

개구리를 잡기라도 한 듯 조물조물하던 손을 꼭 쥔 봄이 가슴을 과장되게 쓸어내렸다. 그 행동에 유한이 웃음을 터뜨렸다. 숲 저 안쪽에서 시원한 공기가 몰려왔다.

"그것만 생각하면 이가 갈린다니까요."

"재현?"

"아! 제 소꿉친구요. 소개해 주고 싶었는데, 계속 별장에는 안 온다고 버티는 바람에!"

하아, 봄이 한숨을 내쉬며 삐죽 입술을 내밀었다. 쉴 새 없이 재현의 이름을 내뱉으며 불평하던 봄은 열이 오르는지 어깨 위로 흐트러진 머리칼을 한 손에 모아 틀어 올렸다. 새하얀 목이 드러났다.

핀이 어디에 있었지? 봄이 고개를 두리번거리더니 금세 핀을 찾아 머리카락을 고정했다. 그 무리에 끼지 못한 짧은 몇 가닥의 머리칼이 목 뒤로 흘러내렸다.

재현의 이야기를 멈춘 봄은 부글부글 끓는 속을 식히기 위해 레모네이드 한 모금을 머금었다. 봄의 가는 목선이 그려 내는 움직임을 보던 유한이 순간 당황한 듯 헛기침을 했다. 유한은 신을 벗어 시원한 물에 발을 담그면서 물었다.

"어떤 친군데?"

"재현이요? 나랑 나이가 같구요. 되게 빤질빤질해요. 잘 챙겨 줘서 어떨 때는 꼭 우리 이모부 같아요. 키는 아저씨보다 약간 작았나?"

손으로 대충 키를 가늠하던 봄이 두 팔을 평평한 돌바닥에 짚으며 유한을 돌아봤다. 표정 없이 물이 흐르는 모양을 바라보는 유한의 모습에 덩달아 아래로 고개를 숙였다.

졸졸졸, 적막한 공간을 물소리가 가로질렀다. 멀지 않은 곳에서 유선과 세영의 웃음소리가 어렴풋이 들려왔다.

"아저씨, 여기 되게 깨끗하지 않아요? 그늘도 있고 숲에서 바람도 불어오구, 나 여기 정말 좋아하거든요. 카메라 들고 올 걸 그랬어요. 사진 찍는 거 정말 좋아하는데."

봄은 눈이 마주친 세영과 유선에게 손을 흔들었다.

"난 아저씨가 참 부러워요."

"왜?"

"가족이 단란하고 화목해 보여요. 그럴 리는 없겠지만, 지금까지 다툼이나 갈등 한 번 없었던 거 같아요. 뵌 적은 없지만 아버지도 다정할 것만 같아요."

양손으로 두 팔을 문지르는 봄을 유한이 바라봤다.

"없어? 오빠나 언니, 동생."

"저요? 외동이에요."

"예쁨 받겠네."

"……뭐."

멍하니 허공을 바라보던 봄이 말끝을 흐리며 몸을 부르르 떨었다.

"추워?"

유한이 봄의 이마에 손을 짚었다. 넓은 손바닥으로 미열이 전해졌다.

"나 감기 기운 있나 봐요."

봄이 낮게 중얼거렸다. 얼마 남지 않은 휴일이 점점 줄어듦에 따라 그들이 함께할 날도 짧아지고 있었다. 조금 더 시간을 같이 보내고 싶었던 봄은 내심 유한이 제 상태를 알아채지 않기를 바랐다.

피부에 닿은 유한의 손바닥에서 서늘한 기운이 흘렀다. 이마의 열은 조금 식는가 싶더니 다시금 뜨거워졌다.

봄의 이마에 손을 올리고 있는 유한의 모습을 발견한 유선과 세영이 분주하게 물살을 가르며 다가왔다.

"어머, 봄이 아파? 약이 있을까 모르겠네."

"어제 더워서…… 에어컨 틀고 잤는데."

말끝을 흐리던 봄이 눈동자를 데구루루 굴렸다. 가느다란 팔에 습한 공기가 닿자 오한이 느껴지는 듯 몸을 움츠렸다. 머리는 점점 열이 오르는데 주변은 싸늘해지는 것 같은 착각이 들었다.

세영은 안색이 좋지 않은 봄이 걱정되는 듯 그녀의 팔을 잡아끌었다.

"언니, 일단 들어가서 쉬어야겠다."

"어, 어?"

무작정 잡아당기는 세영의 손길에 봄의 가벼운 엉덩이가 매끈한 바위 위에서 버티지 못하고 쭈욱 미끄러졌다. 아래로 축 늘어진 발끝이 흐르는 물살에 닿으려는 찰나, 유한이 단단한 팔로 봄의 허리를 붙잡았다.

"조심해."

"아저씨, 고마워요."

"아하하, 미안! 안 다쳤지?"

세영이 당황한 듯이 머리를 긁적이며 어설프게 미소 지었다. 고개를 끄덕인 봄은 슬며시 웃으며 자리에서 일어났다.

"저 오늘은 그냥 집에 가 볼게요."

봄이 고개를 꾸벅 숙였다. 그러자 바위 아래 있던 유선과 세영이 다급하게 봄의 발목을 한 쪽씩 붙잡았다.

"언니, 별장 안에서 쉬어!"

"그래, 얘. 좀 쉬다가 저녁 먹고 가렴."

당황한 기색이 역력한 봄을 보며 세영이 종아리를 콕콕 찔렀다. 봄과 함께하는 시간이 얼마 남지 않았다는 것을 아쉬워하고 있는 게 눈에 보였다.

세영과 유선은 유일하게 물에 젖지 않은 유한에게 봄을 맡겼다.

"유한아, 봄이 별장에 데려다 주고 오렴."

"오빠, 부엌이나 거실 둘 중 어딘가에 비상약 있어. 꼭 챙겨 주고!"

좀 더 계곡에서 놀고 싶어 하는 마음이 빤히 느껴지는 둘의 모습에 유한은 가벼운 웃음을 내뱉었다. 시선을 아래로 내리자 웃고 있지만 조금씩 어두워지는 봄의 안색이 보였다. 유한의 얼굴이 굳어졌다.

머뭇거리며 서 있는 봄의 손목에 서늘한 그늘이 내려앉았다.

"가자."

유한의 손이 닿은 곳마다 피부 밑에 숨어 있던 열이 스멀스멀 올라왔다. 손목 부근이 화끈거리자 봄은 유한에게 끌려가던 걸음을 멈춰 섰다. 덥고 습기 찬 바람이 봄의 얇은 치맛자락과 그 밑으로 쭉 뻗은 하얀 다리를 휘감았다.

유한이 봄을 뒤돌아보았다. 의아한 듯 바라보는 그의 이마엔 땀방울이 맺혀 있었다. 날씨도 더운데 자신에게 신경 써 주는 그에게 미안해진 봄은 예쁘게 웃으며 말했다.

"아저씨, 저 혼자 별장에 갈 수 있어요."

"어디 누워 있을 건데."

"세영이 방에 가도 되고."

아니면 그냥 거실에서 쉴게요. 조용히 웅얼대는 봄의 치맛자락이 작은 손에 구겨졌다. 고개 숙인 봄의 머리를 유한이 자연스럽게 흩트렸다. 봄이 놀란 눈으로 고개를 들었다.

"일단 가자. 약은 찾아줄게."

"어…… 그치만!"

햇살을 품은 듯 다정한 말에 봄은 멍하니 그의 뒷모습을 바라보았다. 서두르는 유한의 움직임에 실낱같은 옅은 갈색 머리칼이 이리저리 흔들렸다.

사아악, 숲을 가로지르는 바람이 내민 손길에 나뭇잎이 저마다 서로 부딪혔다. 숲이 만들어 내는 바람 소리, 귀청을 울리던 매미 소리가 잦아든다.

봄의 눈 안을 가득 채우던 숲의 모습은 온데간데없이 사라지고 그 중심에 유한이 자리 잡았다.

유한은 그 순간만큼은 덩그러니 숲 속에 놓인 이방인이 아니었다. 유한의 주위에 단지 숲이 있을 뿐이었다.

나뭇잎의 향기를 싣고 온 바람이 봄의 마음을 세차게 뒤흔들었다.

소파에 몸을 묻고 책을 읽던 유한이 고개를 들어 창밖을 응시했다.

한 시간 전부터 가랑비가 한 방울, 두 방울씩 떨어지는가 싶더니 이젠 멈출 생각을 않았다. 하늘 아래 푸르게 드리워진 잎사귀를 뚫고 쏟아지는 물줄기가 창문을 세차게 두들겼다.

맞은편에 앉아 커피를 한 모금 마시던 유선이 한숨을 내쉬었다. 짙은 원두 향이 거실을 가득 채웠다.

"오후 되면 비가 올 거 같긴 했는데, 생각보다 더 세차게 오네."

"한숨 그만 쉬고 과일 먹어."

동그란 접시 위에 노란 옷을 벗은 참외가 가지런히 놓여 있었다. 유한은 들고 있던 책을 놓고 자리에서 일어났다.

"오빠, 참외 안 먹어?"

세영이 참외 한 조각을 베어 물며 의아한 듯이 물었다.

"목이 타서."

"참, 유한아. 관리인이 냉장고에 음료랑 물을 가득 채워 놨더라. 딸기 음료도 있던데. 아, 딸기도 있었나? 그거 들고 봄이한테 가 봐. 상태 좀 보고 챙겨 줘."

"맞아! 언니 오늘 방에서 종일 있었잖아. 정말 많이 아픈가? 병원 가야 하는 거 아냐?"

맞장구를 치는 세영의 얼굴에 걱정이 머물러 있었다. 고개를 살짝 끄덕인 유한은 부엌으로 향했다.

냉장고에 도로 넣어 둬야 한다는 걸 잊은 듯 테이블 위엔 참외 몇 알이 굴러 다녔다. 그것을 과일 칸에 넣은 유한은 이슬이 맺힌 채 일렬로 늘어선 음료를 바라보았다.

오렌지 주스를 집자 손바닥 안에서 느껴지는 시원한 냉기에 온몸이 오싹해졌다. 첫 만남 때부터 봄이 유독 좋아했던 딸기 음료도 쟁반 위에 함께 놓았다.

발그레 물들었던 봄의 뺨이 떠오르자 유한의 입가엔 미소가 그려졌다.

'며칠 뒤엔 끝이겠군.'

시선이 닿은 달력 위로 선명한 빨간 동그라미가 눈에 들어왔다. 개강 날짜가 성큼 다가와 있었다. 그건 별장에서 머물 날이 얼마 남지 않았다는 걸 의미했다.

봄과의 이별이 피부로 느껴지자 유한의 얼굴에 그늘이 드리워졌다. 그의 마음에 닿았던 포근한 햇볕이 서늘한 바람을 마주하자 맥을 못 추리고 있었다. 가슴 한구석이 시렸다.

제 방으로 다가간 유한은 조심스레 방문을 열었다. 희미한 스탠드 불에만 의지한 방 안은 적막한 어둠이 점령하고 있었다.

화면 보호기가 틀어진 채 깜빡이는 노트북, 그 앞에 펼쳐진 책 몇 권, 익숙한 갈색 노트, 불룩한 이불. 고요가 흐르는 공간.

유한은 들고 있던 쟁반을 테이블 위에 두고 봄에게 다가갔다. 낮고 규칙적인 숨소리가 귓가에 울렸다. 발갛게 달아오른 새하얗고 작은 얼굴 위로 이슬이 맺혀 있었다. 이마가 뜨겁다.

비상약을 찾는 동안 소파에서 잠이 들어 버린 봄을 제 방에 눕혀 놓았던 유한은 침상 옆 탁상에 놓인 약을 내려다보았다.

잠이 든 후로 한 번도 깨지 않은 듯, 포장 상태 그대로의 알약과 물이 담긴 머그컵을 본 유한은 낮게 한숨을 내쉬었다.

'열이 너무 높아.'

봄의 몸이 땀으로 흥건하게 젖어 있었다.

"꼬맹아."

살짝 흔들며 불렀지만 뜨거운 열이 정신을 앗아 간 듯 미동도 하지 않았다.

몸을 뒤틀자 얇은 여름용 이불이 봄의 허리께까지 말려 내려 갔다. 땀에 젖어 들러붙은 옷이 작고 가녀린 실루엣을 적나라하 게 드러냈다.

유한의 움직임이 멈추었다. 사고회로에 불이 꺼지는가 싶더니 입안이 바싹 마르고 타는 듯한 갈증이 밀려왔다.

그는 봄에게서 시선을 떼지 않고 테이블 위에 올려둔 음료 하나 를 집어 들었다. 뽁, 하는 소리와 함께 병마개가 열렸다. 혀끝에 닿 는 음료는 아무 맛도 느껴지지 않은 채 갈증만을 해결해 주었다.

거침없이 삼키는 유한의 목울대가 울렁대었다. 차가운 음료가 목을 타고 넘어가자 뜨거웠던 속이 가라앉았다.

"……추워."

피부에 닿는 서늘한 공기에 봄이 몸을 움츠렸다. 가볍게 심호흡 을 한 유한이 종잇장 같은 이불을 어깨까지 덮어 주고는 얇은 이 불 몇 개를 더 꺼내었다.

두터워진 이불이 몸을 감싸자 봄의 얼굴이 안정감을 찾았다. 유한은 그녀의 옆에 자리 잡았다.

"아프지 마라."

땀에 젖어 늘어진 봄의 머리칼을 한 올, 한 올 넘겨 준 유한이 귓가에 대고 나지막하게 속삭였다.

그의 몸이 앞으로 살며시 기울었다. 그 순간 열기를 품은 부 드러운 숨결이 뒤섞였다.

더 이상 들려오지 않는 빗소리와 시계 초침 소리. 시간이 느 려졌다. 들숨과 날숨이 여러 번 교차되고 시계 초침 소리가 청각을 자극할 때 시간은 다시 움직이기 시작했다.

그때 한 줄기의 빛이 어두운 방 안에 새어 들어오며 자신의 영역을 점점 넓혔다.

"오빠, 봄 언니 자?"

문을 조심스럽게 열고 고개만 내민 세영이 물었다. 유한이 고개를 끄덕이자 세영은 문을 활짝 열어 뒤에 있던 인영을 방 안으로 들였다.

성인이라기엔 앳된, 낯선 이의 얼굴이 긴장한 듯 딱딱하게 굳어 있었다. 유한이 미간을 좁혔다. 세영은 어설프게 웃으며 변명했다.

"오빠 방에 다른 사람 데려와서 미안한데 있지, 이 사람이 언니 데리러 왔대."

"그럼, 봄이 데려가겠습니다."

성큼성큼 다가온 재현이 유한과 봄의 사이를 가로막았다. 그는 침대 위에 힘없이 잠들어 있는 봄을 번쩍 안아 들었다. 미처 감싸지 못한 팔이 아래로 축 늘어졌다. 마치 물먹은 종이 인형 같았다.

몸을 돌린 재현의 시선이 유한과 마주쳤다. 무언의 대치 상황이 이어졌다. 그리고 그건 유한이 옆으로 비켜서면서 끝났다.

"그럼."

재현은 미간을 찌푸리며 고개를 살짝 숙였다. 봄을 안고 가는 재현의 뒷모습을 유한은 가만히 바라보며 그대로 멈춰 서 있었다.

그게 마지막이었다.

현관문을 활짝 열자 앞에 세찬 폭우가 쏟아졌다. 고요한 숲속에서 들려오는 빗소리는 제법 컸다.

"빨리 감기가 나았으면 좋겠는데. 학생, 우리 봄이 조심해서 데려다 줘요."

유선이 재현의 등에 업힌 봄의 작은 몸 위에 우비를 덮어 주었다.

"네."

"조금 더 쉬다가 비 그치고 가도 되지만, 여긴 비상약밖에 없어서 그러라 할 수가 없네. 잘 부탁해요."

살며시 웃는 유선의 눈가에 걱정이 어렸다.

꾸벅 숙인 고개를 들자 재현의 시야에 한 남자가 들어왔다. 봄의 작은 입에서 즐거운 듯 흘러나오던 '아저씨'였다. 그 모습이 어두웠던 방 안에서 보았던 것과 사뭇 달랐다.

그는 흔들림 없는 시선으로 등에 업힌 봄을 바라보고 있었다. 상상과는 정반대의 모습에, 재현은 신경질적으로 널찍한 검은 우산을 펼쳤다.

'저게 무슨 아저씨야.'

우두두, 빗줄기가 우산을 거세게 때렸다. 유한을 본 그 순간부터 무언가 세차게 재현의 심장을 두들기고 있었다. 귀를 멍멍하게 울리는 빗소리만큼이나.

방 안으로 돌아온 유한이 노트북 앞의 갈색 노트를 펼쳤다. 하얀 종이 위로 펼쳐진 난잡한 검은 선들이 꼬불꼬불 지렁이가 되어 시야를 현란하게 만들었다. 봄의 낮은 숨소리가 유한의 귓바퀴를 타고 메아리처럼 맴돌고 있었다.

"왜 그런 거지."

유한이 노트를 덮으며 중얼거렸다. 떨어지는 굵은 빗줄기를 보자 마음이 착, 하니 가라앉는다. 열기를 품고 있던 봄이 사라진 서늘한 공간.

침대 옆 테이블 위에 놓인 쟁반엔 미개봉 상태의 노란 음료 하나가 덩그러니 남아 있었다. 핑크빛 액체가 바닥에 고인 빈병과 함께.

쏴아, 빗소리가 차분하게 흐르는 고요함을 가로질렀다.

어두웠던 시야가 환해졌다. 봄은 눈을 몇 번 깜박였다. 뿌옇던 시야가 점점 선명해지더니 연노랑색의 벽지가 눈에 들어왔다.

아직도 달콤한 꿈속에 머물러 있는 기분이었다. 귓속에 물이 차오르고 수면 위를 둥둥 떠다니는 그런.

봄은 손을 활짝 펴고 천장을 향해 들었다. 약 2주 전에 자리 잡았던 주홍빛을 하얀 손톱이 밀어내었다.

'기분이 이상해.'

온몸에 들끓던 열은 다 식어 버렸는데도 입술에 닿았던 따뜻한 감촉은 잊혀지지 않는다. 봄은 슬며시 손끝을 입술에 가져다 대었다.

손이 뜨거운 건지, 거칠어진 입술이 열기를 머금은 건지 분간이 되지 않았다.

누구였을까? 꿈결에 닿았던 부드러움과 입안으로 밀려 들어왔던 그 말랑한 감촉이 떠오르자 봄은 두 뺨을 손으로 감쌌다. 입안에 옅은 딸기 향이 머물러 있는 듯했다.

"봄이 일어났니? 이 땀 좀 봐!"

문을 열고 들어오던 수인이 봄의 모습을 보고 놀란 눈으로 다가왔다. 봄은 입술에 닿아 있던 손을 이불 속으로 숨겼다. 손끝이 찌릿했다.

수인의 손에 들린 투명한 대야 속에서 맑은 물이 넘칠 듯 찰랑대었다. 그 속에 담긴 깨끗한 수건도 함께. 봄의 이마에 놓여 있던 묵직한 물수건을 들어낸 수인이 안도의 한숨을 내쉬었다.

"열은 그래도 얼추 내린 거 같아서 다행이네."

"이모?"

몸을 일으킨 봄은 물에 적신 수건으로 땀을 닦아 주는 수인을 멀뚱멀뚱 바라보았다. 고개가 옆으로 살짝 기울었다.

"……나 별장에 있었는데?"

"재현이가 업고 왔어. 비가 너무 와 걱정돼 보냈더니 넌 이렇게 감기 걸려서 오고……. 얼마나 속상했는지 아니?"

봄이 유한의 방 안을 되새기며 살짝 웃음 지었다.

'좀 더 푸른빛의 벽지였지. 천장은 나무였어.'

열에 들뜬 시야 사이로 들어왔던 풍경이 어렴풋이 기억났다.

책상 위에 열려 있던 검은 노트북과 탁상 위에 놓였던 작은 시계, 이리저리 널린 샤프와 지우개의 잔해들. 그리고 방 안에 머물렀던 좋은 냄새.

'사진으로 찍어 올 걸 그랬나? 사진을 보면 바로 앞에 있는 것처럼 코끝에 닿을지도 모르는데. 생생하게.'

실망이 담긴 봄의 표정에 수인이 의아한 얼굴을 했다. 그러자 봄이 활짝 웃으며 말했다.

"미안, 이모. 걱정 많이 했지?"

봄의 입가에 예쁘게 그려진 미소에 수인은 어쩔 수 없다는 듯 덩달아 입꼬리를 올렸다. 그리곤 봄의 어깨를 살짝 잡으며 화제를 돌렸다.

"재현이 조금 전에 왔는데, 얼른 따뜻한 물로 샤워하고 와."

"재현이 왔어? 나 얼른 씻고 올게."

수인은 바닥으로 발을 내리는 봄의 품에 가지런히 쌓아 뒀던 옷가지를 한 아름 안겨 주었다.

"아가씨, 옷은 꼭 챙겨 가시구요."

위이잉, 드라이기의 따뜻한 바람이 물기를 머금은 봄의 머리 사이사이를 파고들었다. 온몸이 녹아내릴 듯 노곤했다.

수인이 기계의 작동을 멈추자 소음에 가려졌던 빗소리가 들려왔다. 쏴아아, 굵어진 빗발이 꼭 폭포 소리 같았다.

유리창에 흘러내리는 빗물을 멍하니 바라보던 봄이 말했다.

"근데 이모, 비 언제부터 왔어? 분명 나 잠들기 전까지는 흐리긴 했어도 비는 안 왔는데."

"너 잠든 게 언젠데 그러니. 종일 잤잖아."

"응? 나 어제 오후에 잠들어서 지금 깨어난 거 아니야?"

위이잉, 다시 드라이기에 불이 들어왔다. 물기가 달아나 건조해진 머리칼을 따뜻한 바람이 이리저리 헤집었다.

"꼬박 하루 넘게 누워 있었어."

움직이던 수인의 손이 멈추었다. 아직도 열에 정신을 못 차리는 봄의 모습이 생각나 간담이 서늘해졌다. 마치 작년에 치른 외할머니의 장례 때가 되풀이되는 것만 같아서.

촘촘한 빗살로 봄의 얇고 부드러운 머리칼을 빗어 내리던 수인이 태연함을 가장한 채 담담하게 말했다.

"열이 얼마나 오르던지, 오늘도 안 떨어지면 병원에 데려가려 했지."

여기서 가장 가깝다는 병원도 얼마나 먼 줄 아니? 다 됐다. 수인이 빗을 내려놓고 차분하게 가라앉은 봄의 머리를 흐트렸다.

손으로 하루하루 꼽아 보던 봄이 눈을 동그랗게 뜨고 수인을 되돌아보았다.

"그럼 벌써 하루가 지난 거야? 오늘 월요일?"

"응, 월요일 아침. 배 많이 고프지?"

수인이 바닥에 앉아 있는 봄을 일으켰다. 그제야 허기를 느낀 봄이 거실로 달려갔다. 거실 테이블 앞에 앉아 과자를 한 움큼 쥔 재현이 손을 번쩍 들었다.

"어이, 한봄! 괜찮냐?"

후드득, 손에 잔뜩 쥐고 있던 과자가 바닥으로 떨어졌다.

"아, 진짜!"

재현이 신경질을 내며 바닥에 떨어진 과자를 줍고는 입구가 열린 딸기우유를 집어 들었다.

재현의 모습을 보던 봄이 맞은편에 앉았다. 원피스를 입은 봄의 몸에서 향긋한 비누 향이 맴돌았다.

"재현아, 네가 나 업구 왔어?"

"이 오빠가 널 업고 온다고 얼마나 힘들었는지 아냐?"

웃는 봄의 모습에 심술 난 재현이 우유갑을 테이블에 내려놓고 손바닥으로 그녀의 이마를 살짝 밀었다. 인상을 찌푸린 봄이 이마를 문지르는 사이, 재현이 티슈로 입을 닦았다.

"열은 다 내린 거지?"

"응!"

고개를 세차게 끄덕이는 봄을 보던 재현이 들고 있던 휴지와 빈 우유갑을 휴지통에 넣고 자리에서 일어났다.

딸기우유. 휴지통에 들어간 우유갑을 멍하니 보던 봄이 손을 입술로 가져갔다. 여전히 입안에서 딸기 향이 머무르고 있는 기분에 재현을 바라보았다. 손을 살며시 뒤로 숨기며 물었다.

"있지, 재현아. 그거 너였어?"

"뭐가?"

바로 돌아오는 재현의 되물음에 봄이 화들짝 놀란 듯 두 손을 저었다.

"아니, 아무것도 아니야!"

"뭐야, 싱겁게."

허탈한 웃음을 짓는 재현의 입술에 하얀 휴지 조각이 붙어 있었다.

"바보야! 입술의 휴지나 떼!"

우스꽝스러운 모습에 두 손으로 입을 가린 채 숨 죽여 웃던 봄이 재현에게 와락 외쳤다.

봄의 앞에 모락모락 김이 올라오는 죽이 놓아졌다. 퍼진 밥알과 노란 계란이 헤엄치는 죽 위에 수인은 솔솔 깨소금을 뿌려 주었다. 고소한 향이 봄의 코끝으로 휘말려 들어왔다.

"잘 먹겠습니다!"

봄은 신 나게 외치며 한 숟갈을 떠서 후후 불었다. 입을 문질러 휴지를 떼 낸 재현은 행복에 겨워하는 봄의 모습에 가볍게 웃으며 맞은편에 앉았다.

"맛있냐?"

"응응, 완전 맛있어. 참, 나 별장 갈 건데 너도 갈래?"

오물오물, 고소한 향을 입안 가득 머금은 봄이 재현을 보고는 말했다. 이야기를 듣자마자 재현의 인상이 굳었다.

"거길 왜 또 가?"

식은 죽의 윗부분을 살살 긁어내느라 재현을 보지 못한 봄이 죽한 숟갈을 입에 넣었다. 부드러운 죽이 목으로 걸림 없이 넘어갔다.

"오늘 아저씨 가는 날이야!"

"언제쯤 갈 거라고 생각하는데?"

"오후쯤에 가지 않을까? 나랑 인사도 해야 하는데."

봄이 얼굴에 아쉬운 기색을 띠면서도 별장 갈 생각에 들떠 있자 재현은 손을 멈칫했다. 그러다 다시 앞에 놓인 과자를 하나 집어 입에 넣은 뒤 중얼거렸다.

"야, 아서라. 거기 이미 떠났다더라."

"응?"

갑작스런 소식에 입에 있던 죽을 꿀꺽 삼킨 봄이 토끼 눈을 한채 재현을 쳐다봤다. 손에 들려 있던 수저가 움직임을 멈추었다.

"오빠 말 듣고, 여기서 얌전히 네가 좋아하는 딸기우유나 마셔. 이제 우리도 갈 날 얼마 안 남았어."

"아저씨가 갔어? 에이, 장난치지 마!"

"그 새댁 이모가 말해 주던데? ……무슨 일인지는 모르겠지만 어제 갑자기 급하게 갔다고."

후두둑, 봄의 큰 눈망울에서 굵은 빗물이 떨어지더니 죽 위로 내려앉았다. 이번엔 과자를 향해 뻗던 재현의 손이 정지했다.

"거짓말."

중얼중얼 되뇌던 봄이 들고 있던 수저를 놓고 자리에서 벌떡 일어났다. 재현이 따라 일어나며 봄의 손을 붙잡았다.

"어디 가?"

"가 볼 거야!"

"야! 밖에 비도 많이 오는데 어딜 가?"

"그렇지만!"

봄이 눈물을 그렁그렁 달고 바라보았다. 재현은 시선을 피하며 한 손으로 이마를 짚었다.

'정이 생각보다 많이 들었나?'

창을 때리는 빗물로 앞을 내다볼 수 없었다. 보이지 않는 풍경을 한참 바라보던 재현이 무슨 생각이었는지 봄의 어깨를 짚었다. 떨림이 조금 잦아든다.

"같이 가자. 데려다줄게."

비 올 때 늘 들고 다녔던 재현의 검은 우산 아래 봄이 함께 섰다. 바닥으로 떨어진 물방울이 봄의 발목에 튀었다.

쏟아지는 빗속을 나란히 걷는 봄과 재현의 사이엔 아무런 대화도 오가지 않았다. 풀잎 사이로 흥건히 고인 물이 철퍽철퍽 밟혔다.

별장으로 다가설수록 봄의 걸음이 서서히 느려졌다. 고개 숙인 봄의 손목을 이끌던 재현이 앞에 다가서서 시야를 가리고는 말했다.

"다 왔어. 확인해 봐."

재현이 비키자 이번에는 굳게 잠긴 울타리 문이 봄의 발길을 가로막았다. 봄은 멍하니 앞을 바라봤다. 불빛 하나 없는 캄캄한 별장이 우두커니 자리하고 있었다.

늘 기다려 주던 아저씨도, 웃으며 반기던 유선 이모와 세영도, 그 속에서 흘러나오던 따뜻함도 저 별장이 담아 버린 추억이 되어 있었다. 봄이 애써 미소 지으며 입을 열었다.

"정말이네."

정말 이렇게 가 버린 거구나. 울타리를 짚고 있던 봄의 몸이 스르륵 바닥으로 내려갔다. 치맛자락에 흙탕물이 스며들었다.

헤어짐이 다가온다는 걸 알고 있었다. 하지만 이렇게 직면하고 보니 서운하고 텅 빈 감정이 셀 수 없이 봄의 심장을 교차했다. 가슴 한구석이 시렸다. 넋 나간 표정으로 별장을 바라보던 봄이 고개를 아래로 숙였다.

"다시…… 올까?"

목소리가 옅게 흩어졌다. 여린 어깨가 떨리기 시작하자 주먹을 꼭 쥔 작은 손이 하얗게 질렸다.

봄에게로 쏟아져 내리는 비를 막아 주던 우산이 살짝 흔들렸다. 등 뒤에 서 있던 재현의 손에 힘이 들어갔다. 바스락, 손에 자리 잡았던 종잇조각이 구겨지는 소리는 빗소리에 묻혀 사라져 버렸다.

더위를 가로지르는 장맛비가 내리던 그 여름날, 봄은 지독한 열병을 앓았다. 봄의 마음에 시리도록 차가운 비가 내렸다.

II
봄날과 마주하다

열린 창문 틈으로 습기를 머금은 바람이 흘러 들어와 머리칼을 스쳤다. 창밖을 멍하니 바라보던 봄은 창문에 팔꿈치를 걸치고 턱을 괴었다. 이맘때쯤이면 따뜻한 봄을 밀어내고 더위가 서서히 몰려오곤 했다.

운전석에 앉아 있던 재현이 핸들을 오른쪽으로 돌리면서 보조석을 흘끔 쳐다봤다.

"야, 한봄."

재현의 부름을 듣지 못한 듯 봄은 여전히 창밖만 바라보았다. 그때 영상같이 펼쳐지던 창문 밖 풍경이 멈추었다. 어? 고개를 갸웃하는 봄의 눈동자가 동그래졌다. 배경은 정지 화면인데 사람들은 움직였다.

"한봄, 정신 안 차릴래?"

갑자기 자신을 부르는 성난 목소리에 화들짝 놀란 봄의 팔꿈치가 쭈욱 미끄러졌다.

"으아, 아파!"

창문에 머리를 찧은 봄의 눈에 별이 떨어진 듯 이슬이 맺혔다.

"뭐하냐?"

"이재현! 아프잖아!"

혀를 쯧쯧 차는 재현을 흘긴 봄은 발갛게 변한 이마를 문질렀다. 곧이어 봄이 앉아 있는 좌석의 문이 달칵 열렸다.

"다 왔잖아, 굼벵아. 내려."

"그 이상한 호칭은 뭐야!"

"오늘 오빠 데리러 못 온다."

"너랑 같이 안 가도 돼. 바보야!"

맨날 오빠래. 언제까지 달고 살 거야. 봄이 입술을 삐죽 내밀고 투덜대었다.

"얼른 내리기나 해."

몸을 살짝 숙인 재현이 봄의 다리를 짓누르는 전공 책을 한 손으로 들었다. 이마를 살피던 봄은 손거울을 작은 가방 속에 넣고 차에서 폴짝 내려섰다.

눅눅한 습기를 머금은 미지근한 바람이 다리 사이를 휘감았다. 얇은 플레어스커트가 팔랑거리며 피부를 스쳤다. 봄은 보이지 않는 해를 찾으며 고개를 들었다. 하늘이 어두웠다.

'비 올 거 같아.'

먹색의 구름이 하늘을 뒤덮고 있었다.

"뭐하냐? 이거나 받아."

재현이 건네는 전공 책을 받아 든 봄의 두 팔이 물먹은 솜마냥 아래로 축 늘어졌다.

"팔 힘 좀 길러라."

재현은 핀잔하면서도 아래로 쳐진 봄의 책 밑을 손바닥으로 살짝 받쳤다.

"고마워."

"오늘 언제 마쳐?"

예쁘게 웃는 봄에게 재현이 물었다.

"강의는 네 시까지. 알바는 한 시간에서 두 시간 정도 하고 끝날 거 같아."

"여덟 시 전에 재깍재깍 집에 들어가는 거 잊지 말고."

"응!"

"어허, 건성으로 대답하지 말고!"

"애늙은이 같아."

봄의 나지막한 중얼거림에 재현의 이마에 줄 하나가 자리 잡았다.

"애늙은이가 아니라 이미 성인이거든?"

"네, 네."

듣는 둥 마는 둥, 한 귀로 흘리는 듯한 봄의 대답에 재현이 미간을 좁혔다. 한마디 하려고 입을 연 순간 봄의 얼굴이 밝아졌다. 재현의 등 뒤로 익숙한 사람들이 나타나자 작은 손을 좌우로 흔들었다.

"지연이랑 민경이 왔어. 재현아, 나 가 볼게!"

봄이 책을 품에 껴안자 재현의 손바닥 위 묵직한 무게감이 사라졌다. 발끝에 날개라도 달린 듯 사뿐사뿐 가볍게 달려가는 봄의 차분한 머리칼이 어깨 너머로 찰랑댔다.

그런 뒷모습에 대고 재현이 외쳤다.

"확인 전화한다?"

"응! 재현아, 나중에 봐!"

뒤도 돌아보지 않고 대답하는 봄의 모습에 재현이 한 손으로 이마를 짚으며 나지막하게 한숨을 내뱉었다.

스물두 살이 되었어도 몸만 컸을 뿐, 봄은 여전히 아이같이 천진난만했다.

그 깨끗함 곁으로 구정물을 끼얹은 벌레들이 꼬일까 재현은 늘 신경을 곤두세웠다. 정작 봄은 느끼지 못하는 듯했지만.

고개를 저으며 차에 올라 탄 재현의 시선이 봄이 머물렀던 보조석에 닿았다.

"이 멍청이."

봄의 분홍빛 휴대폰이 시트 위에 덩그러니 놓여 있었다.

"점순아, 오늘도 이재현이 데려다 준 거야?"

옆자리에 앉아 별명을 친근하게 부른 민경이 눈을 빛내며 물었다. 책상 위에 전공 책을 내려놓은 봄이 팔을 조물조물 주무르며 의자에 걸터앉았다. 모서리 부분이 닿았던 맨살 위로 빨간 줄이 그어져 있었다. 봄의 입술이 삐죽 나왔다.

"말하기 싫다 이거지? 너 데려다 주는 거 다 봤어. 발뺌하지 말라니까?"

"좋겠네. 데려다 주는 남자 친구도 있고."

"그러니까. 소설 속 점순이가 머슴 남친 낚더니."

"민경아, 굼벵이도 구르는 재주가 있다잖아."

"남자 친구 아니야!"

민경과 지연의 얄궂은 놀림에 봄은 팔을 만지작거리다 말고 두 손을 내저으며 부인했다.

왜 오늘따라 굼벵이 타령인 거야, 정말. 중얼중얼 투덜대는 봄에게 민경과 지연의 의심이 담긴 눈초리가 쏟아졌다. 그 집요함에 봄은 앞에 놓인 책을 만지작거렸다.

'사실을 말해도 어떻게든 그냥 엮어 버릴 텐데.'

민경과 지연이 가십거리를 즐기는 성격임을 뻔히 아는 봄은 물끄러미 그녀들을 바라봤다. 그리고는 손끝에서 머물렀던 책의 모서리를 살짝 들어 올렸다. 펼쳐진 책장 사이로 기분 좋은 종이 냄새가 코끝을 간질였다.

"재현이는 어릴 적부터 같이 지낸 소꿉친구야."

기대에 찬 눈빛으로 바라보는 민경과 지연에게 대답한 봄의 눈꼬리가 예쁘게 휘었다.

"거짓말!"

민경은 믿을 수 없다는 듯이 봄의 옆에 찰싹 들러붙었다. 그녀에게서 나는 시원한 향이 봄의 기분까지 산뜻하게 만들었다.

"정말 둘이 사귀는 거 아니야? 서로 알 만큼 아는데 걸릴 게 뭐가 있어!"

"매번 데려다 주고 데리러 오고…… 이상하잖아. 연인이 아닌 이상 그렇게까진 안 하지 않아?"

"아냐! 소꿉친구라서 그런 거야. 친군데 어떻게 사겨."

아무런 감정도 들지 않는데? 고개를 갸웃하며 중얼거린 봄은 서로 쿵짝이 잘 맞는 민경과 지연을 보더니 맑은 웃음을 터뜨렸다.

그 모습에 민경이 머리를 긁적거리며 한 손에 잡히는 봄의 팔뚝에서 손을 떼었다.

"야, 너 살 좀 쪄야겠다."

봄의 팔을 찰싹 때린 민경이 살이 통통하게 오른 자신의 팔을 문질렀다.

"지연아, 오늘 우리 점순이 몸보신시켜 주러 가자. 얘 살 좀 찌워야겠어."

"그럴까? 참, 봄아. 알바비 들어오는 날이 오늘이지? 이노센트 가 보자, 그럼."

"어! 이노센트 거기, 나 눈독 들이고 있었는데. 역시 우린 통해. 거기다 점순이 알바비까지! 아. 좋다, 좋아."

지연이 한 손을 들자 민경이 신 난다는 듯 하이파이브를 하고는 봄을 돌아보았다.

"이노센트? 그게 뭐야?"

"레스토랑이잖아, 이 바보야."

레스토랑? 민경의 외침에도 의아한 듯 토끼 눈을 한 봄의 얼굴에 지연이 입을 열었다.

"그냥 분위기 좋은 레스토랑이야."

"그냥이 아니지! 전단지 안 돌리고 광고도 안 하는데 음식 맛나고, 분위기 깔끔하고. 오로지 입소문 타서 유명해진 곳이잖아. 어떻게 거길 모르냐? 되게 맛있대. 갈 거지?"

"맛있대? 그럼 갈래!"

딸기 스무디도 있겠지? 맛있었으면 좋겠다. 작게 중얼거리는 봄의 두 뺨이 발그레하게 물들었다. 지연이 그런 봄의 머리를 가볍게 쓸어내렸다.

"그럼 마치고 연락해."

"응응!"

고개를 가볍게 끄덕인 봄은 필통에서 펜을 꺼내어 손에 쥐었다.

"시험공부 열심히 해야지."

파이팅을 외치며 책을 보던 봄은 뺨에서 따갑게 느껴지는 시선에 고개를 들었다. 대견하다는 얼굴을 한 채, 입가에 미소가 만연히 피어난 민경과 지연이 눈에 들어왔다.

가만히 그 둘을 바라보던 봄은 갑자기 생각났다는 듯 두 손바닥을 마주쳤다.

"근데 알바비는 왜 물은 거야?"

대답 없는 시선에, 무언가 깨달은 봄의 작은 손에서 힘이 빠져나갔다. 데구루루, 책 위를 한 바퀴 굴러 바닥으로 떨어진 검은 펜이 민경의 동그란 구두코에 다다랐다.

봄의 눈이 서서히 커졌다. 붉은 기를 띠는 작은 입술 사이로 놀란 목소리가 흘러나왔다.

"있지, 내가 사는 거였어?"

순진한 봄의 질문에 고개를 민경과 지연이 참고 있던 웃음을 터트렸다.

전원이 깜박이는 노트북, 나동그라진 만년필, 그리고 펼쳐진 갈색 노트가 보호 유리를 덮은 테이블 위에 자리 잡았다. 서늘한 에어컨 바람에 펼쳐진 노트의 종이가 팔락였다.

소파에 누워 눈을 감고 있던 인영의 머리 위로 그림자가 드리워졌다. 블랙과 화이트의 단조로운 벽지, 화초 하나 없는 삭막한 사무실 안에 커피 향이 순식간에 가득 차올랐다.

"여어, 꼭 나 혼자 일하는 기분이다?"

눈꺼풀이 열리자 무심함을 띤 옅은 갈색의 눈동자가 드러났다. 유한의 피로해 보이는 눈에 붉은 기가 서려 있었다. 그 모습에 민혁은 맞은편 소파에 앉으며 손에 쥐고 있던 하얀 잔을 앞에 놓았다.

"커피라도 마셔라."

관자놀이 부근을 꾹꾹 누르던 유한이 고개를 살짝 끄덕이며 커피 잔을 입에 가져다 대었다. 밀려오던 두통은 짙은 원두 향에 파도가 가라앉듯 잠잠해졌다.

손만 뻗으면 바로 닿는 노트북, 갈색 노트와는 달리 저 멀리 있는 동떨어진 서류들을 보고 민혁이 깊은 한숨을 내쉬었다.

"이제는 일에 중점을 두는 게 어때? 아니, 그것보다 두 마리를 다 잡으려고 하는 게 무리인 거 같다."

"별로, 그렇지 않아."

"이젠 네가 일하느라 피곤한 건지, 글 쓰느라 피곤한 건지 분간이 안 가네."

원두 향을 입안에서 음미하던 유한이 잔을 테이블에 놓으면서 말했다.

"둘 다 무리 없이 하고 있으니 걱정 안 해도 돼."

"밥은 제대로 챙겨 먹어?"

어지러운 테이블을 대충 정리하던 민혁이 아무래도 걱정이 되는지 유한을 바라보았다.

"취미는 쉬엄쉬엄해. 왜 일과 비중이 같은 거야."

"형이 생각하고 있는 그 반대야. 취미랑 일의 개념."

"어련하시겠어."

어깨를 으쓱한 민혁이 등을 소파 뒤로 기대었다.

"하아. 넌 딱히 놀고먹고 있는 거 같지 않은데, 이상하게 꼭 나 혼자 다 하는 기분이란 말야."

입가에 미소를 그린 민혁이 내뱉는 뼈대 있는 말에, 유한이 시선을 창밖으로 돌렸다. 그 모습에 민혁은 한쪽 눈썹을 치켜 올렸다.

유한에 대해 설명하라 한다면 민혁은 1초의 망설임도 없이 한마디로 정의할 수 있었다. '유별난 자식.'

여심을 홀릴 듯 반듯하고 곧게 생겨서는 자기 외에는 별 관심이 없고, 다정할 듯 보이면서 알고 보면 웬만한 일에는 가벼운 미소조차 띠지 않는 놈.

그래서 거래처를 방문하는 일은 모두 민혁이 떠맡아야 했다. 저 딱딱한 돌덩어리가 가면 일을 망치기 십상이었다. 하지만 민혁이 이 자리에 있는 건 유한의 성격이 이름대로 유(流)하지 않았기 때문이기도 했다.

'다행으로 여겨야 하는 건가?'

여전히 창밖을 응시하는 유한의 모습에 그 시선을 따라 갔다. 산뜻한 봄날인 듯했지만 실상은 더위가 밀려오는 봄의 끝물에서 있었다. 오전에 출근할 때 느꼈지만 하늘은 맑아도 끈적끈적한 공기가 마치 비가 올 것만 같았다.

그때 민혁이 무언가 생각난 듯 기대고 있던 소파에서 몸을 일으켰다.

"맞다. 휴가 날짜 대충 정해졌어."

"언젠데?"

"확정된 건 아니지만 7월 말이나 8월 초쯤? 이번 휴가 때는 무슨 계획 있어?"

"……글쎄. 형은?"

유한이 되묻자 민혁은 싱글벙글 웃으며 해외여행에 대한 단꿈을 입 밖으로 줄줄 내뱉었다.

끝나지 않는 이야기를 한 귀로 흘리던 유한은 전원만 들어와 있고 화면은 꺼진 노트북을 빤히 바라보았다. 까만 화면 위로 푸른 녹음이 얼핏 보인 듯한 착각이 들었다. 그 숲의 중심엔 하얀 울타리가 둘러싼 별장이 있었다.

'……휴가라. 많이 변했겠지.'

두 뺨을 발그레하게 물들이고 청량한 웃음을 내뱉던 작은 소녀가, 순수함을 그대로 간직하고 있었으면 하는 헛된 기대에 실소를 흘렸다. 4년이란 시간은 그리 짧은 시간이 아니었다.

수면 위로 떠오른 감정에 유한은 나지막하게 중얼거렸다. 사진이라도 찍어 둘 걸 그랬나.

"아, 맞다! 잊을 뻔했네! 너희 어머님께서 오늘 집으로 오라더라. 같이 식사하자고."

"몇 시?"

"일곱 시 반이라던데?"

"그래."

들뜬 기분을 추스르지 못한 채 저녁 음식을 기대하는 민혁을 뒤로하고 유한은 검은 화면을 가만히 바라보았다.

"뭘 그렇게 뚫어져라 봐?"

민혁이 곁으로 와서 화면과 유한을 번갈아 보았다. 유한은 그대로 노트북을 덮었다.

"별거 아냐."

4년 전 그 여름날의 기억도 함께.

산 너머로 뉘엿뉘엿 넘어가는 해가 하늘을 붉게 물들였다. 알바가 거의 끝나 가자 봄은 한숨을 돌렸다. 오늘같이 습기 차고 불쾌한 날의 야외 촬영은 옷을 여러 번 갈아입어야 하는 봄을 더욱 지치게 만들었다.

찰랑거리는 생머리에 살짝 넣은 웨이브와 흰색 블라우스, 오렌지 빛 치마를 입은 봄은 마냥 어리게 보이지만은 않았다. 소녀에서 여인으로 넘어가는 골목에 서 있는 느낌.

촬영이 끝났다는 소리에 후다닥 옷을 갈아입은 봄은 다시 소녀로 돌아왔다. 지는 해를 바라보던 봄이 급하게 휴대폰을 찾아 가방 속을 뒤적였다.

"아까부터 계속 안 보였는데. 정말 어디로 간 거지?"

휴대폰의 행방을 고민하던 봄의 시선에 저 멀리 시계탑이 들어왔다. 봄의 눈이 토끼처럼 커졌다. 앗, 늦었다! 급하게 주변 스태프들에게 인사를 한 봄은 현장을 후다닥 빠져나왔다. 발걸음이 점점 빨라져 가고 있었다.

"미안, 촬영이 늦게 끝나 버렸어."

약속 장소에 도착한 봄의 이마에 땀방울이 맺혀 있었다. 입구에 서서 기다리던 지연이 손수건으로 봄의 얼굴을 닦아 주었다. 다정한 손길에 봄의 표정이 화사하게 피었다.

"이 땀 좀 봐. 천천히 걸어오지 그랬어."

"미련하게 뛰어오기는."

민경은 얄밉게 핀잔하면서도 봄의 어깨를 축 쳐지게 하는 가방을 빼앗아 들었다.

"우와, 여기 예쁘다. 반짝반짝해."

봄의 시선이 닿은 레스토랑 간판은, 파스텔 펄이 들어가 은은한 조명을 반사시켰다. 계속 보고 있자니 분홍빛으로 빛나는 듯한 착각도 들었다.

InnoScent.

이상한 영문 철자에 고개를 옆으로 기울였다. 민경이 넋 놓고 있는 봄의 팔을 이끌었다.

"점순아, 뭐해! 얼른 들어가자. 예약해 놨는데 네가 너무 안와서 나와서 기다렸잖아."

"응응!"

간판에서 시선을 뗀 봄이 민경과 지연을 따라 레스토랑 안으로 들어갔다. 원형 테이블 앞에 앉는 그 순간까지 봄은 내부 디자인에서 시선을 떼지 못했다. 민경이 불안한 듯 봄의 작은 손을 꼭 잡았다 놓았다.

테이블에 앉은 봄은 두 손으로 턱받침을 한 채 눈을 반짝였고, 그 모습에 입가에 미소를 그린 지연이 다가온 웨이터에게 주문을 했다.

봄은 눈동자를 데구루루 굴렸다. 바로 앞에 놓인 동그란 갈색 탁자와 엉덩이가 바닥에 닿을 듯 폭신한 의자, 그리고 흘러넘치는 잔잔한 클래식.

"정말 예뻐!"

비밀 얘기 하듯이 몸을 낮춘 봄이 속삭이며 수줍게 웃었다.

"점순인 보고 있으면 가끔 너무 아이 같더라."

민경이 장난스럽게 봄의 어깨를 툭 쳤다. 마냥 좋다는 듯 봄은 생글생글 미소 지었다.

"이번 여름방학 때 여기서 알바하고 싶다. 경쟁률이 그렇게 세다던데. 그치, 지연아."

"일한 만큼 준다니까. 시급제가 아니라 월급제라던 거 같은데."

"여기에도 이력서 넣어야지! 점순아, 너 그 피팅 알바 언제 끝난다고 했지?"

"모레쯤?"

미소 짓느라 활짝 폈던 봄의 작은 입술이 오므라들었다. 손가락으로 하나하나 꼽으며 날짜를 되짚었다.

"어차피 너도 알바 끝나니까 같이 넣는 게 어때?"

"그럴까?"

민경의 제안에 봄은 중얼거리며 앞에 놓인 물 컵의 빨대를 휘휘 저었다. 망설이는 듯한 모습에 지연이 웃으며 화제를 전환했다.

"이번 여름방학 때 다 같이 여행이나 갈까? 봄아, 여름에 계획 있어?"

"음…… 아, 교수님 중에 방학 끝나고 리포트 제출하라는 분도 계셨는데."

"맞다, 리포트! 악, 진짜 싫다. 무슨 초등학생도 아니고 방학 숙제라니."

"진정해, 진정. 그런다고 리포트가 없어지진 않지."

불평, 불만을 터뜨리는 민경과 그 어깨를 토닥이는 지연의 모습을 물끄러미 보고 있던 봄이 입에 물고 있는 투명한 빨대를 쪼르륵 빨았다.

역류해서 올라온 물이 텁텁한 입안을 촉촉이 적셨다. 고개를 숙이자 웨이브진 머리칼이 봄의 뺨을 스치며 간질였다.

민경의 우울함을 달래던 지연이 봄을 보며 입을 열었다.

"봄아, 그래서 여름에 계획 같은 거 있어?"

"아, 응응! 이모랑 이모부 보러 가야 될 거 같아."

수인과 현욱의 다정한 모습을 떠올리던 봄이 산뜻하게 미소를 지었다.

그때 주문한 메뉴가 둥그런 테이블 위로 차곡차곡 올라왔다. 테두리에 꽃이 둘러진 접시 위로 소담스런 음식이 자리 잡았다.

봄은 앞에 놓여진 잘 먹지 못하는 수프를 민경에게 건네주고 포크로 샐러드를 콕 집었다. 아삭아삭, 경쾌한 소리가 봄의 작게 우물거리는 입에서 흘러 나왔다.

"이모님네는 어떤 분들이셔?"

"이모는 마음이 여리고 착해. 이모부는 되게 포근하구. 두 분 다 말로 표현할 수 없을 만큼 좋아!"

행복해 보이는 봄의 표정에 지연과 민경의 입가에도 잔잔한 미소가 그려졌다. 민경이 수프 속을 헤집던 스푼을 뜨며 봄을 바라보았다.

"거기 가면 뭐해? 어떤 곳인데? 궁금하다."

"보통 재현이랑 같이 놀아. 계곡도 가고, 원두막에서 마을 분들이랑 수박도 먹고! 아, 이모가 손톱에 봉숭아도 물들여 줘. ……그거 정말 예쁜데."

"나도 가 보고 싶네."

샐러드 먹는 것을 중단한 채 재잘거리는 봄의 머리를 지연이 살며시 쓸어 주었다.

"응. 숲도 있어. 깨끗하고 맑고 시원해. 게다가 그 숲 속에 있는……."

봄이 말끝을 흐렸다. 숲 속에 있는 별장은 동화 속에 나올 것 같다는 말은 샐러드와 함께 목구멍 뒤로 넘겼다. 음식이 목을 꽉 틀어막았다. 그 이물감에 봄은 물을 꿀꺽꿀꺽 삼켰다.

"봄아?"

"아무것도 아니야! 갑자기 목이 메어서. 다음에 한번 놀러 와."

의아한 지연의 시선에 봄은 고개를 저었다. 그리고 물 컵을 들어 보이며 빙그레 미소 지었다.

사실 별장에 대해선 할 얘기가 많았지만 더 이상 말하고 싶지 않았다. 불이 켜지지 않는 컴컴한 별장과 4년 전의 추억은 자신만의 비밀이었다.

멋쟁이 유선 이모도, 시원시원했던 세영도, 잘생긴 아저씨도. 그 누구도 알지 못하게 꼭꼭 감춰 놓은 비밀.

포크를 입으로 가져가던 봄의 시선에 누군가 닿았다. 고개를 갸웃거리는 봄의 눈길을 따라 창밖을 바라본 민경이 애피타이저로 나온 빵에 생크림을 바르며 말했다.

"저 사람들 아까 사무실 쪽에서 내려오던데."

"그러게. 여기서 일하는 사람들인가 봐."

"여기 사장 엄청 멋지다고 소문났던데. 보고 싶어라."

"저 사람 아니야?"

"어디?"

생크림이 묻은 민경의 입가를 지연이 냅킨으로 닦아 주었다. 두 사람은 호기심 어린 시선으로 창문 밖의 사람들을 바라보고 있었다.

운전석을 열고 있는 한 남자가 봄의 시선을 사로잡았다. 남자는 뒤늦게 레스토랑에서 나온 사람과 대화를 하고 있는 듯했다.

그때 그들 옆에 있던 가로등이 깜박이는가 싶더니 어둠이 내려앉은 거리를 밝혔다. 그의 생김이 얼핏 보였다. 옅은 갈색머리, 뚜렷한 이목구비, 이상할 정도로 낯설지 않은 옆모습.

어? 봄의 포크에 콕 찍혔던 샐러드가 아래로 추락하면서 테이블 위에 잔해를 남겼다. 차에 올라타는 그들을 보던 봄은 놀란 나머지 자리에서 벌떡 일어났다.

"야, 한봄! 어디 가!"

봄이 급하게 가방을 들고 걸음을 옮기자 민경이 당황한 듯 평소 부르던 별명이 아닌 이름을 불렀다.

"나 먼저 가 볼게, 미안!"

봄이 초조함을 담은 목소리로 외치고는 빠르게 밖으로 뛰어나갔다.

이미 차는 출발했는지 거리엔 적막이 흐르고 있었다.

빈 공간을 물끄러미 바라보던 봄의 시야로 옅은 갈색이 아른거렸다. 고개를 들자 이미 떠난 그들을 배웅한 종업원이 되돌아오고 있었다. 봄은 그를 붙잡았다.

"금방 간 사람이요, 누구예요?"

"누구를 말씀하시는 건지…… 아! 총지배인님 말씀이세요?"

봄이 망설이던 목소리를 끌어 올렸다.

"총지배인님이요? 그분…… 이름이 뭐예요?"

그 순간 심장 소리가 귀까지 들리는 것 같은 착각에 봄은 주먹 쥔 손을 가슴에 올렸다. 추억을 타고 날아온 설렘이 봄의 심장까지 다다른 것 같았다. 콩닥콩닥.

마음속으로 제발, 제발, 주문을 외던 봄의 귓가에 종업원의 목소리가 메아리치듯 울렸다. 귀에 물이 찬 듯 먹먹하게.

습하고 흐릿했던 어제의 날씨가 예고했듯이, 새벽부터 내린 비로 인해 검은 망토를 뒤집어쓴 아스팔트길엔 물이 흥건히 고였다. 툭툭, 봄의 마음을 두들기는 소리가 들렸다.

베란다 창문에 부딪힌 물방울이 매끈한 면을 따라 눈물 자국처럼 주르륵 흘러내렸다. 이대로 비가 한차례 오고 나면 무더위가 성큼 다가올 것 같았다.

하아, 물줄기가 쏟아지는 우중충한 하늘을 바라보던 봄이 한숨을 내쉬었다.

'정말 잘못 본 걸까?'

그건 그 순간의 추억이 만들어 낸 신기루였을지도 모른다. 손대면 사라져 버리는.

깜박거리며 켜지던 가로등과 그 희미한 빛 속으로 보인 옅은 갈색 머리칼, 선연히 떠오르는 이목구비까지 전부 다. 하지만 어느 여름날에 만났던 그의 모습이 그 위로 오버랩되었다.

"아, 정말 모르겠어."

봄은 마음이 복잡한 듯 조용히 웅얼거렸다. 작은 두 손이 붉어진 뺨을 감쌌고, 투명한 시선은 창밖을 응시했다. 비가 쉽사리 그치지 않을 것 같다.

비 오는 날을 딱히 싫어하지는 않았지만, 오늘따라 유난히 봄의 마음 한구석엔 먹구름이 드리워졌다.

소파에 앉아 턱을 괴고 있는 봄의 얼굴 위로 고민이 가득 담겼다. 그 모습을 본 재현이 미간을 좁히며 그녀의 뺨을 쿡 찔렀다. 화들짝 놀란 봄의 눈동자가 동그래졌다.

"응?"

"눈앞에 있는 떡볶이는 보이지도 않냐? 먹고 싶다며. 얼른 먹기나 해."

따뜻한 온기를 품은 커다란 손이 이마에 닿았다. 감기라도 들렸나 싶은지 걱정스러움이 담긴 재현의 굳은 표정이 시야에 들어왔다.

봄은 멍하니 붉은 옷을 입은 떡들의 행진을 응시했다. 매콤달콤한 떡볶이가 눈앞에 아른거렸다. 딱 봐도 모락모락 열기를 품은 것이 '나 좀 잡숴 주쇼.' 하고 유혹의 자태를 뽐내고 있었다.

'아침에는 정말 먹고 싶었는데…….'

오늘 아침, 폭신한 이불 속 단잠에서 헤어 나오지 못하던 봄의 귓바퀴를 타고 밤새 틀어져 있던 텔레비전 소리가 흘러 들어왔다. 몽롱한 시선으로 바라본 화면엔 모락모락 김이 오르는 새빨간 떡볶이가 가득 차 있었다.

결국 봄은 재현에게 전화해 투정 아닌 투정을 부렸다. 하지만 바로 앞에 놓인 떡볶이는 텔레비전 속의 그것과 달라 보였다.

"야, 한봄."

기운 없는 봄의 모습을 보다 못한 재현이 포크로 떡 하나를 푹 찍었다. 재현의 험악한 부름에 봄이 화들짝 놀란 듯 그를 올려다보았다.

"입 벌려."

"응?"

무심코 벌어진 입안으로 매콤한 향이 밀려 들어와 그 속을 가득 메웠다. 당황한 듯 재현을 바라보는 봄의 작은 입술에 빨간 양념이 묻었다. 만족스러운 미소를 입가에 띤 재현은 의기양양한 눈빛으로 봄에게 씹으라는 듯 고갯짓했다.

오물오물, 봄의 입술이 조금씩 움직였다.

혀끝을 자극하는 매콤한 양념이 스민, 말랑하고 쫄깃한 떡을

씹다 보니 깊숙이 숨어 있던 식욕이 스멀스멀 기어 올라왔다.

"정말 네가 만든 거 맞아? 와, 진짜 맛있어!"

새하얀 얼굴 위로 흐리멍덩하게 떠다니던 눈동자가 생기를 머금었다. 봄이 입가에 묻은 빨간 양념을 분홍빛 혀를 내밀어 낼름 핥았다.

"레시피, 적어 줄 거지?"

천진한 봄의 속삭임에, 햇빛에 그을려 까무잡잡한 재현의 얼굴에 삽시간 열이 올라왔다. 갑자기 느껴지는 당황스러움에 재현은 얼른 묵직한 주머니에 손을 넣었다.

"바, 받아!"

소파 위로 떨어진 분홍빛 옷을 입은 휴대폰이 반동으로 툭 튀어 올랐다. 봄이 휴대폰을 집으려는 찰나 재현의 잔소리가 날아왔다.

"전화한다고 말하자마자 흘리고 가지? 이 덜렁아."

포크를 쥔 손바닥 사이로 작은 휴대폰이 쏙 자리 잡자 봄의 커다래졌던 토끼 눈이 예쁘게 휘었다.

"와, 찾았다!"

작은 감탄사에 봄의 머리에 콩알 하나를 놓은 재현이 어묵을 입에 쏙 집어넣고 눈을 흘겼다. 귓속을 울리던 심장 소리가 테이프 늘어지듯 느려지자 그는 안도의 숨을 뱉었다.

"아파."

봄이 고통이 밀려오는 머리를 손바닥으로 문지르며 인상을 찌푸렸다. 눈썹 끝이 아래로 내려앉았다.

"이 오빠 없으면 어떻게 살려고 그러냐."

"머리에 혹 날 거 같아."

"너 사실대로 말해라. 불순한 의도로 휴대폰 두고 갔지."

"그게 뭐야."

"일부러 두고 간 거 아니냐고 묻고 있잖아."

"아니야, 정말 몰랐어. 폰 없어져서 찾았단 말야."

억울하다는 듯 울상을 지은 봄이 포크로 떡을 헤집었다. 하지만 먹음직스런 모습과 매콤한 향에 식욕이 돋아났는지 얼굴이 다시 밝아졌다.

바닥에 납작하게 붙어 있는 얇팍한 어묵을 포크로 찍어 한입에 집어넣은 봄의 입술이 작게 움직였다.

"지금 음식이 목구멍으로 넘어가냐?"

비꼬는 목소리에 시선을 돌리자 치켜 올라간 재현의 눈에 의심이 담겨 있었다.

"전화한다고 했던 내 말조차 까먹은 거 아니야?"

"아니야!"

"어제 몇 시에 들어왔어?"

"음, 그러니까……."

우물거리는 소리로 손가락을 하나하나 접던 봄이 손뼉을 짝 치면서 재현을 바라봤다.

"아홉 시!"

"내가 몇 시까지 집에 들어가라고 했는데?"

뾰족해진 재현의 눈동자에 봄이 머리를 긁적이며 배시시 웃었다. 굳어진 표정의 재현이 확인하듯 한 번 더 되물었다.

"내가 몇 시랬어?"

"……여덟 시?"

"넌 어째 변하는 게 없냐?"

"그거 칭찬 아니지?"

입술을 삐죽 내밀면서도 그 속에서 재현의 마음이 고스란히 느껴지는 것 같아 봄은 슬며시 미소를 띠었다.

"정말 미안해. 민경이랑 지연이랑 같이 밥 먹으려던 거야. 진짜야!"

"걔들이랑 같이 있었어?"

"응……. 아, 휴대폰 켜 봐야지!"

재현의 살짝 누그러진 듯한 억양에 봄이 대답을 얼버무렸다. 만지작거리던 휴대폰 버튼을 꾹 누르자 파란 불빛이 들어왔다.

봄은 화면이 밝아지는 휴대폰을 바라보면서도 커다란 눈동자를 굴려 재현을 살폈다. 슬금슬금 자신의 눈치를 보는 봄의 모습에 재현이 고개를 저었다.

"우와, 민경이랑 지연이가 문자랑 전화 되게 많이 했어!"

걱정 많이 했나 보다. 낮게 중얼거리는 봄의 얼굴에 미안한 기색이 머물렀다. 봄은 휴대폰을 만지며 문자와 부재중 목록을 확인했다.

재현의 표정이 다시 굳어졌다. 봄의 작은 속삭임 하나조차 흘려듣지 않는 그는 입을 꾹 다물며 속으로 호흡을 가다듬었다.

'언제는 걔들이랑 같이 있었다며?'

재현의 속에서 부글부글 끓는 분노를 알아차리지 못한 봄은 휴대폰을 옆에 가지런히 놓으면서 예쁘게 미소 지었다.

"조금 이따가 전화해 줘야지!"

햇살이 내려앉은 듯 밝게 외친 봄이 재현을 보고 고개를 갸웃했다. 포크를 쥔 손을 그의 눈앞에서 흔들었다.

"재현아, 뭐해? 안 먹어?"

"어제 걔들이랑 밥 먹었다면서."

"응! 레스토랑 갔었지. 근데 왜?"

등잔 밑이 어둡다고, 봄은 바로 눈앞에 놓인 대화의 오류를 인식하지 못한 채 순진한 양처럼 멀뚱멀뚱 재현을 바라보았다.

"걔들이 왜 네 걱정을 해."

"응?"

"너 나한테 숨기는 거 있냐?"

캐내는 듯 집요한 재현의 눈동자가 봄을 향했다. 얼른 오빠한테 다 불어. 뒤늦게 깨달은 봄이 고개를 세차게 좌우로 저었다.

"아니야, 아무것도 없어! 애들한테 전화나 해야겠다."

"조금 이따가 한다고 안 했냐?"

"조금 지났어! 음…… 3분?"

더듬더듬 손을 뻗어 잡은 휴대폰으로 재빨리 전화를 거는 봄의 모습에 재현이 미간을 좁히며 불평했다.

"너 이렇게 밖으로 나돌 거 알았으면 옆집으로 이사 왔어. 이거야 원, 옆에 붙잡아 둘 수도 없고……. 이래서 위아래는 힘들다니까."

재현의 투덜거림에 봄은 딴청을 하며 휴대폰에 귀를 기울였다. 따르릉, 따르릉. 활발한 민경과는 어울리지 않는 기본 신호음이 귓속을 쟁쟁하게 울렸다.

—야! 너 뭐했어!

연결되자마자 들려오는, 비명에 가까운 고함 소리에 봄은 화들짝 놀라며 폰을 저 멀리 떨어뜨렸다. 접시에 금가는 소리가 들리는 듯한 착각이 들었다. 고래고래 소리 지르는 민경의 우렁찬 목소리가 휴대폰을 타고 흘러나왔다.

옆에 있던 재현이 헛웃음을 내뱉었다.

"목소리 장난 아니네."

멋쩍은 듯 뺨을 손끝으로 만지작대던 봄이 조용해진 휴대폰에 귀를 살짝 가져다 대었다.

"민경아, 미안. 많이 걱정했지?"

─말도 없이 그렇게 나가고! 전화는 받지도 않고! 어우! 이 점순이 같은 게! 이거 놔 봐! 나 얘한테 할 말 많다니까?

민경아, 진정하고 나 바꿔 줘, 응? 지연이 옆에서 달래는 듯 아옹다옹하는 목소리가 들리더니, 고주파의 목소리와는 정반대인 차분한 음성이 수화기를 타고 유유히 흘러나왔다.

─봄아, 무슨 일 있는 건 아니지?

지연의 목소리는, 경사가 높지도 낮지도 않은 작은 개울에서 흘러내리는 맑은 물 같았다. 우두두 쏟아지는 소나기 같은 민경의 커다란 목소리에 빠르게 뛰었던 봄의 심장이 이내 잔잔해졌다.

─갑자기 그렇게 나가서 얼마나 놀랐는데. 민경이도 안절부절못했어.

"미안……. 다신 안 그럴게!"

자신이 무언가 일을 저지르면, 걱정해 주는 사람이 딱 한 사람에 그치지 않는다는 걸 알고 있는 봄은 미안한 듯 울상을 지었다. 자신은 어쩔 수 없는 걱정덩어리였다.

웃음기 담은 지연의 목소리가 달래 주듯이 흘러나온다.

—그래. 아무 일 없으면 다행이지, 뭐. 우리 지금 도서관 근처인데, 올래? 이제 시험이잖아.

"아, 맞다! 나 내일부터인데."

—도서관 와. 같이 공부해.

지연의 제안에 깐깐한 전공 교수를 떠올리던 봄이 재현을 흘끔거리고는 망설이듯 옷자락을 만지작거렸다.

"음, 못 갈 거 같아. 누가 와 있어서."

—뭐, 어쩔 수 없지. 그럼 시험 끝나고 보겠다. 아니면 시험 날?

"응응!"

—시험공부 열심히 하고. 잠시만, 민경이가 바꿔 달라고 성화네.

소란스럽다 싶더니 민경이 지연을 괴롭힌 듯했다. 그 모습이 눈앞에 펼쳐지는 것 같아 봄이 작게 소리 내어 웃었다. 거칠게 내쉬는 민경의 숨소리가 뺨을 간질이는 것 같았다.

—야, 점순이! 너 한턱 쏘는 거 잊지 마! 어제 잘도 내뺐지?

"응? 내가 쏴?"

—당연하지, 이 바보! 이렇게 잊을 줄 알았지?

놀리는 듯 웃음기 섞인 민경의 말에 봄이 당황한 듯 휴대폰을 꼭 붙들었다.

"어, 어……!"

—아무튼 시험 잘 치고 다음 주에 봐.

"응응, 알겠어! 너도 시험공부 열심히 해!"

한바탕 폭풍이 지나간 기분에 봄은 멍하니 휴대폰을 응시했다. 핑크빛 살 위를 덮은 새하얀 손톱이 휴대폰 *끄트머리*로 고개를 *빼꼼* 내밀었다.

"뭐하나?"

상기된 표정으로 멍하니 있는 봄의 모습에 재현이 무심한 듯 물었다.

"응? 아니, 얼른 먹어! 되게 맛있어, 이거."

"야, 네가 만든 게 아니라 이 오빠가 만든 거야."

주객전도하기는. 자리에서 불쑥 일어난 재현이 커다란 손으로 봄의 머리를 꾹 눌렀다.

"어디 가?"

"물 가져올게."

흐트러진 머리를 정리하던 봄이 손바닥을 활짝 펴서 머리 위에 올렸다. 음, 이게 아닌가? 고개를 갸웃거리다 손을 그대로 창밖을 향해 뻗었다. 벌려진 손가락 틈새로 투명한 창문이 자리 잡았다.

봄은 자신의 작은 손을 오므라뜨리며 무릎 위로 올렸다.

'재현이보다는 따뜻하고 내 손보다는 컸었는데……'

창밖의 비가 조금은 잦아든 것 같은 기분이 들었다. 뿌얀 김이 내려앉은 창문을 보며 봄은 나지막하게 중얼거렸다.

"……유민혁?"

사각사각, 만년필이 하얀 종이 위에 부드럽게 곡선을 그려 내는 소리가 적막한 사무실에 퍼졌다. 그 안에 가득 담긴 짙은 원두커피 향.

오랜만에 좀 쉬어 보겠다던 민혁은, 소파에 턱을 괸 채 앉아 향기의 근원인 잔을 들고 홀짝거렸다. 그리고 아까 전부터 펜을 들고 놓지 않는 유한을 물끄러미 바라보았다.

티끌 하나 없는 하얀 피부, 이마 끝을 살짝 덮는 옅은 갈색 머리칼, 그렇다고 해서 여성스러워 보이지 않는 단단한 체격.

오피스텔에 혼자 살고 있다더니 점점 말라 가는 유한의 얼굴 골격이 두드러졌다. 날렵한 턱 선이 확연히 눈에 들어왔다.

'저게 나보다 멋있으면 안 되는데.'

단정했던 외모가 조각상 다듬듯이 반듯해지는 기분에 민혁이 눈가를 찌푸렸다.

"너 요즘 계속 마르는 거 같다?"

치졸한 질투에서 나온 민혁의 말에 유한이 서류에 두고 있던 시선을 들었다. 그런가? 빤히 자신의 얼굴을 쳐다보는 민혁의 모습에 손으로 뺨을 한 번 쓸어내렸다.

"너 식사도 제대로 안 하지?"

"뭐, 그냥."

미적지근한 커피가 담긴 잔을 입에 갖다 댄 유한이 짙은 향을 한 모금 머금었다.

"집 나와서 산 지 얼마나 됐다고 식사를 걸러."

"별로 배고프지 않아."

"안 고프기는. 허기져도 그냥 귀찮아서 음료로 배 채우지? 그러다 진짜 쓰러진다, 영양실조로."

잔소리하듯 말을 쏟아 내던 민혁이 입가에 항상 머무르던 빙글빙글한 미소를 지웠다. 그래, 그의 외모를 견제하는 것보다 물주이신 사장의 건강이 우선이었으니까.

하지만 이미 식어 버린 커피만큼 유한의 얼굴은 물기 하나 없는 건조한 사막이 되어 있었다.

"요즘 같은 시대에 돈 있는 놈이 영양실조라니. 너 쪽팔려서 얼굴도 못 든다."

딱따구리마냥 콕콕 찔러 대는 민혁의 충고를 귓등으로 흘려 듣던 유한은 피어오르는 갈증에 단숨에 커피를 들이켰다. 입안이 바싹 말라 왔다.

"네가 영양실조 걸릴 만큼 일한다 해도 알아줄 사람 하나 없어. 뭐, 욕이나 안 먹으면 다행이지. 그러지 말고 사람 하나 붙여 준다니까."

민혁이 쉼 없이 잔소리하자 유한은 바람 빠진 웃음을 흘렸다.

"좀, 웃지만 말고."

그런 유한이 답답한지 민혁은 반도 채 마시지 않은 커피 잔을 테이블 위에 소리 나게 놓았다. 다물었던 입을 다시 벌리려는 순간, 유한의 두 눈과 마주쳤다. 옅은 갈색의 눈동자가 부드럽게 휘었다.

"형."

"어? 왜……?"

나지막한 목소리에 민혁은 저도 모르게 신경이 곤두섰다. 유한이 책상 위에 나뒹굴던 만년필을 쥐었다.

"할 일 없어?"

꼿꼿이 섰던 잔털들이 사그라지는 소리가 들렸다. 민혁은 두 손을 번쩍 들고 예의 여유로운 표정을 지으며 자리에서 일어났다.

"그래, 그래. 알았다. 어디 무서워서 걱정이나 하겠어?"

그러니까 요지는 식사를 거르지는 말라는 거야. 계속 이러면 내 맘대로 한다?

문밖을 나서는 순간까지 이어지는 민혁의 말을 듣는 둥 마는 둥 하던 유한이 펜을 쥔 손에 꾹 힘을 주었다. 단 한 번도 요리하는 기억을 담은 적 없는 손이 마디마디가 눌려서 변했다. 발갛게.

감미로운 음악이 흐르는 카페의 달짝지근한 커피 향이 코끝으로 맴돌았다.

"벌써 시험이 끝이라니, 허무해 죽겠어. 안 그러냐, 지연아?"

민경은 테이블 위로 뺨을 대며 투덜거렸다. 그리곤 얼음이 굴러다니는 갈색 액체 위로 생크림이 듬뿍 얹힌 카페모카를 빤히 바라보았다. 옆자리에 다소곳이 앉은 지연의 모습에 민경의 큰 눈이 옆으로 길쭉하게 늘어났다.

"시험은 잘 쳤어?"

지연의 웃음기 담긴 물음에 민경이 고개를 번쩍 들며 두 손으로 짧은 머리카락을 쥐었다.

"잘 쳤으면 내가 이렇게 한심한 소리를 하고 있겠냐구! 악! 성적 결과 나오면 교수님한테 무릎 꿇고 빌어야 될 판이야, 지금!"

테이블에 눌린 민경의 뺨에 얼룩마냥 빨간 동그라미가 물들었다. 카라멜마끼아또 위에 솔솔 뿌려진 카라멜 가루를 빨대로 젓던 봄이 민경의 얼굴을 보곤 까르르 소리 내어 웃었다.

"너 뺨이 빨개! 꼭 도장 찍은 것 같아!"

절규를 멈춘 민경은 신경질적인 손놀림으로 가방 속에서 손거울을 꺼내었다. 커다란 붉은 얼룩이 물든 뺨은, 좁기만 한 거울 속에서도 훤히 들여다보였다.

"아오, 이거 왜 안 없어진대?"

"다음에 잘 보면 되지, 뭐. 이번 시험이 끝이 아니잖아?"

화장이 뭉칠까 봐 세게 문지르지도 못하던 민경이 결국 성질을 내며 거울을 던지듯 내려놓았다. 심경이 급격하게 오르락내리락하는 듯 들썩이는 민경의 등을 지연은 다정하게 토닥이며 달래었다.

"응응, 다음에 잘 보면 되지!"

예쁘게 미소 지은 봄이 맞장구를 쳤다. 카라멜마끼아또 사이를 가로지른 채 하얀 거품이 묻은 빨대를 작은 입술 사이에 끼웠다. 혀끝에 닿는 달콤함에 눈동자가 반달로 휘어졌다.

"눈앞의 시련은 그것뿐만이 아니야. 리포트, 아, 망할 리포트."

불만스럽게 인상을 찌푸린 민경이 한숨을 내쉬며 카페모카를 음료처럼 벌컥벌컥 들이켰다.

"그건 좀 걱정되네. 그 교수님 까다로운데."

"그치?"

지연의 눈가에도 슬며시 걱정이 차올랐다. 민경이 얼음을 와작와작 씹으며 중얼거렸다.

"소중한 순간을 담아 오라니, 너무 추상적이잖아."

머리 위에서 쏟아지는 에어컨의 서늘한 냉기에 봄의 얇은 팔 위로 소름이 돋았다.

비가 오고 난 다음 날을 기점으로 밀려온 더위는, 종일 에어컨을 켤 정도로 숨 막히게 세상을 뒤덮었다.

봄은 멍하니 카페 밖, 아지랑이가 스멀스멀 피어오르는 자동차 위를 쳐다보았다. 바깥의 열기가 고스란히 손에 닿을 듯 느껴졌다.

"참! 점순아, 너 생각해 봤어?"

지연의 위로에 힘입어 제정신을 차린 민경이 커피를 마저 삼키고는 턱을 괴었다.

"응? 뭘?"

동그랗게 눈을 뜬 봄이 고개를 갸웃거렸다.

"으이구, 또 까먹어?"

민경이 봄의 코를 살짝 잡아당기며 가볍게 핀잔했다. 작은 코 끝이 발그레해졌다. 아무것도 모르겠다는 표정에 민경이 고개를 저으며 중얼거렸다.

"넌 성적은 잘 나와도 이럴 때 보면 머리가 썩 좋은 건 아닌 거 같더라."

"뭘 말하는 거야? 모르겠어!"

"이노센트에서 알바하는 거 말야. 생각해 보라고 했었잖아."

"치, 그게 언제 적 얘긴데 그래."

봄이 뾰루퉁하게 입술을 내밀며 차가운 잔을 손으로 잡았다. 옅은 거품 위로 보이는 얼음의 크기가 조막만 하게 줄어들고 있었다.

"지금 아르바이트생 모집 중이거든. 오늘 나 이력서 넣으려고 가져왔어. 자, 네 것도 혹시 몰라 챙겨 왔지."

"진짜?"

"어, 지연이 것도."

"내 것도 챙겼어?"

팔랑, 새하얀 종이 한 장이 봄의 앞에 놓였다. 투명한 유리컵에 맺혔던 물방울 하나가 또르르 흘러내리더니 종이 위에 눈물 자국을 새겼다.

"다 같이 하면 좋지 않아?"

민경이 신 나게 웃으면서 펜을 들었다. 물기 하나에 우그러진 종이의 동그란 부분을 봄이 물끄러미 바라보았다.

빼곡히 채워야 할, 텅텅 비어 있는 칸. 이력서를 그저 바라만 보고 있는 봄의 모습에 지연이 미소 지었다.

"봄아, 내키지 않으면 안 해도 돼."

지연은 지원이라도 해 볼 요량인지 펜을 들고 칸 하나하나를 채우기 시작했다.

'어쩌지?'

봄은 망설이는 얼굴로 고개를 푹 숙이고 있는 둘을 빤히 응시했다. 그러다 펜을 들고 빈 종이에 조심히 레스토랑 이름을 적어 보았다.

InnoScent. 아무리 봐도 이상하기만 한 'S'에 펜 끝이 여러 번 움직였다. 굵은 동그라미가 그 부분을 강조하듯 자리 잡았다. 움직이던 펜이 동작을 멈추었다. 머릿속에 다시금 그의 얼굴과 이름이 맴돌았다.

'유민혁.'

매치가 되지 않는다. 분명 그 모습은 이런 이름과 어울리지 않았다. 다시 볼 수 있을까? 봄은 펜 끝을 입에 물었다.

빈 칸 위로 펜이 닿았다. 사각사각, 이름 적는 난에 봄의 이름이 자리 잡았다.

한봄.

반짝반짝 별빛을 뿌린 듯 빛나던 간판은 깔끔한 파스텔핑크 옷을 입고 있었다. 그날 저녁과는 다른 느낌의 간판을 올려다보던 봄은 하얀 두 뺨에 홍조를 띠었다. 한낮 레스토랑의 단조로운 풍경은 마치 단아한 미녀를 보는 기분이었다.

그 아래로 몇 개 놓이지 않은 계단이 발끝에 툭 걸렸다. 심리적으로 가파르게 느껴지는 계단에 금세 봄의 얼굴이 울상을 그렸다.

'괜히 왔나?'

한 계단씩 발을 내디딜 때마다 이력서를 담은 봉투가 봄의 작은 품속으로 파고들어 왔다.

"얼른 와!"

느릿느릿한 걸음에 답답함을 이기지 못한 민경이 봄의 손을 잡고 끌어당겼다. 외마디 비명을 뱉은 봄의 작은 몸이 앞으로 기울면서 발이 본능적으로 빨라졌다.

"그러다 봄이 넘어지겠다."

"아, 요게 굼벵이처럼 느리잖아!"

"좀 살살 끌어."

주의를 주면서도, 잡아당기지 말라는 소리는 하지 않는 지연이 봄의 옆에 섰다. 그리고 어깨에 손을 올려 휘청휘청 흔들리는 몸의 중심을 잡아 주었다.

"나 걸을 수 있어! 팔 아파. 내가 무슨 이제 막 걸음마 뗀 아기도 아닌데."

입술을 불퉁하게 내민 봄은 투덜대면서도 얌전히 민경의 손에 이끌려 문 앞까지 다다랐다. 민경이 문손잡이를 붙들자 봄은 문득 두려워졌다.

"있지, 잠깐만!"

민경의 손 위로 봄의 하얀 두 손이 덮였다. 힘을 주는 바람에 새하얗게 질린 작은 손은 밀가루에 뒹굴다 온 것 같기도 했다.

툭, 봄의 작은 품에 있던 종이봉투가 바닥에 떨어졌다. 두 쌍의 시선이 봄을 향했다.

"음…… 그러니까."

"뭐! 빨리 말해!"

자연스럽게 손등에 올려진 손을 옆으로 치운 민경은 할 말이 있는 듯 우물쭈물하는 봄을 보았다.

"아무것도 아니야."

봄이 작게 한숨을 쉬었다.

'못 보면 어쩌지?'

이력서를 작성하던 그 순간의 설렘이, 마지막 한 방울까지 바짝 말라 증발해 버린 것 같았다. 거뭇하게 그늘 진 바닥을 바라보았다.

덩그러니 있는 종이봉투. 예쁘게 페디큐어가 덧칠된 발끝이 분홍색 펌프스의 트임 앞으로 빼꼼 고개를 내밀었다. 나무 발판 아래에 고여 있던 습기가 스멀스멀 올라오는 것 같았다.

조용히 고개를 숙이고 있는 그 모습을 어떻게 해석한 건지, 지연이 봄의 어깨를 다독였다.

"이때 아니면 언제 해 보겠어? 다 경험이야. 게다가 봄이 넌 피팅 알바 말고 이런 음식점은 처음이잖아. 해 봐도 나쁘진 않지?"

"응. 그렇긴 하지만."

다정한 지연의 손길에 작게 고개를 끄덕인 봄이 바닥에 널브러진 봉투를 잡았다. 탁탁, 봉투에 묻은 흙먼지를 조심스레 털고 있는 봄의 정수리를 보던 민경이 다시 문손잡이에 손을 올렸다.

"그럼 들어가자."

급하게 몸을 일으킨 봄의 품속에 자리한 종이봉투가 바스락대며 깊숙이 몸을 틀었다. 봉투를 움켜 쥔 손엔 저도 모르게 힘이 들어가 있었다.

딸랑딸랑. 유리문에 달린 아날로그 종이 흔들린 순간, 그 맑은 소리가 마음속으로 숨어들었다. 봄은 조심스레 민경의 등 뒤에서 고개를 내밀어 레스토랑을 살폈다.

조용히 흘러나오는 음악 사이로, 식기들이 마찰하는 소리와 도란도란 이야기를 나누는 소리가 귓가를 간질였다. 마냥 동화 속같이 예쁜 레스토랑의 풍경에 봄의 마음이 뛰었다. 두근두근.

"아르바이트 구한다고 해서 왔는데, 맞죠?"

민경이 마침 계단에서 내려오던 낯이 익은 남자의 팔을 붙잡고 싱글거렸다. 저번에 왔을 때 보았던 남자들 중 하나였다. 그가 고개를 갸웃대며 접혀 있던 손가락 두 개를 활짝 폈다.

"모집하고 있긴 한데. 두 명?"

"네? 아니, 얘까지 세 명이요!"

너 대체 뭐해. 민경이 뒤에 숨어 있던 봄을 끌어내며 타박하듯 등을 가볍게 쳤다. 낯선 남자가 의아한 듯 자신을 보고 있자 고개를 한 번 갸웃한 봄이 활짝 미소 지었다.

"안녕하세요."

"두리번거리고 있기에 아가씨는 손님인 줄 알았지."

"레스토랑이 정말 예쁜 거 같아요."

"처음 왔어?"

"아니요. 이번이 두 번째요."

붉어진 뺨을 두 손으로 감추며 눈동자를 위로 굴려 그를 바라봤다. 봄의 모습에 민혁이 소리 내어 웃었다. 유한으로 인해 차곡차곡 쌓여 있던 스트레스와 걱정들이, 달콤한 솜사탕이 혀끝에 닿듯 사르르 녹아내렸다.

긴장한 듯이 경직된 민경과 지연을 보는 민혁의 눈동자에 이채가 어렸다.

"채용하지, 뭐. 까다롭게 심사하는 것도 아니니. 마침 그 녀석 뒤치다꺼리 할 사람도 필요했는데 잘됐네."

"그 녀석이요?"

"아니야. 그럼 셋 다 하는 거지?"

"진짜요?"

"봄아, 잘됐다. 그치?"

"응응."

생각 외로 가볍게 내려진 승낙에 신 난 듯한 세 명을 바라보던 민혁이 집게손가락으로 턱을 자연스레 짚으며 물었다.

"그럼 이 중에서 요리에 자신 있는 사람?"

"요……리요?

'요리'라는 단어가 나오자마자 목석같이 뻣뻣이 굳은 민경이 지연을 찌르며 속삭였다.

"여기 서빙만 하는 거 아니었냐?"

잘 모르겠다는 듯 고개를 저은 지연의 시선 속으로 봄이 자리 잡았다. 아예 해당 사항이 없다는 건지, 듣지를 못한 건지 태연히 주변을 둘러보는 봄의 눈동자엔 생기가 돌았다.

"전 요리 지인짜 못해요!"

주방에서 설거지라도 시킬까 싶어 미리 발 뺀 민경이 뻔뻔한 미소를 입가에 그렸다. 민경의 단호한 거절을 예상이라도 한 듯 민혁은 표정 변화 없이 지연을 짚었다.

"그쪽도?"

"뭐, 저도 좀……."

"그래? 그럼 저 아가씨가 하면 되겠네."

곤란한 표정의 지연을 보던 두 개의 눈동자가 천장의 샹들리에에 시선을 빼앗긴 봄을 향했다. 와, 예쁘다. 봄은 돌아가는 상황을 알지 못한 채 나지막하게 감탄했다.

부드러운 미소를 띤 민혁이 옆에 나란히 섰다.

"멋지지, 저거?"

샹들리에를 검지로 짚은 민혁이 조그마한 봄을 내려다보았다.

"네, 되게 예뻐요."

발그레 두 뺨을 붉힌 봄이 동의의 표시로 고개를 세차게 끄덕였다.

"우리 사장 안목이 좀 뛰어나."

뛰어나다 못해 고급스러운 게 문제지.

인테리어 문제로 큰 구멍이 생길 뻔했던 예산이 갑자기 생각나자 눈앞이 아찔해졌다. 민혁의 얼굴에 머무르던 능글능글함이 재빠르게 자취를 감추었다.

"고급을 추구하기는, 개뿔이."

불만을 한가득 껴안은 목소리가 무심코 흘러나왔다.

"네?"

눈을 동그랗게 뜬 채 놀란 듯 되묻는 봄의 모습에, 민혁은 얼굴 가득 담긴 불만을 능수능란하게 밀어내고 최대한 여유로운 미소를 그렸다.

"아무것도 아니야. 그나저나 아가씨, 요리 좀 해?"

민혁이 봄의 어깨에 살며시 손을 얹으며 태연하게 물었다.

"거의 안 해요."

"할 줄 아는 건?"

"밥이나 라면? 3분 요리 같은 거……."

음식 해 본 적 정말 없는데. 민혁의 황당한 표정에 봄은 변명하듯 얼버무리며 고개를 푹 숙였다.

항상 재현이 만들어 놓거나 함께 식사했던 탓에 먹고 난 식기를 싱크대에 담가 놓는 것 외에는 주방 근처에도 가 본 적이 없었다. 게다가 돌이켜 보면 설거지까지 재현의 몫이었다.

'와, 되게 힘들었겠다……. 미안해서 어떡해.'

자신으로 인해 재현이 겪었던 고초를 생각하자 미안한 감정이 한가득 들어찼다. 한껏 들떠 있던 봄의 표정이 물에 젖은 생쥐마냥 가라앉았다.

"점순이, 얘가 아직 어려서 그런 거예요."

"맞아요. 아니면 그냥 제가……."

갑자기 생기 잃은 마른 꽃잎이 되어 버린 침울한 봄의 모습에, 민경과 지연은 조금 전에 했던 거절은 잊고 앞다투어 봄을 변호했다. 봄을 달래려 애쓰는 그들의 모습에 민혁이 어깨를 한번 으쓱했다.

"뭐, 괜찮아. 요리 같은 건 배우면 돼. 매끼 챙겨 먹이기만 하면 되니까."

"네?"

"그게 무슨……."

"정 안 되면 둘이서 나란히 요리 교실이라도 다니든지."

민경과 지연이 이해가 되지 않는다는 듯 서로를 마주 보자 민혁이 한마디 덧붙였다.

"둘 말고 저 아가씨."

"에? 저요?"

누구랑 배우란 거예요? 봄이 뾰루퉁하게 입술을 내밀자 민혁이 카운터에 놓인 메모지를 하나 집어 들었다. 가슴팍에 꽂혀 있던 펜이 손아귀에서 유연하게 몸을 움직였다.

"자, 아가씨는 여기로 출근해."

"여기가 어딘데요?"

"우리 사장 집. 옆에 적힌 건 현관 비밀번호."

갑자기 봄의 눈이 커지면서 꾹 다물려 있던 입술이 벌어졌다.

"여길 제가 왜요?"

"샹들리에 저거, 우리 사장이 골랐다니까? 여기 있는 테이블이며 소파며 조명까지 전부 다."

"근데요?"

"사장 집에 가면 더 멋진 걸 볼 수 있을지도 모르지."

"와, 진짜요?"

어린아이를 달콤한 사탕으로 꿰어 내듯, 민혁이 호기심 많은 토끼에게 달콤한 미끼를 훌쩍 던졌다.

"알겠어요."

자신을 유혹하는 달달한 향을 뿌리치지 못한 토끼는 미끼를 덥석 물었다. 민혁의 입가에 함지박만 한 웃음이 그려졌다.

저 작은 아가씨의 흘러넘치는 생기가 막연한 기대감을 샘솟게 했다. 건조하기만 한 유한을 촉촉이 적셔 주지 않을까, 하는. 식사를 제때 챙겨 줄 것 같기도 하고.

"근데 거기 가면 뭐해요?"

"오전 열 시? 그쯤에 가서 자고 있으면 깨우고, 밥 안 먹었으면 먹이고 출근도 같이해."

"그게 뭐예요!"

"한마디로 네가 할 일은 사장한테 달려 있다는 거야."

민혁이 불룩 튀어나온 봄의 뺨을 가볍게 눌렀다.

"잠시만, 얘를 거기 혼자 보낸다고요? 설마 그 사장님 어린애를 보면 좀…… 아니, 아니. 그러니까 좋아한다거나 로리 기질이 있다든가…… 뭐, 그런 건 아니죠?"

"저기요. 그냥 제가 갈게요. 봄이는 좀……."

민혁은 망상의 나래를 펼치며 안절부절못하는 둘의 모습에 카운터에 등을 기대어 섰다.

"내가 설마 토끼를 호랑이 굴로 밀칠까. 걱정은 붙들어 매고 일단 이력서."

불안함을 감추지 못하면서도 아르바이트는 하고 싶은지 지연과 민경은 이력서를 건넸다.

민혁이 봉투를 열어 꼼꼼하게 채워진 하얀 종이를 차근히 눈으로 읽어 내렸다. 그리고 손으로 한 명, 한 명 짚으며 말했다.

"이쪽이 민경, 지연. 그럼 아가씨가 봄?"

넋을 놓은 듯 반응이 없는 둘을 대신해 봄이 고개를 끄덕이고는 갸웃했다.

"근데, 누구세요?"

"하, 여태껏 내가 누군지도 모르고 알바한다고 들이댄 거야?"

봄은 아르바이트 이야기를 먼저 꺼냈던 민경을 바라보고 다시 민혁에게로 고개를 돌렸다.

"잘 모르겠어요. 저번에 밥 먹으러 왔다가 얼핏 본 거 같기도 하구."

봄이 얼버무리고는 입을 가리며 배시시 웃었다.

"하긴, 내가 먼저 알려 주지도 않았으니까."

눈꼬리가 예쁘게 휘어진 봄을 보던 민혁이 같이 웃으며 손을 뻗었다.

"총지배인, 유민혁이다."

"어? 유민혁이요? 총지배인님?"

봄은 그날 종업원에게서 들었던 이름을 되새기며 동그랗게 뜬 눈으로 민혁을 멀뚱히 쳐다보았다. 봄의 마음이 속삭였다.

'착각이 아니었어. 만나게 될지도 몰라.'

두근두근, 작게 소리 내며 뛰는 봄의 심장에 기대감이 스며들었다.

"봄 아가씨, 손 안 잡아 줘? 나 좀 민망한데."

민혁의 말이 귓가를 파고들자 정신을 차린 봄이 손을 뻗으며 그의 두 눈을 마주했다. 봄의 작은 얼굴 속에 꽃이 만개하듯 화사한 미소가 자리 잡았다.

"아녜요! 언제부터 가면 돼요?"

온기를 머금은 부드러운 손이 커다랗기만 한 손을 잡는 순간, 민혁은 '이 작은 아가씨가 사람을 잡겠구나.' 싶었다. 토끼의 탈을 쓴 여우일지도 모른다고.

언제부터 주문을 했던 건지 재현이 당도했을 때부터 테이블 위는 정신이 없었다. 치즈가 뒤범벅된 채 시뻘건 양념을 덮은 불닭과 가지런히 놓인 과일, 그리고 입구가 열린 맥주 한 병과 멀쩡한 두 병이 진열되어 있었다.

재현은 어깨에 메고 있던 가방을 의자 옆에 두며 자리에 앉았다. 광수가 잔을 하나 놓으며 맥주를 따랐다. 하얀 거품이 둥그런 컵 위를 넘칠 듯이 가득 메웠다.

"이재현, 약속보다 좀 늦게 왔다?"

"차가 왜 이렇게 밀리냐."

"됐고, 오늘 네가 한턱 쏘는 거냐?"

"농담은."

재현은 대꾸하면서 안주로 나온 불닭을 젓가락으로 뒤적거렸다. 광수는 벌건 양념이 묻은 입을 손등으로 닦고는 화끈거리는 목구멍으로 맥주를 시원하게 넘겼다.

탁, 맥주잔을 소리 나게 내려놓은 광수는 식욕이 없는 듯 갈 길을 잃은 젓가락을 제 젓가락으로 툭 치면서 말했다.

"야! 친구가 실연당해서 위로하러 나왔으면 네가 사야 하는 거 맞잖아. 어떻게 실연당한 나보고 부담을 주냐?"

"뭐, 실연은 실연이고. 우리 사이는 더치페이, 오케이?"

"됐다, 됐어. 네가 그럼 그렇지, 뭐."

치즈가 늘어지는 닭을 입에 쑥 집어넣은 광수가 자신을 차 버린 민지를 곱씹으며 가만히 안 둘 거라 벼렀다. 광수의 벌려진 입 속에서 닭 씹히는 소리가 적나라하게 들렸다.

"아, 더러워. 입 좀 닫고 먹지 그래?"

재현이 기겁하며 젓가락을 놓고 광수의 이마를 쭉 밀었다. 광수는 기어이 고개를 재현에게 들이밀며 닭 냄새가 솔솔 풍겨 나오는 입을 열었다.

"걘 어떻게 지내냐? 그 있잖아, 네가 돌보는 여자애."

"네가 알아서 뭐하게."

"아직도 안 사귀냐? 다른 사람들이 보면 너네 벌써 사귀는 줄 알아."

광수의 빈정대는 말투에 재현이 기막히다는 듯 웃으면서 손을 저었다.

"신경 좀 꺼. 남의 일에 무슨 관심이 그렇게 많냐."

지이이잉, 재현의 휴대폰이 빛을 내며 미세하게 진동했다.

〈봄.〉

액정 위로 뜬 이름에 재현의 입가에 슬며시 미소가 걸렸다. 야, 걔야? 광수가 킥킥대면서 관심을 보였다. 목소리를 가다듬은 재현이 통화 버튼을 누르며 귓가에 휴대폰을 가져다 대었다.

"왜?"

—재현아! 나, 나 할 말이 있어!

즐거운 듯 봄의 맑은 음성이 재현의 귓속을 파고들었다.

—나 있지, 아르바이트하게 될 거 같아.

"그거 끝난 거 아니었냐?"

—아니, 아니! 피팅 알바는 저번에 끝났구. 이번에 민경이랑 지연이랑 같이 알바하기로 했어.

"무슨 알반데?"

—레스토랑. 나중에 집에 가서 얘기해 줄까? 나 너한테 부탁할 것도 있는데…….

재현은 마치 바로 제 앞에서 봄이 재잘거리는 듯한 착각이 들었다. 직접 말하지 않는 이상 죽어도 자신의 마음조차 알아채지 못할 봄은, 그 천진한 얼굴을 한 채 붉어진 두 뺨을 감싸며 예쁜 웃음을 지을 터였다.

—재현아?

대답이 없자 봄이 이름을 되뇌었다. 놓았던 정신을 잡은 재현이 헛기침을 했다.

"나중에 보자."

—응응, 우리 집에 와.

"어."

전화가 끊기자 벌건 불닭을 입에 넣던 광수가 낄낄 웃으며 말했다.

"좋아서 죽으려고 하네. 얼마나 키워서 잡아먹으려고 그러고 있냐? 그러다 누가 덥석 채 간다?"

광수가 눈을 반짝이며 턱에 꽃받침을 했다. 재현을 만나러 갔다가 보았던 봄의 모습이, 머릿속에서 필름이 돌아가듯 영상으로 펼쳐졌다.

마냥 귀엽다고 하기에도, 어른스럽다고 하기에도 어중간했지만, 화사한 얼굴 속에 자리 잡은 밝은 웃음은 사람을 환장하게 만들 것이 분명했다. 사람을 설레게 만드는 마력이 그 소녀에게 숨어 있는 듯싶었다.

광수가 실실 웃음을 흘리며 중얼대었다.

"아님 내가 채 가도 되나?"

생각만 해도 목이 타는지 침이 꿀꺽 넘어갔다.

"죽고 싶냐? 그런 생각 하지도 마라."

"야, 친구한테 사(死) 자 붙이는 건 좀 심한 거 아니야?"

"됐고. 꽃받침이나 좀 치워. 징그럽다."

재현이 벌건 양념을 입가에 묻힌 채 요상한 포즈로 반박하는 광수를 한심한 눈으로 바라봤다. 그리고 과일 하나를 입에 넣으며 탄식하듯 말했다.

"어디 가서 내 친구라고 하지 마라. 네가 참 부끄럽다."

와, 높다. 봄은 설레는 표정으로 기린마냥 목을 쭉 빼며 높은 오피스텔을 올려다보았다. 햇빛을 가린 건물 아래로 야트막한 그늘이 자리 잡았다.

봄은 뜨거운 열기를 피해 그늘 속에 들어와 빛과 어둠의 경계 사이를 바라보았다. 선명한 선 너머 주차된 자동차 위로 열기가 이글거렸다.

들고 있던 하얀 레이스 양산을 접어서 손에 쥐었다. 맞잡은 손과 손잡이의 틈새로 금방 땀이 차올랐다.

후우, 깊게 심호흡한 봄이 입구로 발을 내디뎠다. 딱딱한 바닥에 닿은 하얀 샌들이 경쾌한 소리를 내었다.

엘리베이터를 타고 올라가는 동안 봄은 가방 속에 넣어 둔 공책을 한 번 더 확인했다.

재현에게 구박이란 구박은 다 들으면서 가까스로 전수받은 레시피가 고스란히 담긴 보물이었다. 똑같이 만들 수 있을지는 모르겠지만.

"재현이한테도 꼭 만들어 줘야지."

수줍게 웃던 봄이 손에 쥐었던 양산을 가방 속에 집어넣었다. 어깨가 묵직해졌다. 시간이 멈추듯 정지한 엘리베이터가 사람마냥 소리 내며 입을 열었다.

─23층입니다.

엘리베이터 밖을 나선 봄이 주위를 어설프게 두리번거리며 고개를 갸웃했다. 엘리베이터를 기준으로 두 가구씩, 총 네 가구가 살고 있었다. 천천히 걸음을 옮기자 적막이 흐르는 복도에 발소리가 일정하게 울렸다.

"2304, 2304…… 여기다! 2304호."

가는 손가락이 문에 걸린 숫자를 콕 짚었다. 봄은 문 앞에 서서 머리와 옷매무시를 가다듬은 뒤 가볍게 호흡을 내뱉었다.

망설이듯 초인종을 향한 하얀 손이 버튼을 눌렀다. 고요한 복도에 소리가 울려 퍼졌다. 미동 없는 현관문에 봄은 손끝을 작게 말아 쥐며 아래로 내렸다.

"어쩌지? 그냥 들어가도 되나?"

봄은 작게 중얼거리며 고개를 갸웃했다. 도어락에 손을 갖다 대자 빛과 함께 숫자가 모습을 드러내었다. 민혁이 메모해 준 비밀번호를 곰곰이 떠올리며 네 자리를 하나하나 눌렀다.

0814. 곧 들려오는 문이 열리는 소리에 문고리를 살짝 잡고 밀었다. 기름칠을 하기라도 한 듯 소리 하나 없이 자연스레 열리는 문에 봄은 주춤거리던 발끝을 슬쩍 현관에 내밀었다.

"저기요, 아무도 없어요?"

에어컨이 틀어진 듯 서늘한 공기가 더운 팔에 닿자 오소소 소름이 올라왔다.

"아르바이트 왔는데……."

말끝을 흐리며 집 안으로 깊숙이 들어간 봄의 시야로 탁 트인 넓은 내부가 자리 잡았다.

"와, 넓다."

발코니 창으로 들어오는 한낮의 뜨거운 햇살이 봄 햇살로 변했다. 주변을 둘러보던 봄의 시선이 한곳에서 멈추었다. 눈이 서서히 커졌다.

"어?"

발코니의 투명한 창을 투과한 빛이 소파 위에 내려앉아 휴식을 취하고 있었다. 이마 위로 흐트러진 옅은 갈색 머리가 투명해진다. 천천히 걸음을 옮겼다. 쿵쾅쿵쾅, 심장이 뛰는 소리가 귓속을 먹먹하게 울렸다.

소파 위의 인영은 햇빛이 눈부신지 긴 팔을 뻗어 눈가를 가리고 있었다. 다가서자 그의 얼굴 위로 검은 그림자가 드리워졌다.

여전히 긴 속눈썹 아래로 음영이 지자 봄의 눈꼬리가 예쁘게 휘어졌다. 봄은 몸을 살짝 숙이며 나지막하게 속삭였다.

"아저씨."

굳게 닫혀 있던 눈꺼풀이 느릿하게 열리면서 옅은 갈색 눈동자가 미소를 짓는 봄의 모습을 담았다. 설렘으로 가득 찬 봄의 붉은 입속에 달달한 딸기 향이 스멀스멀 피어올랐다.

03

적막이 흐르는 공간 속으로 쏟아져 내린 햇살이, 소파 옆에 서 있는 작은 인영의 모습을 고스란히 비추었다. 어두컴컴했던 시야에 들어온 화사한 봄의 얼굴. 유한은 아직 꿈속에 있나 싶어 눈을 두어 번 깜빡였다.

갓 돋아난 새싹처럼 생기가 흐르는 미소를 담은 봄의 분홍빛 입술이 살짝 벌어졌다.

"아저씨?"

그제야 나른한 꿈속에서 헤어 나오듯 정신이 번쩍 들었다. 유한은 두통을 호소하는 머리에 미간을 찌푸리며 느리게 몸을 일으켰다.

"우와, 아저씨 맞네?"

소파 앞 테이블 위에 앉은 봄이 맑은 웃음소리를 터뜨렸다. 햇살을 비껴간 봄의 미소가 밝아졌다. 관자놀이 부근을 누르던 손을 내린 유한이 소파에 등을 기대며 봄을 응시했다.

"……너."

유한의 벌어진 잇새를 타고 흐르는 낮은 저음이 심장을 콕콕 찔렀다. 봄은 입가에 미소를 그렸다.

"아저씨, 우리 되게 오랜만이네요. 그렇죠?"

"여기에…… 왜?"

"어? 아저씨는 몰랐던 거예요? 그러니까…… 레스토랑에 친구랑 알바 면접 보러 갔었는데, 거기 총지배인님이 이쪽으로 출근하랬어요."

"유민혁?"

"맞아요, 그 이름!"

봄이 유한의 옆에 앉으며 팔로 소파를 짚었다. 보드라운 커버가 기분 좋게 손바닥을 스쳤다.

"에이, 아저씨는 사장이라면서 그것도 몰랐어요?"

"……비밀번호도?"

"네."

해맑은 답에 유한의 얼굴이 찌푸려졌으나 봄은 그와의 재회에 들떠 이를 알아차리지 못했다. 입술을 삐죽 내밀고 슬리퍼의 발끝을 보는 봄의 머리를 유한이 커다란 손으로 푹 눌렀다.

"꼬맹아, 많이 컸네."

유한의 다정한 음성에 봄은 놀란 듯 고개를 들었다. 따뜻한 갈색 눈동자가 봄의 까만 눈동자와 마주쳤다. 옅어진 그의 눈동자는 여전히 예뻐 보여 봄은 두 뺨을 붉힌 채 시선을 홱 돌렸다.

"있죠, 아저씬 왠지……."

봄의 마음이 간질간질 속삭였다.

'더 멋져진 것 같아요.'

유한의 두 눈에 의아함이 깃들자 봄은 고개와 손을 크게 휙휙 저었다.

"아니에요, 아무것도! 아저씨, 배 안 고파요?"

"잘 모르겠는데."

"진짜요? 아침은 먹었어요?"

"우유 한 잔?"

"에? 그게 식사라구요? 그거 먹고 어떻게 버텨요. 부엌은 어디 있어요?"

봄은 인상을 찌푸리며 벌떡 일어나 두리번거리며 부엌을 찾았다. 유한의 손짓을 따라간 봄은 넓은 부엌을 감상할 겨를도 없이 냉장고부터 활짝 열었다.

서늘한 냉기가 전신을 덮쳤다. 봄은 큰 눈을 깜빡이며 마실 것으로 가득 차 있는 냉장고를 멍하니 바라보았다. 각종 주스와 우유, 그리고 표면에 김이 서려 보기만 해도 시원한 맥주.

얼마나 음식을 안 해 먹고 살았으면 재료라고 있는 게 고작 과일이었다.

'대체 뭘 먹고 산 거야, 정말.'

휴우, 봄이 크게 한숨을 내쉬면서 냉장고 문을 닫았다. 소름이 돋은 팔을 문지르며 유한에게 다가가 팔을 잡아당겼다.

"아저씨, 얼른 일어나요."

체온이 바닥으로 내려앉은 차가운 손. 열이 스멀스멀 기어오르는 피부 위로 그 작은 손이 닿자, 유한은 얼떨결에 자리에서 일어나 봄을 내려다보았다.

"왜?"

"우리 마트 가요, 마트."

"마트는 왜?"

"먹을 게 없잖아요. 이 더운 날 저 혼자 가요? 이 동네 처음이라 길도 잘 몰라요. 장 본 뒤에 음식들 들고 오다가, 너무 더워서 길거리에서 탈진하면 어떡해요? 아, 정말. 괜히 왔어. 그냥 레스토랑에서 서빙이나 한다고 할걸."

가느다란 허리에 손을 짚은 봄이 다 들으라는 듯 투덜거렸다. 유한은 손을 뻗어 입이 댓 발 튀어나온 봄의 머리를 한 차례 흩뜨렸다. 보드라운 머리카락이 모래를 손에 쥔 것처럼 사르륵, 손가락 사이로 빠져나갔다.

"걱정도 참 많다."

"머리! 이것 봐요, 엉망 됐어요!"

"귀엽네, 뭐. 가자, 꼬맹아."

유한이 키를 집어 들며 봄의 손을 끌었다.

"정말, 가잘 때 그냥 가면 좀 좋아요?"

봄이 엉망이 된 머리를 정리하며 종알거렸다. 그 목소리를 유한의 경쾌한 웃음이 끌어안았다.

대형 마트에 들어서자 에어컨에서 흘러나오는 시원한 냉기가 폐부까지 차올랐다. 봄은 시린 코끝을 문질렀다. 흠뻑 젖은 강아지가 물기 털듯 몸을 부르르 떤 봄이, 일렬로 서 있는 카트 앞으로 다가섰다.

"동전이 어디 있지?"

작은 가방 속을 뒤적이던 봄이 결국 멀찍이 떨어진 유한에게 쪼르르 달려갔다.

"아저씨, 왜 여기 있어요. 얼른 와요!"

봄이 유한의 커다란 손을 붙잡았다. 봄의 손바닥에 남아 있는 차가운 냉기를 유한의 따뜻한 손이 고스란히 담아 갔다.

"아저씨 손, 되게 따뜻해요."

수줍게 웃던 봄이 카트 앞에 서곤 남아 있는 한 손을 쭉 내밀었다. 가볍게 미소 지은 유한이 보드라워 보이는 그 위로 동그란 동전 하나를 올려 주었다. 달칵, 경쾌한 소리와 함께 카트 하나가 봄의 손에 끌려 나왔다.

"자, 아저씨가 밀어요."

쥐고 있던 유한의 손을 카트 손잡이에 올린 봄이 예쁘게 눈을 휘었다.

"아저씨, 먹고 싶은 거 있어요?"

유한의 걸음이 봄의 작은 보폭에 맞추면서 느려졌다. 하얀 냉기가 눈에 보이는 냉장 칸에 초록빛 야채가 종류별로 진열되어 있었다.

"원래 아침은 잘 안 먹어서. 딱히."

"아침 겸 점심이 될 것 같아요. 기왕이면 먹고 싶은 거 먹는 게 좋은데……."

"네 맘대로 해."

"정말요? 진짜죠? 아, 다행이다. 사실 저 요리 오늘 처음이거든요."

봄이 작게 중얼거리며 레시피가 적힌 공책을 꺼내 들고 뒤적였다. 팔랑팔랑, 작은 손짓에 쉽게 넘어가던 종이가 한 페이지에서 멈추었다.

"우리 오므라이스 먹어요."

재현의 깔끔한 글씨가 하얀 종이 위를 빼곡히 채우고 있었다. 중요 포인트에 빨간 볼펜으로 별표까지 쳐 놓은 모양새가 세심한 재현의 성격을 고스란히 비추고 있었다.

도끼눈을 뜬 채 야단치던 재현을 떠올린 봄은 키득키득 소리 내어 웃었다. 유한의 눈동자가 펼쳐진 공책을 빠르게 훑고 지나갔다.

"네가 한 거야?"

"아니, 아니요. 재현이가 해 줬어요. 얘가 요리 하나는 잘하거든요. 매번 얘네 집에서 밥 먹고, 어쩔 때는 우리 집에 와서 만들어 먹어요."

"재현?"

까만 고수머리의, 어른이라기엔 조금 앳되었던 소년. 4년 전 자신을 사납게 노려보던 그의 모습이 유한의 흐릿한 기억 속에 떠올랐다.

그리고 열에 뒤덮인 채 땀으로 흥건히 젖었던 봄의 모습이, 눈앞에서 생글거리는 얼굴 위로 선명하게 겹쳐졌다. 유한의 가슴 한구석이 묵직해졌다.

"예전에 말한 적 있는 거 같은데. 그렇죠? 4년 전이었나?"

봄이 손가락 하나를 분홍빛 입술에 가볍게 가져다 대며 고개를 갸웃거렸다. 유한이 퉁명하게 대답했다.

"그런 사람 기억 안 나."

"정말요? 에이, 거짓말 마요. 기억나면서."

"너 얼렁뚱땅 말 놓는다?"

"제가 언제요. 어, 아저씨. 저기 당근, 당근!"

카트 옆으로 스쳐 지나가는 당근을 가느다란 손으로 가리킨 봄이 천진하게 웃었다.

"제가 맛있게 만들어 줄게요."

자연스레 유한의 팔짱을 낀 봄은 하얀 손을 카트 손잡이 위, 그의 커다란 손 옆에 올렸다.

물 흐르는 듯 자연스러운 봄의 행동에 유한이 바람 빠진 웃음을 흘렸다. 봄의 작은 머리 중앙에 위치한 동그란 가마를 손가락으로 콕 찔렀다.

"먹고 죽지 않을 만큼만 해라."

"당연하죠!"

카트 안에 음식 재료가 하나둘 담길수록, 봄과 유한 사이에도 그만큼 행복한 설렘이 차올랐다.

통통통, 도마 앞에 선 봄이 눈과 몸에 바짝 힘을 준 채, 어설픈 손놀림으로 재료를 하나하나 동강 내었다. 분홍빛 앞치마를 한 봄의 머리가 하나로 틀어 올려져 있었다. 드러난 목이 하얀 피부를 더욱 돋보이게 만들었다.

서늘한 칼끝이 지나간 도마 위엔 어린아이가 가위질한 것처럼 삐뚤빼뚤한 재료가 굴러다녔다.

하아, 유한의 입술을 비집고 탄식이 흘러나왔다. 식탁 위에 걸터앉아 봄이 하는 모양을 바라보다 결국 자리에서 일어났다.

위태로운 봄의 모습이 서커스처럼 눈앞에 펼쳐지고 있었다. 눈이 즐겁긴 하지만 이러다간 음식을 망치든지 혹은 봄이 다치든지 한 번은 사달이 날 것 같다.

"왜 이렇게 안 되지?"

고개를 갸웃하며 다시 한 번 칼 손잡이를 꼭 쥔 봄의 작은 손 위를 유한이 폭 감쌌다. 놀란 토끼 눈으로 봄이 돌아보았다.

"아저씨?"

"불안해서 못 보겠다. 손에 힘을 빼."

"티 났어요? 저 사실 겁나는 거 같아요."

작게 중얼거린 봄의 동그란 눈동자가 곱게 반달로 접혔다.

"어제 재현이한테도 동작 하나하나가 뻣뻣해 보인다고 구박 좀 받았거든요. 처음이라 그런가?"

"같이해."

"아저씨, 요리할 줄 알아요?"

"아니, 몰라."

"아, 정말! 그러면서 뭘 도와줘요. 하긴, 잘생긴 지배인님도 아저씨랑 같이 요리 배우라는 둥 그런 얘기를 농담처럼 하긴 했었는데."

제가 말해 놓고 웃긴지 봄이 작은 두 손으로 배를 감싸고 몸을 숙였다. 오르골에서 흘러나오는 멜로디마냥 청량한 웃음소리가 작은 몸뚱이에서 흘러나왔다. 유한은 미간을 좁히면서 봄을 내려다보았다.

"잘생긴?"

봄의 가느다란 손가락이 눈물 맺힌 눈가를 스치고 지나갔다. 손끝에 묻어 나온 물기를 분홍색 앞치마 자락에 문질렀다. 물기가 스민 부분의 색이 살짝 짙어졌다. 봄은 이내 고개를 끄덕이며 예쁘게 미소 지었다.

"지배인님, 여자 꽤나 울리셨을 거 같은데요? 뭔가 능글거리면서도 느끼하지 않은 게. 근데 아저씨, 지금 질투한 거죠?"

즐거움이 담긴 봄의 눈동자가 눈물만큼이나 반짝였다.

"내가 언제?"

"에이, 한 거 같은데요?"

봄이 도마 위에 흩뜨러진 야채 조각들을 한데로 모았다.

"근데 사실 지배인님보다 아저씨가 멋지긴 해요."

귓속을 파고든 조그마한 속삭임. 유한은 봄의 손 옆에 놓인 칼을 쥐었다.

"손 다쳐."

낮은 유한의 목소리가 봄의 심장까지 닿을락 말락 아슬아슬하게 줄타기했다. 그때 유한이 장난스럽게 봄의 코끝을 잡아당기며 말했다.

"언제까지 아저씨라 부를래?"

"아, 맞다! 사장님이라고 불러야 하나? 음. 아저씨는 사장님이 좋아요, 아저씨가 좋아요? 어떻게 부를까요?"

고민되는 듯 미간을 좁힌 봄의 모습에 유한은 태평하게 어깨를 으쓱했다.

"다른 대안은 없어?"

"생각해 보니까 사장님이 좋긴 한 거 같아요. 사장님도 그런 거 같죠? 어때요? 이상해요? 아저씨."

호칭을 바꾸면서 이야기하는 게 재밌는지 봄이 소리 내어 웃었다. 고개를 절레절레 저은 유한이 포기한 듯 중얼댔다.

"됐다, 그냥 아저씨라 불러라."

"저도 사실 그게 제일 좋아요."

"이건 대체 어떻게 하는 거야?"

유한이 한 손엔 양파, 한 손엔 칼을 들고 묻다 양파에 칼날을 가져다 대었다. 탁, 두 동강이 난 양파가 소용돌이 같은 하얀 속을 내비쳤다.

도마 위를 구르는 양파를 재빨리 붙잡은 봄이 유한의 손에서 칼을 빼앗고 입술을 삐죽 내밀었다.

"제가 한다니까요? 지배인님이 이건 제 일이라고 했는걸요."

"불안해서 그런다."

"나 좀 믿어 보래두!"

"너라면 믿음이 가겠어?"

"흥, 알았어요!"

봄이 양파를 도마 위에 올리면서 좀 전과 다름없이 몸에 힘을 주었다.

"재현이가 야채 잡을 때는 이렇게, 달걀 쥐는 것처럼 손끝을 오므려야 된다고 그랬어요. 안 그러면 손 베인대요."

"달걀?"

"네, 이렇게요."

봄이 동그랗게 말아 쥔 손을 유한에게 흔들었다.

"그리고 이렇게 썰면 된다고 그랬어요."

손의 움직임을 따라 칼이 도마에 부딪치는 소리가 고요한 부엌에 울려 퍼졌다. 봄의 서툰 손을 거친 삐뚤빼뚤한 양파가 도마 위에 흩어졌다.

"아저씨, 나 눈이 아파요."

빨갛게 충혈된 눈에 물기를 가득 머금은 봄이 칼을 놓으면서 유한을 돌아보았다. 영락없이 토끼 같은 모습에 유한이 웃음을 터뜨렸다.

"양파가 너무 맵잖아요."

유리창에 서리 낀 듯 뿌연 시야에 봄은 투정을 부리면서 울상을 지었다. 그리고 칼을 놓은 손을 무심코 눈물이 가득 맺힌 눈으로 가져갔다.

"기다려."

유한이 봄의 손을 붙잡으며 테이블 위의 휴지 갑에서 티슈를 서너 장 뽑았다.

"넌 변하지도 않아. 더 어려진 거 같다."

얇아서 팔랑거리는 티슈에 물기가 스미면서 아래로 축 늘어졌다. 봄은 눈을 몇 번 깜빡인 뒤 유한의 손에 들려 있는 티슈를 입김으로 후 불었다. 유한을 바라보는 눈이 예쁘게 웃음 지었다.

"그거 재현이한테도 들었는데. 아저씨도 칭찬 아니죠?"

"칭찬이야."

봄의 이마에 콩알을 놓은 유한이 티슈를 뭉쳐 휴지통에 던져 넣었다.

"아저씨! 나 머리 나빠지면 책임질 거예요?"

봄이 눈을 흘기면서 이마를 문질렀다. 유한이 도마 앞에 자리 잡았다.

"내가 할게."

"앞치마 매 줄까요?"

"너 부추긴다?"

"아저씨가 한댔으면서! 이리 와서 머리 좀 숙여 봐요."

유한의 앞에 선 봄이 마트에서 사 온 앞치마의 상표를 뜯어 활짝 펼쳤다. 봄이 맨 것과 같은 디자인에 색상만 다른 앞치마가 유한의 긴 목에 걸렸다.

유한의 옅은 갈색 머리칼이 봄의 손끝을 스치고 지나갔다. 손이 잠깐 멈칫하더니 다시 움직였다.

봄의 등 너머에 걸린 벽시계를 보던 유한이 나지막하게 중얼거렸다.

"늦은 점심 되겠네."

"벌써 두 시 다 되어 가요. 우리 그냥 볶음밥 먹을까요? 레스토랑엔 몇 시까지 가야 해요?"

"됐어."

"어떡해요. 늦는 건 아니겠죠?"

허둥지둥하던 봄이 멈춰 서면서 세상 근심 걱정을 다 안은 표정으로 유한을 바라보았다. 유한의 잇새를 비집고 바람 빠진 듯 웃음이 새어 나왔다.

"그만해. 안 가면 돼."

"안 가도 뭐라 안 해요?"

"사장이 누군데?"

"어, 그야 아저씨가……. 앗! 사장이란 거 순간 까먹어 버렸어요! 그냥 사장님이라고 부를까?"

"이걸 그냥."

커다란 손이 머리를 덮자 또다시 누르나 싶어 봄이 바짝 몸을 움츠렸다.

"얼른 시작해 봐. 이러다가 저녁 먹게 될까 겁난다."

유한은 그대로 손가락 사이를 부드럽게 통과하는 머리카락을 쓸어내린 뒤 조리대 앞으로 봄을 끌어당겼다.

고소하고 향긋한 냄새가 집 안을 가득 에워쌌다. 발코니 창문에 걸린 레이스 커튼이 바람결에 휘날렸다. 열린 창문을 타고 불어온 바람에 진동하던 음식 향기가 점점 희미하게 사라져 갔다.

흰색과 검은색이 교차하는 테이블보 위에 수저가 나란히 자리 잡았다. 봄의 맞은편에 앉은 유한이 두 개로 나눠 담은 볶음밥을 서로의 앞에 놓았다.

째깍째깍, 벽걸이 시계가 2시 40분을 가리켰다. 강을 타고 흐르는 물줄기 같던 시간이 어느덧 세 시를 향해 갔다. 갑자기 물살이 거세졌나 보다.

"우리, 식사 엄청 늦게 하네요."

오므라이스에서 볶음밥으로 변경된 음식을 내려다보며 봄이 나지막하게 중얼거렸다.

"요리하는 법, 좀 더 배워서 와."

"알았어요! 안 그래도 더 배워야겠다고 생각하고…… 어, 근데 저 내일 또 와도 돼요?"

쨍, 손에 쥔 숟가락이 접시에 부딪쳤다.

"그게 네 일이라며."

"저 정말 내일도 와요……?"

입에 볶음밥 한 숟갈을 넣은 유한이 맛은 있네, 하며 중얼거렸다. 불안해 보이던 봄의 얼굴이 그 소리를 듣자마자 밝아졌다. 유한은 숟가락을 내려놓고 봄을 바라보았다.

"손 내밀어 봐."

활짝 펼친 손 위에 작은 열쇠가 자리 잡았다. 놀란 듯 눈을 댕그랗게 뜬 봄을 보며 유한이 입을 열었다.

"비밀번호 잊으면 키로 문 열고 들어와."

"이렇게 막 주면 안 되는 거 아니에요?"

"너라서 주는 거다, 이 꼬맹아."

열쇠를 휴대폰 옆에 걸던 봄이 맑은 웃음을 내뱉었다.

"아저씨, 저 정말 기분 좋은 거 같아요."

그 모습에 유한도 시원하게 소리 내며 웃음 지었다. 레이스 커튼이 흔들렸다. 망설이던 봄이 누가 들을세라 몸을 숙이며 들릴 듯 말 듯 작게 말했다.

"있잖아요, 아저씨."

"왜?"

"왠지 아저씨 웃음소리를 들으면 꼭 숲 속에 있는 느낌이 들어요. 마치 푸른빛을 띠는 바람을 머금고 있는 기분이에요."

수줍게 속삭이는 봄의 두 뺨이 분홍빛으로 물들어 갔다. 유한이 팔을 뻗어 앞으로 살짝 기울인 봄의 부드러운 머리칼을 흩뜨렸다.

"꼬맹아."

유한의 나지막한 부름이 봄의 귓속을 파고들었다. 열린 발코니 창 틈새로 더운 바람이 커튼을 펄럭였다. 그 열기가 봄의 전신을 휘감았다. 유한의 옅은 갈색 눈동자가 봄의 눈동자와 마주했다.

"보고 싶었다."

유한의 눈이 휘어지며 미소를 그렸다. 봄의 얼굴에 화사한 꽃이 피어올랐다. 두근두근, 가슴에 숲의 향기가 들어찬다. 푸른빛 바람을 따라.

꽃이 몽글몽글 망울진 화분을 창가에 올려놓던 봄이 하늘을 올려다보았다. 따가운 여름의 빛이 투명한 창을 투과하여 고스란히 쏟아져 내렸다.

가슴 부위에 빨간 천이 덧대어진 옅은 분홍색 원피스를 입은 봄이 빙그르르 돌았다. 분홍빛 치마가 꽃잎처럼 예쁘게 퍼졌다가 가라앉았다.

창을 등지고 한 바퀴 둘러본 사무실 풍경은 한층 밝아져 활기를 띠고 있었다. 유한의 테이블 위에 투명한 유리 꽃병이 자리 잡았다. 천장에서 시원한 에어컨 바람이 쏟아지자 탐스런 장미꽃이 살짝 흔들렸다.

아무리 메워도 메워지지 않을 것 같던 삭막한 공간에 봄이 찾아왔다.

"좋다. 그렇죠, 아저씨? 진작 이랬음 얼마나 좋아요?"

봄의 동그란 눈이 예쁘게 반달로 접혔다. 그러던 중 책상 위에 가지런히 놓인 빛바랜 갈색 노트에 눈길이 닿았다.

"이거 무슨 공책이에요? 어디서 본 거 같은데……."

문에 기댄 채 봄의 움직임을 눈으로 좇던 유한이 몸을 바로 세우며 대답했다.

"자료."

작은 손에 공책을 쥐고는 고개를 갸웃하는 봄의 모습에 유한이 소파에 앉으며 가벼운 웃음을 흘렸다.

봄은 눈에 힘을 주며 공책 표면을 응시했다. 하얀 얼굴 위로 호기심 많은 어린아이처럼 들춰 볼까 말까 고민하는 표정이 역력히 담겼다.

휴우, 망설임 끝에 꾹 다물었던 잇새를 비집고 나지막한 한숨이 흘러나왔다.

소파의 손잡이에 팔을 받친 채 턱을 괴던 유한이, 공책을 책상 위에 가지런히 내려놓는 봄을 보며 담담하게 이야기했다.

"봐도 상관없어."

"정말 봐도 돼요?"

눈을 동그랗게 뜬 봄이 고개를 들며 묻자 유한이 어깨를 으쓱했다. 봄이 신 난 듯이 공책 앞면을 활짝 펼쳤다.

"어?"

봄이 소파에 기대어 눈을 감고 있는 유한과 공책을 번갈아 보고는 입을 열었다.

"아저씨, 사극 좋아해요?"

"드라마 안 봐."

"그럼 역사 전공했어요?"

"아니."

유한은 폭신해 보이는 소파에 나른하게 기대었다. 기울어진 얼굴 위로 갈색 머리칼이 흩어졌다. 봄은 공책을 훑어보면서 유한의 등 뒤로 가서 섰다.

"피곤해요?"

봄이 조용히 속삭이자 유한의 덮여진 눈꺼풀이 천천히 올라갔다. 갈색 눈동자가 봄의 눈과 마주했다.

"안 피곤해."

유한의 옅은 머리카락에서 맴도는 향긋한 샴푸 향이 봄의 마음을 간질였다. 코끝을 자극하는 향기에 화들짝 놀란 봄은 소파를 빙그르르 돌아서 맞은편에 앉았다. 유한이 그런 봄을 지긋이 바라보았다.

"이 공책은 대체 무슨 공책이에요?"

"뭐 같은데?"

"궁궐 같은 사진이 있고 설명도 동궐, 서궐이 이러쿵저러쿵하구요. 뒤로 넘기면 사건 같은 것도 연대별로 정리되어 있어요. 여기 봐요."

마치 자신의 공책인 양 봄이 이리저리 넘겨 가면서 이야기를 쏟아 내자 그녀의 모습을 보던 유한의 입가에 흥미로운 미소가 자리 잡았다.

"사건별로 어떤 내용인지도 적혀 있는데······."

"나도 알아."

"그야 당연하죠! 아저씨 공책이잖아요."

봄은 작고 빨간 입술을 뾰로통하게 내밀며 작게 대꾸했다.

"그래서 역사 전공했냐고 물었잖아요."

"꼬맹아, 호기심이 흘러넘치네."

"걱정 마요. 주워 담을 거거든요?"

봄이 시위하듯 공책을 소리 내어 덮었다. 몸을 살짝 기울인 유한이 팔을 뻗어 그런 봄의 머리칼을 흩트렸다. 커다란 손가락 사이로 까만 머리카락이 보드랍게 스쳐 지나갔다.

"경영학과. 거기 나왔어."

"어? 경영이요?"

"왜?"

"일반적으로 경영이라고 하면 회사 들어가서 일한다고 생각 하잖아요. 왜 레스토랑이에요?"

봄의 눈동자가 별빛을 머금은 듯 반짝였다.

"궁금해?"

웃음기를 머금은 유한의 물음에, 봄이 고개를 세차게 끄덕이 며 몸을 앞으로 쭈욱 내밀었다.

책상 주위를 머물던 향이 시원한 바람을 따라 흘러와 유한의 코끝을 자극했다. 매혹적인 향기. 그녀가 입은 원피스의 붉음이 한층 도드라졌다.

유한은 헛기침을 목구멍 뒤로 밀어 넣으며 봄의 이마를 콩 하 고 때렸다.

유한의 큰 손에 움찔거린 봄이 이마를 문지르며 몸을 바로 한 채 울상을 지었다.

"놀랐잖아요! 아파요."

"꼬맹아, 너 때문에 못 살겠다."

"대답하기 싫으면 안 하면 되잖아요. 왜 애꿎은 이마를 때려요."

"미안, 미안."

웃으며 중얼거리던 유한이 시선을 피하면서 자신의 책상을 돌아보았다. 장미 한 송이가 바람에 꽃병의 테두리를 따라 한 바퀴 돌고 있었다.

여전히 대답을 기다리는 봄의 눈에 유한이 말했다.

"무료해 보여서. 피곤해 보이잖아, 그 직업."

"하긴. 평범해 보이긴 해요. 뭐, 아무렴 어때요."

청량한 봄의 웃음소리가 사무실을 가득 메웠다.

짝, 잊고 있었다는 듯 손뼉을 친 봄이 테이블에 놓여진 노트를 가느다란 손가락으로 가리켰다.

"그래서 이 공책이 뭔데요?"

"자료라니까."

"그러니까 무슨 자료요? 왜 이렇게 꽁하게 굴어요? 아저씨랑 얘기하다 보면 답답해, 정말."

"글 쓰는 자료. 역사 소설이나 에세이, 때로는 성장 소설도 집필해. 그 자료들이야."

됐냐, 꼬맹아? 유한이 한숨 쉬며 말하자, 밝게 미소 짓던 봄의 작은 손에 갈색의 빛바랜 공책이 자리 잡았다.

"이건 역사 자료만 담긴 거죠?"

"맞아."

"와, 아저씨. 그럼 정말 글 쓰는 거예요? 막 책도 내고?"

"그래."

"그렇구나."

"왜, 이상한가?"

"아뇨. ……아저씨 되게 멋져요."

작은 목소리로 수줍게 속삭이는 봄의 새하얀 두 뺨이 다홍빛 물감으로 물들었다. 살랑살랑, 유한의 마음에도 봄바람이 스며들어 왔다.

"아저씨, 아저씨는 나한테 뭐 궁금한 거 없어요?"

닳아 있는 공책 끝을 만지작거리던 봄이 유한을 힐끔대면서 물었다.

에어컨 바람이 봄의 동그란 이마를 스치고 지나갔다. 가냘픈 팔뚝에는 오소소 소름이 돋았지만 왠지 몸속에선 이상야릇한 열기가 울렁였다.

그런 상태를 아는지 모르는지, 유한은 봄을 물끄러미 보다가 입을 열었다.

"있어."

유한의 미간이 좁아졌다. 요 근래 봄과 지내면서 거슬리는 게 단 하나 있었다.

"점순이."

"네?"

"점순이 말이야. 그거 뭐야?"

유한은 무심하게 물으면서 소파에 등을 맞대고 팔짱을 꼈다. 레스토랑에서 마주친 봄의 친구들이 부르는 호칭을 의아하게 생각하던 참이었다.

'점순이라니. 철수, 영희도 아니고.'

심지어는 민혁까지도 봄을 '점순이'라고 신 나게 불렀었다.

"뭐야, 제 별명이잖아요."

"별명?"

"그걸 여태 몰랐어요? 이렇게까지 사람한테 관심이 없는 건 너무한 거 아니에요?"

봄은 심술부리듯 공책을 휙 유한 쪽으로 밀면서 덩달아 팔짱을 꼈다. 가늘고 하얀 손가락이 꼬인 팔 사이로 빼꼼 고개를 내밀었다.

유한이 턱을 아래로 내리며 말했다.

"꼬맹아, 어른 앞에서 건방지다?"

"저도 어른이거든요? 민증에 잉크 마른 지 3년이 다 되어 가는데……."

"그래서, 왜 점순인데?"

잇새로 가벼운 웃음을 흘리면서 유한은 공책을 들고 책상으로 다가갔다. 고양이의 커다란 눈동자가 데구르르 실 뭉치 쫓듯, 봄의 몸이 유한의 동선을 따라 졸졸 움직였다.

"그게요. 그거 소설 있잖아요. '봄봄'."

"봄봄? 그게 뭔데?"

"그걸 몰라요? 아저씨 정말 글 쓰는 거 맞아요? 그거 중고등학교 필독 도서인데! 김유정 작가님이 쓴 거 있잖아요."

봄이 답답한 듯 말아 쥔 작은 손으로 가슴을 툭툭 두드렸지만 유한은 영문을 모르겠다는 표정으로 고개를 저었다.

에휴, 단념하듯 한숨을 내쉰 봄이 아래로 축 처진 머리카락을 귀 뒤로 넘겼다. 부드러운 머리칼 속에 숨어 있던 가늘고 하얀 목이 드러났다. 볼록하게 불거진 쇄골이 옴폭한 우물을 만들어 내었다.

"아무튼 그 소설 속 여자 주인공이 점순이에요. 제 이름이 봄이잖아요."

"단순하네."

"제 친구들이 단순해요. 정말 초등학생도 아니구, 이름 가지고 별명이나 지으니 말이에요."

"어디 보자, 꼬맹이 얼굴에 왕 점 하나 달려 있나?"

어디쯤이려나. 봄에게 성큼성큼 다가온 유한이 기다란 손가락으로 뺨을 콕 찔렀다.

"점 같은 거 애써 찾지 마요!"

봄이 유한의 손을 피하며 쪼르르 달려 나가 소파 뒤로 숨어 버렸다. 봄의 다람쥐 같은 행동에 유한은 시원한 웃음을 내뱉으며 소파에 털썩 앉았다.

"별명이 별로 맘에 안 들어?"

"딱히 좋지도, 싫지도 않아요."

"안 어울리긴 해."

"그렇죠?"

담담히 어울리지 않는다 말하는 유한의 모습에, 봄이 밝아진 얼굴로 소파 뒤에서 빠져나와 옆에 털썩 앉았다. 유한의 옆모습에서 홀쭉한 뺨 아래로 뻗은 각진 턱이 도드라졌다.

"그럼 아저씨는 나한테 어떤 별명이 어울릴 것 같은데요?"

"별명?"

"네. 나한테 안 어울린다면서요? 아저씨가 하나 지어 줘요."

"내가 지으면? 친구들한테 바꿔 달라 떼라도 쓰려고?"

"아뇨. 제가 마냥 어린앤 줄 알아요?"

유한을 얄밉게 흘겨본 봄은 몸을 살짝 틀며 고개를 기울였다. 유한의 눈과 봄의 까만 눈동자가 마주치는 순간, 어깨 너머의 머리카락이 한쪽으로 쏟아져 내렸다.

유한의 눈 끝이 살짝 떨렸다.

눈에 보이는 보드라움에 머리카락 한 올, 한 올이 손끝에 닿기라도 한 듯한 착각이 들었다. 손바닥이 이상하게 간질간질했다.

유한을 빤히 쳐다보던 봄이 예쁜 웃음을 지으면서 이야기했다.

"그 별명, 아저씨만 불러 주면 되잖아요. 저 이제 성인인데 언제까지 꼬맹이라고 부르려구요?"

얼른요. 봄이 팔꿈치로 유한의 단단한 팔을 툭 찌르면서 재촉했다. 곤란한 듯 유한의 눈썹이 위로 살짝 솟았다 내려앉았다. 봄에게서 달짝지근한 단내가 풍겨 오는 것 같았다.

"……딸기."

"딸기요?"

"좋아했잖아."

"와, 아저씨 그걸 기억해요?"

봄의 동글동글한 눈이 훌쩍 크기가 자라났다. 맑은 봄의 눈동자는 볼 때마다 흰자위에 비해 검은자위가 크다는 생각이 들게 했다.

유한은 봄의 눈을 바라보며 나지막하게 물었다.

"렌즈 껴?"

봄은 고개를 설레설레 저으며 밝게 얘기했다.

"아저씨, 그럼 이제 저보고 꼬맹이라고 부르지 말아요! 별명보다 이름이 더 좋긴 하지만 우리 이쯤에서 타협해요."

유한은 자기 멋대로 타협점을 찾고 신 난 듯 웃는 봄의 모습 하나하나를 눈에 빼곡히 담았다. 봄의 쇄골에 담긴 우물이 더 깊어졌다.

유한은 본디 사탕, 초콜릿, 젤리 등 단것을 선호하는 편이 아니었다. 하지만 요 근래 입안에서 늘 단내가 머무는 느낌이었다.

"네 맘대로 해."

입가에 미소를 그린 유한의 대답에 봄의 뺨이 분홍빛으로 물들었다. 유한이 자신의 목을 한 번 매만졌다. 입안이 까끌까끌하다. 이상하게도.

"참! 냉장고에 재료 떨어졌는데, 우리 나중에 마트 들렀다가 헤어질까요?"

봄과 함께 있으면 침샘이 바싹 말라 버리는 듯이 갈증이 일었다.

봄은 어둠이 내려앉은 거리의 모습을 물끄러미 바라보다가 창문을 살짝 열었다.

방패막이 역할을 충실히 하던 경계선이 뚫리자, 기다렸다는 듯이 밀려온 서늘한 바람이 얼굴을 스쳐 지나갔다. 바람결에 머리카락이 이리저리 흔들렸다.

"감기 든다."

피부로 닿는 찬 기운에 운전을 하던 유한이 나지막하게 말했다.

"하지만 밤바람 쐬는 게 좋아요."

가만히 눈을 감고 있던 봄이 하늘을 올려다보았다. 까맣게 물든 하늘엔 좁쌀 같은 별이 띄엄띄엄 박혀 있었다.

"늘 느끼지만 도시는 별 보기가 너무 힘들어요. 이모 집 하늘엔 별이 쏟아질 듯이 수놓아져 있는데……."

가만히 중얼거리는 봄의 머리를 살짝 누른 유한이 갈림길에 차를 멈춰 세웠다.

차창 밖으로 보이는 검은 아스팔트길 위로 주홍빛이 동그랗게 어른거렸다. 일정한 간격을 두고 있는 가로등이 너 나 할 것 없이 어둠 속 길을 비추고 있었다.

"어느 쪽이야?"

"오른쪽이요. 조금 가다가 보이는 아파트 단지에 내려 주시면 돼요."

아저씨가 태워 주니까 참 좋다.

조용히 중얼거린 봄이 생글생글 웃으며 유한의 옆모습을 살짝 보고는 치맛자락을 쥐었다. 무릎 위에 자리 잡은 작은 손이 오므렸다 폈다를 반복했다. 분홍빛 천 끝자락에 올록볼록한 주름이 잡힌다.

"여기 세워 주시면 돼요!"

"여기?"

"네."

차 문을 열고 내린 봄이 자신에게 다가온 유한을 올려다보았다.

"아저씨, 냉장고에 재료 넣어 놓는 거 잊으면 안 돼요."

"그래."

"냉장실이랑 냉동실 꼭 구분해서 넣구요!"

"그래."

"참! 일찍 좀 자요. 아저씨 곁엔 매일 피곤이가 친구처럼 동동 떠다니고 있는 것 같아요. 음, 그리구……."

더 얘기해야 할 것에 대해 떠올리는 봄이 고개를 갸웃거렸다. 그런 봄의 모습을 보던 유한의 입가엔 자연스레 미소가 자리 잡았다. 서늘한 밤바람이 봄과 유한을 가볍게 휘감고 지나갔다.

"그만 좀 재잘거려."

"걱정되니까 그렇죠."

정면을 바라보던 봄의 플랫슈즈 앞코가 바닥을 톡톡 건드렸다. 까만 아스팔트 바닥이 발끝을 매섭게 튕겨 내었다.

유한이 고개 숙인 봄의 이마에 가벼이 콩알을 놓았다. 갑작스레 닿은 온기에 봄이 놀란 눈을 하곤 머리를 번쩍 들었다. 유한의 갈색 눈동자가 웃음을 담고 있었다.

"딸기야."

나지막한 유한의 목소리가 봄의 귓속을 파고들었다. 언뜻 어디선가 흘러온 따뜻한 웃음소리가 아무도 모르게 스며든 듯한 착각이 들었다.

"내일 보자."

그 낮은 속삭임이 봄의 마음을 간질였다.

"아저씨, 잘 가요."

커다란 두 눈이 호선을 그리는가 싶더니 봄은 예쁜 미소를 지었다. 봄의 머리를 가볍게 흩뜨린 유한은 차에 타서 그녀가 서 있는 쪽의 창을 열었다.

"얼른 들어가."

고개를 꾸벅 숙이고 등을 돌린 봄이 종종걸음으로 아파트로 다가섰다. 어깨 뒤로 늘어진 가느다란 머리카락이 한 발씩 내딛을 때마다 살랑살랑 흔들렸다.

코끝으로 봄의 샴푸 향이 여전히 느껴지는 기분이었다. 옴폭 패어 있는 봄이 머물다 간 자리엔 아직 옅은 온기가 머물러 있었다.

입가에 미소를 띠던 유한이 다시 고개를 들었을 때, 메마른 모래가 발끝부터 서서히 잠식해 왔다. 굳은 손을 움직여 열려 있던 창을 올려 버렸다. 어둠이 내려앉았다.

"……뭐야."

유한의 잠긴 음성이 무겁게 차체를 흔들었다.

아파트 단지 입구에 선 봄이 멀대 같은 남자를 올려다보며 활짝 미소 짓는다. 뼈마디밖에 느껴지지 않던 가느다란 팔이 자연스럽게 팔짱을 꼈다.

내용을 알 수 없는 봄의 그 재잘거림이 유한의 귓속을 먹먹하게 울렸다.

"저건……."

허탈하게 내뱉던 말의 뒷마디가, 몸 안에 차오른 감정의 모래들로 억눌린 채 성대 뒤로 넘어갔다. 봄과 함께 같은 아파트로 들어가던 남자가 고개를 돌려 이쪽을 사납게 쳐다본다.

손아귀에 쥐어진 핸들이 더욱 단단하게만 느껴졌다. 저 눈빛을 어디선가 본 듯한 기분에 유한의 미간이 좁아졌다.

"재현……."

차 내부에 서늘한 냉기가 차오른다. 모래가 가득 차오른 듯 입안이 메마르다. 해결하지 못할 갈증을 동반한 채.

봄은 붉어진 두 뺨을 열에 달아오른 작은 손으로 감싸 안았다. 열기가 가라앉지 않는다. 빠르게 걷는 발걸음만큼이나 심장이 성급하게 뛰었다. 쿵쾅쿵쾅.

"딸기야."

유한의 낮은 목소리가 메아리치며 마음 어느 곳에도 정착하지 못한 채 이리저리 헤매었다.

정신없이 단지 입구를 통과했을 때 기다렸다는 듯이 누군가 봄을 불러 세웠다.

"야, 한봄."

"어? 재현아."

걸음을 멈춰 선 봄의 눈이 토끼마냥 커졌다. 입구에 기대어 팔짱을 낀 재현의 모습에 봄이 의아한 듯 고개를 갸웃거렸다. 언뜻 화가 난 것 같기도 했다.

"언제부터 거기 있었어?"

"같이 있던 사람, 누군데?"

"다 봤어?"

봄이 예쁘게 웃으면서 들고 있던 가방을 자연스레 건네었다.

물끄러미 가방을 보던 재현이 미동 없이 한쪽 눈썹만 살짝 치켜
올렸다.

"안 들어 줄 거야?"

"누구냐니까?"

"우리 사장님."

"이번에 알바한다고 했던 그곳?"

"응."

봄의 대답을 들은 재현은 팔짱과 더불어 찌푸렸던 표정을 풀
면서 아래로 처져 있는 가방 끈을 손끝에 걸었다.

"이리 줘. 내가 들게."

"됐어! 너랑 안 놀아."

퉁명스럽게 말한 봄이 재현의 손을 찰싹 쳐 내면서 고개를 홱
돌렸다.

어린아이 심통 부리는 듯한 봄의 모습이 익숙한 듯, 재현은 웃
으면서 가방을 꼭 쥔 얇은 손가락 마디마디를 하나씩 떼어 냈다.

"근데 보통 사장이 알바생 태워 주고 그러냐?"

"우리 사장님? 항상 태워다 주는데?"

"그래? 특이하네."

금세 활짝 미소 지은 봄이 재현의 팔에 매달리듯 팔짱을 끼며
투정 부렸다.

"나 너무 피곤해. 업어서 집까지 데려다 주면 안 돼?"

"야, 네가 한 층 더 위거든?"

입술을 삐죽 내민 봄이 재현을 슬쩍 흘겨보며 중얼거렸다.

"키만 멀대같이 커 가지곤."

봄의 핀잔에 재현이 허탈한 웃음을 내뱉었다.

"입 집어넣어."

재현이 손바닥으로 봄의 빨간 입술을 꾹 눌렀다.

"사장은 어떤데? 잘해 주냐?"

"응응! 되게 좋아! 일도 별로 어렵지 않고, 네가 적어 준 레시피도 도움 되게 많이 돼. 그리구, 사장님 있지. 이모네에 있는 그별⋯⋯."

눈에 생기를 머금은 채 재잘대던 봄이 유한에 대한 얘기를 하려다 말고 입을 꾹 닫았다. 슬쩍 재현을 본 봄은 팔짱을 풀었다. 별장 얘기만 하면 과민 반응을 보이던 재현의 가시 돋힌 모습이 눈앞에 떠올랐다.

'또 화내겠지?'

봄은 입술을 살짝 물었다. 하얀 이에 눌린 붉은 입술이 볼록한 둔덕을 이루었다. 심란한 표정으로 더 이상 말을 않는 봄의 모습에 재현이 의아한 듯 되물었다.

"별 뭐? 왜 말을 하다가 마냐?"

"아, 그게⋯⋯ 아무것도 아니야! 오늘따라 이모네 집에서 보던 것만큼 별이 많아 보이는 것 같아서."

그치? 예쁘게 미소 지은 봄이 빠른 재현의 보폭을 따라가 풀어졌던 팔짱을 척하니 다시 끼웠다. 봄의 이야기에 재현은 하늘을 슬쩍 보곤 황당하다는 듯이 빈정거렸다.

"야, 저것도 별이냐? 비교가 안 되지."

고개를 갸웃거리며 봄은 어둠이 짙은 하늘을 올려다보았다. 듬성듬성 보이는 별은 재현의 말마따나 자신의 고향과는 비할

바가 되지 않는다.

그렇지? 작게 중얼거리는 봄의 작은 음성을 가만히 듣던 재현이 뒤를 돌아보았다. 여전히 모든 문을 봉쇄한 채 미동하지 않고 서 있는 차.

멀리서 보았지만 사장이란 남자의 생김새는 단지 어수룩하지 않았다. 말끔한 차림새와 적당해 보이던 체격, 그리고 가로등 아래 반사되던 옅은 머리카락.

'이상하게 낯이 익은데.'

재현이 닫혀 있는 창을 뚫어져라 보다가 옷깃을 잡아당기는 가벼운 봄의 손길에 시선을 앞으로 돌렸다.

"재현아, 뭐해?"

"아무것도 아니야."

"봐, 저기 깜빡거리는 거 있지. 비행기일까?"

봄이 하늘 한구석을 향해 팔을 쭉 뻗었다. 하얀 손가락이 가리키는 곳을 향해 재현의 시선이 움직였다. 재현의 팔 위에 제 손을 살짝 올린 봄이 설레는 듯 말했다.

"저어기 어딘가에 내 별이 있을 것 같아! 네 별도 있고, 민경이랑 지연이 별두!"

봄이 맑은 웃음을 내뱉으며 재현의 어깨에 머리를 살짝 기대었다. 재현은 그제야 팔에 닿은 보드라운 봄의 작은 가슴이 의식되었다. 순식간에 얼굴이 빨갛게 달아올랐다.

크흠, 재현의 헛기침 소리가 귓속으로 말려 들어왔지만 봄은 하늘에서 시선을 떼지 않았다. 예쁘게 미소 짓는 봄의 두 뺨이 열기를 머금은 듯 발그레해졌다.

'아저씨 별은 어디쯤일까?'

까만 하늘을 수놓은 별들 중 유독 하나가 반짝였다. 긴 꼬리를 그리며 봄의 마음속에 내려앉은 별이 자그맣게 속삭인다.

나 여기 있어.

Ⅲ
사랑과 우정 사이

비로 축축하게 젖어 버린 세상을 무의미한 시선이 지켜보고 있었다. 나른하게 소파에 기댄 유한의 얼굴엔 표정이 없었다. 하늘이 어둡다.

시계를 보던 유한의 손가락이 한 칸씩 움직이는 초침을 따라 소파 옆에 놓인 테이블을 일정하게 두드렸다. 딱딱딱. 9시 15분. 늘 9시에 울리던 초인종 소리가 들리지 않았다.

무슨 일이라도 있나. 나지막하게 중얼거리던 유한은 어제 일이 생각나자 인상을 찌푸렸다.

봄을 데려다 주며 보았던 그들의 화기애애했던 모습과, 같은 건물로 들어가던 모습이 계속해서 머릿속을 어지럽게 했다.

테이블을 치던 손가락이 점점 느려지더니 멈추었다. 째깍째깍, 시계 소리가 적막한 공간에 가득 울렸다.

"안 오려나."

가만히 창밖만 바라보던 유한은 긴바늘이 '6'으로 움직이자 테이블 위에 있는 휴대폰을 집으려 긴 팔을 뻗었다. 그러다 손이 멈칫했다. 봄의 번호를 모른다.

유한의 미간이 좁아졌다. 생각해 보면 봄이 늘 먼저 찾아와 전화할 일이 없었기에 번호를 받아 두지 않았었다.

"하아."

한숨을 내쉰 유한은 자리에서 일어나 재킷을 들었다. 민혁의 잔소리를 듣는다는 문제점을 제외하고는, 오늘처럼 비 오는 날엔 출근하지 않아도 유한을 나무랄 사람은 아무도 없었다. 애초에 레스토랑은 심심풀이로 시작했던 것이니까.

그러나 오늘은 왠지 무언가가 유한을 못내 일하고 싶도록 만들었다. 성실한 모습은 그답지 않았지만 달아오른 머리를 식힐 만한 게 필요했다. 차갑게.

입구로 익숙하게 들어선 유한은 레스토랑 내부를 한 번 둘러보았다. 늘 같은 분위기인 그곳은 분주하게 움직이는 알바생들과 여유롭게 식사를 하는 손님들로 차 있었다.

유한을 발견한 민혁이 슬쩍 손을 들고는 할 말이 있는 듯 벙어리마냥 입을 벌렸다 닫았다 했다. 유한은 그의 모습을 흘끔 보고는 그대로 사무실로 향했다. 한 발짝씩 내딛을 때마다 납작한 신발 밑창이 바닥에 닿는 게 느껴졌다.

"저, 사장님."

유한은 몇 발짝 가지 않아 걸음을 멈추었다. 자신의 앞을 가로막은 여자를 무심한 눈길로 내려다보았다. 낯이 익은 얼굴.

고개를 갸웃거리던 유한은 그녀가 봄의 친구들 중 한 명이었던 걸 기억해 내곤 눈에 이채를 띠었다.

말하라는 듯 고개를 까닥이자 지연이 머뭇거리면서 유한의 눈을 바라보았다. 이상할 정도로 거리감이 느껴지는 옅은 갈색 눈동자. 지연은 살며시 미소 지으면서 말했다.

"오늘 봄이 안 갔죠?"

"안 왔더군요."

"감기 걸렸다던데……."

"감기?"

"방금 전화 왔거든요. 봄이 사장님 연락처를 모르겠다고 전해 달라고 했어요."

"알겠습니다."

대답을 하면서도 지연의 목소리는 귀 주위에서 흩어졌다. 열에 달뜬 얼굴로 땀에 흠뻑 젖었던 봄의 모습이 선연히 떠오르자 유한의 사고 회로가 정지되었다.

별장에서의 마지막 날, 결국 인사도 못 하고 헤어졌던 기억이 불현듯 수면 위로 올라왔다. 무거운 돌 하나를 올린 것마냥 가라앉은 심장이 크게 뛰었다.

낯선 감정이 그에게 밀물처럼 밀려들어 왔다. 이번에도 이대로 사라져 버릴까 덜컥 겁이 나고 말았다. 이건 두려움이다.

"전화번호가 뭐죠?"

지연에게 번호를 들은 유한의 몸이 반 바퀴 회전했다. 레스토랑을 나서는 등 뒤로 민혁의 목소리가 들려왔지만, 그의 귓속에는 봄의 앓는 소리만 메아리치듯 울렸다.

"아, 진짜 저놈을! 지연 양, 쟤 왜 저런답니까? 왜 들어오다 말고 등을 돌려?"

유한이 있던 자리까지 다가온 민혁이 어이가 없다는 눈길로 그를 좇으며 지연을 돌아보았다. 지연도 당황한 듯 어설픈 미소만 지었다. 민혁이 열이 오르는 듯 이마를 감싸며 중얼거렸다.

"내일 하나 온다는 말 전해야 하는데."

미치겠네. 민혁은 바닥을 발로 차면서 머리를 쥐다가 갑자기 조용해진 주변을 둘러보았다. 종업원들과 손님들의 호기심 어린 눈길이 자신에게 닿아 있었다.

민혁은 당황스런 기색도 없이 금세 가면마냥 능글맞은 미소를 지었다.

"아무 일 아니니 식사들 마저 하세요."

속으로는 유한에게 빠득빠득 이를 갈면서.

딩동. 문이 닫혀 있어서일까. 창문을 때리는 빗방울 소리만 들리는 복도가 고요했다.

재현은 검은 가죽이 덧대어진 손목시계를 흘끔 봤다. 10시 10분. 보통 봄이 알바를 가고도 한참은 지났을 시간이었다.

오늘은 간다는 소리도 없이 너무 조용한 봄의 행동에 집까지 찾아 올라온 재현은 고개를 갸웃했다.

초인종을 누르면 항상 봄이 쪼르르 달려 나와 문을 열었고, 그 틈 사이로 늘 켜 놓는 TV 소리가 흘러나왔다.

'말도 안 하고 일하러 갔나. 아니면 아직 자나.'

재현의 미간이 좁아졌다. 결국 키홀더를 꺼내어 좁은 구멍에

쇳덩어리를 끼워 넣었다. 찰칵, 하는 경쾌한 소리가 들려왔다.

"한봄!"

큰 목소리가 적막한 집 안을 가득 채웠다. 이상함을 느낀 재현이 다급히 신을 벗고 들어와 봄을 찾았다.

'텔레비전도 꺼 놓고……'

온기 없이 서늘한 장소를 서성거리던 재현의 시야에 살짝 열려 있는 봄의 방문이 들어왔다. 무슨 일이라도 있나 싶어 가슴이 내려앉았다.

재현은 성큼성큼 걸어가 문을 벌컥 열었다. 불룩한 이불 뭉치 사이로 작은 손이 삐죽 튀어나와 있었다.

안도의 숨을 내쉰 재현이 침대 끄트머리에 엉덩이를 걸치며 허탈하게 중얼거렸다.

"야, 인마. 너 왜 문을 안 열어. 대답도 안 하고. 큰일이라도 난 줄 알았잖아."

재현이 이불을 향해 손을 뻗었다.

"……음, 재현아?"

보드라운 천에 재현의 손끝이 닿기 전, 미동도 않던 이불 더미가 살짝 움직였다. 그 사이로 하얀 얼굴과 커다란 눈이 빼꼼 나왔다.

"지금까지 잤냐?"

재현의 어이없는 표정에도 아랑곳하지 않은 봄이 느릿하게 눈을 깜빡이며 천장을 멍하니 바라보았다. 하얀 바탕에 새겨진 노란 꽃무늬가 오늘따라 흐릿했다.

"몇 시야?"

"벌써 열 시다."

재현의 대답을 듣던 봄이 평소보다 많이 늦은 시각에 놀라 인상을 찌푸렸다. 늦어도 한참을 늦어 버렸다.

"어쩌지, 늦잠 자 버렸어."

느리게 중얼거린 봄은 서둘러 팔로 지탱하며 몸을 일으켰다. 다리를 침대 아래로 내리자 가느다란 종아리가 아래로 축 처졌다.

"재현아, 몸이 아파서 못 일어나겠어. 얼른 준비해야 하는데……."

머리가 울려. 말끝을 흐린 봄이 재현을 올려다보며 힘없이 미소 지었다.

재현은 커다란 손을 뻗어 봄의 동그란 이마를 감쌌다. 손바닥으로 생각보다 뜨거운 열이 전해져 왔다. 재현이 벌떡 자리에서 일어났다.

"너 에어컨 틀고 잤냐?"

"응? 아닌데……."

봄이 고개를 설레설레 젓다가 울상을 지으며 두 손으로 머리를 감싸고 중얼거렸다.

"아파……."

재현은 그녀를 침대 위에 덩그러니 둔 채 집 안 곳곳을 이리저리 돌아다녔다. 조용한 집 안에 재현의 저벅거리는 발소리만이 울렸다.

한참을 돌아다니던 재현이 거실에 우두커니 서서 고개를 기울였다. 봄의 방 에어컨은 들어갔을 때 작동하지 않고 있었고 거실에 있는 것 또한 전원이 꺼져 있었다.

'집이 서늘한데.'

팔랑, 열린 창문을 타고 흘러들어 온 바람이 거실 커튼을 흔들었다. 재현의 한쪽 눈썹이 위로 올라갔다.

바닥에 흥건히 고인 물. 새벽부터 내리기 시작한 비가 바람을 타고 베란다를 축축이 적셔 놓았다. 빗물이 계속 들이치는 창문을 닫은 재현이 한숨을 쉬며 물바다가 된 바닥을 보았다.

"이럴 줄 알았지."

재현은 한탄하듯 중얼거리다가 작은 바구니에 담긴 걸레를 들어 바닥을 닦기 시작했다.

걸레가 금세 무거워지더니 결국 물을 흡수하지 못하고 사방으로 밀어낸다. 두 손으로 짜 내자 검은 구정물이 배수구를 향해 흘러들어 갔다.

재현은 싱크대에서 깨끗이 손을 씻고 다시 봄의 방으로 향했다. 여전히 서늘한 방에서 봄은 재현이 나가기 전 그 자세 그대로 멍하니 시선을 바닥에 두고 있었다. 뺨이 발갛게 달아올라 있었다.

"창문을 열고 자니까 감기가 들지, 미련 곰탱아. 그나저나 열이 엄청나네."

이마에 닿은 서늘한 체온에 봄은 기분이 좋은 듯 힘없는 웃음을 흘리며 재현의 허리춤에 머리를 기댔다.

"재현아, 나 어지럽다."

"그러게 문은 다 닫고 잤어야지."

타박을 하던 재현도 늘 밝고 활기차던 봄이 약 먹은 병아리마냥 비실대는 모습이 안쓰러운지 땀에 젖은 머리칼을 쓸어 주었다.

"일단 이불 덮고 있어. 약 가져올게."

"응. 얼른 갔다 와."

봄·여름용이었지만 몸을 따뜻하게 감싸 주는 이불을 턱밑까지 끌어 올린 봄이 재현을 향해 손을 흔들었다. 철컥, 현관문이 닫히는 소리가 나자 또다시 집 안이 고요해졌다.

천장을 보던 봄이 안절부절못하면서 몸을 뒤척였다. 그러다 벌떡 몸을 일으켜 침대 끝에 걸터앉으며 화장대 위에 놓인 액자를 바라보았다.

"너무 조용하다……."

혼잣말하듯 중얼거린 봄이 바닥에 발을 내딛었다. 슬리퍼를 신지 않은 맨 발바닥으로 서늘함이 스며들었다.

봄은 이불을 몸에 돌돌 감은 채 종종걸음으로 거실로 나가 텔레비전을 켰다. 소파에 기대듯 눕자 곧이어 사람들의 웃음소리가 스피커를 타고 흘러나왔다.

하아, 안도의 숨이 봄의 메마른 입술을 비집고 흘러나왔다.

가만히 눈을 감았다. 텔레비전에서 흘러나오는 요란한 소리가 점점 줄어드는가 싶더니 어느 순간 배경 음악 같은 빗소리가 귓속으로 들어왔다.

"비 오네."

왠지 좋다. 봄의 입가에 살며시 미소가 자리 잡았다.

―따르르릉.

갑자기 울리는 전화 소리가 조용한 집 안을 가로질렀다.

벨소리가 두 번 정도 들렸을 때 전화기 앞에 다가선 봄의 표정이 어두워졌다. 전화기에 뜬 번호의 깜빡거림이 얼른 받으라는 듯이 재촉하는 것만 같았다.

봄은 텔레비전을 얼른 끄고 이불 속에 숨어 있던 손을 뻗어 수화기를 들었다.

"여보세요."

—나다.

귓속을 파고드는 중후한 목소리가 심장을 덜컹거리게 만들었다. 봄은 얼떨결에 고개를 꾸벅 숙였다.

"아, 안녕하세요."

—돈 입금시켰다. 확인해라.

"……네."

봄은 말끝을 흐리며 몸에 감긴 이불을 만지작거렸다. 이불의 보드라운 감촉은 사라져 가고 점점 손가락 끝이 아파 왔다.

—대답하는 것도 제 어미랑 아비 닮아서 힘이 빠져 가지고는, 쯧쯧.

"죄송해요."

—어쨌건 돈은 충분히 보낸다. 여자애가 함부로 허튼짓 말고.

축 늘어진 봄의 음성에 그는 여러 번 혀를 차며 훈계하듯 말하였다. 그저 수화기를 통해 흘러들어 오는 목소릴 들었을 뿐인데 그가 마치 앞에 있는 듯 봄의 어깨가 움츠러들었다. 밀물이 온몸을 휩쓸었다.

한 달에 한 번씩 매번 걸려 오는 전화인데도 항상 낯설고 두려웠다. 자신을 못마땅해하며 돌아가신 부모님까지 한심하게 바라보던 그들의 시선이 봄의 몸을 옭아매었다. 툭, 감싸고 있던 이불이 떨어졌다.

"알았어요, 큰아버지."

봄의 대답에 '그래', 혹은 '알겠다'라는 한마디의 대꾸도 없이 전화는 칼같이 끊어져 버렸다. 띠띠띠, 수화기에서 흐르는 단조로운 소리만 귓가에 들어찼다. 더 이상 빗소리가 들리지 않았다.

제자리에 올려놓은 수화기에서 손을 떼지 못한 봄은 제 손등만 내려다보았다.

"들어가 있으랬지."

그때 갑자기 들려오는 목소리에 놀라 시선을 돌렸다.

"슬리퍼도 안 신고, 맨발로 왜 나와 있어."

"아, 전화가 와서……."

작게 대답하던 봄이 두 다리를 끌어 품에 안으며 소파에 기대었다. 등이 차가웠다.

바닥에 널브러진 이불을 차마 주울 생각도 하지 못하고, 봄은 그저 무릎 위에 턱을 받친 채 바라볼 뿐이었다. 이불로 가득 찬 봄의 시야 속으로 긴 손가락이 불쑥 침입했다.

"멍 때리면서 뭐하냐."

재현은 이불을 활짝 펼쳐 봄을 폭 감쌌다. 서늘했던 체온이 오르는 기분이었다. 온몸을 스치는 보드라운 감촉에 봄이 재현을 올려다봤다.

"누구 전화였는데?"

"아냐, 암것도. 그냥 친척 어르신이 전화하셨어. 안부 전화."

"그래?"

재현은 봄을 가만히 보다가 표정을 가다듬고 어깨를 으쓱했다.

봄의 집안에 무슨 사정이 있는지 재현은 깊이 알 길이 없었다. 봄은 즐겁고 사사로운 일은 다 이야기하면서도 가정사에 대해서는 입을 닫았다. 항상 그랬듯이.

재현은 다시 한 번 자신이 그걸 알아낼 필요가 없음을 스스로 상기시켰다. 납득하며 호기심을 접는 건 익숙한 일이었으니까. 가정사를 꼬치꼬치 묻지 않기로 다짐했던 것도 잊지 않고 있었다.

다만 마음에 걸리는 것 하나는 봄이었다. '넌 여기까지다.' 라고 선을 긋는 기분. 자신과 봄 사이에 길 하나가 놓여 있었다. 더 이상 좁혀지지 않는다.

"재현아, 나 배고파."

"뭐?"

"나 배고픈데. 지금 약 먹을까? 가져왔어?"

봄의 목소리에 재현은 손에서 힘이 빠졌다. 물건을 쥐고 있었다면 떨어뜨렸을 게 분명했다. 의아한 시선이 뺨에 닿았다.

다른 세상에 빠져 있다가 돌아온 정신을 깊숙이 감춘 재현이 자리에서 일어나려 바르작대는 봄에게 말했다.

"거기 앉아 있어. 약 먹기 전에 뭐라도 먹어야 되니까 조금만 기다려."

"응. 참! 지연이랑 민경이한테 전화해야겠다."

"걔들은 왜?"

"그게…… 전화번호를 모르겠어."

"알바?"

"응······."

말끝을 흐린 봄이 팔만 뻗어서 전화기를 이불 속으로 끌고 들어갔다. 그 모습에 재현의 입가엔 미소가 걸렸다.

'그래. 이 자리면 충분한 거야.'

연결이 됐는지 전화를 붙들고 투정 부리는 봄의 목소리를 들으며 재현은 죽을 만들 재료를 꺼내었다.

한 줌의 쌀, 당근, 버섯, 파, 쇠고기. 재현의 능숙한 칼질에 야채들이 일정한 크기로 늘어졌다. 한 치의 오차도 없는 간격. 마치 봄과 자신의 거리 같다. 넓어지지도, 줄어지지도 않는.

대화를 마무리한 봄이 수화기를 내려놓았다. 걱정과 야단을 번갈아 가며 듣다 보니 어느 순간 웃음소리만 남아 있었다.

새벽 공기를 들이마시기라도 한 것처럼 기분이 상쾌해졌다. 어쩐지 두통이 약간 가라앉은 듯도 싶었다.

봄은 이마에 손을 올려 열이 내렸는지 확인했다. 온기가 서로 맞물리자 고개를 갸웃했다.

"아직 안 내렸나? 기분은 괜찮은데."

작게 중얼거리던 봄의 코끝에 부엌에서부터 솔솔 흘러나오는 고소한 향이 닿았다.

"다 됐어?"

하얀 김이 올라오는 알록달록한 야채죽이 그릇에 담겼다. 봄은 쪼르르 달려가 재현의 곁에 찰싹 붙었다. 음식을 직접 보고 향을 바로 앞에서 맡으니 숨어 있던 식욕이 허기진 배를 가득 채웠다.

"자리에 앉아."

"응!"

재현은 수저를 든 봄의 앞에 죽 그릇을 놓아 주었다. 봄은 식은 윗부분을 숟가락으로 살짝 걷어 내어 작은 입에 쏙 넣었다. 야채죽의 고소하고 담백한 맛이 입안에 감돌았다.

"와! 맛있어."

작게 감탄한 봄이 예쁜 웃음을 입가에 그렸지만 창백하게 질린 얼굴은 여전했다. 재현은 한숨을 쉬며 들고 온 봉지를 뜯어 알약 두 개를 꺼내었다.

"여기 물하고 약."

"응, 고마워."

야채죽을 머금은 봄의 작은 입술이 오물오물 잘도 움직였다.

"재현아, 넌 안 먹어?"

숟가락을 입으로 가져가던 봄이 가만히 자신을 쳐다보는 재현에게 의아한 듯 물었다. 봄의 숟가락 위에 김치 하나를 올려 준 재현이 퉁명스레 대꾸했다.

"별로 배 안 고파. 너나 먹어."

김치가 올려진 숟가락이 봄의 입으로 들어갔다가 깨끗하게 빈 채로 나와 다시 죽 그릇을 향했다.

따르르릉. 그 순간 잡음이 그들의 공간에 끼어들었다. 봄의 수저질이 멈추었다. 미동도 않고 소리가 나는 거실을 바라보는 시선이 흔들렸다.

재현은 봄의 경직된 모습에 머리를 한 번 쓸어 주면서 이야기했다.

"내가 받을게. 계속 먹어."

돌아서는 재현의 등을 보던 봄은 가만히 죽 그릇을 내려다보았다. 어지럽게 섞인 야채 조각들이 머릿속을 뒤죽박죽으로 만드는 듯 착각이 들었다.

"여보세요."

어렴풋이 들려오는 재현의 목소리 뒤로 세찬 빗줄기가 자리 잡았다. 봄은 빗소리가 들리는 곳을 향해 고개를 돌렸다. 창문을 때리는 물방울이 습하다.

띠띠띠띠. 끝없이 이어지는 단조로운 소리가 봄의 귓속을 채운다. 다른 소리가 들어갈 틈새 없이, 빽빽하게.

아파트 입구로 들어온 승용차 하나가 주차장에 자리 잡았다. 검은 우산을 펼치자 비가 방향을 잃고 이리저리 튕겼다. 검은 천 위를 두들기는 빗방울들이 바닥으로 굴러 떨어졌다.

생각보다 높은 건물에 유한은 우산을 살짝 들고 올려다보았다. 균일하게 늘어선 저 창문들 사이 어딘가에 봄의 집이 있을 터였다.

살짝 벌어진 우산의 틈으로 들어오는 차가운 빗물이 뺨에 닿았다. 유한은 재킷 주머니에서 휴대폰을 꺼내 들었다.

'전화해 볼까.'

액정 위로 지연이 알려 준 봄의 번호가 떠올랐다. 한참을 번호만 바라보고 있자 기다림을 참지 못한 휴대폰이 잠금 상태로 바뀌었다.

휴대폰 테두리를 잡고 있던 손이 느릿하게 잠금 장치를 풀었다. 다시 뜬 하얀 액정에 봄의 집 전화번호가 떠올랐다. 머뭇거리던 손이 통화 버튼을 향했다.

뚜르르. 신호음이 유난히 크게 들려왔다.

"안 받으려나."

나지막하게 중얼거리며 유한은 아파트를 올려다보았다. 건물 앞으로 쏟아져 내리는 비가 마치 자신의 출입을 거부하는 듯 장막을 친다.

신호음이 한참을 울렸다. 작게 숨을 내쉬며 귀에서 전화를 떼려는 찰나 갑자기 달칵, 하는 상대방의 소리가 들려왔다.

―여보세요.

낯선 남자의 목소리. 유한의 손에 순간 힘이 들어갔다. 비가 닿지 않는 동그란 공간에 유한의 감정이 먼지처럼 부유하다 가라앉았다.

―전화를 하셨음 말씀을 하셔야죠.

재촉하는 상대방의 목소리에 유한이 억눌려져 있던 목소리를 끌어내었다.

"거기…… 한봄 씨 집 아닙니까?"

―맞는데요.

"누구십니까?"

유한의 목에 힘이 들어갔다. 누구인지 알고 있음에도 자신의 통제를 벗어난 입술은 바보 같은 질문을 건네었다.

―그러는 댁은 누구요?

그였다. 어제 봄과 함께 나란히 들어가던.

―재현아! 나 죽 더 먹는다?

어렴풋이 들려오는 봄의 해맑은 목소리에 유한은 허탈한 미소를 지으며 건물을 올려다보았다. 닫혀 있는 창이 자신의 출입을 거부하는 게 사실이 되어 버린 순간이었다.

"알겠습니다. 그만 끊죠."

알 수 없는 감정이 무겁게 유한의 가슴을 짓눌렀다. 타는 듯이 뜨겁다.

"같이 살던 거였나……."

유한은 아파트를 한 번 둘러보았다. 비에 젖은 화단의 화려한 꽃들과 아무도 없는 놀이터, 적막한 거리, 그리고 덩그러니 놓인 자신의 차. 명백한 불청객.

한심한 꼴에 유한은 실소를 흘렸다.

"신유한, 여기서 뭐하냐."

자조적인 웃음을 뱉은 유한이 무거운 발을 끌며 차로 걸어갔다. 땅이 움푹움푹 패는 듯했다.

유한의 마음에 앞이 보이지 않는 짙은 안개가 드리워졌다. 걸어가다 보면 길을 헤맬 정도로.

비가 그쳤다. 창문을 열면 느껴지는 뜨거운 열기와 축축하게 젖어 있는 푸른 내음. 빗줄기가 세상을 훑고 지나가자 기다렸다는 듯 싱그러운 여름이 한 발짝 성큼 다가왔다.

도마에 칼이 부딪히는 소리가 조용한 집 안을 요란하게 울렸다. 봄이 힐끔 거실을 바라보았다. 얇고 넙적한 신문이 유한의 표정을 가렸다.

신문 끝자락이 조금만 머리를 숙여 준다면 그가 보일 듯도 한데, 얄팍한 종이는 야속하게도 다림질을 하기라도 한 듯 **빳빳했다.**

유독 삭막한 하루의 시작에 봄은 초조한 듯 하얀 이로 입술을 지그시 눌렀다.

'왜 저러지, 정말.'

작게 한숨 쉬던 봄이 잠깐 멈추었던 칼을 들었다.

'음식이라도 맛나게 만들어야지!'

도마 위를 울퉁불퉁한 두 개의 감자가 옷을 벗은 채 데구루루 굴렀다. 하지만 감자를 썰면서도 봄의 청신경은 바짝 독이 오른 채 모조리 거실을 향해 있었다.

팔랑. 아, 신문 한 장이 또 넘어갔다.

"아!"

따끔거리는 통증에 봄이 시선을 내렸다. 감자에 여러 개의 붉은 반점이 얼룩지듯 물들었다. 날카로운 칼날에 베인 손가락 끝에서 붉은빛을 띤 피가 몽글몽글 샘솟았다.

"다친 거야?"

봄의 시야로 불쑥 크고 하얀 손이 침범했다. 재료를 써느라 차갑게 식어 있던 손에 따뜻한 온기가 스몄다.

"별거 아닌데…… 하나도 안 아파요!"

봄이 손을 쏙 빼면서 뒤로 숨겼다. 유한의 시선이 활짝 웃는 봄에게 향했다.

"뭐하는 거야, 지금. 손 이리 내."

"저, 오늘요. 아저씨 눈 처음으로 제대로 봤어요."

신문 속에 감춰져 있던 표정을 적나라하게 드러낸 유한은 봄의 손을 잡고 싱크대로 이끌었다. 손잡이를 살짝 올리자 맑은 물줄기가 쪼르륵 흘러나왔다. 차가움이 상처에 닿자 핏물이 개수대로 소용돌이치며 빨려 들어갔다.

봄은 손끝에 시선을 두고 있는 유한의 모습을 응시했다. 여전히 딱딱하게 굳은 표정. 손끝이 화끈거리며 쓰라렸다.

유한은 말이 많은 편은 아니었지만, 함께 대화할 때엔 가볍게 받아 미소를 지어 주곤 했었다. 단 한 번도 오늘처럼 냉랭하다 느꼈던 적은 없었다.

어제 출근을 하지 않았던 게 원인이라면 유한이 그저 가볍게 넘겨 주겠지 싶었는데…….

조심스레 움직이는 유한의 손으로 시선을 내렸다.

"아저씨, 나한테 화 많이 났구나."

상처 부위를 덮는 빨간 액체를 보던 봄이 조용히 중얼거렸다. 유한이 소독한 솜을 옆에 놓으며 고개를 들었다.

"화 안 났어."

"거짓말. 이것 봐요, 저 아저씨 신경 쓰다가 손가락 다친 거잖아요."

봄이 어색하게 웃으면서 유한의 눈앞에 손가락을 흔들었다. 채 마르지 못한 빨간 약이 손끝에 대롱대롱 매달렸다.

유한은 눈앞에서 시계추처럼 산만하게 왔다 갔다 하는 손을 탁 붙잡았다. 투정 부리다 놀란 듯 눈이 동그래진 봄의 모습에 유한이 그녀의 머리를 꾹 눌렀다.

"그만 웃어. 안 예쁘다."

"정말 화 안 났어요?"

"오늘 요리는 됐어. 하지 마."

"아닌데……. 화났잖아요."

유한은 대답 없이 봄의 가는 손가락에 밴드 하나를 붙여 주고는 응급 약통을 정리했다.

"아저씨."

봄이 그의 반팔 소매 자락을 살짝 잡고 올려다보았다.

"화난 거 있으면 말을 해 줘요."

"없어."

"그치만!"

"휴……."

묵직한 한숨 소리에 봄이 몸을 움찔했다. 유한이 입을 열면서 봄의 머리카락을 흩뜨렸다.

"꼬맹아, 뭐 먹고 싶은 거 없어?"

"별명 부르기로 했었잖아요. 이것 봐요, 화난 거 맞죠?"

오늘따라 유난스레 집착하는 봄의 모습에 유한의 잇새로 바람 빠진 웃음을 흘러나왔다.

자기가 화난 게 뭐라고 저러는지. 마음 한 켠이 돌 하나가 자리 잡은 듯 묵직해졌다.

그때 갑자기 초인종 소리가 고요한 집 안을 가득 채웠다. 유한은 여전히 옷자락을 잡고 있는 봄을 내려다보았다. 봄은 살짝 손을 오므리면서 무릎 위로 옮기더니 눈짓으로 현관을 가리켰다.

"얼른 가 봐요. 누가 왔나 봐요."

봄의 눈꼬리가 예쁘게 휘면서 맑은 웃음이 떠올랐다. 사람 마음을 들었다 났다 하는 그녀의 행동에, 유한은 이마에 콩알을 하나 놓고는 발길을 돌렸다.

"아, 아프잖아요! 정말."

봄의 투덜대는 소리가 유한의 귓속을 잔잔히 울렸다.

"누구……."

"한아! 나 왔어!"

벌어진 문틈으로 들려오는 고음에 유한의 미간이 좁혀졌다. 문을 활짝 열자 드러난 인영의 눈빛이 반짝거렸다. 오랜만에 보는 하나의 모습에 유한이 당황한 듯 목소리가 높아졌다.

"너……!"

"우리 한이, 나 안 보고 싶었어?"

"시끄러워, 좀."

머리를 짚으며 말하는 유한의 질책에도, 하나는 어깨를 으쓱이며 제 집인 것처럼 성큼성큼 들어섰다.

"언제 왔어?"

등 뒤에서 들려오는 목소리에 하나는 몸을 돌려 유한을 정면으로 바라보았다. 인상을 찌푸린 그의 미간 사이를 쿡 찌른 하나가 생글생글 웃으며 대답했다.

"오늘! 연락 못 받은 거야? 민혁 씨한테 말해 놨었는데?"

"아……."

그제야 어제 자신을 부르던 민혁의 모습이 어렴풋이 떠올랐다. 유한은 살며시 고개를 저었다. 이 막무가내 아가씨를 어찌할까 싶어 벌써부터 지끈거리는 두통이 불난 듯 일었다.

"나 버리고 이렇게 한국 가서 사니까 좋았어? 이게 몇 년 만이야, 정말."

"지난여름에도 봤었잖아."

"그건 그때고! 매번 휴가 때만 놀러 오면서."

거머리가 붙기라도 한 듯 귀찮아하는 유한의 표정에 하나는 물결무늬가 그려진 파란색 손톱을 한 번 문질렀다. 그리고 이내 유한에게 팔짱을 끼면서 신 나게 이야기했다.

"나 1~2주 정도 한국에 있을 건데. 나랑 열심히 놀아 줘야 한다?"

"혼자 놀아. 바빠."

"에이, 그러지 마! 그냥 같이 드라이브하고, 쇼핑하고, 영화도 보고. 음, 호텔 가서 식사도 하고……."

시큰둥한 반응에 하나가 팔짱을 낀 유한의 팔뚝에 가슴을 문질렀다.

"뭣하면 거기서 방 잡지, 뭐. 어때?"

이래도 반응이 없을 거냐는 듯 심술 난 눈길로 그를 바라보았다.

"농담하지 말고. 더워. 떨어져, 좀."

유한이 하나의 어깨에 손을 올리고 떼어 내려는 찰나 불쑥 다른 곳에서 익숙한 목소리가 들려왔다.

"아저씨, 누구예요?"

맑은 눈에 이채를 띤 봄이 낯선 손님의 방문에 신기해하며 고개를 갸웃거렸다.

순간 유한은 온몸에 더러운 오물을 뒤집어쓴 듯이 머리가 차갑게 식었다.

유한의 손길에도 꼿꼿이 붙어 있던 하나가 팔을 빼더니 봄의 곁으로 다가갔다. 두 여자가 나란히 서니 서로 다른 모습이 대비되었다.

언제 물들였는지 붉은 와인 빛의 머리카락을 쓸어 넘기는 하나의 동작이 유한의 시선엔 어쩐지 봄을 위협하는 것처럼 보였다.

봄이 작고 말라서 그런 건지, 하나가 여자치고는 큰 키라 그런 건지는 알 수 없었지만.

"가정부? 가정부라기엔 너무 젊은데?"

"아저씨?"

자신을 위아래로 샅샅이 훑는 하나의 행동에 당황한 봄이 구조 요청이라도 하는 시선으로 유한을 바라봤다.

"한아, 얘 누군데?"

하나가 봄의 어깨를 꽉 쥐었다. 봄이 아픈 듯 눈을 살짝 찡그리자 유한이 성큼성큼 다가가 하나의 손목을 붙들며 떼어 냈다.

"그만해."

유한이 굳은 표정으로 바라보자 하나가 신경질적으로 손을 빼면서 등 뒤로 숨겼다. 손을 살짝 쥐자 매니큐어를 바른 매끄러운 손톱이 손끝과 닿았다. 시원하라고 파란색으로 발랐더니 이상하게 뜨끈한 열기가 느껴졌다.

"내가 뭘 잘못했다고 그래!"

"너 진짜……."

"아저씨, 그만해요."

봄이 유한의 팔을 가볍게 흔들면서 밝게 미소를 지었다.

"안녕하세요. 저 사장님 레스토랑에서 아르바이트해요."

봄의 얼굴 위로 자리 잡은 선한 웃음에 하나는 기분이 나아진 듯 입가에 미소를 띠었다.

"어머, 그랬구나."

"네. 언니는 사장님이랑 되게 친하신가 봐요."

"어? 그럼! 우리 한이는 나랑 평생 같이 있을 거니까. 근데 아가씨는 왜 여기에 있어? 레스토랑에서 한창 일해야 할 시간 아냐?"

"이하나, 그만해."

"언니한테 왜 그래요. 들어보니까 오랜만에 만난 거 같은데."

유한이 봄을 얼어붙은 눈길로 바라보았다. 유한의 시선을 눈치채지 못한 봄은 말간 웃음을 지은 채 하나를 바라봤다.

"한이는 항상 나한테만 매정해."

훌쩍이는 흉내를 내는 하나의 등을 두들기며 봄이 유한을 흘겼다. 지이이잉, 갑자기 울리는 진동에 봄이 소파에 올려 놓은 가방 속에서 휴대폰을 꺼내 들었다.

"언니, 잠시만요."

유한은 가볍게 흔들리는 부드러운 머리칼을 셀 듯 봄의 움직임 하나하나를 가라앉은 눈빛으로 응시했다.

'들었으려나⋯⋯.'

마음속에 예상치 못한 태풍이 밀려온 듯 유한은 혼란스러웠다. 아무렇지 않아 보이는 봄의 행동만큼 꼭꼭 감춰 둔 그 속내도 멀쩡한지 짐작할 수가 없었다.

이 잔잔하게 흔들리는 동요는 유한 자신만 가지고 있는 건지.

휘몰아치는 태풍 속 그 고요한 중심에 그의 마음이 위태하게 자리 잡았다.

"어? 재현이 문자 왔다. 저 가 봐도 돼요?"

문자를 확인한 봄은 허락을 구하며 유한을 바라보았다. 티끌 하나 없는 봄의 눈동자에 유한은 밑바닥까지 억눌린 목소리를 끌어 올렸다.

"그래."

무언가를 억지로 삼키는 것처럼 그의 잇새에서 갈라져 나온 음성은 그녀를 밀어내었다.

"아, 네……. 또 올게요!"

핸드백을 든 봄이 종종걸음으로 현관문을 향해 다가갔다. 헐렁했던 슬리퍼를 벗고 샌들에 집어넣는 작은 발끝이 보이자 유한이 주먹을 쥐었다 폈다.

툭 불거져 나와 도드라진 뼈. 한 손에 잡힐 듯 발목이 가늘었다. 손안이 아리다.

쾅. 급하게 문을 닫고 나오자 집 안과는 다른 후덥지근한 열기가 전신을 휘감았다. 기운 없이 봄은 문에 머리를 기대었다. 철문의 차가움이 얇은 옷자락을 넘어 살갗에 느껴졌다.

"추워……."

조용히 중얼거린 봄이 창밖으로 보이는 하늘을 바라보았다. 파란 하늘엔 크기를 가늠할 수 없는 커다란 구름 하나가 유유히 떠다녔다.

가방 끈을 세게 쥐고 있던 손을 살며시 가슴 위에 올렸다. 귓속을 울리는 듯이 빨리 뛰는 심장.

"호텔 가서 식사도 하고…… 뭣하면 거기서 방 잡지, 뭐. 어때?"

하나의 목소리가 점점 선명해졌다.

봄을 지독하게 괴롭히며 앓게 만들었던 뜨거운 열기가 스멀스멀 기어올라 머리를 아득하게 만들었다.

"아…… 애인이 있었구나."

집 안에서 느꼈던 서늘하게 식은 공기가 봄의 마음속에 살며시 옮겨 오기라도 한 듯 시렸다.

바람결에 살랑거리는 커튼을 활짝 걷자 기다렸다는 듯 햇살이 베란다로 쏟아져 내렸다.

　재현은 창문을 활짝 열어 집 안을 환기시켰다. 미적지근한 바람이 뺨을 스쳤지만 불쾌할 정도는 아니었다.

　자신의 집이 다른 이의 손에 이리저리 헤집어지고 있다는 사실을 알고는 있는지, 봄은 침대 위에서 미동조차 없었다.

　이불을 정수리까지 뒤집어쓴 것도 모자라 온몸에 돌돌 만 채 꿈나라에 있는 봄을 재현이 흔들어 깨웠다.

　"이 굼벵아! 좀 일어나."

　이불 뭉치가 애벌레마냥 꼼지락거리더니 끄트머리에서 하얀 얼굴이 쏙 비집고 나왔다.

　"몇 시야?"

　입안에서 목소리가 나오지 못한 채 웅얼거렸다.

"열 시다. 밤에 잠 설치기라도 했어?"

재현은 침대에 걸터앉아 짓궂게 손가락으로 봄의 정수리를 쿡쿡 찔렀다.

"아예 이불 속으로 파고들어 가라, 그냥."

눈을 질끈 감고 인상을 찌푸리던 봄이 한참을 이불 속에서 꼬물대다가 갇혀 있던 한 팔을 꺼내었다. 그리고는 이내 재현의 손가락을 움켜잡았다.

"그만해! 머리 한가운데 찔리면 얼마나 아픈지 모르지, 너!"

"야, 야!"

재현은 당황한 듯 봄에게 비틀린 채 붙들린 네 개의 손가락을 꿈틀거렸다.

"봐, 너도 아프지? 아프지?"

붙들고 있는 재현의 손가락을 잡아당겨 체중을 지탱한 채 벌떡 앉은 봄이 손을 흔들었다.

"쌤통이야, 흥!"

새빨간 혀가 작은 입술 틈새로 삐죽 나왔다가 쏙 들어갔다.

손가락 마디마다 닿는 온기와 말랑한 봄의 손바닥을 의식하자 재현의 양 귀가 빨갛게 달아올랐다. 서서히 뒷목으로 열기가 번지는 느낌에 작은 손을 급하게 뿌리쳤다.

"많이 아팠어?"

갑작스런 내침에 봄이 의아한 듯 말간 눈동자로 재현을 올려다보았다.

일자로 딱 다문 채 굳어 있는 입매와, 성난 듯이 자신을 뚫어져라 보는 재현의 시선에 봄의 고개가 옆으로 살짝 기울었다.

"너…… 진짜……."

"응?"

재현은 벌렸던 입술을 조가비처럼 꽉 다물고 침묵했다. 이내 짙은 한숨을 내쉬며 봄의 양 손목을 붙들고 벌떡 일으켰다. 종잇장마냥 봄이 팔랑거렸다.

"출근 안 하니까 좋냐?"

"뭐……. 주말이니까?"

봄이 검지를 입술에 갖다 대며 고개를 갸웃했다. 가는 손가락에 붙여진 밴드의 흔적에 재현의 미간이 찌푸려졌다.

"너 다쳤냐?"

날 선 목소리에 봄은 설핏 웃으며 손끝을 서로 톡톡 부딪치고는 얼버무렸다.

"그게, 어쩌다 보니까……."

"칼 들고 설쳤지? 내가 조심하라고 했어, 안 했어?"

봄이 물끄러미 밴드가 붙여진 손가락을 바라보았다. 조심스러웠던 유한의 손길이 생각나 둥근 눈매를 예쁘게 휘며 배시시 미소 지었다.

"다음부터는 조심할게, 응?"

재현은 낮게 한숨을 내쉬고는 말했다.

"일단 씻고 와. 참 못났다. 오늘 할 일 있잖아. 설마…… 너 또 까먹은 건 아니지?"

"응?"

재현은 입가에 허탈한 웃음을 짓고 베갯잇 자국이 선명히 남은 봄의 뺨을 아프지 않게 살짝 튕겼다.

"이러니 내가 널 안 건들 수 있겠어? 오늘 청소하기로 했잖아."

재현의 말에 화들짝 놀란 봄의 눈이 휘둥그레졌다.

"아, 맞다! 잠시만, 금방 나올게!"

두 손바닥을 서로 부딪친 뒤 화장실로 쏙 들어가는 봄의 뒷모습을 재현이 물끄러미 바라봤다.

몸에 돌돌 감고 있던 이불이 뱀의 허물처럼 화장실까지 길게 늘어져 흔적을 남겼다. 재현은 이불을 집어 들며 허탈하게 중얼거렸다.

"이것 봐, 또 꼬리 흘리고 다니지."

한 손으로 관자놀이를 지그시 누른 재현이 곤란하다는 듯이 웃었다. 손 마디마디에 닿았던 설렘의 열기가 전기가 흐르듯 짜릿해졌다. 정말 안 흘리려야, 안 흘릴 수가 없네.

"하아."

하얀 하늘이 먹물을 머금은 듯 흐렸다. 봄은 작은 한숨을 내쉬고 고개를 아래로 숙이며 손을 천천히 움직였다.

사각사각, 날카로운 칼끝을 따라 얇은 나무 조각이 까만 흑연 가루와 함께 흩어졌다. 혹여나 에어컨 바람에 날릴세라 봄은 틈틈이 종이 끝을 세워 가루를 가운데로 모았다.

"다 됐다."

봄이 작게 중얼거리며 하얀 메모지 위에 연필을 바로 세웠다. 손이 움직이자 연필 끝도 따라 흔적을 남겼다.

신유한.

"아, 정말."

이름 하나 썼을 뿐인데 연필 끝이 약간 뭉뚱그려졌다.

"정말 모르겠어."

벌어졌던 아귀를 딱 다물어 버린 상처가 손가락 끝에 가느다란 선을 이루었다. 겉만 아물어 버린 듯 살짝 눌러 보면 아릿한 통증이 느껴졌다.

"아파."

봄이 시선을 아래로 내리자 어깨에 걸쳐졌던 머리카락이 쏟아져 내렸다. 이상하게도 유한을 생각할 때마다 머릿속 생각이 점점 문드러진다.

"점순아, 왜 이렇게 기운이 없어."

지연이 카운터에 멍하니 서 있는 봄을 보다 말고 걱정스럽게 어깨에 손을 얹었다.

"왜 그래, 무슨 일 있는 거야?"

"응? 아무것도 아니야!"

봄이 메모지를 황급히 구기며 유니폼 속에 넣었다. 주머니 위로 삐죽 고개를 내민 하얀 종이의 끝자락에 지연이 가볍게 미소 지었다. 어느새 다가온 민경이 어깨를 으쓱이면서 말했다.

"일 못 해서 그래? 내 일이라도 할래? 얌전히 카운터나 보고 있으면서 웬 한숨이냐?"

커다란 눈을 굴리며 지연과 민경을 살피던 봄이 손끝의 상처를 만지작거렸다. 오돌토돌한 흔적이 느껴졌다.

하나를 만나고 난 다음 날, 재현과 한창 청소에 열중하고 있던 봄에게 민혁이 연락해 왔다. 월급에서 제하지는 않을 테니 하나가 한국에 머무는 동안만 출근을 하지 않아도 된다는 일방적 통보.

유한을 마주하지 않은 지 일주일이 다 되어 가고 있었다. 일을 하지 않으면서 월급만 날름날름 받는다는 게 잘못된 것 같아 시작했던 카운터 일도, 이젠 여유 있게 웃으며 할 수 있었다.

그사이에 쓰라렸던 상처를 보호하기 위해 늘 찰싹 붙어 있던 밴드는 손가락에서 떼어졌다. 하지만 하루하루가 지나갈수록 규칙적으로 뛰는 가슴이 얼음이라도 삼킨 듯 얼얼해져 갔다.

그때 멍하니 손끝만 바라보던 봄의 시선이 차단되었다. 지연이 불쑥 내민 하얀 손엔 영화표 두 장이 들려 있었다.

"자, 여기."

"이게 뭐야?"

봄이 고개를 갸우뚱하며 지연을 바라보았다.

의아함이 서린 눈동자에 지연이 가볍게 미소 지으면서 봄의 부드러운 머리칼을 쓸어 주었다.

"이틀 뒤에 상영하는 거야. 너 최근에 사장님이랑 같이 있어서 잘 만나지 못했었잖아. 그래서 그냥 민경이랑 둘이서 영화 보러 가려 했었거든. 근데 보다시피 요즘 피크여서 바쁘니까."

지연이 자신의 등 뒤를 가리키면서 어깨를 으쓱였다.

"봄이 너라도 보러 다녀와."

지연의 손짓을 따라가던 봄이 미간을 살짝 좁혔다가 활짝 웃었다.

"별로 안 바빠 보이는데? 알바생이 너희 둘만 있는 것도 아니 잖아!"

"왜 이래, 점순이. 네가 보기엔 안 바빠도 우린 바쁘거든!"

"음, 그러지 말구 같이 보러 가면 안 돼? 나머지 한 장은 예매 하면 되니까."

봄이 영화표를 양손에 한 장씩 들고 팔랑, 흔들었다. 민경이 번쩍 든 봄의 양 손목을 잡고 가운데로 모았다. 따로 놀던 영화 표 두 장이 하나로 겹쳐졌다.

"이미 자리 다 찼을걸? 그냥 아무나 같이 다녀와. 한 장이면 외로우니까 두 장 준 거다?"

"그래, 봄아. 네가 같이 가고 싶은 사람하고 보러 가. 어차피 카운터 보는 건 지배인님만으로 충분하던 거였잖아."

민경의 말을 지연이 거든 채, 웃으면서 한가로이 서 있는 민 혁을 향해 눈짓했다. 봄은 고민을 하듯 뚫어져라 표를 응시했다.

'누구랑 가야 하지?'

영화표를 잡고 있는 하얀 손가락 끝의 가느다란 상처가 눈에 닿았다. 그때 휴대폰이 진동하며 울렸다. 액정에 뜨는 이름에 망 설이던 봄은 화면을 밀며 전화를 받았다.

"여보세요?"

유한의 집 앞에선 작은 소란이 일었다.

"언니, 잠깐. 오빠 지금 바쁠 거야."

"아냐, 괜찮아. 뭘 그거 가지고 그래."

"우리 오빠 화나면 무서워."

"괜찮아, 괜찮아."

유한의 집에 막무가내로 들어가려는 하나를 말리던 세영이 작게 한숨을 내쉬었다.

우울해하는 하나의 기분을 풀어 주기 위해 세영은 그녀와 쇼핑을 하고 있었다. 그러던 도중 하나가 남성복 매장에 불쑥 들어가더니, 셔츠 하나를 쥐고 유한에게 어울리겠다며 동의를 구해 왔다.

환하게 웃는 그 모습에 하나의 기분을 깨고 싶지 않아 고개를 끄덕여 주었던 게 화근이었다.

'오빠는 귀찮은 거 싫어하는데.'

옷을 사자마자 입혀 보고 싶다면서 유한의 집에 쳐들어갈 줄 생각이나 했겠는가.

세영은 유한에게 마음을 주다가 하나가 상처 받게 될까 봐 걱정이었다. 하나의 손목에 걸린 쇼핑백이 아래로 떨어질 듯 흔들렸다.

세영의 마음은 헤아리지도 못한 채 하나는 신 나게 벨을 누르며 인터폰에 외쳤다.

"한아, 나 왔어!"

갑작스런 초인종 소리가 집 안을 울렸다. 커서가 깜빡이는 하얀 화면을 바라보던 유한은 미간을 좁히면서 화면을 닫았다. 책상에 펼쳐진 공책도 덮어 노트북 밑에 깔아 놓았다.

현관문 쪽에서 비밀번호를 누르는 소리가 나더니 불청객의 목소리가 커졌다.

"나 왔어! 한아, 얼른 나와 봐!"

유한은 손바닥으로 뻐근한 목을 한 번 쓸어내리고 거실로 나갔
다. 눈앞에 서 있는 하나를 지나쳐 부엌으로 가 물 한 잔을 따랐다.

마냥 좋다는 듯 생글생글 미소 짓던 하나가 그의 뒤를 따랐
다. 의자에 걸터앉은 유한의 어깨 위로 허리를 숙인 하나가 턱을
괴었다.

"네 옷 사 왔어. 얼른 입어 봐."

하나의 따뜻한 숨결이 유한의 귓가에 닿았다. 어깨에 올라온
그녀의 얼굴을 살짝 밀며 유한은 엉거주춤 서 있는 세영을 미동
없이 바라보았다. 그 시선 속에 내포되어 있는 질책을 세영이 모
를 리 없었다.

"오빠, 안녕……."

어색한 웃음을 내뱉으며 인사하던 세영은 울상을 지으면서 두
손을 허공에 저었다. 하나의 행동이 불가항력이었다는 듯이.

"이하나."

유한의 목소리가 딱딱하게 흘러나왔다.

"응? 왜, 한아?"

"여기 네 맘대로 오고가는 놀이터 아니야."

유한은 한국에 온 뒤로 줄기차게 자신의 집을 찾아오는 하나
의 행동에 일침을 가했다.

냉랭한 어조에 등 뒤에 서 있던 하나가 유한의 앞에 다가가
섰다. 168cm의 장신인 하나가 앉아 있는 유한을 내려다봤다. 그
의 얼굴 위로 검은 그늘이 졌다.

하나는 활짝 웃으면서 셔츠를 꺼내어 유한의 몸에 대었다.

"이것 봐. 너한테 정말 잘 어울릴 거야."

유한은 셔츠를 옆으로 밀어내며 테이블 위로 던지듯 놓았다. 그리고 의자에서 일어나 냉장고에서 우유 하나를 꺼내었다. 냉기가 서린 우유에 송골송골 이슬이 맺혔다.

"옷 가져가서 환불해."

유한의 단호한 말에 하나는 인상을 찌푸리며 테이블 위에 놓인 셔츠를 바라보았다.

"한 번만 입어 봐, 응? 내가 얼마나 고심해서 골랐는데!"

뒤에 바짝 붙어 애원하듯 말하는 하나의 목소리가 귀찮다는 듯 유한은 한쪽 눈을 살짝 일그러트렸다. 컵에 우유를 기울이는 유한의 모습을 보던 세영이 입을 내밀며 소리 질렀다.

"오빠, 또 뭐 안 먹었어?"

우유를 따르던 유한의 손이 기울어진 채 멈추었다. 우유는 열린 입구로 잘도 흘러나와 투명한 유리컵을 하얗게 채웠다.

그러고 보니 매일 찾아오는 하나의 행동에 봄을 만나지 못하자, 자연스레 밥 먹는 일이 사라졌다. 봄과 함께한 식사가 제대로 된 마지막 밥이었다는 사실이 새삼 다가왔다.

어느 순간부터 다시 찾아온 적막감이 유한의 마음에도 스며들어 있었다.

"오빠! 우유!"

"아."

유한이 급히 우유를 바로 세웠다. 하얀 액체가 컵의 가장 끄트머리에서 찰랑이며 소용돌이쳤다.

"민혁 오빠가 밥 잘 챙겨 먹는다 할 때부터 미심쩍더니!"

세영의 잔소리가 귓가에서 모래처럼 흩어졌다.

'딸기……'

별명을 불러 주자 붉게 물들었던 두 뺨이, 상처 난 아픔도 모르고 예쁜 미소를 짓던 봄의 얼굴이 갑자기 그리워졌다. 손가락은 아물었으려나.

유한이 주방을 느릿한 시선으로 둘러보았다.

봄이 쓰기 편한 대로 배치해 놓은 가지런한 주방 용품들과 벽에 걸린 앞치마 두 개. 희미하게 코끝을 자극하는 상큼한 민트 향. 요리하다 생긴 작은 얼룩들. 봄이 곳곳에 그녀의 흔적을 묻혀 두었다.

"오빠, 그러지 말구 우리 밥 먹으러 갈까? 보아하니 밥도 안 먹은 거 같네."

"그래, 한아. 우리 밥도 먹고 놀자. 응? 너 요즘 맨날 집에 있었잖아."

하나가 유한의 팔을 잡고 흔들었다. 그 순간 기억의 틈새에서 현실로 돌아오는 감각에 가슴 한구석이 아릿해졌다. 유한은 시선을 내려 우유를 바라보며 대답했다.

"그래."

이상하게 속이 허했다.

점심시간 후의 영화관은 사람들로 북적였다. 무리지어 영화를 보러 온 많은 사람들은 제각각 상영을 기다리거나 티켓을 발행받고 있었다.

봄은 주변을 살펴보다가 손끝을 바라보았다. 아무것도 칠해지지 않은 말끔한 손톱의 큐티클 너머로 하얀 반달이 고개를 내밀었다.

손바닥을 뒤집자 오돌토돌함이 사라진 상처의 흔적이 보였다. 그 가느다란 선은 점점 희미해져 가고 있었다.

"한봄."

팝콘과 콜라를 들고 오던 재현이 의자에 앉아 있는 봄의 모습을 못마땅하게 바라보았다. 살짝 말려 올라간 치마 아래로 가느다란 봄의 하얀 허벅지가 드러나 있었다.

"너 진짜! ……아니, 됐다. 그냥."

"응?"

팝콘과 콜라를 의자에 조심스레 내려 둔 재현은 재킷을 벗어 봄의 무릎을 덮었다.

봄은 팝콘을 한 줌 쥐어 입에 하나씩 쏙쏙 넣었다. 입안 가득 퍼지는 짭짜름하고 고소한 향에 팝콘 하나를 들어 재현에게 내밀었다.

"자, 먹어 봐."

예쁜 미소를 짓는 봄을 내려다보던 재현이 고개를 숙였다. 팝콘을 건네주던 작은 손가락이 입술에 살짝 닿자, 재현은 당황한 듯 몸을 벌떡 일으켰다.

"왜 그래?"

봄은 갑작스런 재현의 행동에 영문을 모르겠다는 듯 고개를 갸웃거렸다.

재현은 붉어진 얼굴을 감추려 봄의 까만 머리카락을 흩뜨렸다. 그 손길에 고개가 아래로 숙여진 봄은 무릎 위에 놓인 팝콘을 보고는 다시 활짝 미소 지었다. 정말 오랜만에 먹는 팝콘이었다.

"일어나. 영화 시간 다 되어 가."

"응."

재현이 봄을 일으켜 세운 뒤 시원한 음료 두 개를 양손에 쥐었다. 무릎에서 흘러내린 하늘빛 재킷을 건네자 재현이 말했다.

"그거 그냥 네 가방에 끼워."

봄이 자신의 작은 핸드백을 보고는 이해가 안 간다는 듯 재현을 올려다보았다. 그 모습에 그는 살짝 웃으며 콜라를 잠시 내려놓았다. 재킷을 옮겨 받아 가방에 옷깃의 끄트머리만 끼우자 아래로 축 늘어지면서 봄의 다리를 가렸다.

가만히 바라보던 봄의 얼굴에 예쁜 미소가 활짝 피었다. 팝콘을 품에 안은 봄이 자연스럽게 재현에게 팔짱을 꼈다. 재현의 양손에 다시 자리 잡은 콜라가 출렁, 흔들렸다.

"영화 재밌었으면 좋겠다. 그치?"

설렘이 차오른 말간 봄의 눈동자에 재현은 들끓는 감정을 누르면서 퉁명스레 대답했다.

"그만 기대. 이러다가 음료 엎지른다?"

봄은 마냥 좋다는 듯 까르륵 소리 내어 웃었다. 재현도 기분 좋은 미소를 띠면서 상영관으로 향하는 길을 눈으로 찾았다. 그때 봄이 걸음을 멈추었다. 덩달아 멈춘 웃음소리.

봄의 무릎에 이리저리 부딪히던 얇은 옷이 결국 가방을 빠져나와 바닥에 내려앉았다.

"야, 칠칠치 못하게 이게 뭐냐."

자신의 옷이 바닥에 떨어진 걸 보고 재현이 허리를 숙이며 말했다.

"자, 받아."

재현이 옷을 건네었지만 봄의 동그란 시선은 정면을 향해 고정되어 있었다.

"아저씨……?"

작은 입술에서 웅얼거리듯 흘러나오는 가느다란 음성에 재현은 봄의 시선을 따라갔다. 그곳엔 유한이 굳은 표정으로 봄을 바라보고 있었다.

'어디선가 본 거 같은데.'

재현은 낯익은 얼굴에 인상을 찌푸렸다. 그때 유한이 성큼성큼 다가와 봄의 앞에 섰다. 묘하게 감정 실린 목소리가 그의 입에서 흘러나왔다.

"한봄."

"너, 뭐야."

재현은 험악하게 물었지만 유한의 시선은 오롯이 봄 하나만을 담고 있었다. 재킷이 바닥으로 다시 추락했다.

"아저씨?"

봄이 고개를 갸웃하면서 올려다보았다. 커다란 손이 봄의 손목을 붙잡았다. 마른 뼈마디에 유한은 미간을 좁히며 손에서 힘을 뺐다.

"이리 와."

"아. 재현아, 잠시만."

봄이 다급하게 재현에게 외쳤다. 유한이 손목을 잡아당기자 봄이 가벼운 종잇장처럼 딸려 갔다. 봄의 금빛 샌들에 하늘빛 재 킷이 뭉개졌다.

재현의 주먹 쥔 손이 바르르 떨렸다. 사람들의 발에 이리저리 차이는 재킷을 보던 재현은 봄이 간 방향에 시선을 응시했다.

봄이 머물던 자리에선 코끝을 아리는 상큼한 민트 향이 묻어 나왔다. 희미하게.

손목에서 스멀스멀 열기가 올라왔다. 점점 빨라지는 속도에 작은 보폭으로 급히 따라가던 봄이 유한의 뒷모습을 바라보았 다. 그의 옅은 갈색 머리칼이 흔들리며 춤을 추었다.

높은 샌들을 신고 무리하게 걷는 바람에 발이 짓눌린 듯 아팠 다. 유한에게 잡힌 손목에서도 아릿한 통증이 느껴졌다.

봄은 남은 한 손으로 유한의 단단한 손목을 감싸 쥔 뒤 살짝 잡아당겼다. 아저씨, 그만 가요.

"나 다리도, 손도 아픈데."

봄의 작은 중얼거림이 귓바퀴를 타고 안착했다. 방향 없이 이 리저리 방황하던 유한의 걸음이 우뚝 멈추었다.

초점이 제대로 자리 잡은 시선에 회색빛 광택을 내는 엘리베 이터가 닿았다. 영화관과는 끝과 끝의 거리였다. 그 거리감이 인 식된 순간 머릿속에서 용광로처럼 들끓던 생각들이 차갑게 얼어 붙었다.

봄은 걸음을 멈춰 세운 유한의 뒷모습을 물끄러미 올려다보았다. 얼굴은 보이지 않았지만, 부드럽게 움직이던 수려한 그의 입매가 일자로 굳어 있을 것만 같았다.

서늘한 공기가 봄과 유한의 사이를 갈랐다. 거리를 걷다 보면 들려오던 흔한 소음들이 공기 중의 먼지가 된 듯 허공을 부유했다.

봄은 가만히 그가 잡은 손목을 내려다보았다.

"아저……씨?"

봄이 입을 벙긋하는 순간 유한이 등을 돌려 그녀와 시선을 맞추었다.

"너 뭐야."

무게감이 실려 있는, 높지도 낮지도 않은 차분한 목소리.

"네?"

"너…….”

놀란 듯이 동그래진 봄의 눈을 마주하자, 잔잔하게 가라앉은 감정의 수면 위로 작은 돌멩이 하나가 떨어졌다. 동그란 파동이 점점 커진다.

멀리서 봄을 보았을 땐 그저 닮은 사람이겠거니 싶었는데 한 걸음씩 가까워질수록 그 생각이 착각이었음을 깨달았다.

옆의 남자가 봄을 다정히 바라보고, 작고 하얀 얼굴에서 꽃이 피어오르는 걸 본 순간, 머릿속에 빛이 펑 터졌다. 치졸한 질투였다.

유한은 가볍게 심호흡하며 봄을 내려다보았다. 자신을 의아하게 바라보는 말간 눈동자와 새콤한 딸기 향을 머금고 있을 듯 붉은 입술, 가느다란 목선, 툭 불거진 쇄골.

점점 아래로 내려가던 시선이 다리에서 멈추었다. 유한의 눈썹이 꿈틀 움직였다.

"아저씨?"

"누가 이렇게 짧은 거 입으래."

고개를 갸웃거린 봄이 자신의 치마를 내려다보고는 주변을 둘러보았다. 미니스커트가 유행인지라 다들 치마가 짧았다. 그나마 자신이 입은 치마 길이는 양호한 편이었다.

셔링이 살짝 들어간 검은 천의 끝자락은 무릎에서 고작 반 뼘 위에 자리 잡고 있었다.

"음…… 이거 별로 안 짧은데."

유한의 집요한 시선에 봄의 목소리가 개미마냥 기어들어 갔다.

"다른 사람들이 나보다 더 짧은데……."

봄이 부드러운 검은 천을 작은 손으로 조물조물 쥐었다 폈다 반복했다. 얇은 천의 움직임에 숨바꼭질하듯 숨어 있던 하얀 다리가 고개를 내밀었다.

유한은 마치 종을 치면 침이 반사적으로 흐른다는 파블로스의 개가 된 기분이었다. 입안이 바싹바싹 타들어 갔다.

"그만. 말려 올라가잖아."

유한이 손목을 붙잡자 봄은 놀란 듯 아래로 숙이고 있던 고개를 들었다.

그때 딩동 하는 소리와 함께 마냥 닫혀 있을 것만 같던 엘리베이터가 아귀를 쩍 벌렸다. 탑승하고 있던 사람들의 시선이 뺨에 닿았다.

당황한 봄이 뒷걸음질 쳤다. 손안에서 스르르 빠져나가는 온기에 유한은 얇은 뼈마디를 꽉 틀어쥐고 잡아당겼다.

깍, 외마디 비명과 함께 봄의 작은 체구가 유한의 품에 쏙 안겼다. 따뜻한 품이 뺨에 닿자 불규칙적인 리듬이 귓속을 가득 채웠다.

쿵쿵쿵, 사람들의 발걸음 소리인지 심장이 뛰는 소리인지 구분이 가지 않았다.

주변이 조용해지자 봄은 몸을 떼며 유한에게서 한 발자국 뒤로 물러났다.

"아, 미안해요."

"미안해하지 않아도 돼."

고개를 숙인 봄의 머리 위로 부드러운 머리칼을 빗질하듯 쓸어내리는 따뜻한 손길이 닿았다. 시선을 들자 그곳엔 그녀가 물러선 만큼 다가와 있는 유한이 있었다.

봄은 열이 오르는 뺨을 작은 두 손으로 감싸고는 중얼댔다.

"아저씨, 우리 정말 오랜만에 보는 거 같아요."

"다친 건?"

"손가락이요? 다 나았어요. 이거 봐요."

봄이 가는 선만 남은 손가락을 들어 보였다. 미간을 좁힌 채 희미해진 흉터를 보던 유한의 시선이 환한 미소를 띤 봄에게 내려앉았다.

예쁘게 휘어진 눈꼬리 사이로 봄의 눈동자가 보였다. 봄을 이루고 있는 것들이 하나하나 눈에 들어왔다.

이상했다. 봄의 발길이 끊기고 난 뒤 늘 코끝에선 민트 향이 아릿하게 맴돌았고, 그녀의 흔적을 바라볼 때마다 마음 한구석이 허했다.

"아저씨, 어디 안 좋아요?"

작은 입술을 오물거리며 봄이 걱정스럽게 물었다.

하고 싶은 말들이 혀끝에 뭉친 채로 맴돌았지만, 마냥 작고 여려 보이는 봄의 모습에 유한의 잇새에서는 바람 빠진 웃음이 흘러나왔다.

그 순간 민트 향이 짙어지면서 허했던 마음의 이유가 자연스레 손끝에 닿아 왔다. 잊고 있었던 허기가 밀물처럼 몰려왔다.

"보고 싶더라."

"네?"

"네 생각이 났어."

유한의 낮고 차분한 음성이 들려오자 봄의 작은 가슴이 울렁거렸다. 마치 파도가 밀려오는 물결 위의 곡선처럼 요동쳤다.

유한을 물끄러미 바라보던 시선을 손끝으로 내린 봄이 조용히 속삭였다.

"저도 아저씨가 보고 싶었어요."

유한이 가볍게 웃으면서 봄의 어깨에 살짝 손을 올렸다. 봄이 활짝 미소 지으며 유한의 팔에 팔짱을 꼈다.

"뭐하고 지냈어요? 아, 맞다! 나 이노센트 카운터 일 봤어요."

"들었어. 잘한다던데?"

"정말요? 지배인님이 그랬어요?"

"어."

무심하게 대답하는 유한의 귓가에 전화 통화로 즐거워하던 민혁의 목소리가 둥둥 떠다녔다.

"봄 아가씨, 일 잘하더라? 요새 매출이 늘어난 거 같기도 하고. 하긴 남자 손님이 많으니까."

생각만 해도 유한의 빈손에는 힘이 들어갔다.

"나 그냥 레스토랑에서 일해야 할까 봐요. 그렇죠?"

활짝 미소 지은 봄이 두 눈을 빛내면서 재잘거리자 가슴에서부터 묘한 불쾌감이 불씨처럼 날아들었다.

"안 돼."

유한의 목소리가 의지를 벗어나 불쑥 튀어나왔다. 단호한 대답에 봄이 깜짝 놀란 듯 바라보며 되물었다.

"네? 왜요?"

"네 일은 그게 아니잖아."

"음, 그러니까요. 제가 식사 때마다 전화하는 거예요. 어때요? 어차피 아저씨 식사만 알아서 하면 되는 건데……."

"싫어."

"정말. 자기 밥도 혼자 못 챙겨 먹는 어른이 어딨담? 애도 아니고!"

팔짱을 쏙 빼고 허리에 두 손을 짚은 봄이 입술을 삐죽 내밀었다. 유한의 한쪽 눈썹이 올라갔다.

"너, 은근슬쩍 말이 낮아진다?"

흥! 코웃음 치며 고개를 쌩하니 돌리는 봄의 두 뺨이 상기되어 있었다. 유한의 손끝이 봄의 발그레한 볼에 닿자 말랑한 감촉이 느껴졌다.

여전히 자신을 흘기는 새초롬한 봄의 눈길을 보던 유한은 입가에 미소를 짓고 그녀의 팔목을 잡고 끌었다. 봄의 몸이 끌리는 힘을 따라 기우뚱했다.

"어, 어?"

"가자, 배고프다."

"밥 안 먹었어요?"

오랜만에 만났는데 또 밥이에요? 종종걸음으로 쫓아오면서도 재잘거리는 봄의 목소리에 유한은 손가락을 마주 잡아 깍지를 꼈다. 봄의 작은 손과 유한의 큰 손이 빈틈없이 맞물리며 온기를 머금었다.

유한의 걸음이 점점 느려지면서 봄의 작은 보폭에 맞춰졌다.

"내가 무슨 밥통으로 보이는 거죠?"

"밥통이라기엔 불량 같은데?"

"저 밥은 잘해요!"

"진심으로?"

"잘……할걸요? 아마도……."

유한의 의심스러운 눈초리에 봄의 목소리가 점점 기어들어 갔다.

"어! 아저씨, 저거 예쁘죠?"

머쓱하게 웃던 봄이 화제를 바꾸려는 듯 바로 앞에 보이는 매장을 가리켰다. 움직이던 시선의 끝에 닿은 물건에 유한의 입술선이 말려 올라갔다.

봄의 손끝이 향한 곳은 그들이 지나치고 있던 쥬얼리 매장이었다. 유한이 진열장으로 성큼성큼 다가서며 태연하게 물었다.

"목걸이? 반지?"

당황한 듯 그를 힐끔 올려다보는 봄의 뺨에 발그레 홍조가 자리 잡았다.

"어떤 게 마음에 드는데?"

"아니에요! 얼른 가요."

급하게 팔을 잡아끄는 봄을 보던 유한이 손가락으로 진열대를 짚었다.

"이건 어때?"

"그냥 가자니까요."

봄이 슬금슬금 몸을 뒤로 뺐다. 웃음기 머금은 눈길로 바라보던 유한이 스르륵 빠져나가는 작은 손을 힘주어 잡으면서 당겼다.

"그럼 이건?"

계속해서 유한의 손이 다른 곳을 가리키자 봄의 눈동자가 저도 모르게 기다란 손가락을 따라 움직였다.

"와, 반짝반짝 예쁘다."

중얼거린 봄의 시선이 한곳에서 멈추었다.

유한의 손이 가리키고 있는 곳에는 둥그런 체인 중심에 금빛 초승달과 작은 별이 자리 잡고 있었다. 별 속의 투명한 알맹이가 진열대의 조명을 어지럽게 반사시켰다.

유한의 손이 진열대에서 떨어졌지만 봄의 눈동자는 못 박힌 듯 그 자리에 있었다.

"맘에 들어?"

"예쁘잖아요."

봄은 유한과 눈을 맞추면서 활짝 미소 지었다. 눈꼬리가 예쁘게 접히면서 반달이 되었다.

유한은 어깨에 이리저리 흩어진 봄의 까만 머리칼을 빗질하듯 한 번 쓸었다.

"너, 밥은 먹었어?"

부드러운 머리카락 너머로 닿은 어깨 뼈마디가 손끝에 느껴졌다.

"당연하죠."

봄이 어깨를 으쓱였다.

"제가 무슨 아저씨인 줄 알아요? 매 끼니 꼬박꼬박…… 아!"

팔꿈치로 유한의 옆구리를 쿡 찌르던 봄이 눈을 크게 뜨면서 정승처럼 우뚝 멈춰 섰다. 유한이 의아한 듯 봄을 내려다보았다.

머리칼 사이로 새하얀 가마가 보였다. 코끝에 금방이라도 향긋한 샴푸 향이 스밀 듯한 착각에 유한의 입가에 따뜻한 미소가 자리했다. 하지만 그 미소는 얼마 가지 못했다.

"나 재현이 두고 왔어요! 어쩌지? 화 많이 났겠다."

초조한 듯이 커다란 눈동자를 이리저리 굴리던 봄이 안절부절못하면서 유한을 잡아끌었다. 딱딱하게 굳어 버린 유한의 얼굴엔 미소가 사라져 있었다.

미처 그의 표정을 보지 못한 봄이 다급한 듯이 단단한 팔을 붙잡고 끌었지만, 유한은 미간을 찌푸린 채 미동도 하지 않았다.

봄은 유한의 옷깃을 잡고 흔들며 재촉했다.

"얼른 가 봐야 하는데! 참, 아저씨도 하나 언니 두고 왔잖아요."

봄은 영화관에서 유한과 마주쳤을 때 그의 곁에 서 있던 하나를 떠올렸다. 자신이 유한과의 데이트를 방해한 건가 싶어 마음이 무거워졌다.

아무 말도 하지 않는 유한을 보던 봄은 아직까지 그와 잡고 있는 손을 들었다. 고개를 숙여 유한의 손목에 걸린 시계를 보니 영화 시간이 15분가량 지나 있었다. 아, 늦었다. 봄의 잇새에서 낮은 신음성이 흘러나왔다.

그제야 잊었던 하나의 존재가 유한의 머릿속에 어렴풋이 떠올랐다. 봄을 발견했던 순간부터 머릿속에서 하나는 사라져 있었다. 지금 이 순간에도 신경 세포는 재현의 존재를 찾는 봄에게만 날카로운 날을 세우고 있었다.

"아저씨, 우리 일단 영화관으로 돌아가요. 네?"

이유 모를 유한의 부동에 봄은 작은 한숨을 내쉬었다. 마치 커다란 벽과 마주하는 기분이었다. 아무리 용을 쓰고 밀어도 미동도 하지 않는.

"하나 언니 버려두면 어떡해요. 재현이도 기다리는데."

봄은 유한을 설득하기 위해 결국 하나 이야기를 다시 한 번 꺼내었다. 이름을 한 번씩 꺼낼 때마다 이상하게 혀끝에 모래가 있는 듯 까끌까끌했다.

이야기를 듣던 유한이 손에 힘을 주자 손등에서 힘줄 하나가 솟았다. 손을 죄어 오는 힘에 봄은 유한의 표정을 힐끔 보고는 영화관이 있는 곳으로 시선을 돌렸다.

'하나 언니 사이에 너무 참견했나 봐. 어떡해.'

화난 듯 굳어진 유한의 표정에 봄은 어깨를 움찔거렸다. 하지만 자신을 기다릴 재현을 생각하니 이렇게 맥없이 시간을 허비

할 수가 없었다. 부드러운 치맛자락을 문지르던 손을 떼고 단호하게 유한을 응시했다.

"아저씨."

유한에게 붙잡힌 손도 과감하게 빼낸 봄이 억센 손가락에 눌린 손등을 문지르면서 말했다.

"아저씨 혼자 여기 있어요. 난 갈래요."

"가지 말고 여기 있어."

"있죠, 아저씨. 저는 기다리는 사람이 있어요."

여전히 불만이 가득해 보이는 유한의 얼굴을 보다 보니, 화난 듯 보이던 표정이 점점 떼쓰는 어린아이와 겹쳐졌다. 그 모습에 봄은 두 손으로 입을 가린 채 고개를 숙였다.

봄의 작은 어깨가 들썩이기 시작하자 유한은 눈썹을 치켜 올렸다.

'울어?'

언뜻 보면 숨을 죽인 채 울고 있는 듯한 봄의 모습에 유한은 당황했다. 봄의 어깨에 손을 얹어 감싸 안았다. 품 안에 작은 몸이 쏙 들어와 빈 공간을 채웠다.

착각으로만 느껴졌던 봄의 샴푸 향이 직접적으로 코끝에 닿았다. 요동치는 심장의 울림이 거세졌다. 왠지 봄이 이 느낌을 알아주었으면 싶었다.

봄은 이게 무슨 일인가 싶어서 눈을 동그랗게 뜬 채 몸을 움츠렸다. 포근한 보금자리 같은 유한의 품에서 따뜻한 기운이 흘러나왔다.

두근두근, 귓속을 아득하게 채우는 소리에 봄은 눈을 질끈 감았다. 모든 온기가 얼굴로 몰리는 기분이었다. 그때 유한의 목소리가 비집고 흘러들어 왔다.

"미안."

크고 따뜻한 온기가 등 위를 가볍게 쓸어 주었다. 피부에 닿는 그의 가슴이 미세하게 떨렸다. 봄은 유한의 품속에서 조심스레 얼굴을 들었다.

못 만난 새 마른 건지 더욱 날렵해진 턱 선과 그 아래로 볼록하니 튀어나온 목젖에 시선이 닿았다.

"아저씨, 같이 식사할까요?"

유한의 옷깃을 살짝 잡아당긴 봄이 미소 지었다.

"어차피 저는 영화 시간 지났거든요. 하나 언니랑 재현이랑 다 같이 밥 먹어요!"

빨간 꽃 봉우리가 활짝 입을 벌리면서 화사한 꽃이 피었다. 말간 봄의 얼굴이 생글생글 웃었다.

속은 건가 싶어 헛웃음이 나오면서도 다 같이 식사하자는 봄의 제안에 유한의 얼굴은 목석처럼 딱딱하게 굳어 갔다.

"같이 밥 먹는 거죠?"

유한은 대답을 기다리는 봄의 어깨를 잡으면서 고개를 숙여 얼굴을 마주했다.

"아니."

일그러진 그의 표정에 봄이 청량한 웃음소리를 뱉어 내었다.

고소한 향기가 나는 하얀 팝콘을 손에 든 채 입에 넣으면서 걸어오던 세영은 앞에 놓인 광경에 고개를 갸웃했다.

이제 곧 시작하는 영화 덕에 사람들이 하나둘 입장해서 주변은 한산해져 있었다. 그런 와중에 제 오빠인 유한은 안 보이고 하나는 낯선 남자와 대치 중이었다.

아니, 오로지 하나 혼자 맞은편의 남자를 향해 뚫어질 듯 시선을 보내고 있었다.

세영은 품에서 미끄러지는 팝콘 박스를 팔로 꽉 조이고, 하나에게 다가가 콜라 하나를 건네었다. 그러나 하나는 미동이 없었다.

세영은 머쓱한 듯 어깨를 으쓱이고는 발치 아래에 팝콘과 음료 두 개를 가지런히 내려놓았다. 음료를 놓은 손바닥엔 서늘한 냉기만 남아 있었다.

"언니, 왜 혼자 있어? 오빠는 어디 가고?"

세영은 손에 묻은 물기를 옷자락에 문질러 닦으며 물었다. 그러자 하나의 입에서 퉁명스런 목소리가 툭 튀어나왔다.

"몰라."

"몰라?"

"응, 몰라."

"어디 간다는 소리도 없었어?"

세영의 질문이 계속되자 하나의 얼굴이 종잇장 구겨지듯 일그러졌다.

"모른다니까? 몰라! 모른다구!"

발작처럼 내지르는 하나의 비명이 울기라도 한 것처럼 갈라졌다. 얼굴이 발갛게 달아오른 하나의 시선은 여전히 한곳에 머물러 있었다.

눈시울이 붉어진 그녀의 모습에 세영은 당황한 듯 고개를 앞으로 돌렸다.

"어?"

왠지 모르게 낯익은 얼굴에, 세영은 눈에 힘을 주며 찌푸렸다. 분명 익숙한데 어디서 봤던 건지 도무지 기억 속에 남아 있지 않았다.

'어디서 봤지?'

머릿속을 샅샅이 헤집어도 그의 존재에 대한 단서는 나오지 않았다. 태닝이라도 한 듯 짙은 피부와 딱 벌어진 골격, 그리고 짙은 까만색의 고수머리를 한 남자는 누가 봐도 매력적이었다. 비록 눈매가 사납긴 했지만.

머리끝에서부터 점점 아래로 내려오던 세영의 시선이 한곳에서 멈추었다. 그의 발아래에는 발길질에 더럽혀진 옷 하나가 나뒹굴고 있었다.

"저기……."

"당신 뭐야?"

세영이 재현을 향해 손을 뻗는 순간, 잠자코 서서 그를 노려보던 하나가 옆에서 불쑥 튀어나왔다. 한 발짝 앞으로 나온 까만 구두 앞코가 옷을 짓눌렀다. 하나는 검지로 그를 날카롭게 짚었다.

"너…… 너! 유한이랑 그 알바생, 무슨 사인지 알아? 왜 유한이가 눈이 뒤집혀서 그 앨 끌고 가는데!"

재현의 얼굴이 천천히 회전하더니 까만색의 짙은 눈동자가 하나를 향해 움직였다.

"너, 그 알바생이랑 애인 사이 아냐?"

예의 없는 하나의 모습에 재현의 눈가가 찌푸려졌다.

일직선으로 곧게 내리꽂히는 검은 시선에, 하나는 저도 모르게 침을 꿀꺽 삼켰다. 아래로 늘어진 팔에 자리 잡은 손이 오므라들었다. 손끝에 엄지손톱의 매끈하고 딱딱한 감촉이 느껴졌다.

"당신 애인이면 애인답게 간수 좀 잘해."

말을 하나하나 뱉어 낼 때마다 목에 왠지 뾰족한 못 하나가 걸린 기분이었다. 지독하게 무표정한 얼굴도, 미동 없이 그 속에서 끓고 있는 검은 눈동자도 저 남자의 시선처럼 곧게 바라볼 수가 없었다.

알 수 없는 죄책감 같은 것이 가슴에서 하나둘 뭉쳐 응어리지기 시작했다. 아래로 늘어진 엄지손톱이 검지에 아프게 눌려졌다.

"괜히…… 애꿎은 사람 피해 주지 말란 말야."

마지막 말을 힘겹게 뱉어 낸 순간, 재현의 시선이 하나의 위아래를 훑더니 실소를 뱉어 내었다.

"그거…… 주제넘은 참견 같지 않아요?"

"뭐?"

"그쪽이 상관할 일 아니란 말입니다."

"그게 무슨 소리야! 너…… 지금!"

상황을 지켜보던 세영이 씩씩 거친 숨을 뱉는 하나의 어깨를 꽉 붙들었다.

"언니, 그만해."

"이거 놔 봐."

하나가 세영에게 붙잡힌 어깨를 비틀면서 재현에게 다가서려 한 발짝을 내딛었다. 그때, 발치에 세워 놨던 콜라가 옆으로 쓰러졌다. 발밑으로 질척한 검은 물이 번졌다.

꺅, 하나는 놀라면서 구두가 젖을세라 뒷걸음질 쳤다.

그제야 자신이 옷을 밟고 있었다는 사실을 깨달은 하나는 재현을 바라보고 있던 시선을 아래로 내렸다. 하늘색 재킷에 콜라의 검은 물이 얼룩처럼 물들었다. 탄산이 뽀글뽀글 숨 쉬듯 빼끔거렸다.

놀란 하나의 모습을 보던 세영은 침착하려 애쓰며 조심스레 물었다.

"저기요. 이 옷, 그쪽 옷이죠?"

"……누가 바닥에 흘리래? 왜 안 줍고 난리람?"

하나는 재현의 눈과 바로 마주하지 못하고 바닥에 놓여진, 아직까지 멀쩡한 팝콘만 바라보며 말했다. 옆에서 세영이 작게 한숨 쉬는 소리가 들려왔다.

세영은 난감하게 웃으며 펌이 예쁘게 말려진 단발머리의 끝을 귀 뒤로 넘겼다.

"제가 깨끗하게 세탁해 드릴게요. 죄송해요."

고개를 살짝 숙인 세영을 한 번 바라본 재현이 허리를 숙여 옷을 집어 들었다. 재킷에서 콜라 특유의 달큰한 냄새와 함께 검은 물이 뚝뚝 떨어졌다.

"당신 말고, 그쪽이 해결해요."

재현은 하나에게 한 발짝 다가가서 옷을 내밀었다.

진동하는 콜라 냄새에 하나는 인상을 찌푸리면서 엄지와 검지 끝으로 간신히 옷을 잡았다. 얼떨결에 받아 들었지만 여전히 사과할 마음은 없는지 재현을 올려다보았다.

"내가 왜!"

"당신이 원인 제공을 했으니까요."

"그건 네가 좀 전에 먼저!"

하나가 짜증을 내면서 바라보자 그가 성큼 다가와 몸을 숙였다. 까만 눈동자가 가까워지자 하나의 목소리가 일순 멈추었다.

"다시 한 번 처음부터 생각해 봐요. 누가 먼저 시작했는지."

재현의 낮은 목소리가 투명한 실이 되어 하나의 목을 옴짝달싹 못 하게 옥죄었다. 말 한마디 할 수 없는 벙어리가 되는 기분이었다.

하나와 재현의 곁에서 안절부절못하던 세영은 낯익은 인영의 모습에 반갑게 외쳤다.

"어? 오빠!"

이 곤란한 상황을 벗어날 수 있지 않을까 하는 기대감에 세영은 그제야 숨통이 트인 듯이 안도의 숨을 내쉬었다. 그때 유한의 옆으로 익숙한 모습이 보이더니 청량한 목소리가 반겼다.

"와! 세영아! 세영이 맞지?"

"……봄 언니? 진짜 봄 언니야?"

뒤늦게야 봄이 유한의 손을 붙잡고 있음을 깨달은 세영의 눈이 점점 커지더니 입이 저절로 벌어졌다. 시원한 푸른 숲이 불러온 추억의 향기가 세영의 어지러운 마음을 정화시켰다.

오랜만의 재회였지만 인사할 틈도 없이 세영은 서먹한 분위기를 없애려 무작정 사람들을 끌었다.

영화관 가까운 곳에 위치한 레스토랑은 깔끔하고 조용했다. 아기자기하면서 단란한 느낌의 이노센트와는 달리 세련되고 모던한 분위기였다. 레스토랑에서 흘러나오는 잔잔한 울림 있는 팝송이 귓속을 적셨다.

세영은 맞은편에 앉은 사람들을 한 번씩 바라보았다.

화가 난 듯 석고상마냥 굳은 표정의 유한과, 실랑이를 벌였던 남자를 노려보다가도 시선이 마주치면 고개를 돌리는 하나. 게다가 고수머리의 그 남자 역시 밝은 표정은 아니었다.

그때 올록볼록 꽃무늬가 새겨진 투명한 유리잔 다섯 개가 동그란 테이블에 빙 둘러 놓여졌다. 잔의 투명한 밑바닥이 아이보리 색 테이블보를 고스란히 투영했다.

봄은 물끄러미 잔잔한 물의 표면을 바라보다가 시선을 들었다. 세영과 눈동자가 마주쳤다.

세영은 곤란한 듯 웃으며 뺨을 긁적였다.

"여기 별로야? 왜 이렇게들 표정이 안 좋아?"

다른 데로 갈 걸 그랬나. 입안에서 이는 갈증에 시원한 물 한 모금을 삼킨 세영이 조용히 중얼거렸다.

그때 반짝이는 두 눈으로 주변을 둘러보던 봄이 세영을 보며 활짝 미소 지었다.

"아냐! 난 맘에 들어!"

예쁘잖아. 봄이 작게 속삭이며 두 손으로 냉기가 서린 컵을 그러쥐자 동그랗게 말린 손가락 끝이 마주쳤다. 맞물린 손가락 끝에서 미묘한 열기가 느껴졌다.

"우리 진짜 오랜만인 거 같아."

조막만 하게 말을 꺼낸 봄의 맑은 시선이 세영을 향했다. 세영은 마냥 소녀 같은 봄의 모습에 활기 찬 목소리로 말했다.

"그렇지? 난 언니 진짜 다시는 못 보는 줄 알았다니까? 우리 한 4년쯤 됐나?"

"아마도?"

고개를 갸웃거리자 머리카락이 쏟아지면서 하얀 목선이 드러났다. 뺨으로 흘러내린 머리카락을 봄이 귀 뒤로 넘기며 말했다.

"이렇게 보니까 너무 좋다."

봄이 세영의 옆에 있는 유한을 힐끔 쳐다보고는 예쁜 눈웃음을 지었다.

"어쩜 이렇게 언니는 그대로지? 하나도 안 변한 거 같아."

"정말? 세영이 넌 더 예뻐진 거 같아."

"흠, 괜찮아. 난 입에 발린 칭찬도 좋아하거든."

시원하고 경쾌한 웃음소리를 내뱉는 세영의 앞으로 주문했던 음식이 하나둘 놓여졌다. 네모난 접시 위에 맛깔스러운 음식들이 소담스레 쌓여 있었다.

"맛있겠다, 그치?"

세영은 동의를 구하면서 주위를 둘러보았다. 테이블에 둘러앉은 대부분이 심드렁한 표정이었다. 세영이 어깨를 으쓱이면서 나이프와 포크를 쥐었다.

봄은 앞에 놓인 음식을 보다가 유한과 눈이 마주치자 웃으며 말했다.

"아저씨, 많이 먹어야 해요. 배고프댔잖아요."

봄은 포크에 찍은 고기 한 조각을 입안에 쏙 집어넣었다. 꼭 다물린 작은 입술이 위아래로 움직였다. 달콤한 소스 향이 입안을 채우자 봄은 재현의 옆구리를 팔꿈치로 찔렀다.

"재현아, 이것 좀 먹어 봐. 달콤해!"

"너나 많이 먹어라."

"진짜 맛있는데."

"너한테 맛없는 게 어디 있냐?"

"아니야! 나도 입맛 까다로워!"

봄과 재현이 옥신각신하는 동안 점점 표정이 어두워지는 유한의 모습에 세영이 대뜸 말했다.

"언니, 근데 오빠랑은 언제 만난 거야?"

"응?"

"아니, 뭐. 나보다 훨씬 전에 만났던 느낌이네?"

"나 이노센트에서 알바해! 그렇죠?"

봄이 입에 포크를 물고는 고개를 한쪽으로 까딱거리면서 바라보자 유한이 잇새로 웃음을 내뱉었다.

"오빠는 봄이 언니 봐 놓고 나한테 말도 안 한 거야?"

세영이 유한의 팔을 툭 때리면서 얄미운 듯 흘겨보았다. 유한은 기분 좋은 미소를 지으면서 고기를 반으로 자르더니 사선으로 놓인 봄의 접시에 올리며 말했다.

"많이 먹어."

입에 담긴 음식 때문에 양 볼이 볼록한 봄은 고개를 저으면서 다시 고기를 원위치에 갖다 놓았다.

"아저씨나 많이 먹어요."

그 모습에 벙어리마냥 조용히 있던 하나가 한쪽 눈썹을 일그러뜨린 채 입을 열었다.

"원래 알던 사이야? 한이랑 너랑 알바랑?"

"당연히 알지. 봄 언니랑은 예전에 같이 휴가를 보냈었거든."

"그 4년 전?"

하나는 세영과 봄의 대화를 상기하며 되물었다.

"어! 그때 처음 봤는데, 되게 즐거웠어."

저 언닌 사람을 무장 해제시키는 매력이 있다니까? 세영이 입을 살짝 가리고 속삭이자 귓가에 닿는 뜨거운 입김에 하나가 인상을 찌푸렸다.

샐러드를 입에 넣다가 하나와 눈이 마주친 봄이 의아한 듯 고개를 기울이더니 방긋 웃었다.

'묘하게 짜증나네.'

봄의 양옆으로 앉은 유한과 재현의 모습에 신경질적으로 칼질을 했다. 앉다 보니 유한이 아닌 재현의 바로 옆에 앉게 된 터라 모든 게 거슬리고 짜증이 났다. 속에서 끓어오르는 그 미묘한 감정을 말로 표현할 수가 없었다.

그때, 칼질하던 하나의 팔꿈치가 재현의 팔에 툭 닿았다 떨어졌다. 하나는 움찔거리며 재현을 힐끔 쳐다보았으나 그는 신경 쓰지 않는다는 듯 미동이 없었다.

괜스레 자신만 민감하게 반응하고 있다는 사실에 하나는 세모눈이 된 채로 그를 흘겨보았다.

'흥, 나도 관심 없거든?'

그 순간 재현이 시선을 느낀 듯 몸을 움직였다. 하나는 재빨리 시선을 돌려 난도질된 스테이크를 내려다보았다.

"재현아, 안 먹어? 좀 먹어."

봄의 맑은 목소리가 하나의 신경을 자극했다.

"여기! 자!"

가만히 음식만 보는 재현의 접시에 놓인 스테이크를, 봄이 조각내어 내밀었다. 재현은 앞으로 들이밀어진 고기 조각에 봄의 이마를 손가락으로 툭 밀었다.

"너나 많이 먹어라."

"어, 어?"

재현이 포크를 쥔 작은 손을 감싸 쥐고 놀란 듯 작게 벌어진 봄의 입 속으로 고기를 넣었다. 불만스러운 표정을 지으면서도 연신 오물오물 씹는 봄을 보고 재현은 장난스런 웃음을 지었다.

"왜 나만 먹이려 들어, 정말!"

봄은 앙다문 입술에 물 컵을 가져다 대었다. 시원한 물이 입 안에 흘러들어 오자 개운함이 가득 퍼져 나갔다. 그때 갑자기 봄이 눈을 동그랗게 뜨면서 작은 두 손을 마주쳤다.

"아, 맞다. 재현이 너 인사 안 했지!"

"뭐?"

재현이 의아하게 바라보자 동그랗게 떴던 눈을 반달로 접은 봄이 음식을 먹고 있던 세영에게 밝게 얘기했다.

"세영아, 여긴 내 친구 재현이야. 나랑 소꿉친구!"

"소꿉친구?"

"응응!"

세영은 낯익다 싶었던 남자가 봄의 소꿉친구라는 이야기를 듣자, 희미했던 기억의 잔상이 점점 선명해지는 걸 느꼈다. 자신을 또렷이 바라보는 두 눈동자가 어느 날의 추억과 맞물렸다.

눈을 크게 뜬 세영은 재현을 손으로 가리키며 입을 벌렸다.

"나 알아, 이 사람! 그때 봄이 언니 데리러 왔던 사람 맞지?"

"그랬었나? 재현아, 얼른 인사해!"

봄은 가만히 있는 재현의 옆구리를 손가락으로 찔렀다. 아프게 찔러 대는 얄궂은 손가락을 붙잡은 재현이 봄의 말랑말랑한 볼을 살짝 쥐었다 놓았다.

"그만해라?"

따뜻한 손에 휘감긴 손가락을 쏙 빼낸 봄의 입에서 빨간 혀가 빼꼼 나왔다가 숨었다. 봄의 행동을 바라보던 세영이 입을 가리고는 작게 소리 내어 웃었다.

"언니가 변함이 없는 것 같아서 예전 생각나고 좋다, 진짜."

"응?"

봄은 의아한 듯 세영을 바라보다가 옆에 있는 재현에게 다시 시선을 돌렸다.

"재현아, 얜 별장에서 만난 세영이야. 예쁘지?"

"반갑습니다."

봄의 소개에 재현이 고개를 살짝 끄덕였다.

"아깐 죄송했어요."

세영도 덩달아 고개를 숙이면서 어색한 듯이 손가락으로 웨이브진 머리끝을 한 바퀴 둥글게 말았다.

달그락, 대꾸 하나 없이 음식만 먹는 하나의 접시에서 칼이 부딪히는 요란한 소리가 흘러나왔다.

"언니, 뭐해. 얼른 사과해."

테이블에 둘러앉은 이들에게 세영의 속삭이는 목소리가 흘러 들어 갔지만 하나는 고개를 재현의 반대편으로 휙 돌리며 코웃음 쳤다.

"흥."

"하나 언니!"

세영이 난처한 듯 하나의 옷깃을 잡자 재현이 손을 들어 제지했다.

"됐어요. 그냥 두세요."

"자, 아저씨도 인사해요."

봄은 재빨리 스테이크 한 조각을 입에 쏙 집어넣고는 의자를 뒤로 뺐다. 가운데 자리했던 봄이 빠지자 양쪽에 앉은 유한과 재현이 서로를 마주 보았다.

"얼른! 뭐해요."

봄은 입안에 남은 음식을 꿀꺽 삼키고는 말없이 바라만 보고 있는 두 사람의 팔을 흔들었다. 재현은 퉁명스러운 표정으로 인사했다.

"구면이네요."

말속에 숨어 있는 날카로운 가시에 유한은 어깨를 으쓱이며 나지막하게 대답했다.

"그렇군."

유한과 재현의 대화에서 흐르는 긴장감 사이로 봄의 하얀 얼굴이 불쑥 들어와 좌우를 살폈다.

"어? 아저씨랑 재현이 언제 봤어요? 언제 봤지?"

의자에 팔을 짚은 채 몸만 앞으로 쭉 나와 있는 봄의 위태로운 자세에 재현이 의자 끄트머리를 단단히 움켜쥐었다.

매끈한 바닥과 봄의 가벼운 무게에 의자가 부드럽게 끌려와 테이블 앞에 다시 원위치 되었다.

"와, 너 힘세다."

봄은 순식간에 이동된 게 신기한 듯 눈을 동그랗게 뜬 채 재현을 바라보았다.

"너 입술에 묻었다."

여기. 재현이 기다란 손가락으로 봄의 입술 한 부분을 툭툭 가리켰다. 재현이 짚은 봄의 입술에는 초콜릿보다 옅은 달콤한 소스가 묻어 있었다.

고개를 갸웃하던 봄의 입술에서 새빨간 혀가 쏙 고개를 내밀었다.

"됐어? 됐나? 어때요?"

봄이 입가로 손을 가져가려 하자 유한은 냅킨을 든 손을 뻗었다. 크고 긴 네 개의 손가락이 봄의 붉게 물든 뺨을 폭 감싸더니 부드러운 천이 입술에 남은 잔해를 훑고 지나갔다.

"칠칠맞지 못하기는."

"어?"

다정하게 미소를 짓는 유한의 모습에 봄은 놀란 눈을 아래로 내렸다.

입안이 바싹 말라 오자 급히 샐러드를 입속에 넣었다. 아무런 맛도 느껴지지 않는 샐러드는 상큼함과 촉촉함을 잃은 듯 텁텁하기만 했다.

봄의 두 뺨이 달아올랐다. 따뜻한 온기가 닿았던 손과 부드럽게 스쳐 지나갔던 냅킨의 감촉이 피부에 고스란히 남아 있었다.

"천천히 먹어."

유한의 걱정 담긴 목소리에 봄은 성급하게 고개를 끄덕이며 시선을 테이블에 고정했다. 심장이 울렁대었다. 보이지 않게 꼭꼭 숨어 있던 열들이, 달리기를 시작한 심장을 따라 온통 머리 꼭대기로 도망쳤나 보다.

'이럼 안 돼!'

봄은 눈을 질끈 감고 고개를 세차게 흔들었다.

작은 머릿속에서 무슨 갈등을 하고 있는 건지, 진지해진 표정에 유한은 봄의 머리를 가볍게 흩뜨렸다. 그 행동에 봄은 반격하기보다는 하나를 흘끔 바라보고는 얼른 고개를 숙였다.

"봄이 언니?"

"응?"

봄은 세영이 부르는 소리에 깜짝 놀라 고개를 번쩍 들었다. 세영은 걱정이 담긴 시선으로 말했다.

"어디 아파? 표정이 안 좋아."

"아냐, 아냐! 나 배가 많이 고팠나 봐. 먹는다고 정신이 없었어!"

"정말, 언니. 천천히 좀 먹어라."

세영의 장난스런 목소리에 봄은 두 손으로 포크를 그러쥐면서 미소 지었다.

봄은 이 시간이 얼른 흘러갔으면 싶었다. 고개를 숙인 채 아무 말도 없는 하나가 마음에서 아른거렸다.

하나의 얼굴 위로 울듯이 일그러졌던 표정이 떠오르자, 빠르게 뛰던 봄의 마음은 그물에 걸린 듯 더 이상 앞으로 나아갈 수가 없었다.

하늘은 어느새 어둠에 물들어 있었다. 거리를 환하게 밝힌 주홍빛 가로등 아래에 선 유한은 리모컨으로 차 문을 열면서 봄을 내려다보았다.

"바래다줄게."

"그래, 언니. 같이 타자."

그의 뒤에 있던 세영이 반가운 목소리로 손뼉을 짝 치면서 동의했다. 봄의 손을 잡아 끌어당기려 하는 순간 시야가 가려졌다.

"안 그러셔도 됩니다."

유한의 앞에 선 재현은 여유 있게 자신의 키를 짤랑짤랑 흔들며 미소 지었다. 봄은 유한과 세영을 향해 두 손을 저으면서 말했다.

"맞아요, 괜찮아요! 아저씨는 세영이랑 하나 언니 데리고 가야죠."

언니, 이리 와요. 봄은 혼자 덩그러니 떨어져 서 있는 하나를 잡아당겼다.

"전 재현이 차 타고 가면 돼요. 어차피 같이 살거든요."

재현의 옷깃을 살짝 쥔 봄의 작은 손을 바라본 유한의 표정이 굳어졌다. 믿기 싫었던 진실이 봄의 입에서 흘러나왔다. 손에 힘이 절로 들어갔다.

"같이…… 살아?"

"네! 뭐, 위아래 층이긴 하지만요. 같은 동에 살아요."

생글생글 웃으며 이어진 봄의 한마디.

그 순간 유한의 온몸에 바짝 들어 있던 긴장이 맥없이 흐물흐물 녹아내렸다. 이마를 짚은 유한이 몸을 살짝 숙이면서 시원한 웃음을 터뜨렸다.

"아, 아저씨?"

봄이 당황해서 세영과 하나를 바라봤지만 둘 다 영문을 모르겠다는 듯 고개를 내저었다. 서서히 웃음이 잦아들더니 유한은 자신을 멀뚱멀뚱하게 바라보는 봄의 머리를 한 번 쓰다듬었다.

"잘 가라."

"어?"

유한의 몸이 살짝 숙여지더니 따뜻한 입김이 봄의 귓가에 닿았다.

"볶음밥 먹고 싶네."

나지막한 목소리에 나비 한 마리가 봄의 가슴에 내려앉아 날 갯짓을 했다. 간질간질.

봄은 바로 앞에 있는 유한의 눈동자를 바라보았다. 옅은 갈색 속에서 언뜻 녹음이 보인 것 같았다. 재현을 붙잡고 있던 손이 스르르 풀려 나갔다.

"내일 보자, 딸기야."

어깨를 살짝 쥐고 떨어진 유한의 입가엔 시원한 미소가 자리 잡고 있었다. 봄은 말없이 예쁜 웃음을 가득 담고 고개를 세차게 끄덕였다.

"언니, 그럼 나중에 연락할게! 재현 씨도 다음에 봐요."

"한아, 우리 네 집에서 놀다 가면 안 돼?"

"안 돼."

세영이 휴대폰을 흔들면서 봄과 재현에게 인사했지만 하나는 끝까지 고개를 돌린 채 유한의 팔짱을 꼈다.

"이거 놔."

유한이 귀찮다는 듯 팔을 흔들고 세영이 곁에서 만류하는 소리로 주변이 소란스러웠다.

"즐거워 보인다, 그치?"

봄이 중얼거리면서 가볍게 웃음을 흘렸다. 곧이어 유한의 차를 타고 모두 사라지자 적막감이 맴돌았다. 차가 지나가는 소리가 아프도록 봄의 귓속을 파고들었다.

재현은 차분하게 가라앉은 봄의 검은 머리칼을 내려다보았다. 그 틈새로 보이는 조막만 한 귀가 붉게 물들어 있었다.

"왜 얘기 안 했어."

"응? 뭘?"

재현은 어느새 자신의 옷깃을 놓고 아래로 늘어져 있는 봄의 손목을 틀어쥐었다. 조금만 힘을 줘도 부러질 앙상한 가지 같았다.

영문을 모르겠다는 듯 붙잡힌 손목을 내려다보는 봄의 모습에 재현은 손에 들어간 힘을 뺐다. 깊게 심호흡한 뒤 입을 열었다.

"저놈 만난 거."

"아, 아저씨? 그거야…… 너…… 화낼까 봐."

별로 안 좋아하잖아. 입 밖으로 흘러나오던 봄의 목소리가 점점 작아지더니 들숨과 함께 꿀꺽 뒤로 넘어갔다. 갑자기 가슴이 답답해졌다.

여전히 뭔가 심통이 난 것 같은 재현의 표정에 봄은 자유로운 한 손에 들린 가방 끈을 만지작거렸다.

'왜 저러는 거지.'

인도 바닥에 그려진 하얀 문양엔 검은 얼룩이 붙어 있었다. 껌을 떼어 낸 흔적. 물끄러미 바라보던 봄은 발로 그 얼룩을 가려 버렸다.

그때 붙잡힌 손목이 느슨해지더니 무거운 게 어깨에 살짝 닿았다 떨어졌다.

"됐다. 뭘 바라겠냐."

"응?"

"차에 타."

봄의 어깨를 가볍게 쥐었다 놓은 재현이 차 문을 열어 주었다. 봄은 재현의 표정에 담긴 생각을 읽어 보려 그의 얼굴을 뚫어져라 보았지만, 초능력자가 아닌 이상 그게 읽힐 리 없었다.

"뭐해?"

재현의 물음에 봄은 고개를 내저으며 차에 폴짝 올라탔다. 부드러운 카시트가 맨살에 보들보들하니 닿자 기분 좋은 듯 봄이 몸을 폭 기대었다.

"폭신폭신해."

몸을 기댄 채 시트 위로 손바닥을 왔다 갔다 하는 봄의 밝은 표정에 재현은 실없는 웃음을 흘렸다.

시동이 걸리고 곧 차가 움직이기 시작했다. 평소보다 말이 없는 재현을 흘끔 본 봄은 창턱에 팔을 괴고 시선을 돌렸다.

창밖으로 보이는 거리가 빠르게 스쳐 지나갔다. 고요 속에서 숨소리와 바람 소리만 들려왔다. 낯익은 아파트 단지가 점점 가까워졌다.

차에서 내린 봄이 고개를 들어 하늘을 바라보았다. 검은 머리칼이 늘어나더니 등을 가렸다.

"낮에는 엄청 더웠는데 저녁 되니까 조금 살 거 같아."

까만 하늘에 드문드문 박혀 있는 하얀 점 같은 별이 오늘따라 유독 반짝이는 것 같았다. 봄의 뒤를 천천히 따라오던 재현이 걸음을 멈춰 섰다.

"한 가지만 묻자."

한참을 고민하던 재현은 혀끝에서 아프게 맴돌던 말을 불쑥 뱉어 냈다. 걸음을 멈춘 봄이 돌아서서 재현과 마주했다.

"응? 뭐?"

"그놈이 그렇게 좋아?"

"아저씨 말하는 거야?"

착각이길 바랐던 사실이 유한과 나란히 선 봄을 보자마자 현실로 덜컥 다가왔다. 그 순간 속에서 치밀어 오르는 감정을 재현은 가까스로 억눌렀다.

속 안에 숨어 있던 새까만 그것들이 눈앞에 드러나는 순간이 오면, 친구란 틀 안에 갇혀 있던 관계가 틀어져 버릴 게 분명했다.

그리고 봄은 달아나겠지.

'네가 나한테서 계속 멀어지고 있어.'

재현은 제 감정을 감추기 위해 조금 더 인내를 가졌다.

봄은 재현의 곧은 눈동자를 가만히 바라보았다. 오늘의 재현은 이상하게 화가 난 것 같기도 하고 진지한 것 같기도 하고, 무언가 이상했다.

"그냥…… 아저씨만 보면 이상하게 웃음이 나와."

봄은 발끝으로 까만 아스팔트길을 톡톡 쳤다. 가로등 아래 비친 봄의 얼굴이 붉어 보였다. 재현의 시선은 웃음기가 모조리 증발한 듯 건조해졌다.

"너 원래 많이 웃잖냐."

입 밖으로 내뱉어진 재현의 목소리는 갈라져 있었다.

"아니야, 달라!"

봄이 세차게 고개를 저었다. 그 모습에 재현은 못마땅하게 중얼거렸다.

"뭐가, 뭐가 다른데?"

"달라, 느낌이."

유한을 떠올리듯 봄의 얼굴에 활짝 꽃이 피어올랐다.

"아저씨랑 같이 있으면 간질간질하고 마치 부드러운 거품 위에서 둥둥 떠다니는 것 같아."

그 짙은 꽃향기에 재현의 마음이 파도처럼 요란하게 들썩였다.

"갑자기 열이 올라와. 아저씨와 함께 있으면 마냥 즐거워."

사랑에 흠뻑 취한 소녀처럼 두 손으로 입을 가리고 조용히 웃는 봄의 모습에 재현의 표정이 목석처럼 굳어졌다. 뚝 하고 무언가 끊어지는 소리가 들려왔다.

그는 성큼성큼 다가가 봄과의 거리를 좁히고는 손목을 틀어쥐었다.

"……재현아?"

손에 가려져 있던 작고 붉은 입술이 놀란 듯 벌어져 있었다.

"그만해."

"응?"

봄이 품고 있는 만개한 꽃을 꺾어 버리고 싶은 욕망이 심장을 지배하자, 재현의 손안이 아려 왔다.

"한봄."

"왜? 너…… 좀 이상……."

"너 진짜 너무한 거 아니냐?"

무언가의 감정을 가득 담고 있는 재현의 낮은 목소리가 봄의 귓속으로 고스란히 파고들었다. 이유 모를 경고등이 빨간 불빛을 내뿜으며 요란하게 머릿속을 가득 울렸다.

습기를 머금은 더운 바람이 뜨거운 열기를 식히듯 봄과 재현 사이를 스쳐 지나갔다. 봄의 머리카락이 바람결에 흔들렸다.

"나 너 좋아한다."

알고 있었지, 너? 재현이 쐐기를 박은 그 순간 삐이이, 경고음이 봄의 귓속을 가득 채웠다. 먹먹하게.

대답을 기다리는 듯 올곧은 시선이 봄의 작은 입술을 향했다. 붉은 문이 열린 틈새로 모습을 드러낸 하얀 이가 아프게 내려앉았다. 크게 뜬 눈과 얼굴에 담긴 표정이 망설임을 그려 내고 있었다.

온몸이 긴장한 듯 바짝 움츠린 어깨를 본 재현의 손에서 힘이 빠졌다. 애초에 봄에게 자신은 친구 이상이 아니었다.

"아니…… 그게."

재현은 하얀 이가 짓누르고 있는 봄의 입술을 향해 손을 뻗었다.

"아! 나 먼저 들어가 볼게!"

급하게 몸을 뒤로 뺀 봄이 어설픈 미소를 그려 내면서 뒷걸음질 쳤다. 창백하게 질린 얼굴이었다.

딱딱, 아스팔트 바닥에 구두굽이 부딪히는 소리가 조용한 단지 내를 울렸다. 봄은 손을 몇 번 흔들더니 이내 재현에게서 등을 돌렸다.

그 뒷모습을 바라보던 재현은 높이 치솟은 건물 위에 얹어진 까만 천을 올려다보았다. 드문드문 자리 잡은 하얀 별들이 마치 곧 떨어져 내릴 먼지 같았다.

"그래, 됐어."

뭘 바랐냐, 너. 재현이 자조적으로 읊조리며 고개를 숙였다.

작은 구멍에 열쇠를 급하게 끼워 넣어 집으로 들어간 봄이 세 차게 문을 닫았다. 문손잡이를 꼭 붙든 두 손이 흥건히 물기에 젖어 있었다. 살짝 문에 귀를 대 보았지만 복도는 적막감만 감돌 았다.

온몸에 바짝 들어가 있던 힘을 풀자 하얗게 질려 핏기 없던 손이 점점 붉어졌다.

하아, 옅은 숨을 내쉰 봄의 작은 몸뚱이가 현관문에 힘없이 기 대어졌다. 팔에 걸려 있던 가방이 아래로 추락했다.

"나 너 좋아한다. ……알고 있었지, 너?"

들끓던 재현의 낮은 음성이 귓속을 쟁쟁하게 울리자 봄은 두 손으로 얼굴을 가렸다. 손바닥에서 문손잡이에 머물러 있던 서 늘한 쇠 냄새와, 가방에서 묻어 나온 가죽의 잔향이 느껴졌다.

천천히 손을 내려 눈을 떴다. 그제야 보이는 집 안 풍경. 어둠 이 내려앉아 있는 작은 보금자리는 고요했다. 봄은 애써 웃음 지 으면서 떨어진 가방을 주워 들고 신을 벗었다.

달칵 하는 버튼 소리와 함께 집 안에 밝은 기운이 가득 들어 찼다. 그림자 속에 감춰졌던 예쁜 화분들이 봄을 반겨 주었다. 실타래같이 복잡하게 뒤얽힌 머릿속은 여전했지만 마음은 차분 하게 내려앉았다.

리모컨을 들어 텔레비전을 틀자 조용했던 집 안에 소리가 가득 들어찼다. 봄은 가방을 소파에 내려놓고는 화분을 돌아보았다.

"물 줘야지."

화분 옆에 놓인 작은 주전자의 뚜껑을 열자 바짝 말라 있는 회색빛 바닥이 시야에 들어왔다. 봄은 물이 차오르는 걸 가만히 바라보았다. 주전자 바닥을 둔탁하게 치던 물줄기가 차오르는 물 위로 통통 뛰었다.

따르르릉. 갑자기 귓속을 파고드는 소리에 화들짝 놀란 봄은 물을 잠갔다. 텔레비전 소리인가 싶어 귀를 기울이자 가수가 열창하고 있는 듯 낯익은 노래가 흘러나왔다.

따르르르릉. 또 한 번 울리는 벨소리에 봄은 전화기 앞으로 다가갔다. 한 달에 한 번씩 걸려 오던 그 번호에 달력을 바라보았다. 연락이 오기엔 이른 시기.

받으라고 재촉하듯 깜빡이는 번호에 봄은 텔레비전을 끄고는 심호흡을 했다.

"여보세요."

―전화를 늦게 받는구나.

낮고 무거운 목소리에 구불구불한 전화선을 잡은 봄의 손에 힘이 들어갔다.

"죄송해요. 그런데 어쩐 일로 전화하셨어요?"

―조만간 집에 들러라.

"네?"

―네 할머니께서 보자고 하신다. 무슨 심경의 변화이신지는 모르겠다만…….

"저를요?"

봄은 눈을 질끈 감았다 떴다. 어떤 면박을 받을까 싶어 덜컥 겁이 났다.

―오기 전에 미리 연락하고. 이만 끊는다.

"네…… 들어가세요."

달칵 하는 소리가 들려오자마자 봄은 한숨을 쉬고 베란다 창을 바라보았다. 어두워진 바깥 배경 뒤로 자신의 모습이 거울마냥 고스란히 비춰졌다. 울 것 같은 표정에 봄은 창을 바라보며 애써 웃었다.

하얀 손바닥엔 전화선에 눌려 푹 팬 붉은 흔적이 자리 잡아 있었다. 봄은 가만히 그 자국을 문질렀다. 어디에도 고민을 털어놓을 곳 없는 외딴섬에 떨어진 기분이었다.

가방 틈새로 하얀 불빛이 새어 나왔다. 소리 내어 울고 있는 휴대폰으로 손을 뻗던 봄은 그대로 두 팔로 다리를 끌어모아 안았다.

한참 동안 울리던 휴대폰이 잠잠해지자 봄은 고개를 들었다. 까만 텔레비전 화면 속에 비치는 모습에 뺨을 무릎에 기대었다.

화분들이 옹기종기 모여 있었다. 부슬부슬한 흙 속에 몸을 묻은 채 고개를 숙인 꽃 몽우리.

"언제 피려나. 여름이면 핀다고 했는데."

봄의 힘없는 목소리가 조용한 집 안에 쓸쓸히 퍼져 나갔다. 머리는 복잡하고 마음은 허한 밤이 지나가고 있었다.

유한의 냉장고에는 저번에 들렀을 때 사 놓았던 재료들이 꿈쩍도 하지 않고 그 자리에 그대로 있었다. 냉장고에서 흘러나오는 흐린 냉기에 봄의 따뜻한 입김이 흘러 들어가 섞였다.

자신이 오지 않은 일주일 사이에 그가 제대로 먹은 음식이 없다는 게 확실해지는 순간이었다.

채소 칸을 열어 주홍빛 당근과 노르스름한 감자, 동글동글한 양파 등 오늘 만들 토마토 리조또 재료를 꺼내어 살폈다. 흠 하나 없이 깨끗한 걸 보니 다행히 상하지는 않았다.

"정말, 며칠 오지 않았다고 이게 뭐야."

봄은 불만스럽게 중얼거리면서 토마토소스를 테이블 위에 놓았다. 그 옆엔 레시피가 적힌 노트가 활짝 펼쳐져 있었다. 재현의 정갈한 글씨로 가지런하게 적힌 노트.

밤새 마음을 심란하게 했던 고민이 슬금슬금 드밀면서 올라

오려 했다. 봄은 고개를 세차게 저으며 레시피를 보고 다시금 재료를 훑었다.

"밥부터 해야겠다."

분주하게 쌀을 씻어 밥솥에 밥을 안치는 봄의 모습을 식탁에 앉아서 바라보던 유한이 가볍게 웃음을 지었다.

가느다란 허리엔 분홍색 앞치마 끈이 리본으로 매여 있었다. 하나로 묶은 검은 머리칼이 목에서 살랑살랑 흔들렸다.

'얼마 만일까.'

봄이 작게 투덜거리는 소리, 냉장고를 여닫는 소리, 싱크대에서 물이 흐르는 소리. 그 모든 것이 하나하나 살아 움직이는 것마냥 활기를 띠었다.

탁, 유한은 보고 있던 책을 덮었다. 하얀 백지 위의 까만 문자보다는 종종거리는 봄의 뒷모습이 더 즐거웠다. 조금은 익숙해진 칼질 소리가 리듬을 타고 기분 좋게 들려왔다.

"아! 취사 버튼!"

미동도 없이 조용한 밥솥에 봄이 놀란 듯 칼질을 멈추었다. 도마에 어설프게 걸쳐져 있던 칼이 몸의 방향을 돌리는 순간 툭, 바닥에 떨어졌다.

유한이 다급하게 일어났다. 우당탕탕, 요란하게 의자가 뒤로 넘어갔다. 나사 하나 빠진 듯 정신없어 보이던 봄은 바닥에 칼이 놓여 있다는 것도 알아채지 못한 듯싶었다.

"조심해."

한 걸음 내딛는 순간 칼에 닿을 뻔한 봄의 발이 공중으로 들렸다. 작은 발에 끼워져 있던 커다란 슬리퍼가 홀렁 벗겨졌다.

허리를 단단하게 감싼 팔 위로 봄은 무심결에 손을 얹었다. 힘을 주는 듯 꿈틀거리는 움직임에 그를 올려다보았다. 바로 앞에 있는 듯 가까운 유한의 입술이 눈에 들어왔다.

"놔, 놔 주세요."

봄은 화들짝 놀라 고개를 숙이고는 조용히 중얼거렸다. 발이 땅에 닿는 순간 벗겨진 슬리퍼를 다시 끼워 넣었다.

"여기, 받아."

유한이 건넨 부엌칼을 받아 든 봄이 후다닥 싱크대로 가서 헹궜다. 한참을 씻고 있던 봄은 뭔가 생각난 듯 도마 위에 널브러져 있는 당근의 잔해를 보고 한숨을 쉬었다.

"으아, 당근 안 깎았다."

도마 옆에 내려놓은 회색빛 날에 맺힌 물기가 빛에 반사되어 반짝였다. 자세히 보니 잘게 토막 난 당근의 테두리가 지저분했다.

"나 진짜 왜 이래."

오늘따라 이상하게 집중이 되지 않는 데다 긴장한 채로 칼을 쥐었던 손은 저릿했다. 얼마 되지 않는 양을 모아 싱크대에 버린 봄이 또 한 번 한숨을 내쉬었다.

유한은 다시 탁자에 앉으며 가볍게 미소 지었다. 봄에 대한 감정을 인정한 순간부터 그녀의 작은 실수마저 예쁘게만 보였다. 아니, 그전부터 이미 예뻐 보이긴 했었지만.

"근데 봄 언니는 왜 먼저 연락을 안 했지?"

분주하게 움직이는 봄을 바라보던 유한의 머릿속에서, 의아함을 담았던 세영의 목소리가 떠올랐다.

"우리 편지 써 놨었는데, 그치? 비 와서 빗물에 휩쓸렸나? 하긴, 그날 비가 엄청 오긴 했지."

세영의 이야기에 그런가 보지, 하며 태연히 넘어갔던 유한이었다. 지금까지 봄과 함께 시간을 보내면서 단 한 번도 가져 보지 못했던 의문이 수면 위로 떠오르자, 누군가 쇠몽둥이로 머리를 친 듯했다.

'어째서?'

치직거리며 밥 끓는 소리가 들려왔다.

재료 준비를 다 했는지 도마에 칼이 부딪히는 소리가 멈추었다. 그러다 이내 다시금 들려왔다.

생각 속에 잠긴 듯 미동도 없는 봄이 무의식적으로 빈 도마에 칼을 툭툭 쳤다. 고요한 적막 사이로 째깍거리는 시계 소리가 어우러졌다.

잠시 후 밥솥이 하얀 김을 토해 내자 갓 지은 따뜻한 밥 냄새가 부엌에 진동했다.

"무슨 일 있어?"

"네?"

"손에 든 그거, 설탕."

턱을 괴고 바라보던 유한이 가볍게 눈짓했다. 봄은 자신이 들고 있던 반짝이는 하얀 가루를 내려다보더니 어색하게 웃었다.

허둥지둥 설탕을 내려놓고 소금으로 간을 맞춘 뒤 토마토소스를 얹어 재료를 뒤섞었다. 지글거리며 기름 튀는 소리가 침샘을 자극시켰다.

"비켜 봐."

어느덧 다가온 유한이 봄의 옆에 서서 프라이팬 손잡이를 쥐었다.

"저리 가 있어. 내가 할게."

"괜찮은데……. 내가 그렇게 못 미더워요?"

유한은 입술을 내밀면서 통통거리는 봄의 머리를 살짝 눌렀다.

"기름 튀잖아."

어깨를 살짝 옆으로 미는 유한의 손길을 따라 봄의 몸이 움직였다.

"저기 탁자에 앉아 있어. 아니면 접시라도 꺼내."

"아! 접시! 접시 어디에 있었지?"

찬장에서 꺼낸 옴폭 팬 접시 두 개를 수저와 함께 테이블에 마주 보게 놓았다. 봄은 유한이 앉아 있던 자리에 앉아 그의 뒷모습을 물끄러미 바라보았다. 가슴에 스며드는 따뜻한 기운에 살며시 웃음 지었다.

'아저씨, 나 보면 매번 이런 기분이겠다.'

고소하고 달큼한 향이 솔솔 풍겨져 왔다. 유한이 그릇 위로 리조또를 올렸다.

"와, 맛있겠다."

붉은색의 토마토소스가 밥알과 뒤섞여 윤기가 흘렀다. 먹음직스러워 보이는 모양새에 봄이 기분 좋은 미소를 띠며 짝 하고 두 손을 마주쳤다.

"마무리까지 제가 했어야 했는데. 그렇죠?"

이러다 나 일당도 제대로 못 받는 거 아닌가 몰라. 작게 중얼 대는 봄의 밝은 목소리 뒤편으로는 생기가 느껴지지 않았다.

전에도 그랬던가 되짚던 유한은 봄이 밥알을 깨작거리는 모습에 손을 뻗었다. 봄의 동그란 이마 위로 따뜻한 온기가 닿았다.

"열은 없는데."

낮게 중얼거린 유한은 고개를 옆으로 기울이며 봄과 시선을 맞추었다.

"네?"

"힘이 없네."

"아, 저요?"

"무슨 일 있어?"

유한의 걱정스러운 시선에 고개를 푹 숙인 봄의 목소리가 구석으로 기어들어 갔다.

"아니요. 마음이 조금 복잡하달까."

밥알을 세면서 중얼대는 봄의 작은 음성에 유한은 귀를 기울였다.

"마음?"

"있죠. 친구가…… 아, 아니에요. 말 안 할래요."

"왜?"

"이걸 아저씨한테 얘기해 버리면 저도, 그 애도 마음이 편하지 않을 것 같아서요."

유한은 어깨를 으쓱이고는 여전히 깨작거리는 봄의 젓가락을 바라보았다. 거의 손을 대지 않은, 하얀 접시 위에 가지런히 놓인 음식.

"아저씨, 모든 마음을 받아 주기는 어려울까요?"

조심스레 물어오는 봄의 맑은 음성이 유리잔 위를 잔잔하게 울리는 파동처럼 들려왔다.

"아마도."

당연한 듯 흘러나온 대답에 봄의 시선이 움직였다. 두 눈동자가 자신을 향해 있음을 알고 유한은 잇새로 웃음을 내뱉었다.

얼빠진 듯 봄의 입이 살짝 벌어졌다. 봄은 눈을 질끈 감았다 뜨며 젓가락을 놓고 숟가락을 들었다.

"어, 여기 밥 하얗다."

그때 봄이 제대로 섞이지 않은 채 덩어리진 부분을 푹 펐다. 그리고는 숟가락을 내밀며 흔들었다.

자신의 접시에도 보이는 하얀 덩어리에 유한은 미간을 살짝 좁히는가 싶더니 숟가락을 들었다.

밥알이 수북이 올려진 봄의 숟가락이 깨끗하게 비어 있는 유한의 숟가락과 톡, 맞닿았다.

"그냥 먹어."

유한의 퉁명스런 말에 봄은 까르륵 웃었다.

"그냥 먹죠, 뭐."

봄의 작은 입에 들어간 숟가락이 깨끗하게 비워졌다. 먹음직스럽게 오물거리는 입에 유한이 손을 뻗었다. 뜨거운 온기가 입술을 스쳐 지나가자 봄은 놀란 듯 눈을 동그랗게 떴다.

유한은 손을 흔들면서 미소 지었다.

"남겨 뒀다 배고플 때 먹을 건가?"

유한의 검지엔 밥알 하나가 찰싹 달라붙어 있었다.

"그런 건 나중에 다 먹고 입 닦을 때 닦아요! 사람이 먹다 보면 묻을 수도 있고 흘릴 수도 있는 거지. 흥."

물 컵에 입을 댄 채 툴툴거리는 봄의 목소리가 작게 공명했다. 유한은 자리에서 일어나며 봄의 머리를 꾹 눌렀다.

"아저씨! 물에 코 박을 뻔했잖아요!"

"많이 먹어라."

"아저씨는 더 안 먹어요?"

숟가락을 입에 문 채 봄이 고개를 갸웃했다. 유한이 어깨를 으쓱이며 말했다.

"별로 입맛 없어."

"안 돼요, 앉아요! 먹어야 해요!"

"됐어."

"됐기는 뭐가 됐어요!"

쨍, 숟가락을 탁자 위에 세게 내려놓은 봄이 자리에서 벌떡 일어나 유한의 팔을 끌어당겼다. 체구 차이가 차이인지라 끌려 오지 않는 유한 덕에 봄은 안간힘을 썼다.

결국 포기한 듯 잡고 있던 팔을 팽개친 봄이 두 손을 허리에 척 하니 올렸다. 단호한 눈빛으로 유한을 응시하며 말했다.

"앉아요. 제가 떠먹여 드려요?"

"그럴래?"

유한이 눈을 휘며 부드럽게 웃었다.

"봄아, 모레 회식 잊지 말고!"

"점순아, 너 꼭 와야 된다? 그때 아니면 널 언제 여유롭게 보겠냐?"

"응응, 알았어."

그럼 나 먼저 갈게. 봄은 택시 문을 닫으며 지연과 민경에게 손을 흔들었다.

역시나 유한은 바쁜지 창문으로도 자신을 바라봐 주지 않았다.

갑자기 생긴 일로 바래다주지 못하는 게 미안했는지 유한은 굳이 택시를 태우라고 민경과 지연에게 신신당부를 했었다.

봄은 한숨을 내쉬면서 열려 있던 창문을 올렸다. 후덥지근한 습기를 머금었던 바람이 사라지고 에어컨의 냉기가 피부를 스쳤다.

화려하게 깜박이는 조명들로 뒤덮인 번화가가 창문 밖으로 스쳐 지나갔다. 곧이어 조용한 아파트 단지가 모습을 드러냈다.

"감사합니다."

봄은 택시 기사에게 고개를 꾸벅 숙이며 인사하고 내렸다. 가방 속에서 느껴지는 진동에, 불이 들어와 있는 휴대폰을 꺼내 확인했다.

〈딸기야, 조심히 들어가라.〉

딱딱하지만 유한다운 문자에 따뜻함이 묻어 나오는 것 같았다. 오늘 오전에 있었던 식사 시간을 생각하자 입가에 미소가 머금어졌다. 유한이 정말로 먹여 달라고 입을 벌릴 줄은 생각도 못 했었다.

어제 영화관에서부터 눈에 띄는 유한의 색다른 모습을 자신만 알고 있다는 사실에 가슴이 설레었다. 먼지 같은 생각들로 복잡했던 머릿속이 한결 편안해졌다.

그때 아파트 입구 벤치에 앉아 있는 낯익은 인영이 시야에 들어왔다. 봄의 입가에서 미소가 점차 사라졌다.

한 발짝 다가갈수록 유한과 있을 때와는 다른 의미로 심장이 쿵쿵 울렸다. 그 인영이 누구인지 확실해지는 순간, 가라앉아 있던 먼지가 떠올라 머리를 뿌옇게 만들었다.

계속 자신을 지켜보고 있었던 듯 그가 자리에서 일어나 성큼성큼 다가왔다. 거리가 급격하게 좁혀 들었다.

"많이 늦었다?"

"재현아."

"오늘은 혼자 오네?"

재현이 봄의 뒤편을 슥 보면서 무심코 팔을 뻗다가 멈추었다. 방향을 잃은 두 손이 주머니 속에 안착했다.

망설이던 봄은 웃으면서 고개를 끄덕였다.

"오늘은 아저씨가 바빠서 택시 타고 왔거든."

"그래?"

"여기서 나 기다렸던 거야?"

"너네 이모부한테 부탁 받은 것도 있고, 네가 도망 안 갔나 확인도 할 겸."

재현의 투박한 운동화 밑창으로 돌멩이 하나가 들어갔다. 볼록하게 느껴지는 그 모양새에 재현은 인상을 찌푸리며 발로 걷어찼다. 손가락 한 마디 크기의 돌멩이는 바닥을 몇 번 뛰어 오르더니 두 개로 갈라졌다.

"있지……."

"됐어. 늦었다. 들어가자."

봄이 망설이다 꺼낸 말문을 재현은 툭 잘라 버리며 앞서 걸었다. 더 이상의 배려는 없다는 듯 이를 악물고 험악한 표정으로 성큼성큼 발을 내딛었다. 그러면서도 모든 감각 신경은 자신의 등 뒤로 집중시켰다.

다급하게 쫓아오는 봄의 구두 굽이 아스팔트 바닥에 타다닥 부딪히는 소리가 들려왔다. 저러다가 발을 헛디뎌 넘어질까 걱정되면서도 그는 걸음걸이를 늦추지 않았다.

지금껏 눈에 띄지 않게 꼭꼭 숨어 있던 못된 심보가 드디어 마음 한구석에서 틈을 찾아 고개를 빼꼼 내밀었다.

처음엔 눈에 띄지도 않았던 작은 구멍은 점점 몸체를 불리더니 그 틈새를 넓혀 커다란 구덩이를 만들었다. 그 속엔 치졸하고 더러운 감정들이 복합적으로 덕지덕지 엉켜 있었다.

재현은 목 뒤로 흐르는 식은땀을 닦아 내며 밀려오는 두통을 억눌렀다.

봄은 말 한마디조차 건넬 수 없었다. 하루 사이에 재현의 넓은 등 뒤로 보이지 않는 벽이 생긴 것 같았다.

그 벽을 봄이 만든 건지, 재현이 만든 건지 알 수는 없었지만 분명한 건 더 이상 가까워질 수 없을지도 모른다는 것. 재현의 걸음걸이 속도만큼이나 빠르게 다가온 그 불안감과 두려움에 봄은 코끝이 아려 왔다.

끝내 말 한마디 없이 집 앞까지 데려다 준 재현은 무심한 시선으로 그녀를 바라보며 성의 없이 툭 말했다.

"들어가."

"······응."

"아! 그리고······."

재현이 갑자기 생각난 듯 말문을 열었다. 그 목소리에 봄은 열쇠를 문고리에 끼운 채 동작을 멈추고 올려다보았다.

"응?"

"너, 아침마다 아르바이트하러 간다고 말하러 굳이 안 와도 돼."

"어?"

"그냥 전화를······ 아니다, 그것도 귀찮으니까 그냥 문자 한 통 보내고······."

봄은 당황한 듯 입을 벌린 채 눈을 크게 떴다. 재현은 아랑곳하지 않고 제 할 말만 했다.

"하긴, 오늘도 문자 보냈었지? 이제 매일 그렇게 하면 되겠네. 피차 불편한 건 마찬가지니까. 안 그래?"

재현은 말을 마무리 지으며 얼른 들어가라는 듯 고개를 까닥였다.

어안이 벙벙한 듯 봄이 굳은 채 움직이지 않자 재현은 문고리에 올려진 작은 손 위로 제 손을 올렸다. 뜨거운 체온이 맞닿았다. 자연스레 열쇠고리를 봄의 손과 함께 돌리자 달칵 하고 잠금쇠가 풀리는 소리가 들렸다.

"재현아⋯⋯."

"왜?"

"그게, 그러니까⋯⋯."

"늦었어, 들어가. 지금은 네 말 못 듣겠다. 듣게 되면 내가, 내가 아니게 될 것 같아."

그만하자. 서늘한 표정의 재현이 봄을 냉랭하게 응시했다.

그의 거부에 봄은 어깨를 들썩이더니 고개를 푹 숙이고는 등을 돌렸다. 입술을 짓씹으며 급하게 현관을 열고 뛰어 들어갔다. 온몸에 들어가 있던 힘이 허무하게 빠져나가는 순간, 문에 기대 주저앉았다.

재현의 발걸음 소리가 멀어지는가 싶더니 이내 희미해져 갔다. 봄은 두 귀를 양손으로 막고 고개를 무릎에 묻었다.

심장이 빠르게 뛰었다. 마치 마라톤 선수의 뜀박질 같았다. 귓가가 멍멍했다. 터질 듯이.

"언니, 이거 꽃 언제 피어요?"

봄은 장바구니를 옆에 조심스레 세우면서 진열되어 있는 작은 화분을 바라보았다. 꽃이 곧 필 듯이 몽글몽글 봉오리가 자리 잡고 있었다. 라벤더 향이 코끝을 부드럽게 스쳤다.

봄이 조심스레 화분을 감싸 쥐었다. 서늘한 감각이 손안에서 퍼졌다. 꽃을 다듬던 직원이 나와서 미소 지으며 말했다.

"이제 곧 필 거예요. 보통 6월에서 8월 사이에 개화하니까요."

"라벤더죠? 아, 보라색 꽃 예쁘겠다."

"꽃 피면 모든 식물이 예뻐요. 라벤더 향은 불면증이랑 두통에 효과가 좋아서 키우시는 분이 많아요. 화분은 키워 보셨어요?"

"네, 허브 몇 개 키우고 있는데 라벤더는 한 번도 안 키워 봤어요! 선물용으로도 괜찮겠죠?"

"그럼요. 하나 드릴까요?"

"네, 예쁘게 포장해 주세요."

봄이 해맑게 웃으면서 화분을 건넸다. 포장을 하는 동안 꽃집을 둘러보던 봄은 제가 키우는 화분을 발견하고는 눈을 동그랗게 떴다. 작은 꽃들이 촘촘한 잎들 사이에 고개를 수줍게 내밀고 있었다.

"이거 꽃 폈네요?"

"골든 레몬 타임이요? 햇빛을 많이 못 봐서 늦게 폈죠. 근데 지금이 한창 꽃 필 시기예요."

"제 건 아직 안 폈는걸요."

새끼손톱보다 작은 연보랏빛 꽃을 신기하게 보던 봄은 아직 미동도 없는 제 화분을 떠올렸다.

"햇볕이랑 바람 많이 쐬어 주세요. 자, 다 됐어요. 라벤더도 습도 조절만 잘해 주시면 예쁜 꽃 필 거예요."

"감사합니다! 또 올게요."

고개를 꾸벅 숙인 봄이 한 손으로 화분을 껴안고 다른 한 손으로는 묵직한 장바구니를 쥐었다.

집으로 돌아가는 길은 가볍지가 않았다. 봄은 장바구니를 몇 번이나 들었다 놓았다 반복했다. 오른팔이 뭉친 듯 뻐근했다.

덥고 진득한 바람이 불어와 맨다리를 스쳤고, 뜨거운 태양은 적나라하게 정수리를 향해 내리쬐었다.

잠시 멈춰 숨 돌리던 봄이 주먹을 불끈 쥐고 다시 힘차게 장바구니를 들었다.

재현을 만나러 가야 했다. 그와의 대화가 필요했다. 그렇게 하려면 재현을 만날 이유가 있어야 했고, 그 이유를 만들기 위해 봄은 밤새 잠 한숨 못 자고 뜬눈으로 지새웠다.

"다 왔다!"

봄은 재현의 집 앞에 서서 이마에 맺힌 땀방울을 훔쳤다. 막상 집 앞에 오니 망설여졌다. 적막한 복도를 두리번거리며 샌들의 뒤꿈치로 바닥을 톡톡 쳤다. 샌들 사이로 빼꼼 나온 발가락이 꼼지락거렸다.

'열까? 말까? 다시 돌아가?'

봄이 초인종에 손을 살짝 올렸다 떼기를 반복하던 그때, 반대쪽 엘리베이터 도착 소리가 들리더니 택배 기사 한 명이 내렸다. 그는 성큼성큼 봄이 서 있는 문 앞까지 다가왔다.

"집주인이세요? 택배인데요. 연락 받으셨죠?"

"아뇨, 저는 그냥 손님이요!"

"그래요?"

택배 기사는 봄을 흘끔 보더니 초인종을 눌렀다. 봄은 한 발짝

물러나 기사 뒤에 섰다.

'이 틈 타서 들어가면 되겠지?'

조마조마한 심장에 입안이 바짝 타들어 갔다. 봄은 기대 어린 눈빛으로 초인종을 바라보았다. 한참 울리던 벨소리가 멈추더니 가라앉은 재현의 목소리가 인터폰으로 흘러나왔다.

─누구세요?

"택배인데요."

─잠시만요.

찰나의 시간이 흐르고 문이 열렸다. 재현은 택배 기사와 봄을 번갈아 보다 박스를 받아 들었다. 수취인 서명을 하는 모습을 옆에서 물끄러미 바라보던 봄이 정갈한 글씨체에 슬며시 웃었다.

택배 기사가 떠나고 자신을 외면한 채 닫히는 문을, 봄은 급한 손길로 꽉 붙들었다. 작은 두 손이 하얗게 질렸다.

"너 지금 뭐하냐? 손 빼, 다쳐."

"빼면 문 닫을 거잖아!"

재현은 문을 살짝 열면서 시큰둥하게 말했다.

"뭔데?"

"그게, 병문안 왔는데……."

"안 아파."

봄은 재현을 올려다보며 두 손으로 재현의 양 손목을 붙들고 뒤로 밀었다. 순간적인 힘에 재현이 뒷걸음질 쳤다.

현관 안으로 우선 몸을 넣은 뒤 바닥에 둔 짐을 들고 들어간 봄은 제 집인 듯 샌들을 벗고 슬리퍼를 작은 발에 쏙 끼웠다.

등 뒤로 재현의 기척이 느껴졌지만 돌아보지 않은 채 장바구니를 끌면서 부엌을 찾아 들어갔다.

익숙하지 않은 재현의 시선을 마주하는 순간, 뜻하지 않는 사고를 맞이하는 것처럼 온몸이 얼어 버릴 것만 같았다.

봄은 목을 살짝 가다듬으며 밝게 말을 이었다.

"너 지금 아무것도 안 먹었지? 입맛도 없지?"

"나 멀쩡하니까 돌아가."

싸늘한 축객령에도 꿋꿋이 장바구니에 있는 물건들을 하나씩 꺼내는 봄의 모습에 재현은 성큼성큼 다가가 손목을 붙들었다.

"너 지금 뭐하자는 거야? 당장 돌아가."

봄은 고개를 푹 숙인 채 붙잡힌 손목을 떼어 내려 재현의 손을 꽉 잡았다. 어제의 뜨거웠던 체온은 착각이 아니었다는 듯 손바닥에서 열기가 느껴졌다. 목이 바짝 메어 왔다.

재현은 봄이 아플 땐 그토록 민감하면서 제 스스로가 아플 때는 곰마냥 둔감했다. 항상 봄은 한발 늦게 발견했고, 그때는 이미 재현이 혼자서 병원에 다녀왔거나 병이 거의 사그라진 무렵이었다.

재현도 봄과 같이 혼자였다. 같이했던 타지 생활 덕에 아프게 되면 얼마나 외롭고 쓸쓸한지, 홀로 버려진 그 느낌을 모르지 않았다.

봄은 숙이고 있던 고개를 번쩍 들면서 재현을 바라보았다. 새까만 봄의 눈동자 표면 위로 재현의 모습이 어렸다.

"너 물 삼키는 것조차 힘들잖아! 해열제는 먹었어? 머리는 안 아파?"

"너 지금……."

얼른 앉아 봐. 봄은 재현의 팔을 붙잡고 끌어 억지로 식탁 의자에 앉혔다.

"내가 맛있는 죽 만들어 줄게."

봄은 생글생글 미소 지으며 하얀색의 아이스패치를 꺼내 재현의 이마에 붙였다. 서늘한 기운이 이마에 스몄다.

"메뉴는…… 참치 야채죽? 맛있겠지?"

마트에서 사 온 참치 캔을 꺼낸 봄이 부엌에서 쌀을 찾으며 부산하게 움직였다.

"당장 돌아가."

열기가 식지 않은 이마에서 아이스패치를 떼어 내며 재현은 인상을 찌푸렸다. 통에서 한 움큼 쌀을 퍼내던 봄의 손이 멈칫했다가 이내 다시 움직였다. 목소리가 퉁명스레 나왔다.

"싫어, 안 가."

하얀 쌀알들이 그릇 위에서 쏟아질 듯 데구루루 굴렀다. 큰 그릇에 쌀을 담아 싱크대에서 물을 틀자 하얀 거품과 함께 물이 흘러넘쳤다. 쌀 씻는 봄의 뒷모습을 보던 재현이 자리에서 일어나며 말했다.

"너, 어제 기억 안 나?"

"……"

"우리가 지금 어떤 사인지 몰라?"

재현은 쌀을 씻고 있는 봄의 손목을 잡아 억센 힘으로 끌었다.

"싫단 말이야!"

억지로 버티려고 온몸에 힘을 줬지만 남자의 힘을 이기기는 역부족이었다. 봄의 발바닥이 질질 끌리며 식탁까지 나왔다. 슬리퍼는 벗겨진 채 싱크대 앞에 덩그러니 놓여 있었다.

"너, 내가 그렇게 우스워?"

봄은 식탁을 한 손으로 붙들고 버텼다.

작은 몸이 휘청거리는 순간, 식탁이 밀리면서 라벤더 화분이 바닥으로 곤두박질쳤다. 사기로 된 화분이 깨지면서 파편과 함께 흙이 바닥에 흩어졌다.

재현은 놀라 멈추고 바닥에 주저앉은 봄을 내려다보았다. 당황해 손을 뻗는 순간 봄이 외쳤다.

"그럼! 어떻게 해야 하는데! 내가 널 거절하기라도 하면, 넌 날 다시 안 볼 거야?"

봄의 눈앞이 아득해졌다.

어릴 때부터 항상 함께였던, 언젠가 돌아가셨던 아빠 같은 소중한 사람이었다.

영원히 이렇게 지내길 바랐던 건 자신의 이기적인 욕심이었다는 생각에 머릿속이 하얗게 변했다. 더 이상 불편한 관계로 재현을 마주할 수가 없었다.

주먹을 꼭 쥐자 손바닥에서 부드러운 흙 알갱이가 부스러졌다.

"난 네가 너무 좋단 말이야. 근데 너무 무서워……. 도저히 모르겠어."

"울지 마."

"널 잃게 될까 봐 무서워. 이렇게 널 거절하는 나도 무섭고……. 정말 미안, 네 마음을 미리 알아차리지 못해서 미안해. 왜 한 번도 널 이성으로 느껴 볼 생각을 하지 않았을까. 내가 너랑 같은 마음이었다면 좋았을 텐데……. 정말 미안, 미안해."

"한봄."

"난 어떻게 해야 할지 모르겠어."

재현이 몸을 숙여 봄의 눈동자와 마주했다. 싱크대에서 여전히 들려오는 물 흐르는 소리가 뜨거웠던 머릿속을 서서히 식혔다.

짙은 갈색의 손이, 주먹을 쥐고 있는 작고 하얀 손을 감쌌다. 재현이 꼭 쥐고 있는 봄의 손을 펴자 흙 부스러기가 떨어졌다.

애써 맑게 웃음 짓는 봄의 입술 사이로 가지런한 이가 보였다. 흰 빛이 도드라졌다.

"우리, 이대로 끝일까……?"

작게 중얼거린 봄은 재현을 바라보던 시선을 아래로 내렸다. 코끝이 찡해져서 더 이상 미소 지으면서 재현을 바라볼 수가 없었다. 계속 바라보고 있다간 눈물이 왈칵 쏟아질 것만 같았다.

재현은 아무런 말도 없었다. 귓속을 파고드는 물소리는 파도가 울렁이듯 흘러 들어와 머릿속을 어지럽혔다. 재현의 두 손에 붙잡혀 있던 봄의 손이 힘없이 미끄러졌다.

그때 재현이 손을 꽉 붙들었다. 봄의 작은 손은 식은땀과 흙으로 축축하게 젖어 있었지만 그건 마치 끝까지 참았던 그녀의 눈물같이 느껴졌다.

재현은 숙이고 있는 봄의 머리를 쓰다듬었다.

"너랑 나, 코흘리개 시절부터 알았는데. 어떻게 그렇게 쉽게 끝이 나냐?"

억울하지도 않냐? 짓궂은 재현의 목소리에 봄의 눈에 맺혀 있던 눈물이 후두둑 떨어지며 바닥을 적셨다. 물기를 머금은 흙이 짙게 물들었다.

"그만 울어. 고개 좀 들어 봐."

봄은 고개를 숙인 채 재현의 손을 피해 고개를 저었다.

"나 안 울어."

"이리 와 봐. 눈에 눈물이 그렁그렁했으면서 뭐가 안 울어야."

"안 울어. 안 운단 말이야."

재현이 봄의 두 뺨을 붙잡았다. 눈물이 맺힌 눈으로 봄은 그를 올려다보았다. 두 손으로 봄의 눈가를 훔치면서 재현이 개구지게 웃었다.

"너 우니까 완전 못난이야."

"놀리지 마."

"인마, 뭐가 무서워서 울어. 내가 귀신도 아닌데."

"야!"

심술궂은 말장난에 봄은 재현의 가슴을 두 손으로 툭 쳤다.

"어쭈? 어디서 하늘 같은 오빠를 쳐?"

"오빠는 무슨!"

붉어진 두 눈을 심통 난 듯 흘기는 봄을 보던 재현이 고개를 살짝 숙였다.

"발은 괜찮아? 안 다쳤어?"

"응?"

"이것 봐, 긁혔네. 앉아, 얼른."

화분 조각이 스치고 지나갔는지 발등 위로 엷은 붉은색 실선이 그려져 있었다.

재현은 봄의 겨드랑이에 양손을 넣고 몸을 들어 의자에 앉혔다. 무릎에 묻은 흙을 주변에 있던 수건으로 털어 주는 재현을 보던 봄은 손을 뻗어 장바구니를 뒤적였다.

"재현아, 이거 얼른 먹어."

"뭐?"

고개를 드는 재현의 눈앞에 약국에서 사 온 해열제를 흔들었다.

"이게 먼저야! 빨리 먹어. 그리고 패치는 왜 뗐어!"

재현의 손바닥에 알약 두 개를 건넨 봄이 벌떡 일어났다.

"물 갖다 줄게."

슬리퍼가 벗겨진 채 나동그라져 있다는 사실을 생각 못 한 채 봄이 섣불리 발을 내딛었다.

"야! 한봄!"

"악!"

재현이 놀라 외치는 순간, 봄이 외마디 비명을 지르며 바닥에 쪼그려 앉았다. 사기 조각이 발바닥으로 아프게 파고들었다. 재현은 다시 봄을 들어 의자에 앉히며 말했다.

"넌 정말……. 가만히 앉아 있어."

"약은……."

"내가 알아서 먹을게. 나 손발 다 있어."

"그치만……."

"어허, 가만히 있으랬지."

또다시 자리에서 일어나려고 들썩이는 봄의 머리를 재현은 손바닥으로 꾹 누르면서 머리칼을 흩트렸다.

등을 돌리는 재현의 모습에 봄은 패치를 다시 하나 꺼내고는 돌아오는 그의 이마에 찰싹 붙여 줬다.

재현은 서늘함에 이마를 손으로 살며시 만져 보며 말했다.

"어떻게 알았어? 나 아픈 거……."

"어제 너…… 체온도 높고, 식은땀도 흘려서……."

어제 일을 되새기던 봄은 재현의 얼굴을 제대로 바라볼 수가 없었다. 마음속에서 죄의식이 밀려왔다.

한숨을 한 번 내쉰 재현은 흙 조각을 대충 수건으로 밀어내고 응급 상자를 들고 와 봄의 앞에 앉았다.

"발 한번 봐."

봄이 살짝 발을 들어 보이자 재현은 집게로 작은 사기 조각을 집어내고 깨끗하게 소독했다. 발등에도 연고를 바른 뒤 봄을 올려다보았다. 맑고 깨끗한 눈동자에 아직까지 눈물이 어려 있는 듯한 착각이 들었다.

재현은 봄을 향해 손을 까딱까딱 흔들었다.

"가까이 와 봐."

"응?"

봄이 고개를 갸웃거리며 살짝 숙인 순간 재현이 몸을 일으켰다. 이마 위로 따뜻한 온기가 스쳤다.

"어?"

"이제 이걸로 됐어."

재현이 눈꼬리를 휘며 미소를 담은 채 봄의 뺨을 툭툭 건드렸다.

"죽은 내가 해 줄게."

일어나 등을 돌린 재현의 모습을 봄은 멍하니 바라보다가 손을 살며시 들었다. 이마 위에 말캉하게 닿았던 온기가 손끝에 느껴졌다.

"맛있게 해 줄 거야?"

"너 나 못 믿냐?"

"아니."

봄은 잇새로 작은 웃음을 흘리고는 발을 내려다보았다. 새하얀 발 위로 투박하게 감긴 붕대가 유난히 따뜻해 보였다. 그 온기가 스며들어 금세 상처가 나을 것처럼.

IV
그들의 사정

일곱 시 반이 넘어가자 하늘에는 뒤늦은 어둠이 찾아왔다. 사람들이 오고가는 번화가에는 음식점들이 줄줄이 늘어서 있었다.

정신없는 거리를 바라보던 봄의 시선이 위를 향했다. 소란스러운 주변과는 달리 고요한 어둠. 별 하나 없는 밤하늘처럼 머릿속의 복잡한 생각들이 깨끗해졌으면 싶었다.

시야 가득히 하늘을 담고 걷던 봄의 어깨가 스쳐 지나가던 사람의 몸과 부딪혔다. 외마디 비명을 지른 봄이 휘청거리며 무심코 옆 사람의 옷깃을 붙잡았다. 손끝에 닿은 부드러운 천.

깜짝 놀라 손을 놓았지만, 한 번 중심을 놓친 몸이 오뚝이처럼 금세 우뚝 설 리 없었다.

"조심해야지."

그때 크고 단단한 손이 봄의 어깨를 부드럽게 감싸며 지탱해 주었다. 고개를 들자 보이는 다정한 유한의 시선. 예쁘게 눈웃음을 지은 봄은 작게 소리 내어 웃었다.

놀란 가슴에 올라가 있던 손이 슬그머니 내려갔다. 어깨에서 느껴지는 묵직한 무게 주위로 유한의 손이 누른 자리가 옴폭 팼다 올라왔다.

"다 왔네."

바짝 긴장한 봄과 달리 유한은 몇 걸음 앞에 놓인 음식점을 고갯짓했다. 성큼성큼 다가서는 유한의 발걸음처럼 봄의 마음이 쿵쿵, 북을 치듯 울렸다.

'어떡해……'

온기가 닿아 있는 어깨를 곁눈질로 보던 봄은 조심스레 고개를 들어 유한을 바라보았다. 날카로운 턱이 도드라진 옆모습은 지나치게 태연해 보였다. 가슴속에서 올라온 열기가 두 뺨에 내려앉자 발그레한 붉은 기가 돌았다.

"저……"

"왜?"

"어깨, 손이요……"

"무거워?"

"그건 아닌데 좀 움직이기 힘든 거 같아요."

"음, 그래?"

고개를 살짝 기울인 유한은 손끝에 느껴지는 딱딱한 뼈마디를 매만졌다. 동그란 어깨가 안쓰럽게 말라 있었다. 긴장한 듯 어깨를 움츠리는 모습이 고스란히 유한의 눈 안 가득 채워졌다.

'참, 작다.'

몇 년 전 그날보다 키가 자랐다 하더라도 봄의 덩치는 여전히 그대로였다. 오히려 키가 크면서 살이 더 빠진 듯싶었다. 매번 유한의 밥을 챙기려 드는 봄이었지만 더 많이 먹어야 할 사람은 오히려 그녀였다.

까만 머리카락 틈새로 붉게 물든 귀가 보이자 유한은 미소 지으며 팔을 내렸다.

"그럼 이건?"

한결 가벼워진 어깨에 긴장을 풀던 봄은 순간 숨을 멈추었다. 온몸이 달아올라 붉은 물감을 뒤집어쓰는 기분이었다.

미끄러지듯 어깨에서 내려온 팔은 봄의 등을 한 번 감싸고는 허리에 정착해 있었다. 봄의 가슴속에 내려앉은 나비 한 마리가 살랑살랑 날갯짓했다.

유한은 가볍게 미소 지으며 말했다.

"많이 먹어야겠네."

"네…… 네? 아, 맞아요. 아저씨는 많이 먹어야 해요. 식사도 잘 거르잖아요. 그렇게 안 먹으면 속 다 버린다구요!"

유한은 눈을 빛내면서 열변하는 봄의 동그란 이마를 손가락으로 콕콕 찌르며 말했다.

"아니, 너 말이야."

"저는 왜요?"

눈동자에서 피어오르던 별빛이 사그라지며 의아함을 담았다. 봄이 이마를 매만지면서 고개를 갸우뚱하는 사이 주변이 소란스러워지기 시작했다.

"어이! 유한아, 여기!"

유한의 손길에 어느새 이끌려 들어온 음식점 안에는 동그란 식탁에 익숙한 얼굴들이 둘러앉아 있었다. 타닥타닥, 고기가 타들어 가는 소리와 기름진 냄새가 사방에 진동을 했다.

중앙에 위치한 테이블에서 민혁이 손을 흔들며 유한을 불렀다. 다른 테이블엔 가끔 이노센트에 가면 인사했던 낯익은 알바생들도 드문드문 보였다.

"언니, 나도 왔지!"

민혁의 옆에 앉아서 고기를 집어 먹던 세영이 히죽 웃으며 손으로 브이를 그렸다. 민혁이 테이블에 턱을 괴며 말했다.

"너희, 분위기가 묘하다?"

"네?"

민혁의 게슴츠레한 시선이 향한 곳을 깨닫자 봄은 화들짝 놀라며 허리에 감긴 유한의 팔을 떼어 냈다.

"아저씨, 손이요!"

당황한 봄에 비해 유한은 그저 태연하게 어깨를 으쓱이고는 그녀를 끌어당겨 자리에 앉혔다. 세영과 유한의 사이에 앉은 봄이 손을 내저었다.

"아무것도 아니에요! 그게, 아저씨가 넘어지지 말라고, 아니, 저 앞에서 제가 넘어질 뻔해서……."

"자."

"그러니까 하나 언니한테는 뭐라 하지 마요……."

횡설수설하던 봄의 입안으로 양념장에 몸을 담근 고기 두 점이 쏙 들어왔다. 고기가 입안을 비집고 들어온 순간 봄의 입이 꾹 닫혔다.

음식을 건네려 내밀어진 쇠젓가락을 따라 시선을 들자 유한이 가볍게 미소 지으며 말했다.

"많이 먹어."

작은 입이 오물거리기 시작했다. 봄의 머리를 가볍게 쓸어내린 유한의 손이 자연스레 등을 토닥였다.

"꼭꼭 씹고."

입안에서 퍼지는 고소하고 기름진 향에 봄은 고개를 세차게 끄덕였다. 그때 갑작스런 목소리가 불쑥 끼어들었다.

"뭐야, 너희 진짜 이상하다."

"민혁 오빠, 우리 오빠 적응 안 되죠? 근데 그러려니 하세요. 봄이 언니가 옆에 있으면 원래 저랬어요."

"아하! 뭔가 썸씽이 있었고만?"

숙덕이는 민혁과 세영의 이야기에 음료수를 삼키던 봄이 놀란 듯 기침했다. 콜록. 목을 타고 넘어가던 탄산이 걸리자 따가운 통증에 봄의 눈에 눈물이 맺혔다.

"괜찮아?"

잔기침을 하는 봄의 등을 쓸어 주며 물을 건네던 유한이 굳은 표정으로 세영과 민혁을 바라봤다.

"둘 다 시끄러워. 먹기나 해."

"어떡해. 언니, 괜찮아?"

"우리 점순 아가씨 깜짝 놀랐나 보네. 장난이었어, 장난."

정색하고 말하는 유한의 목소리는 귀에 담을 생각도 없는 듯 세영은 호들갑을 떨면서 휴지를 건넸다. 민혁도 덩달아 변명 아닌 변명을 둘러대며 사람 좋은 웃음을 흘렸다.

"아니에요. 저 괜찮아요. 갑자기 사레가 들려서 그래요."

봄이 따끔거리는 목을 한 번 쓸어내리면서 입가에 해맑은 미소를 그렸다.

"그러고 보니 민경이랑 지연이가 없네요?"

어색한 분위기에 봄이 자연스레 화제를 돌리면서 주위를 두리번거렸다. 어깨를 으쓱인 민혁이 휘적휘적 고기를 뒤집으며 말했다.

"글쎄, 좀 전까지 다른 테이블에 있었던 거 같은데."

"언니 친구들 말이지? 화장실 갔나?"

유한의 손길에 불판 위에서 노릇하게 익은 고기가 봄의 접시에 차곡차곡 올려졌다. 점점 쌓여 가는 고기에 봄이 유한 쪽으로 고개를 기울였다. 머리카락이 쏟아지면서 드러난 하얀 목 아래로 쇄골이 옴폭 패어 있었다.

"아저씨는 안 먹어요?"

질문에 미소만 짓는 유한을 보던 봄이 상추 한 장을 손바닥 위에 올렸다. 이슬이 맺힌 파란 잎 위로 고기 두 점과 양념장이 듬뿍 놓였다.

"제가 싸 드릴게요. 아저씨 마늘 먹어요? 버섯은요?"

"됐어."

"빨리요! 밥은 올려요? 아! 밥은 없네……. 밥 시킬까요?"

"그냥 마늘하고 버섯만 올려."

"알았어요!"

봄이 상추 잎을 모아 오므리고는 유한의 입가에 내밀며 생글생글 웃었다.

"자, 여기요! 제가 싼 거니까 한입에 다 넣어야 해요?"

유한의 입속으로 제가 싼 쌈이 들어가자 봄은 만족한 듯이 고기 한 점을 자기 입에 쏙 집어넣었다.

고개를 앞으로 돌리자 느껴지는 민혁의 눈길에 봄은 세영을 돌아보며 고개를 갸웃했다.

"응? 왜 보고 있어요? 내 얼굴에 양념이라도 묻었나?"

"음…… 아니."

세영이 어설프게 웃으며 얼굴을 젓자 봄은 손뼉을 치면서 민혁을 바라보았다.

"지배인님도 상추쌈 하나 만들어 드릴까요?"

"그럴까? 이참에 예쁜 점순 아가씨 쌈 한입 받아먹어야겠네!"

능글맞은 민혁의 웃음소리에 세영이 질린 표정으로 옆구리를 쿡 찔렀다.

"오빠, 완전 아저씨 같아."

민혁이 짓궂게 세영의 코를 살짝 비틀었다. 봄은 생글거리면서 상추 한 장을 손바닥 위에 놓았다.

"뭐 어때? 난 점순 아가씨 쌈 받아먹을 거니까."

"뭐 올려 드릴까요?"

"음…… 나는……."

즐거운 듯 입가에 미소를 만면하게 띤 민혁의 모습에, 물을 마시던 유한이 손을 뻗어 봄의 손바닥 위로 고추와 마늘을 한 움큼씩 올렸다.

제 의도와 다르게 파란 잎 위로 차곡차곡 쌓이는 재료들을 보던 민혁은 오만상을 찌푸리면서 유한에게 외쳤다.

"야! 그걸 어떻게 먹냐! 얼마나 올린 거야, 대체!"

"쌈 받아먹고 싶다며? 좋아하는 거 다 올라갔네."

"정도가 있지! 그걸 먹으란 거야? 올리기도 엄청 많이 올렸네. 고기보다 더 많아."

"왜, 더 올려 줘?"

유한과 민혁의 실랑이에 봄이 작게 소리 내어 웃었다.

"아저씨, 그만해요. 나중에 아저씨 또 싸 줄게요! 지배인님, 좀 빼서 드리면 되죠?"

표정이 밝아진 민혁은 고개를 살짝 끄덕이면서 고추와 마늘을 내리는 봄을 거들었다.

"좀 더, 더 내려."

봄의 손바닥 위에 집중하던 민혁이 유한에게 갑자기 몸을 불쑥 내밀며 말했다.

"야, 근데 너 휴가 계획은 있어? 날짜 나왔잖아?"

"아, 아."

"어! 휴가도 있었어요?"

갑작스레 나온 휴가란 단어에 봄이 눈을 동그랗게 떴다. 아르바이트에도 휴가가 있었나 싶으면서 그 단어가 생소하게 느껴졌다.

휴가에 대해 일절 듣지 못한 봄은 이모 집에 내려갈 때는 아르바이트를 그만둬야 하나 고민까지 했었다.

놀란 듯 보이는 봄의 반응에 민혁이 어이없는 눈길로 유한에게 말했다.

"얌마, 너 휴가 있는 것도 안 알려 줬어? 점순 아가씨, 하마터면 남들 쉴 때 저 녀석 뒷바라지할 뻔했네. 너 일부러 안 알려 준 거 아냐?"

"딱히 뭐…… 그러려던 건 아닌데."

"와, 다행이다."

민혁을 보며 어깨를 으쓱이던 유한이 옆에서 들려오는 작은 속삭임에 시선을 살짝 내렸다. 봄의 두 볼이 발그레 홍조를 띠었다.

유한은 동그란 가마를 중심으로 뻗어 내려가는 가지런한 머리를 살짝 흩뜨렸다. 손가락 사이로 빠져나가던 부드러운 머리칼이 이리저리 흐트러지더니 금세 제자리로 돌아갔다.

익숙하면서 다정한 손길에 봄은 유한을 흘겨보고는 손에 쥔 잎의 끝을 한데로 모았다.

"여기요!"

"땡큐."

봄이 쌈을 내밀자 민혁이 기다렸다는 듯 날름 받았다.

"휴가가 언젠데? 오빠, 그럼 우리 그때 별장 갈까? 안 간 지 엄청! 오래됐잖아. 엄마랑 다 같이. 언니도 같이 가자! 엄마가 봄 언니 보면 되게 좋아할 거야."

대화를 가만히 듣고 있던 세영이 신이 난 듯 속사포처럼 말을 내뱉었다. 세영은 몸을 틀어 봄의 작은 두 손을 그러쥐었다.

"언니도 좋지? 우리 그때 진짜 재밌었는데! 너무 짧아서 아쉬웠어."

기대감에 부푼 세영의 눈길에 봄이 어색하게 미소 지었다.

4년 전 그날을 되짚는 세영의 이야기에, 가슴 깊숙이 꼭꼭 감춰 뒀던 추억의 조각이 틈새를 비집으려 했다. 지금껏 유한을 만나면서 단 한 번도 그날의 일을 입 밖으로 꺼내지 않았었다.

세영과 맞닿은 손바닥의 틈으로 찬바람이 솔솔 흘러들어 왔다.

'무엇이 두렵니?'

머릿속에서 자신의 목소리가 울린다. 꿀 먹은 벙어리가 된 듯 봄은 단 한마디도 할 수 없었다. 붙잡힌 손을 살짝 비틀어 빼낸 봄은 세영에게 조심스레 말했다.

"사실 너무 오래전이라서…… 잘 기억이 안 나. 미안."

"흐음…… 그래? 하긴, 기억 안 날 만도 하지, 뭐. 그게 언제 적 일인데."

허전해진 제 손을 내려다보던 세영은 봄을 향해 싱긋 웃으며 뒤늦게 어깨를 으쓱였다. 봄은 어색하게 미소 지었다. 돌덩이 하나가 가슴을 짓누르는 듯 기분이 개운하지 않았다.

그 순간 유한이 세영에게 툭 말했다.

"너, 그날 친구들이랑 여행 간다며."

"어? 그날이야? 내가 언제 약속했지? 이럴 줄 알았음 미뤘을 텐데!"

세영이 휴대폰 달력을 뒤적이면서 투덜거렸다.

"27일에서 31일? 아, 아쉽다. 진짜."

세영의 커다란 한숨 소리가 귓속을 파고들었다.

봄은 불판 위에서 새까맣게 옷을 갈아입는 고기 조각을 접시에 급히 옮겨 담았다. 새까만 고기는 보기만 해도 입안에서 쓴 내가 나는 것 같았다.

봄은 빈 컵에 쪼로록 사이다를 따랐다. 거품이 이는 사이다를 가만히 보던 봄의 귓가에 불쑥 유한의 목소리가 닿았다.

"정말 기억 안 나?"

그의 뜨거운 입김이 스미자 귀에서 열이 돋아났다. 급하게 돌린 시선이 유한과 허공에서 마주쳤다.

"별장에서의 일."

"아…… 네에……."

봄은 말끝을 흐리고는 거품이 가라앉은 사이다를 입가에 대었다.

"기억 못 한다니 아쉽네."

유한의 의미심장한 말에 봄이 다시 그를 바라보았지만 언제 그런 말을 뱉었냐는 듯이 표정에 미동이 없었다. 달콤한 사이다 속에 숨어 있는 탄산이 입안에서 톡톡, 튀었다.

'뭐가요? 뭐가 아쉬워요?'

목구멍까지 올라온 덩어리가 탄산과 함께 꿀꺽 목으로 넘어갔다. 목이 타는 듯이 쓰라렸다.

"어? 점순이 소리 소문도 없이 왔네? 사장님도 안녕하세요."

등 뒤로 갑자기 나타난 민경이 목을 매만지는 봄의 어깨를 반갑게 툭툭 쳤다.

"저리로 가자."

지연이 앉아 있는 테이블을 가리키며 봄의 손을 이끌자 민혁이 웃으며 말했다.

"민경 양, 그냥 여기 같이 앉는 게 어때?"

"어? 그래도 될까요? 그럼 사양 않고!"

민혁이 자리를 만들라는 제스처를 취하자 봄의 옆자리로 약간의 공간이 생겼다. 민경은 옆자리로 의자 두 개를 끌고 와 털썩 앉았다. 그 모습에 다른 테이블에 앉아 있던 지연이 상황을 판단한 듯 테이블을 옮겼다.

지연은 자리에 앉으며 봄에게 말했다.

"저번엔 집에 잘 갔어? 별일 없었지?"

"응, 잘 들어갔어. 재현이가 마중 나왔었거든."

"그놈은 남친도 아니라면서 너 살뜰하게 챙긴다? 걔가 너한테 마음 있는 거 아냐?"

"……아냐, 그런 거."

어설프게 미소 짓는 봄의 얼굴 위로 유한의 시선이 내려앉았다.

민경과 지연의 등장으로 봄의 주변은 시끌벅적한 웃음소리로 가득 찼다. 아르바이트로 인해 봄과 만나기 힘들었던 민경과 지연이 묻지 못했던 안부를 물었다.

"너 요즘 별일 없었던 거 맞아? 왜 이렇게 기운이 없어 보이냐, 정말."

"아냐. 아무 일 없어."

민경은 안색이 어두운 봄을 느끼고는 걱정스레 어깨를 쓸었다. 지연이 말문을 열었다.

"봄아, 문단속은 잘하고 있는 거니? 밤늦게 돌아다니면 안 돼."

아무리 아래층에 소꿉친구인지 뭔지가 살고 있다고 해도 그 역시 언제 돌변할지 모르는 늑대였다. 그래서 혼자 살고 있는 봄이 마냥 걱정되었다.

봄은 고개를 설레설레 저으며 맑게 미소 지었다.

"알아서 잘하고 있어! 나 어린애 아니란 말야."

민경이 봄의 손에 잔을 쥐어 주며 파란 소주병을 기울였다.

"아무튼 방학인데 왜 이렇게 보기 힘드냐. 자자, 한 잔 받고!"

작은 잔에 투명한 액체가 차올랐다. 봄이 당황한 듯 잔을 밀어냈다.

"아니, 난 술은 좀⋯⋯."

"술은 좀이 어딨냐. 원래 회식 자리에선 술 마시는 거야! 안 그래, 지연아?"

"그럼, 마셔야지."

지연이 선한 웃음을 지으면서 다시 봄에게 잔을 밀었다. 쓰디쓴 맑은 액체가 출렁였다.

작은 한숨과 함께 알코올이 입안에 밀려들어 갔다. 목을 타고 내려가자 특유의 싸한 향기가 코끝으로 전달되었다.

봄의 앞에 놓인 빈 잔에 다시 술을 신 나게 채워 준 민경은 자신의 잔도 흔들었다.

"자, 나도 한 잔!"

"나 또 마셔?"

찰랑찰랑 다시 차오른 잔에 봄이 울상을 지으면서 민경을 바라보았다. 그러자 민경은 지연과 시선을 한 번 맞추더니 시원한 미소를 지으면서 말했다.

"알겠어, 나랑 딱 두 잔만 더! 오케이? 자, 얼른 따라 봐."

인상을 찌푸리면서도 연거푸 잘도 마시는 봄을 바라보던 지연이 입안에 고기 두 점을 넣어 주면서 어깨를 토닥였다.

"잘 먹었어. 이번엔 나랑 마셔야지?"

"응? 또?"

"나랑은 세 잔만 마셔. 너랑 너무 못 만나서 아쉬워서 그래."

"그치만……."

봄의 잔이 다시 금세 차올랐다. 지연과 세 번 잔을 부딪치고 난 뒤에도 봄의 목을 타고 술은 끊임없이 흘러들어 갔다. 민혁과 두 번, 세영과도 세 번.

소금을 끝없이 뱉어 내는 마법의 맷돌처럼, 봄의 앞에 놓인 잔은 마시고 마셔도 비지 않았다. 테이블에서 한 번도 봄과 잔을 마주치지 않은 이는 오직 유한뿐이었다.

시간이 흐르자 점점 취기가 올라오는지 봄은 머리와 몸이 무거워지는 기이한 현상을 겪었다. 그리고 이내 앞으로 꼬꾸라졌다. 민경은 봄의 머리에 혹이 날세라 기우는 몸을 꽉 붙들었다.

"아, 실패했다."

"그러게. 실패했네."

민경이 아쉬운 듯 입맛을 다시면서 중얼거렸다. 민경의 어깨에 살며시 기댄 봄의 흐트러진 머리칼을 지연이 정돈해 주었다.

민혁이 그녀들의 대화에 궁금한 듯이 질문했다.

"점순 아가씨한테 계속 술을 먹일 때부터 뭔가 이상하긴 했지. 뭐가 실패했는데?"

"아, 그게요……. 봄이 얠 딱 보면 밝아서 별의별 얘기 스스럼없이 다 해 줄 것 같아 보이잖아요? 근데 속 얘기를 안 해요. 대화 주제는 대외적인 일인 거죠. 보기보다 공과 사가 명백해서……."

"술이라도 먹이면 털어놓기는 했는데, 이번에는 실패했어요."

"가끔은 고민 같은 걸 털어놓아 주면 좋을 텐데. 너무 제 속에

만 껴안으려고 하니까…….”

“으이구, 이걸 그냥 확.”

민경이 깊게 잠든 봄의 이마에 콩알을 먹였다. 봄이 다른 사람과 잔을 마주하는 동안 혼자 술을 열심히 마신 민경이 혀 꼬인 목소리로 투덜거렸다.

“근데 지연아, 나도 취한다?”

“어? 어!”

민경이 앉은 채로도 중심을 못 잡자 그녀의 어깨 위에 놓여 있던 봄의 머리가 아래로 미끄러졌다. 지연은 민경을 잡으랴 봄을 잡으랴 분주하게 손을 뻗었지만, 팔은 단 두 개뿐이었다.

봄이 쓰러지는 찰나, 가만히 있던 유한이 그녀의 어깨를 단단히 감싸 안았다.

“아, 감사해요.”

“이만 정리하지.”

유한이 내린 판단에 주변에서 아쉬운 탄성이 물결치듯 퍼졌다.

“에이, 오빠. 놀자 판에 초치지 말고 조금만 더 있다 가자. 응?”

“그래! 야, 그거 사장 횡포다?”

세영의 말을 민혁이 거들자 유한은 팔에 감긴 온기를 내려다보았다. 깊게 잠이 든 듯 봄은 시끄러운 주변의 소리에도 고른 숨을 내뱉었다.

“사장님, 죄송한데요. 저 민경이 부축해야 할 것 같거든요. 제가 두 명 들기는 좀 버거워서……. 봄이 휴대폰에 보면 뭐였지, 그러니까…… 아. 이재현이요, 이재현! 그 이름 있을 거예요. 전화 걸어서 데리러 오라고 해 주세요."

"······이재현?"

"네. 그걸로 저장 안 돼 있으려나. 아무튼 최근 통화 목록에 보면 있을 거예요. 그럼 좀 부탁할게요!"

지연이 민경의 한 팔을 어깨에 걸치면서 힘겹게 일어서자 민혁이 기다렸다는 듯 힘없이 덜렁대는 반대쪽 팔을 제 어깨에 걸쳤다. 가벼워진 무게에 시선을 들자 민혁이 싱긋 미소 지었다.

"도와줄게. 취해서 늘어진 사람은 무거울 테니."

"감사합니다. 그럼 여기 앞 택시 승강장까지만 부탁드릴게요."

"오케이."

민혁과 지연이 나란히 문을 벗어나자, 유한은 봄을 의자에 앉히고는 작은 가방에서 휴대폰을 꺼내었다. 까만 화면을 밝히자 앙증맞은 곰 인형이 그려진 메인 화면이 쉽게 눈에 들어왔다.

그때 세영이 봄을 걱정스럽게 바라보면서 중얼거렸다.

"봄 언니 너무 과하게 마셨나 봐. 내일 괜찮을까?"

번호만 찍힌 통화 내역 하나가 가장 위에 자리하고 있었다. 그 밑으로 절반 이상을 차지하고 있는 '재현'이라는 이름.

그 흔적에, 스크롤을 내리는 손끝에 저도 모르게 힘이 들어갔다. 그나마 위로가 되는 건 그 대부분이 수신 전화라는 것 하나였다.

"오빠, 있어? 그 재현이라는 사람."

세영이 조심스레 묻자 유한은 버튼 하나를 꾹 누르더니 휴대폰을 제 주머니에 집어넣었다. 그리고는 무릎을 굽히며 말했다.

"업혀 봐."

"웅? 어! 알겠어!"

봄의 힘없이 늘어진 팔이 유한의 목에 닿고 다리가 자연스레 허리에 걸쳐졌다. 늘 치마만 입던 봄이 오늘은 바지를 입어 다행이다 싶었다.

유한이 자리에서 일어났다. 성인 여자를 업고 있다고 믿을 수 없을 만큼 가벼운 무게였다. 그의 미간이 좁아졌다.

봄의 가방을 팔에 건 유한이 세영에게 조심히 들어가라는 눈짓을 했다. 그리고 마침 다시 들어오는 민혁에게 말했다.

"세영이 부탁할게."

"알겠어. 너희 집 공주님 잘 모시고 바래다주마. 넌 점순 아가씨 배웅이나 잘하고 와."

설렁설렁 손을 흔드는 민혁의 배웅을 뒤로한 채 유한은 발걸음을 옮겼다.

밖을 나서자 서늘해진 밤바람이 뺨을 스치고 지나갔다. 어두워진 하늘만큼 거리의 네온사인은 눈부시게 깜박이며 주변을 밝혔다.

소란스러운 거리를 벗어나자마자 고요한 정적이 찾아왔다. 유한의 귓가로 봄의 고른 숨소리가 파고들어 왔다.

"딸기야, 너 살 좀 찌워야겠다."

유한이 기분 좋은 목소리로 나지막하게 중얼거렸다. 그 목소리를 들은 양, 봄이 몸을 뒤척였다. 꼭 닫혀 있던 봄의 눈꺼풀이 천천히 들리며 까만 동공이 모습을 드러냈다.

"웅? 내가 왜 떠 있지."

유한의 어깨에 턱을 걸친 봄은 이리저리 흔들리는 시야에 살짝 미간을 좁혔다.

"깼어?"

"어, 아저씨다. 아저씨이……!"

유한의 옆모습이 보이자 봄이 즐거운 듯 등에 얼굴을 묻으며 소리 내어 웃었다. 등에서 느껴지는 잔잔한 울림에 유한의 입가에 자연스런 미소가 그려졌다.

"아저씨……."

"왜?"

"아저씨, 아저씨…… 아저씨!"

"왜?"

"우와, 아저씨 계속 부르니까 꼭 욕하는 거 같다아……."

"뭐?"

봄은 자기가 말해 놓고도 우스운지 유한의 어깨에 턱을 괸 채 다시 한 번 웃음을 내뱉었다. 봄의 목에서 느껴지는 잔잔한 떨림이 어깨로 와 닿았다.

"히히, 아저씨이……."

"왜 계속 불러."

"아저씨."

"그래, 말해."

계속되는 봄의 부름에 유한이 담담하게 대답했다. 그러다 어느 순간 봄은 조용히 침묵했다.

"자?"

유한이 의아한 목소리로 묻자 봄의 입에서 웅얼거리는 음성이 흘러나왔다.

"왜…… 그냥 갔어요? ……왜 말도 없이 갔어요?"

원망스러움이 묻어 나오더니 점점 물기가 짙어졌다.

"나 맨날 거기 갔었는데……."

"……."

"비가 와도 가구, 해가 떠도 가구, 장마 끝날 때까지 계속……
계속 갔었는데……. 아저씨는 안 오구……."

봄이 투정 부리듯 말을 이어갈수록 유한은 그녀가 그날의 일
을 얘기하는 걸 깨달았다.

"미워, 미워요……."

물에 젖은 솜마냥 힘없이 늘어진 봄의 손이 유한의 등을 쳤
다. 툭툭, 차츰 늘어가는 소리가 나무판자에 파묻혀 들어가는 망
치의 두들김 같았다.

한 번, 두 번, 세 번. 그렇게 봄의 마음이 유한의 마음과 맞닿
았다. 시간이 흐르고 잠이 든 듯 미동 없이 잠잠해진 봄에게 유
한은 조용히 속삭였다.

"미안."

서늘한 바람결에 유한의 음성은 짙어진 어둠 속으로 흩어졌다.

해가 점점 떠오르자 회색빛 커튼이 걷힌 창문으로 밝은 빛이 쏟아져 내렸다. 그 빛의 물결에 봄은 눈부심을 견디지 못하고 눈을 떴다. 파란빛이 도는 천장과 그곳에 자리한 원형의 하얀 등이 시야에 들어왔다.

낯선 장면에 놀란 봄이 침대에서 몸을 벌떡 일으켰다. 그 순간 주변을 둘러볼 여력도 없이 밀려오는 두통에 두 손으로 머리를 붙잡았다.

"으아, 아파."

지끈거리며 머릿속을 자극하는 통증은 누군가 손을 집어넣고 주물럭거리는 기분이었다.

"근데 여긴……."

두통이 서서히 사그라지자 봄은 주변을 둘러보았다.

책상 위에 놓인 노트북과 정갈하게 꽂힌 서적들, 그리고 침대

협탁 위에 놓인 휴대폰. 조심스레 손을 뻗어 잡은 네모난 덩어리는 차갑게 식어 있었다.

"어떡할까……."

어제 마지막으로 온 전화가 떠올랐다. 봄은 가만히 손안에 자리 잡은 휴대폰을 내려다보았다. 그때 갑자기 문이 벌컥 열리더니 익숙한 얼굴이 봄을 맞이했다.

"아저씨?"

"깊게 자더라. 머리랑 속 안 아파? 꿀물 가져다줄게, 기다려."

어리둥절한 봄의 표정에 유한이 미소를 지으며 말했다.

유한이 등을 돌려 다시 나가자 봄은 침대에서 다리를 내리며 땅을 내딛었다. 차가운 기운이 느껴졌던 제 집과는 달리, 햇빛의 따뜻함을 머금은 바닥이 발바닥을 감쌌다.

항상 유한의 집에 오면 황량한 인테리어와는 달리 이상하게 포근함이 느껴졌다.

봄은 고개를 갸웃거리면서 이유를 고민해 보았지만, 결국 찾지 못하고는 침대에서 벌떡 일어났다.

서성이며 방을 둘러보았다. 나이테가 고스란히 그려진 고동색의 책장에는 일정한 간격으로 책이 나란히 꽂혀 있었다. 하나씩 손으로 짚어 내려가던 봄의 손이 한곳에서 멈추었다.

"와, 가족사진이다."

"거기서 뭐해?"

갑자기 들려온 음성에 놀라 몸을 돌리자, 유한이 머그컵을 든 채 바라보고 있었다.

"구경했어요. 아, 맞다! 처음에 지배인님이 나한테 거짓말한 거 알아요?"

"어떤?"

"사장님 안목이 좋아서 집 안 인테리어가 색다를 거라 했었는
데…… 근데 이것 봐요. 사람 사는 집 같지 않잖아요. ……금방
이라도 떠날 것처럼. 사기 당했어요. 제가 이노센트에 눈이 멀었
나 봐요. 지배인님 거짓말쟁이!"

어깨를 살짝 으쓱이며 투덜거리는 봄의 붉은 입술이 삐죽 나
왔다.

자연스럽게 흘러가는 봄의 목소리 틈새에서 뼈 있는 말이 유
한을 살짝 스치고 지나갔다. 말로 표현할 수는 없었지만 몸 속
어느 한구석에서 뜨끔하듯 생채기가 생겼다.

"근데 방이 참 아저씨랑 닮은 거 같아요."

방을 둘러보던 봄이 유한에게 돌아서며 말했다.

"닮아? 사람 사는 집 안 같다며."

"그러니까요! 휑하잖아요. 그치만…… 방에서 아저씨 냄새나
요. 되게 편안한 향이요. 향이 아니라 느낌인가? 뭐, 아무렴 어
때요."

봄이 수줍게 웃음을 흘렸다.

"이 사진 속의 이분은 아버지세요?"

손에 들고 있던 물건의 한 부분을 짚으면서 입을 열었다. 앞
에 두 명이 앉고 뒤에 두 명이 선, 화목해 보이는 유한의 가족사
진이었다.

"맞아."

"어쩐지…… 한 번도 못 뵌 거 같아요."

사진을 빤히 바라보는 봄에게 다가온 유한이 들고 있던 잔을 건네었다.

"자, 꿀물."

"고맙습니다."

봄은 액자를 내려놓고는 따뜻한 온기를 하얀 손 안에 감싸 쥐며 침대에 앉았다. 머그잔을 물들인 옅은 노란빛 액체에서 달콤한 향기가 콧속으로 기분 좋게 휘감겨 들어왔다.

유한은 책상에 놓인 액자를 눈짓하며 담담하게 대답했다.

"돌아가셨어."

"아……."

당황한 봄은 유한의 눈을 한 번 바라보고는 머그잔으로 시선을 내렸다.

"죄송해요."

봄을 차분히 내려다보던 유한이 담담한 어조로 말했다.

"괜찮아. 시간이 꽤 지나기도 했고."

유한이 자연스레 옆에 자리를 잡자 푹신한 매트리스가 살짝 내려앉았다. 그는 봄의 두 뺨을 감쌌다. 화들짝 놀란 봄이 흔들리는 머그잔을 협탁 위에 올려놓았다.

"많이 서운했어?"

"네?"

"별장에서의 일."

"어제 일, 모두 잊어 주시면 안 될까요……? 안 되겠죠?"

유한에게 뺨을 감싸인 채 두 눈동자를 바라보던 봄은 급히 손으로 제 눈을 가렸다. 양 뺨엔 유한의 손바닥이, 앞엔 봄의 손이 작고 하얀 얼굴을 틈틈이 가렸다.

그 모습이 마치 적이 나타나면 모래 속에 머리만 숨기는 타조 같아, 유한은 봄의 손을 잡아 내리면서 웃음기 담은 목소리로 말했다.

"눈 떠."

"싫어요, 부끄럽단 말이에요. 나 지금 이불 속에서 발차기해야 할 것 같아."

"얼른."

유한의 재촉에 봄은 살짝 실눈을 떴다. 부드럽게 곡선을 그린 눈매가 바로 앞에서 보이자 두 뺨이 붉게 홍조를 띠었다.

유한은 한동안 가만히 봄의 눈을 응시했다.

봄의 시선이 흔들리고 희미했던 시계 초침 소리가 선명해지는 순간, 유한이 입을 열었다.

"그땐 내가 미안했어."

"네?"

봄은 갑작스런 사과에 눈을 동그랗게 떴다.

"말도 없이 사라져서 미안."

"아니…… 그……."

봄의 작은 손을 그러쥔 유한의 손에 살짝 힘이 들어갔다. 바싹 메마른 입술이 벌어지며 가라앉은 목소리가 나왔다.

"그날이었어. 아버지 기일."

봄의 입술이 서서히 벌어지더니 신음과도 같은 앓는 소리가 흘러나왔다.

"……죄송해요."

"회사 계약 건으로 가신 출장이었는데 돌아오시던 도중에 사고가 났어."

유한의 말이 담담하게 흘러나왔다.

"그 뒤로 정신없이 바빠졌어. 모든 게 정리되었을 땐 이미 많은 시간이 지났었고, 그때 문득 겁이 났어. 네가 우릴, 아니……날 잊었을까 봐."

유한의 올곧은 눈동자가 아프게 닿아 와 봄은 시선을 피해 고개를 숙였다.

"넌 내게 아픈 손가락이자 안 아픈 손가락이야. 널 떠난 그날마다 네가 생각났어."

"아…… 죄송해요."

"네가 죄송할 게 뭐가 있어. 그만 피하고…… 나 봐."

"싫어요."

"고개 들어 봐, 얼른."

봄이 세차게 고개를 저으며 아래로 숙이자, 유한은 쥐고 있던 작은 손을 들어 붉게 달아오른 그녀의 뺨을 제 손과 함께 감쌌다.

조심스레 시선을 들어 유한의 다정한 눈동자를 마주하는 순간, 봄의 가슴 한구석에서 따뜻한 열기가 피어올랐다.

"빨개졌네, 딸기가."

유한이 장난스럽게 봄의 코끝을 잡았다 놓았다. 봄은 살짝 아리는 듯 코끝을 찡긋했다.

붉게 달아오른 두 눈동자와 두 뺨, 그리고 그 뺨을 물들인 홍조까지 사랑스러워 유한은 입꼬리를 말아 올리며 환하게 미소 지었다.

"매 순간 네가 떠올랐어. 아버지 기일뿐만이 아니었어. 그냥 어느 날 불현듯 네 생각이 났고, 그때마다 네가 보고 싶더라. 이렇게 닿을 줄은 몰랐지만……."

커다란 엄지손가락이 봄의 눈가에 맺힌 눈물을 훔치듯 스쳤다.

"그만 울어."

동그랗게 눈을 뜬 채 말을 않는 봄의 모습에 유한은 숙였던 고개를 들며 머리칼을 흩뜨렸다. 가는 모발이 손가락 사이로 부드럽게 흩어지다 이내 제자리를 찾았다.

"저는 지금이 너무 기뻐요. 이기적이어도……."

봄의 작은 목소리가 웅얼거리듯 붉어진 입술 틈새로 흘러나왔다.

"그냥 기뻐요."

"나도 그래."

그제야 봄의 얼굴에 피어오른 청량한 미소에, 유한은 뺨을 감싸고 있던 한쪽 손을 내렸다.

"예쁘다, 우리 딸기."

유한의 목울대가 낮게 흐르는 웃음소리에 흔들렸다.

봄의 눈물은 여기까지로 충분했다. 유한은 더 이상 4년 전 이별과 관련된 이야기를 입 밖으로 꺼낼 생각이 없었다. 세영과 함께 남겼던 전해지지 못한 편지의 존재도 묻었다.

그냥 이대로도 좋았다. 봄이 아무것도 모르더라도.

"다음에 납골당에 같이 뵈러 가자."

"네……."

봄이 스스럼없이 손을 뻗으며 고개를 끄덕였다. 하얀 손의 온기가 유한의 손과 맞닿았다. 부드럽게 손을 뒤집어 봄의 손을 쥔 유한이 협탁에서 홀로 식어 가는 머그잔을 건네었다.

"마셔, 식었겠네."

"아! 감사합니다."

봄은 머그컵을 쥐고는 꾸벅 고개를 숙였다. 노란 액체가 살짝 출렁이더니 이내 제자리를 찾았다.

"참, 네 친구들이 걱정하더라."

"민경이랑 지연이가요?"

"고민을 안 털어놓는다며. 얘기해 봐. 이제 네 차례야."

유한이 말했다. 한참의 침묵이 흘렀다. 시계 소리만이 적막한 방 안을 채우고 있을 때 망설이던 봄의 조용한 목소리가 흘러나왔다.

"왠지 민폐 같아요. 내 문제인데, 나 혼자 해결하면 되는 일인데…… 남까지 끌어들이는 게. 그래서 말 못 하겠어요."

고개를 숙인 채 중얼거리는 봄을 보던 유한이 손을 뻗어 머리를 쓸어 주었다.

"고민이 뭔데?"

커다란 손이 머리 위에 닿자 봄이 몸을 움찔했다. 그 작은 몸짓에 노란 액체 중심에 파동이 일었다. 봄의 눈이 차분한 눈동자와 마주쳤다. 유한이 나지막하게 말했다.

"말해 봐."

"해도 돼요?"

망설이는 듯한 질문에 유한이 미소를 지으며 고개를 끄덕였다. 봄의 닫혀 있던 입술이 살짝 벌어졌다.

"어릴 때 부모님이 다 떠나셨어요. 하늘나라로……."

봄이 어색한 미소를 지으며 천장을 손으로 가리켰다.

"근데 부모님께서 반대가 심한 결혼을 하셨나 봐요. 음……
아빠 쪽에서요."

봄은 머그잔을 들어 입에 살짝 대었다. 꿀물의 달콤함이 굳어
있는 혀끝을 현혹하며 긴장을 풀어 주는 듯했다.

"이모 집에 있는 날이었는데, 비가 억수처럼 쏟아졌어요. 절
데리러 오시던 중에 사고가 났어요. 사중 추돌이었다는데 나중
에 들은 말로는 차체가 완전히 일그러졌었대요."

봄은 아찔한 기억에 눈을 질끈 감았다. 걷잡을 수 없는 캄캄
한 어둠이 시야를 장악했다.

"저는 그때 죽는다는 게 영원히 볼 수 없다는 사실과 같다
는 걸 몰랐어요. 정말로……. 부모님 보내면서 장례식을 치르는
데……. 저는요, 친가 쪽 식구들의 시선을 잊을 수 없어요."

여전히 떠오르는 그 경멸의 시선들이 족쇄가 되어 봄을 옭아
매었다.

"그곳에서 저는…… 죄인이었어요."

저도 모르게 떨리는 봄의 하얀 손 위로 커다란 온기가 내려앉
았다. 목이 메는 듯 입안 가득 꿀물을 머금었다. 봄의 목소리가
계속 이어졌다.

"……그러면서도 용돈은 꼬박꼬박 매달 보내 줘요. 친가 쪽에
서 저는 그저 금전 관계에 불과한 거예요……. 도저히 청산하고

싶어도 할 수 없는, 그런 거요…….”

“…….”

“그런데 얼마 전에 큰아버지한테 연락이 왔어요. 할머니께서 절 부르신다고, 조만간 들르라며……. 근데 못 가요, 전. 갈 수 없어요.”

“가 보면 되잖아.”

봄의 이야기를 가만히 들어 주던 유한이 말했다.

“저는 무서운데……. 무서워요. 날 어떻게 바라볼까. 속으로 뭐라고 숙덕일까. 날 비난하지는 않을까…….”

봄의 목소리가 겁에 질린 듯 가늘게 떨렸다.

“무서움은 너만 가지고 있는 게 아냐. 날 봐, 겁나서 도망치다 너와 연락 못 한 나도 있잖아.”

움츠러든 어깨가 마냥 안쓰러워 유한은 어깨를 쓸며 입을 열었다.

“그럼 그들과 이런 사이를 유지하고 싶어?”

“아니요. 그건 아니에요.”

고개를 세차게 젓는 봄의 모습에 유한이 입가에 미소를 그렸다.

“네가 이제 먼저 한 발짝 나가.”

“그렇지만, 그러다 다시 두 발짝 뒷걸음치게 되면요? 그럼 전 어떡해요?”

봄이 또다시 두려움에 질린 흔들리는 시선으로 유한에게 말했다. 그 순간.

“여기로 와. 내가 위로해 줄게.”

달콤하면서도 다정한 그 음성에 봄은 놀란 눈으로 유한을 올려다보았다.

입가에 머문 웃음과 자신을 바라보는 시선이 정말 따뜻해서, 마음속을 빈틈없이 메우던 캄캄한 그곳에 빛이 내려앉았다.

"정말요? 약속했어요?"

"네 도피처가 되어 줄게."

유한의 눈이 자연스레 휘어지자 봄의 얼굴이 새빨간 홍당무가 되었다. 미지근해진 꿀물을 마지막 한 방울까지 꿀꺽꿀꺽 마신 봄이 벌떡 자리에서 일어나 몇 걸음 거리를 벌렸다.

"잘 마셨습니다!"

두 손을 쭉 뻗어 건네는 컵을 받은 유한은 봄에게 한 발짝 다가가며 말했다.

"왜 멀어져?"

"아뇨, 그게…… 그러니까. 그니까요…….."

유한의 눈썹이 살짝 치켜 올라갔다. 당황한 듯한 봄의 눈동자가 이리저리 방황하다 결국 발끝을 향했다.

"하나 언니가 있는데…… 제가 여기 있어도 돼요? 제가 막 아저씨 침대에서 자구……."

"하나는 왜?"

달아오른 얼굴이 가라앉지 않은 봄의 횡설수설하는 이야기에 유한이 의아한 듯 바라보았다.

"그게, 그러니까……. 아저씨랑 사귀는 사이잖아요!"

봄의 작은 외침에 유한은 한참 침묵을 유지했다. 그리고 어느 한 시점에서 소리 내며 가볍게 웃었다. 갑작스레 터진 유한의 웃음에 봄이 당황한 듯 입술을 뾰루퉁 내밀었다.

"동생이야. 친한 동생."

"어……? 진짜……요? 그럼 그때 호텔은……."

"호텔, 뭐?"

"아녜요, 아녜요!"

토끼처럼 눈을 동그랗게 뜬 봄에게 몸을 낮춘 유한이 시선을 마주했다. 오해를 하고 있었구나 싶기도 하고, 질투하는 듯한 봄의 모습이 예뻐 보이기만 했다. 그에게서 웃음기를 머금은 다정한 목소리가 흘러나왔다.

"어때, 속은 좀 괜찮아? 밥 먹으러 나갈까?"

"네!"

유한이 말하는 순간 급격하게 밀려오는 뱃속의 허기에, 봄은 활짝 미소 지으면서 고개를 끄덕였다.

"먹고 싶은 건 있어?"

옷장으로 다가가는 유한을 멍하게 바라보던 봄이 화들짝 놀란 듯 뒷걸음질 쳤다. 봄을 바라보는 유한의 시선에 의아함이 들어찼다.

"으앗! 저, 저, 그러니까…… 저 좀 씻고 나서요!"

봄이 몸을 돌린 채 화장실로 급하게 뛰어 들어갔다. 문이 쾅 닫힌 화장실에서 들려오는 봄의 외마디 비명이 금세 물소리에 묻혔다.

봄의 행동을 지켜보던 유한이 자리에 주저앉아 시원한 웃음을 터뜨렸다. 그 웃음소리가 봄에게 닿았는지 투덜거리는 음성이 화장실 울림을 타고 귓속으로 흘러들어 왔다.

"아저씨, 정말 미워요!"

"여기요. 감사합니다."

빳빳한 만 원 지폐 한 장을 내민 봄이 문 밖으로 한 발짝 발을 디뎠다.

거스름돈을 돌려받으며 택시 밖으로 온전히 몸을 빼낸 봄은 고개를 꾸벅 숙이며 문을 닫았다. 문 닫히는 소리가 마치 발목에 족쇄를 매는 소리처럼 귓가를 웅웅 울렸다. 철컥, 철컥⋯⋯.

발끝에서부터 스멀스멀 타고 올라오는 뜨거운 열기는 무서운 속도로 발목을 옭아 왔다. 봄은 두 귀를 꼭 틀어막았다. 주먹 쥔 손 틈새로 잘그락거리는 동전 소리가 들려왔다.

내려다본 손바닥 위엔 백 원짜리 동전 두 개와 오백 원짜리 동전 하나, 그리고 천 원 한 장이 구깃구깃한 채로 자리 잡고 있었다.

"어쩌지, 돌아갈까."

조용히 중얼거리던 봄은 눈앞의 저택을 바라보았다. 훌쩍 커버린 자신과는 달리 같은 모습으로 같은 자리에 서 있는, 어린 기억 속의 회색빛 철옹성.

시야 가득 들어찬 건물에 가슴 깊숙이 묻어 둔 두려움의 조각이 생채기를 내며 솟아올라 왔다.

'하나도 안 변했어⋯⋯.'

봄은 눈을 질끈 감았다. 여전히 자신은 몸집만 컸지, 속은 전혀 자라지 않은 어린아이였다. 단단히 여물지 못한 속은 한 손으로 움켜쥐기만 해도 바스라질 것 같았다.

이마에서 땀 한 방울이 뺨을 타고 흘러내렸다. 타들어 갈 듯이 내리쬐는 뜨거운 빛줄기에 봄은 커다란 대문 앞 그늘진 장소로 몸을 대피시켰다.

더워. 작게 중얼거린 봄은 땀이 배어 오는 손바닥을 작은 가방 속으로 넣었다. 동전들이 방향을 잃은 채 이리저리 흩어졌다.

"그래두 여기까지 왔는데."

가볍게 심호흡한 봄의 가느다란 손가락이 눈앞의 초인종으로 향했다. 청량한 새소리 뒤로 낯선 목소리가 인터폰을 통해 흘러나왔다.

—누구세요?

"저, 그러니까……."

—말씀하세요.

"한봄이에요."

철컥, 갑자기 문이 열리자 봄은 소스라치게 놀라며 문에서 한 발짝 떨어졌다.

—들어오세요.

인터폰을 타고 짧은 답이 건조하게 흘러나왔다.

봄은 살며시 손을 뻗었다. 손끝에 닿은 서늘함에 한참을 망설이다 세게 문을 밀었다. 무겁게만 느껴지던 문은 소리 없이 활짝 입을 벌리더니 틈새로 초록빛 정원의 모습을 드러냈다.

'돌아갈까? 그냥 한번 해 본 소리에 괜히 온 게 아닐까? 또다시 울게 되면 어떡하지.'

반동 작용으로 다시 천천히 돌아오는 철문을 바라보던 봄의 하얀 이가 입술을 짓눌렀다.

등 뒤에서 불어온 더운 바람이, 서늘하게 식어 가는 봄의 작은 체구를 휘감더니 점점 좁아지는 문 틈새로 빨려 들어갔다. 잎사귀를 대롱대롱 매달고 있던 가지 하나가 몸을 떨었다.

"여기로 와."

덜컹. 갑자기 들려온 바람을 타고 온 속삭임에, 봄은 저도 모르게 뻗은 손과 멈춘 문을 번갈아 바라보고는 주변을 두리번거렸다. 아저씨?

—안 들어오세요?

인터폰에서 들려오는 재촉하는 목소리에 봄은 고개를 세차게 저으며 대답했다.

"아녜요! 들어가요."

봄은 가방끈을 꼭 움켜쥐었다. 조용히 열리는 정원으로 한 발짝 내딛었다. 귓바퀴를 타고 흘러들어 온 다정한 음성은 따뜻함을 머금은 채 가슴까지 파고들었다.

"여기로 와. 내가 위로해 줄게."

무겁기만 했던 발걸음이 가벼워졌다. 봄은 붉어진 뺨을 감싸며 작게 중얼거렸다.

"아, 어떡해…… 정말 좋아."

새파란 숲의 향기가 정갈한 정원 속에서 음악처럼 들려왔다. 귓속을 녹아내리게 하는 그 달콤한 감각에 두려움이 바스락 흩어졌다.

섬세한 문양이 그려진 유리 잔 밑바닥이 테이블에 닿았다.

"이렇게 얼굴을 마주하는 건 오랜만이구나."

잔이 머금고 있던 짙은 갈색 액체가, 투명한 얼음 조각들과 함께 휩쓸리며 작은 소란을 일으켰다. 봄은 자신의 앞에 놓인 커피를 바라보던 시선을 들었다.

곱게 바랜 하얀 머리카락을 흐트러짐 없이 틀어 올린 채 반듯하게 앉은 친할머니의 눈동자가 낯설었다.

맞은편 테이블 아래엔 고사리 같은 손이 틀어쥐었던 치맛자락이 있었다. 그 작은 온기를 매섭게 내치던 서늘했던 손도.

"아, 안녕하세요. 오랜만에 봬요……."

봄은 움츠렸던 어깨를 펴고 눈앞의 시선을 마주하며 조심스레 인사했다. 자연스레 휘어지는 할머니의 고운 눈매에 코끝이 찡해져 왔다. 심장 한구석에서 저릿한 통증이 서서히 번졌다.

"어떻게 지냈니?"

그건 온기였다. 어릴 적 그토록 바라고 필요했던…….

"그동안 만날 겨를이 없었네. 이목구비가 준하를 쏙 빼닮았구나."

다정한 목소리가 하나둘 부드럽게 실려 올 때마다 바싹 말라 오는 입안에 목이 점점 메었다.

할머니의 입에서 자연스레 흘러나오는 제 아버지의 이름에 봄은 고개를 푹 숙였다. 잘게 떨리는 두 손으로 잔을 꽉 쥐자 방울 맺힌 차가운 물방울들이 손바닥을 적셨다.

"어찌 보니 네 엄마를 닮은 것 같기도 하고."

"어른이 말씀하시는데 대꾸 하나 없이 고개만 숙이고 있을 요량이냐. 쯧쯧."

갑작스레 들려오는 혀 차는 소리에 봄은 화들짝 놀라 시선을 돌렸다.

"저렇게 배운 게 없어서야……."

계단에서 준혁이 못마땅한 표정으로 성큼성큼 내려오고 있었다. 부드럽게 웨이브진 머리를 단정히 하나로 묶은 영란도 조용한 발걸음으로 그의 뒤를 따랐다. 그녀의 부드러운 치맛자락이 다리에 휘감기며 펄럭였다.

봄은 자리에서 벌떡 일어나 한 발짝 다가서며 고개를 숙였다. 무릎에 테이블이 닿았다.

"큰아버지, 큰어머니. 안녕하세요."

쨍그랑, 그 순간 유리잔이 물기에 미끄러지더니 봄의 작은 손에서 벗어났다.

테이블 위에서부터 사방으로 흩어진 유리 조각들이, 얼음과 뒤섞여 빛을 반사하며 날카로움을 과시했다. 갈색 액체가 테이블을 타고 흘렀다.

거실 바닥을 덮었던 카펫이 축축하게 젖어들어 갔다. 곱게 수놓인 새하얀 꽃이 검게 물들었고 고요한 정적이 숨통을 죄듯이 밀려왔다.

"……죄송합니다!"

봄은 가까스로 깊숙한 곳에 메말라 붙어 있던 목소리를 끌어 올렸다.

"제가…… 치울게요."

잘게 떨리는 양손을 마주 잡고 품 안에서 꼭 쥐었다. 새까맣게 변한 머릿속은 길을 잃은 듯 아무것도 보이지 않았다. 눈앞이 뿌옇게 흐려졌다. 봄은 형태가 어그러진 찻잔 조각에 손을 뻗었다.

"당장 손 떼!"

귓속을 쩌렁쩌렁하게 울리는 불호령에 깜짝 놀란 봄의 몸이 중심을 못 잡고 휘청였다. 소파의 끝에 엉덩이가 어설프게 걸쳐졌다.

그사이 성큼성큼 다가온 준혁이 위태로운 봄의 양팔에 손을 넣어 쑥 일으키더니 소파에 바로 앉혔다.

"아주머니, 이것 좀 치워 주세요. 카펫도 그냥 치워 주실래요?"

혀를 차는 준혁의 뒤로 영란의 분주한 목소리가 들려왔다.

조금 전에 차를 가져다 준 사람이 주방에서 빠르게 나오더니 빗자루로 유리조각을 쓸어 담고 바닥을 밀대로 닦아 내었다. 그리고는 카펫과 테이블까지 모조리 걷어가 버렸다.

눈 깜짝할 새 일어난 상황에 봄은 눈만 댕그랗게 뜨고는 주변을 어리둥절하게 둘러봤다. 커다란 눈을 깜빡이며 아래를 내려다보자 카펫과 테이블이 치워진 공간으로 헐벗은 맨바닥이 고스란히 드러나 있었다.

"물 마시렴. 많이 놀랐니? 다친 곳은 없지?"

"아…… 네."

영란이 물을 건네며 부드러운 목소리로 말을 걸어 왔다. 조용히 대답한 봄은 눈동자를 굴렸다. 화가 난 듯한 준혁이 봄을 흘겨보며 못마땅하다는 듯 미간을 좁혔다.

"목소리 기어들어 가는 거하고는. 쯧쯧. 여자애가 조심성도 없이."

"혁아, 너무 모질게 대하지 말거라."

봄의 할머니가 나무라자 영란도 준혁의 팔을 살짝 잡으며 거들었다.

"맞아요, 당신 그만 좀 해요. 애가 겁먹잖아요. 컵 깨졌을 때 가장 먼저 달려가 놓고는……."

"흐흠."

영란의 덧붙이는 말에 준혁은 헛기침을 하며 시선을 피했다. 어색한 듯 봄은 애꿎은 옷자락만 쥐었다 폈다 했다.

그때 인자한 미소를 입가에 띤 할머니가 안절부절못하는 봄의 작고 하얀 손을 끌어다 쥐었다. 따뜻하고 부드러운 온기가 스몄다.

"많이 놀랐니?"

"아뇨! 아니에요!"

손을 놓고 고개를 설레설레 흔든 봄이 할머니의 눈과 마주했다.

하얗고 가느다란 열 손가락 끝이 초조하게 서로 부딪혔다. 매끈하게 정리된 손톱이 살을 콕콕 찌를 때마다 가슴 한구석에 찌릿찌릿한 전류가 흘렀다.

그 모습을 보던 할머니의 주름진 눈매가 자연스럽게 휘었다.

"내가 널 왜 부른 것 같니?"

"……잘 모르겠어요."

망설이듯 고개를 젓는 봄의 머리가 자연스레 아래로 숙여졌다. 길게 늘어진 까만 머리칼이 얼굴에 그늘을 만들었다. 주름진 손이 봄의 머리를 쓸어내렸다.

"어디서부터 이야기해야 하나……. 널 이 집에 들이기까지 많은 고민을 하고 망설였지. 그렇지만 어른의 이기심이란 게, 어렸던 너에게 얼마나 큰 상처였고 두려움이었는지 1년, 2년, 10년…… 그렇게 점차 시간이 흐르다 보니 알겠더구나. 나이가 들면서 유해진 게지."

고개를 들자 부드럽게 주름지며 곡선을 그린 두 눈과 마주쳤다. 당황한 듯 봄의 시선이 이리저리 방황했다.

"오늘 널 부른 건 지나가 버린 그날들과 앞으로의 날에 대한 이야기를 하기 위해서란다."

눈을 동그랗게 뜬 채 얼어 버린 봄을 보던 준혁이 헛기침을 하며 툭 내뱉었다.

"집으로 들어와라. 흠, 여자애 혼자 타지 생활하는 거 보기 좋지 않으니. 위험하기도 하고……."

귓가가 살짝 붉어진 준혁의 모습에 영란은 슬며시 미소 지었다. 봄이 준혁과 할머니, 그리고 영란을 하얗게 질린 얼굴로 바라보았다. 사시나무처럼 손끝이 잘게 떨렸다.

"아…… 그러니까 전……."

"네 잘못이 아니었는데 네 탓을 했지. 지금까지 미안했구나.

혈육을 외면하려 했던 우리의 잘못이니 속죄할 기회를 주렴, 아가."

아직도 겁나니? 할머니의 낮고 고운 목소리에 십 년 넘게 멈춰 있던 감정의 시계가 그제야 돌아가기 시작했다. 재깍재깍.

빗방울이 투명한 유리창에 부딪히며 작은 소음을 만들어 냈다. 문가에 놓여 있던 아기자기한 화분들은 가게 한구석으로 자리를 옮겨 촉촉하게 젖은 흙을 말리고 있었다.

"비가 점점 많이 오네?"

선이 흘러가듯 쓰인 'Break Time' 팻말을 문 앞에 건 지연은 손끝에 맺힌 물방울을 유니폼에 스윽 닦았다.

"지연아, 지연아? 지연아! ⋯⋯야! 너 듣고 있어?"

빗줄기가 흘러내리는 투명한 창을 바라보던 지연은 흥분한 듯 얼굴이 발갛게 달아오른 민경의 앞으로 다가갔다. 테이블 위에 놓인 컵에 찬물을 가득 따라 민경의 앞으로 슥 밀며 말했다.

"이제 그만 열 좀 식혀."

"그래서, 어때? 어떤 것 같아?"

"뭐가?"

민경의 들뜬 목소리를 가만히 듣던 지연은 컵의 입구에 맺힌 물방울을 손끝으로 따라 그렸다.

"지금까지 뭘 들었어! 소개팅 말야!"

자잘한 낙서로 가득한 메모지 위에 물기로 젖은 검지가 도장을 찍었다. 잉크가 번지면서 지문이 희미하게 흔적을 남겼다. 지연은 어깨를 으쓱이며 턱을 괴었다.

"봄이 의견은 들어 봐야 하지 않을까?"

"그래도 이건 기회야!"

민경은 여전히 흥분한 어투로 테이블 위의 메모지를 볼펜으로 내리찍었다. 얇은 종잇장이 순간 펄럭였다.

15日.

민경의 악필로 써진 의미 모를 날짜의 형체도 형편없이 어그러졌다.

"점순이 좀 봐, 어리숙한 게 저도 모르게 이리저리 어장 관리하는 거. 그러니까 이번 일을 계기로, 바짝 말라 있는 심지에 기름이라도 발라 놔야 불이 붙어도 활활 타오를 거 아냐."

"그렇게 되면 뭐가 타오르게 되는데? 애정? 질투심? 분노?"

"그것들 중 아무거나 하나라도! 붙여 놔도 진전이 없고 맨날 제자리걸음이잖아!"

민경의 사나운 손짓에 따라 이리저리 비틀리는 메모지를 지연이 바로 잡으며 말했다.

"네 의도가 좋긴 한데 그건 알아야 해. 괜한 참견일 수 있다는 거. 봄이 우리가 보기엔 마냥 어리고 순해도, 걔 알 거 다 아는 성인이야. 이미 자기 감정 깨닫고 있을 수도 있고, 정말 진심으로 아무 감정 없는 것일 수도 있어."

지연의 말에 민경은 한숨을 내쉬며 턱을 괴고는 나직한 한숨을 내쉬었다.

"그래두……. 정말 괜한 참견인가?"

민경은 메모지 한구석에 엑스 표를 쳤다. 지익, 이미 뚫린 종이에 펜 끝이 탁자를 긁는 소리가 요란하게 귀를 자극했다. 민경은 엎드려서 두 팔에 얼굴을 묻으며 중얼거렸다.

"그래, 괜한 오지랖이지……."

"휴……."

지연은 고개 숙인 민경의 뒤통수를 바라보다가 괜히 비 내리는 창밖으로 시선을 돌렸다. 비는 그칠 생각이 없어 보였다. 습한 실내에서 에어컨은 쉴 새 없이 냉기를 뿜어내었다. 팔목에 오돌토돌 소름이 돋아났다.

"여기 영업 안 하나 봐요?"

"브레이크 타임이라서 지금은…… 어? 지배인님?"

딸랑, 손님을 반기는 종소리에 몸에 배인 듯 자연스레 일어나던 지연은 낯익은 얼굴에 화색을 띠었다.

민경도 고개를 슬쩍 들고 까닥하는가 싶더니 이내 다시 팔에 얼굴을 묻었다.

"아가씨 둘이서 뭘 그리 숙덕거려? 재밌는 일 있어? 민경 씨 표정 보니 기쁜 일은 아닌가 보네?"

"신 나게 계획 세우다가 수포로 돌아간 일이 하나 있긴 하죠……."

잠깐 사이 며칠 밤이라도 샌 듯 초췌한 몰골을 한 민경은 불만스럽게 손톱으로 테이블을 긁으며 퉁명스레 대답했다.

"뭔데 그래?"

비에 젖은 재킷의 물기를 털어 낸 민혁은 호기심이 가득한 눈빛으로 특유의 능글맞은 미소를 지었다. 민경은 앞에 놓인 컵을 만지작거리며 지연의 눈치를 살폈다. 지연이 살짝 눈을 감았다.

"음…… 그게 말이죠. 솔직히! 지배인님은 어떻게 생각하세요? 저희, 아니, 제 생각인지는 몰라도 지금 사장님이랑 점순이랑 둘이 썸 타고 있는 거 맞거든요?"

"내가 봐도 그렇지."

민경은 누군가 자신의 의견에 동의해 줬다는 사실에 만면에 미소를 띠며 손뼉을 쳤다.

"그렇죠? 역시 지배인님이라서 눈썰미가 남다르시네요."

아부성 발언을 서슴없이 뱉어 낸 민경은 손에 쥐고만 있던 찬물을 시원하게 들이켰다. 속에만 담아 두던 묵직한 체증을 거침없이 밀어내듯이.

"그래서?"

"근데 봄이 하는 거 보면 딱 보이잖아요. 사장님도 건드렸다가 그 재현인가 뭐시기도 찔러 봤다가! 이게 어장 관리 아니면 뭐예요? 걔가 진짜로, 그 속담 있잖아요. 바로 그 짝이라니까요?"

"그 짝? 무슨 속담?"

"있잖아요, 그 속담. 고양이가…… 부뚜막! 지연아, 그게 뭐였지? 그 있잖아……."

"아아, 얌전한 고양이가 부뚜막에 먼저 올라간다?"

"맞아! 그래, 그거요!"

신 나서 입이 벌어진 민경의 모습을 보던 지연은 포기한 듯 어깨를 으쓱였다.

"그래서 대책이 뭔데?"

"둘 중 하나를 소개팅 시켜 주는 거죠! 그럼 한 명은 질투심에 눈이 멀거나 아님 적어도 마음이 다급해지지 않겠어요? 가슴에 불씨 좀 지펴야죠!"

"둘 중 하나? 누굴 소개팅 시킬 건데? 안 그래도 유한인 하나가 열렬히 구애하고 있지 않나?"

민경의 입이 떡 벌어졌다. 지연이 민혁을 거들듯 말했다.

"맞아, 봄이한테는 그 소꿉친구도 있고……. 굳이 우리가 중간에 안 끼어도 상관없을 거 같긴 해."

"아, 진짜! 둘 다 너무 굼벵이 속도의 진전을 보이잖아요! 보는 사람 속이 터지니까 이러죠! 혹시 나만 답답해요?"

민경이 제 가슴을 치며 남아 있던 물을 벌컥벌컥 들이켰다.

항상 봄은 제 스스로에 대한 무언가를 숨기고 있었다. 그게 무언지는 말을 하지 않았지만 그게 봄의 마음을 억누르고 있지 않을까 생각했었다.

그랬기에 봄이 사랑을 하게 된다면 마음을 내려놓을 안식처가 생기지 않을까 싶었는데, 그것조차 쉬운 게 아니었다.

산 넘어 산. 사람 마음이란 게 원하는 대로 움직이지 않는다는 걸 뻔히 알고 있으면서도 민경은 계속 바라게 되었다.

곤란한 표정을 한 민혁을 바라보던 민경이 땅이 꺼질 듯 한숨을 내쉬었다.

딸랑, 작은 종소리가 들리더니 레스토랑의 문이 열렸다.

"뭐해?"

"안녕하세요!"

옷을 적신 물기를 털어 내는 유한을 바라본 지연과 민경은 뜨끔거리는 속을 숨기며 이구동성으로 어색하게 인사했다.

"왔어? 어라, 오늘은 점순 아가씨 안 데려왔네?"

"주말은 쉬어."

"밥은? 먹고 온 거야?"

"어."

"사장님, 앉으세요!"

민경이 자리를 권하자 유한을 반기던 민혁이 제 옆 의자를 살짝 빼며 앉을 자리를 내어주었다.

"이야, 그래도 제 할 일은 잘하고 있네? 난 또 그 아가씨가 너 홀려서 정신 못 차리고 있나 했지. 첫날도 그렇고, 그때 여기 계산대에서 일할 때도 그렇고……. 무슨 매력이 있는지 사람을 끌어당기더라고."

싱글벙글 즐거운 듯 봄에 대해 이야기하던 민혁이 등받이에 기대며 편하게 앉았다.

"봄이 선배들이나 동기들한테 고백도 많이 받았어요. 엠티 때 봄이 노리던 남자애들도 꽤나 있었고. 그렇지 않았어?"

민경이 몸을 살짝 앞으로 빼며 말했다.

"그게 한두 번이었어? 근데 이재현 걔한테 세뇌당한 상태였잖아. 남자는 짐승이다, 위험하다, 상종도 하면 안 된다, 뭐 그렇게. 정작 저도 남자면서……. 그 덕에 철저하게 철벽 쳐서 남자와 접점이 없긴 했지."

"오, 역시 점순 아가씬 토끼가 아니라 여우?"

턱 끝을 자연스레 매만지며 흥미롭게 듣는 민혁의 모습에, 유한의 마음 한구석이 뒤틀리듯 엉키더니 똬리를 틀었다. 그의 목소리에 힘이 실렸다.

"그래서 형은?"

"뭐?"

그의 질문을 이해 못 한 듯 민혁이 되묻자 유한의 한쪽 눈썹이 올라갔다.

"홀렸어?"

"아니, 뭐 나도 마음이 살짝…… 근데 너 눈초리가 사납다?"

유한은 앉을 생각도 하지 않은 채 뒤로 빠져 있던 의자를 도로 밀어 넣었다.

"됐어. 방으로 6개월간 매출 보고서랑 연봉 계약서 좀 갖다 줘."

돌아보지도 않고 계단으로 올라가는 유한의 뒷모습이 화를 내고 있는 듯했다. 얼핏 악마의 형상이 떠오르는 착각이 들자 민혁은 시야를 좁혔다. 그리고 불만스럽게 외쳤다.

"야, 나 너한테 지금 밉보인 거지?"

유한은 민혁이 장부 정리를 몰아서 하는 타입이란 걸 알고 있었다. 오늘은 월말이 아니었다. 민혁은 제 머리를 헝클며 투덜거리듯 말했다.

"대답도 안 해 주냐? 15분만 기다려. 곧 갈게."

계단 위 문이 닫히는 소리에 민혁은 머리를 빠르게 회전시키며 각종 영수증과 빠뜨린 계약서가 없나 생각했다.

"지배인님, 괜찮으세요?"

과부하가 걸린 듯 혼이 나간 민혁을 보던 지연이 조심스레 말을 꺼냈다.

"어, 괜찮아. 그나저나……."

민혁이 지연을 한 번 바라보고는 이내 민경에게 고개를 숙이며 은밀하게 속삭였다.

"민경 씨 뭐라 했지? 소개팅? 상대는 누구라고? 그 불씨, 내가 지펴 주지."

음모를 꾀하는 민혁의 입가에 녹아내릴 듯 달콤한 미소가 걸렸다.

V
사랑에 빠진 딸기

습기에 젖은 사무실 안에서 에어컨을 켜자 서늘한 공기가 빈 공간을 메우듯 금세 들어찼다. 톡톡, 빗방울이 유리창을 가볍게 두들기며 적막한 이곳에서 선율을 그려 내었다.

분무기를 작은 허브 화분에 분사했다. 안개처럼 퍼진 물방울이 하얀 꽃잎과 푸른 잎사귀에 내려앉았다. 화분에서 흘러나온 산뜻한 향이 코끝을 자극했다.

유한은 입가에 부드러운 미소를 지었다.

붉은 원피스를 입은 봄이 테이블 위로 화분을 올려놓던 그늘이 눈앞에 선연히 떠올랐다. 그때까지만 해도 작게 망울져 있던 꽃들은 이제 개화해서 입을 벌렸다. 산뜻한 민트 향이 더 짙어지고 깊어졌다.

노트북을 켜고 화면이 서서히 밝아지는 사이에 소설의 시놉시스가 적힌 노트를 펼쳤다. 포스트잇이 군데군데 붙어져 있는 공책의 하얀 공간을 검은 펜 선이 가득 메우고 있었다.

공책을 보며 내용 정리를 머릿속으로 하던 도중에 주머니 속에서 휴대폰이 연달아 진동했다. 전화를 받은 유한의 귓가로 젊은 여자의 목소리가 간드러지게 들려왔다.

"여보세요?"

―작가님, 윤 실장입니다. 오랜만이죠?

"그러게요."

―집필은 잘되어 가고 계세요? 지금 쓰시는 작품이 추리 사극이라고 얼핏 들었는데……. 맞나요?

"그렇죠."

유한의 대답을 기다렸다는 듯 윤 실장은 들뜬 목소리로 숨기고 있던 본론을 말했다.

―저번 작품 반응이 너무 좋은데, 이번에도 저희 출판사와 계약하는 건 어떠세요?

"거의 마무리 단계이긴 한데……. 일단 계약서 먼저 서면으로 보내 주시겠습니까?"

유한은 그녀의 제안을 흔쾌히 수락하며 손끝으로 테이블을 쳤다. 탁탁, 생각을 정리하듯 규칙적으로 들려오는 소리에 마음이 차분해졌다.

―네, 우편으로 보낼게요. 이번엔 지금 집필하시는 작품과 차기작, 이렇게 두 작품 묶어서 계약하려 하는데…….

윤 실장이 조심스레 말을 이었다.

―계약서 확인하시고 수정하실 조항 있으면 연락 주세요.

그의 필명은 메리트가 있어 판매 부수가 어느 정도 될 거라는 판단 하에 나온 조건이었다. 지금까지 유한과 세 작품을 함께했던 윤 실장은 그에 대한 신뢰도가 꽤나 높은 편이었다.

대박은 아니더라도 꾸준히 중박은 쳤고 거기에 필력까지 좋았으니까. 그가 혹시나 거절할까 싶어 긴장한 탓에 입안이 점점 말라 왔다.

—저, 그럼 원고는 언제쯤……?

윤 실장의 망설임이 담긴 질문에 유한은 현재 스토리의 진행 상태를 생각하며 날짜를 가늠했다. 틈틈이 써 온 글은 이미 막바지를 향해 가고 있었다.

"1~2주 사이에 마무리될 것 같은데, 계약서 확인하고 다시 연락드리겠습니다."

—알겠어요, 작가님. 그럼 연락 꼭 주세요.

윤 실장의 반김에 유한은 대답을 하며 통화를 마무리했다.

전화를 끊고 지끈거리는 머리를 살짝 짚었다. 시선을 노트에 고정한 채 한참을 미동 없이 있던 그의 잇새로 낮은 목소리가 흘러나왔다.

"차기작……?"

공책의 글자로 가득 찬 시야를 살짝 들자 하얀 꽃이 옹기종기 모인 민트가 보였다. 푸른 잎사귀가 하나둘 늘어나더니 어느새 청량한 숲의 향기가 코끝으로 스며들었다.

그 순간 유한은 한없이 푸르렀던 그곳과 맞닿았다. 나뭇잎 틈새로 부서지던 투명한 빛들이 눈을 어지럽게 했다. 마치 스펙트럼 현상 같았다. 그 잔상에 유한의 입술이 부드럽게 곡선을 그렸다.

"저기, 사장님? 기다리던 보고서 가지고 왔는데?"

그때 예고 없이 불쑥 문을 연 민혁이 문 사이로 얼굴을 삐죽 내밀면서 서류철을 흔들었다. 그 순간 찬물을 끼얹듯 머릿속이 차가워지면서 현실로 돌아왔다.

제 트레이드마크인 미소를 입에 띤 민혁의 모습에, 곡선을 그리던 유한의 입술이 일자로 다물어졌다. 펼치고 있던 노트를 덮은 유한은 들어오라는 듯 고개를 까딱였다.

"여기 지금까지 매출 보고서, 이번에 리오 셰프 연봉 계약서, 이건 요리사들, 이건 홀 직원들 거…… 아! 그리고 제일 중요한 거! 내 연봉 계약서지."

서류를 책상 위에 하나둘 쌓던 민혁이 장난스럽게 눈을 찡긋거리며 덧붙이자 유한은 시선을 살짝 들어 그를 보았다.

"올려 줄 거야?"

"형 하는 거 보고."

민혁의 기대감 어린 목소리를 흘려들은 유한이 담담히 말했다.

"나 꽤 잘하지 않았나? 아니야?"

혀끝을 차며 불만을 중얼거리는 민혁을 뒤로하고 유한이 턱을 괴며 펜을 든 손으로 종이를 한 장 넘겼다. 손끝에서 펜이 빙글 빙글 회전하며 돌아갔다.

"새로 온 셰프는 어때?"

"리오 셰프? 뭐, 좋아. 훌륭한 경력만큼 음식도 맛있고 깔끔해. 거기다 주방에서 의견 조율을 잘하나 봐. 단점이 있다면……."

민혁이 살짝 주먹 쥔 손을 턱에 갖다 대며 말끝을 흐렸다. 유한의 손이 멈추었다. 손끝에 아슬아슬하게 걸린 펜이 대롱거리며 흔들렸다.

"금발에 파란 눈이잖아. 나이까지 젊어서 다들 끔뻑 넘어가는데."

"뭐?"

"내가 못난 사람은 아닌데 옆에 서면 마음이 좀 그렇다는 거야…… 셰프가 문제 있진 않지…… 그래, 세상은 불공평해."

기가 막힌다는 듯이 바라보는 유한의 시선에 민혁이 머쓱한지 뒷머리를 매만졌다. 서류를 넘겨보는 유한의 얼굴을 바라보다가 소파에 앉아 기대었다.

"매출이 오르고 있긴 하지?"

생각보다 깔끔하게 정리한 스스로가 뿌듯한지 민혁이 싱글거리며 웃음 지었다. 그러다 무언가 생각난 듯 검지를 들어 올렸다.

"참. 리오 셰프가 저번에 점순 아가씨한테 봉골레를 해 줬는데, 완전 맛있게 먹더라고."

"봄이?"

"어어, 그때 리오의 눈빛이 예사롭지 않았어. 사심이라도 담겼나 몰라."

유한의 눈치를 살피며 민혁이 말했다.

"봄 아가씨, 예쁜 거 좋아하잖아. 금발에 청안이라니 마음이 설렐 법도 한데. 그렇지?"

"글쎄."

"야, 너 솔직히 말해 봐. 마음 있지?"

각진 모서리에 닿은 펜촉이 멈추었다. 하얀 종이가 잉크를 머금더니 점점 영역을 넓혀 갔다.

"너 진짜 아무렇지도 않으면, 그거 상관없겠다?"

"……뭐가."

"다음 주 월요일에 소개팅 한다더라. 스물다섯 살, 한 학년 선배라던데? 캠퍼스 커플이 대학의 낭만 아니냐. 점순이도 청춘인 거지, 뭐. 한창 연애할 때 아니겠어?"

민혁은 어깨를 으쓱이며 가벼운 웃음을 흘렸다. 유한은 가만히 펜 끝을 바라보았다. 뱃속이 들끓었다. 숨어 있던 아귀들이 입을 벌리며 벌건 속살을 헐뜯는 것 같았다.

스물다섯, 그건 유한이 봄을 처음 만났을 때의 나이었다. 해맑고 싱그러운 봄에게 시선을 빼앗긴 그 여름날. 마냥 어린 그녀를 위해 자신을 유혹하던 욕망과 열기를 억눌렀던 나이였다.

이젠 상황이 달랐다. 22세 성인 여자와, 25세 성인 남자. 그렇게 생각하자마자 머릿속이 뜨거워졌다.

"누가 먼저 제안한 건데."

"그야 물론 남자 쪽 아니겠어? 나도 몰라. 아까 지연, 민경 양이 말하고 있는 거 엿들은 거라서. 점순 아가씨도 만나 보겠다 한 거면 마음이 있는 거 같기도 하다?"

"뭐?"

점차 그로테스크하게 변해 가는 유한의 얼굴에 민혁은 속으로 통쾌하게 낄낄대면서도 태연한 모습으로 자리에서 일어났다.

"전화해서 확인해 보든가. 참, 서류 검토 끝나면 나중에 넘겨줘."

어깨를 으쓱이며 등 돌린 민혁은 느긋한 발걸음으로 사무실을 벗어났다.

민혁의 겉과 다른 속을 알지 못한 유한은 두 손으로 이마를 받치며 시선을 아래로 내렸다. 그렇게 한참 미동이 없었다.

너덜너덜해진 채 까맣게 물든 종이 옆으로 던지듯 내려놓은 펜이 굴러가다 멈추었다. 검은 잉크가 묻은 펜 끝이 곡선을 그리며 휘어져 있었다.

'전화할까?'

마음 같아선 당장 봄에게 전화해서 사실을 캐묻고 이곳으로 불러들이고 싶었다. 봄의 해맑은 미소가 갈급하여 입이 바싹 말라 왔다.

"금단 증상인가, 이거."

작게 중얼거리는 그때, 기다렸다는 듯 휴대폰이 진동하며 제 존재를 알렸다. 크흠, 유한이 잠긴 목을 가다듬으며 전화를 귀에 대었다.

―아저씨! 와, 바로 받았네요?

놀란 듯한 봄의 맑은 목소리가 귓속으로 휘감겨 들어왔다. 달 아올랐던 머릿속이 제 체온을 찾더니 심장으로 열이 몰려가는 듯했다. 서서히 뜀박질하는 심장에 유한의 입가가 호선을 그렸다.

"일은 잘 해결됐어?"

―잘 모르겠어요. 그래도 아저씨한테 도망 안 간 거 보면 나 잘한 거 맞겠죠?

봄의 수줍게 내뱉는 웃음소리와 옅게 흘러나오는 숨소리가 심장을 간드러지게 만들었다.

"지금 도망 올래?"

—아, 뭐예요!

유한은 등받이에 몸을 묻으며 손을 뻗어 민트 잎사귀를 건드렸다. 파르르, 잔 떨림이 있는 풀잎은 제 몸 위로 머금고 있던 이슬 한 방울을 떨어뜨렸다.

"그거 알아?"

—네?

"사무실 화분에 꽃 폈어."

—정말요? 보고 싶다…….

아쉬운 듯 말끝을 흐리던 봄이 계속 말을 이었다.

—아저씨…… 오늘 보고 싶은데 참을래요.

입술을 삐죽 내민 봄의 얼굴이 떠오르자 손끝이 저릿해졌다. 파란 잎들 사이로 옹기종기 모인 하얀 꽃들은 손끝이 닿으면 시들어 버릴 것 같았다. 유한의 잠긴 목소리가 거칠게 흘러나왔다.

"나도 참아야겠어."

—뭘요? 혹시 저 보고 싶어요?

봄의 장난스러우면서도 웃음기 담긴 목소리가 들려오자 유한이 기다렸다는 듯 답했다.

"네가 보고 싶어."

그 순간 정적이 흘렀다. 봄의 고른 숨소리와 유한의 숨소리가 서로 교차하며 얽혀 들어갔다.

"너 월요일에 약속 있어?"

—아, 모레……. 있어요.

"무슨……."

—아저씨, 저 전화 끊어야 해요! 식사 거르지 말구요. 그럼,

삼 일 뒤에 봬요!

당황한 듯 횡설수설하던 봄이 말을 빠르게 마무리했다. 유한이 말문을 열기도 전에 끊긴 전화는 일정한 음만 들려왔다. 휴대폰을 가만히 내려다보다 테이블 위에 놓았다.

"……도망 오라 했더니 도망갔네."

굽은 펜 끝으로 톡톡 점을 찍은 유한이 허탈하게 말했다. 잉크가 메말라 버린 듯 펜은 더 이상 나오지 않았다. 하얀 종이 위로 글을 쓴 흔적만 움푹 파였다.

"약속이 있다……라."

마음이 복잡한 듯 잉크가 나오지 않는 펜으로 낙서를 했다. 그리고 그 움직임이 멈추었다. 유한은 자리에서 일어나며 휴지통으로 펜을 던졌다.

그녀가 약속이 있다면 그 약속이 어떤 약속인지, 언제, 어디서 누구와 만나는지 알아내야 했다.

가만히 넋 놓고 있다 가까스로 잡은 봄이 달아날 것 같은 위기감이 엄습했다. 더 이상 손끝에 닿은 따스한 봄을 놓치기 싫었다.

"왔나? 왔어?"

"아니, 아직 봄이만 있어."

"그래? 여기, 커피."

창밖을 보며 동태를 살피는 지연에게 들고 있던 아메리카노 한 잔을 건네었다. 민경이 지연의 시선을 따라가자 그 끝엔 봄이 있었다.

건너편 카페에 홀로 앉아 휴대폰을 바라보고 있는 모습에 민경은 뒤늦게 양심의 가책을 느꼈다. 분명 봄은 자신들을 만나기 위해 저 자리에 있는 것이었다.

"잘하는 거겠지?"

"글쎄."

한숨을 쉬며 턱을 괸 민경이 빨대를 휘휘 저었다. 결국 처음에 제안했던 봄의 소개팅 사건은 무산되고, 긴 의논 끝에 그저 거짓 상황을 만들기로 결론이 난 상태였다.

유한이 그들에게 약속 장소와 시간을 알아갔기에 마음을 편히 놓고는 있지만, 혹시나 싶어 친한 선배 한 명을 섭외까지 해놓았다.

이대로 유한이 나타나지 않는다면 기다리던 지연과 민경이 약속 장소에 나가면 그만이었다.

약속 시간이 점점 다가오자 지연이 초조한 듯 손톱을 뜯으며 말했다.

"선배는 언제 도착한대?"

"저기 왔다!"

민경이 안도하며 카페 문을 여는 남자의 뒷모습을 바라보았다. 그리고 두 사람은 서로 눈빛을 교환하며 웃음을 터뜨렸다.

"사장님, 얼른 오세요."

민경이 작게 중얼거렸다. 이제 맛깔난 상은 완벽하게 차려졌다. 숟가락을 얹어 뜨기만 하면 되었다.

달콤한 카라멜마끼아또가 혀끝을 유혹하듯 휘감겼다. 붉은 입술에 묻은 하얀 거품을 혀끝으로 핥아 낸 봄은 휴대폰을 다시 한 번 켰다가 껐다.

약속 시간이 점점 다가오는데 같이 밥 먹자고 제안했던 민경과 지연은 연락이 없었다.

이노센트가 많이 바쁜가? 중얼거리던 봄은 작은 손으로 휴대폰을 만지작거리며 지연의 번호를 찾았다.

"아, 여기 있다."

"한봄!"

통화 버튼을 누르려는 순간 자신을 부르는 소리에 시선을 들었다. 봄의 눈이 동그랗게 커졌다.

"어? 선배?"

같은 과, 같은 수업을 듣는 익숙한 그의 모습에 봄의 얼굴엔 화색이 돌았다. 맞은편에 앉은 명훈은 들고 있던 서적을 옆에 내려놓으며 말했다.

"밖에 엄청 덥네. 여기 오니까 살 거 같아. 그나저나 민경이랑 지연인 아직 안 왔어?"

손으로 부채질하는 명훈을 바라보며 봄이 의아한 듯 고개를 갸웃했나. 예상치 못한 인물의 등장에 당황스러움을 감추며 앞에 놓인 컵을 두 손으로 쥐었다.

"선배도 오는 거였어요? 얘기를 듣지 못해서……."

"오늘 같이 만나자고 하던데? 언제 온대?"

민경과 지연에게 자초지종을 듣고 부탁까지 받은 명훈은 봄의 살짝 붉어진 얼굴을 바라보며 능청스럽게 웃었다.

이미 오늘 약속은 밥 한 끼 얻어먹는 걸로 타협을 본 상태였고, 자신은 단지 자리만 차지하고 있으면 되는 것이었다. 봄과 썸 타는 남자가 올 때까지.

"오고 있을 거 같긴 해요. 선배랑 얘기하면서 기다리면 되겠다. 그렇죠?"

봄이 혼란스러웠던 생각을 정리한 듯 이내 해맑게 미소 지었다.

명훈은 마주하며 같이 웃으면서도 한편으로는 그 남자의 모습이 궁금해졌다.

아마 그녀는 모르겠지만, 캠퍼스 내에 봄에 대한 이야기는 카더라 통신처럼 공공연하게 퍼져 있었다. 그건 그만큼 봄에게 눈독 들이는 사람들이 많다는 뜻이기도 했다.

명훈은 다가온 종업원에게 커피를 주문하며 흘끔 봄을 응시했다.

'얼마나 잘난 남자길래…… 저 철벽 수비를 허문 거지.'

이 약속을 승낙하게 된 데는 봄의 마음을 훔쳤다는 대단한 남자의 얼굴을 보겠다는 심보도 일조했다.

"너 리포트는 다 했어?"

명훈이 자연스럽게 말을 하며 앞에 놓인 시원한 얼음물을 들이켰다. 서늘한 기운에 머릿속이 짜릿해졌다.

"으어, 시원해."

여러 겹으로 쌓여 있던 더운 기운이 한 꺼풀 벗겨지는 듯싶었다. 명훈의 표정이 나사 하나 빠진 듯 헤벌쭉 풀어졌다.

"선배, 너무 긴장 풀린 거 아녜요?"

입을 가린 채 수줍게 웃음을 뱉어 내는 봄의 맑고 큰 눈동자에 명훈의 얼굴이 고스란히 담겼다.

술에 취한 듯 풀어진 제 모습이 민망한지 명훈은 헛기침을 하며 어깨를 살짝 으쓱였다.

"크흠! 하극상이다, 너?"

봄의 입가엔 여전히 웃음기가 머물러 있었다.

"그래서, 리포트는 했어?"

"아, '소중한 순간' 이요?"

봄이 어색하게 웃으며 빨대 끝을 휘저었다. 생크림이 온전히 녹아들어 간 카라멜마끼아또의 표면이 소용돌이치며 빨려 들어 갔다. 순간 눈앞이 어지러워졌다.

망설이던 봄이 조심스레 대답했다.

"아직이요……."

"나도 아직 갈피가 안 잡혀서 못 하고 있는데……. 교수님이 까다로워서 계속 고민된단 말이지."

명훈의 대답에 봄이 몸을 살짝 앞으로 빼며 고개를 위아래로 흔들었다.

"맞아요, 어려워요. 민경이랑 지연이는 하고 있는지 모르겠어요……. 요즘 워낙 만나기가 힘드니까."

작은 손으로 턱을 받치며 입술을 뾰루퉁하게 내민 봄이 말을 이었다.

"하긴, 알아서 잘들 하고 있을 것 같아요. 걔들 학점 귀신이거든요."

"그래. 너희 알바하고 있댔지?"

명훈은 봄의 눈치를 보며 슬쩍 시계를 바라보았다. 약속 시간
은 지났고 민경도 지연도, 그 남자도 나타나지 않았다. 시간을
더 끌기 위해 화제를 계속 이었다.

"어디서 한다고?"

"이노센트라고…… 어?"

봄이 자연스레 입을 여는 그 순간 빨대의 끝을 잡고 있던 그
녀의 손목에 뜨거운 열기가 닿았다.

들려오는 더운 숨소리가 온몸의 감각을 깨우듯 손끝에서 발
끝까지 저릿하게 만들었다. 봄의 붉은 입술이 서서히 벌어지면
서 눈이 크게 뜨였다.

"……아저씨!"

봄의 두 뺨이 다홍빛으로 물들더니, 부드럽게 곡선을 그리는
입가에 예쁜 미소가 자리 잡았다.

꽃이 개화하듯 밝아지는 봄의 표정 변화를 고스란히 목격한
명훈은, 갑자기 식었던 열기가 목 뒤로 몰리는 듯한 착각에 얼어
버린 듯 동작을 멈추었다.

"여긴 어떻게……"

맑은 시선 속에 의문이 뒤섞여 있었지만 유한은 아랑곳하지 않
은 채 붙들고 있는 작은 손을 잡아당겨 일으켰다.

"봄아, 누구……?"

명훈이 뒤늦게 정신을 차린 듯 봄에게 물었지만, 유한의 야차
같은 표정에 되레 겁먹고 더 이상 말을 잇지 못했다.

"선배, 저 알바하는 곳 사장……."

"일어나."

"아저씨, 아파요."

봄은 계속 잡아당기는 유한의 억센 손길에 반대 팔로 그의 팔목을 붙들었다. 그럼에도 끌어내는 힘은 조금도 줄어들지 않았다.

봄은 유한을 올려다보았다. 그의 어두운 얼굴에 드리운 사나운 표정과, 끝까지 붙든 손길에서 느껴지는 뜨거운 열기에 명치 끝이 꽉 막힌 듯 갑갑해졌다.

"데려가겠습니다."

"어, 어?"

끝내 유한에게 붙잡힌 채로 테이블 밖으로 벗어나자 봄이 급하게 명훈에게 인사했다. 목소리가 가늘게 진동했다.

"선배, 죄송해요! 다음에 꼭 봬요! 민경이랑 지연이한텐 미안하다 전해 주세요!"

봄은 벙찐 표정으로 있는 명훈에게 어색하게 웃어 보이고는 유한의 등 뒤를 바라보았다.

"아저씨! 좀 천천히요!"

팔을 잡아당겨도 속도는 줄지 않았다. 크고 빠른 유한의 보폭에 봄은 아이가 걸음마 하듯 서툰 걸음으로 그의 뒷모습을 쫓았다. 넓은 어깨선을 따라 곧은 등.

이번이 두 번째였다. 그가 봄을 끌고 화난 채로 앞서 걸었던 게. 봄의 심장이 뜀박질하듯 빠르게 뛰었다.

카페를 벗어난 유한은 제 차가 세워진 가까운 공원으로 말없이 걸었다.

뜨겁게 내리쬐는 햇빛을 피해 그늘에는 사람들이 옹기종기 모여 있었다. 그들은 이따금씩 불어오는 바람에 더위를 식혔다. 이야기 소리로 작은 소요가 일어났다.

이마에서 흘러내린 땀방울이 뺨을 타고 아래로 떨어져 내렸다. 빠른 걸음에 물기가 남긴 흔적을 볼 새도 없었다.

유한은 자신을 쫓아 종종걸음으로 따라오는 봄이 버거워하는 걸 뻔히 알고 있었다. 하지만 속도를 줄이진 않았다.

머릿속은 뜨거운 열기에 녹아내린 듯 백짓장마냥 새하얗게 변해 있었다. 더위를 먹은 게 분명했다. 자신이 표출하고 있는 이 감정은 명백한 질투였다.

카페 입구를 들어서자마자 보이는 봄의 모습은, 흐릿한 수채화 사이에 유채 물감을 흩뿌려 놓은 듯 윤기가 흘렀다.

봄의 붉은 입술이 웃음을 뱉어 내며 해맑은 미소를 띠었고, 이채를 띤 까만 눈동자가 상대방을 응시했다.

그 순간이었던 것 같다. 견고하게 자리 잡고 있던 이성이 모래성처럼 무너져 내린 것이.

봄의 옆에 당도했을 때 바라본 남자의 호감 가득한 표정에, 속에서 불길이 타올랐다.

'네가 탐낼 게 아니야.'

유한의 검은 속내가 진득하게 엉켜 아우성쳤다.

정신없이 걷던 유한이 제 차 앞에서 멈춰 섰다.

"아저씨?"

땀에 촉촉이 젖은 봄이 고개를 기울이며 미소 지었다. 유한이 뒤돌아섰다. 봄을 가만히 내려다보자 잇새에 힘이 들어갔다.

봄의 얼굴에서 만개하듯 피어나는 미소도, 그 속에서 서서히 짙어지는 꽃내음도 저 자신만 알고 있었으면 좋겠다 싶었다. 이 독점욕을 봄이 알게 되면 도망가지 않을까 유한은 두려워졌다.

"아저씨."

봄이 아무 말도 않는 유한의 모습을 올려다보며 붙잡힌 팔을 살랑살랑 흔들었다. 종이인형처럼 가벼운 몸짓이었다.

"차에 타. 더워."

차문을 열어 봄을 태운 유한은 운전석으로 걸음을 내디디며, 머릿속에서 인내를 헤아리고 가슴으로 천천히 심호흡했다.

"차 안이 찜통이네. 그렇죠?"

봄이 유한을 돌아보며 뜨겁게 달궈진 가죽 시트에 손을 살짝 대었다 떼었다. 이내 시동을 걸자 서늘한 에어컨 바람이 열기에 덥혀진 차를 식혔다. 기온이 서서히 내려갔다.

"아저씨, 무슨 일 있었어요?"

봄이 돌아보며 조심히 물었다. 유한은 대답 없이 앞만 바라봤고 고요한 차 안엔 숨소리만 규칙적으로 들려왔다. 봄은 손끝을 만지작거리며 그가 이야기를 꺼내기를 기다렸다.

일말의 침묵에 서서히 금이 가듯 유한이 봄을 돌아보았다.

"그 사람, 마음에 들어?"

유한의 갑작스런 질문에 그 의중을 파악하지 못한 봄이 고개를 갸웃거렸다.

"네? 누구요?"

"네 선배라는 사람."

봄이 놀란 듯 되물으며 유한을 올려다보았다. 유한의 눈동자가 봄의 곧은 시선과 허공에서 마주쳤다. 봄이 고개를 옆으로 살짝 기울였다.

"아저씨?"

"미안, 내가 제정신이 아니었어. ……미안하다, 망쳐서."

밀려드는 죄책감에 유한은 두 손으로 얼굴을 쓸어내리며 고개 숙였다. 아직까지 열기를 머금고 있는 핸들이 이마에 닿았다. 머릿속이 다시 뜨거워졌다.

유한을 가만히 바라만 보던 봄은 미간을 좁히며 머리를 빠르게 굴렸다. 이해할 수 없는 그의 행동에 마음이 심란해졌다.

'뭘 망친 거지? 마음에 든다니……? 선배는 왜……. 아저씨는 카페에 어떻게 나타난 거지?'

그 순간 약속 장소에 나타나지 않은 지연과 민경의 얼굴이 수면 위로 동동 떠올랐다. 그가 했던 행동과 말이 하나둘 서로 맞물리면서 어긋나 있던 톱니바퀴가 돌아가기 시작했다.

봄은 서서히 벌어지는 입을 두 손으로 가렸다.

'대체 무슨 착각을 하고 있는 거야.'

봄은 힘줄이 서 있는 그의 단단한 팔뚝에 살짝 손을 얹었다.

"나 좀 봐요."

봄의 살랑거리는 목소리에도 미동 없는 그의 모습에 그녀의 눈꼬리가 부드럽게 휘며 웃음기를 머금었다.

봄은 아예 샌들을 벗고 시트 위로 양발을 올렸다. 양반다리를 한 채 그에게로 방향을 튼 봄이 손끝으로 유한을 콕콕 찔렀다.

"아저씨!"

언젠가의 상황과 겹쳐졌다. 봄은 청량한 웃음소리를 내뱉으며

342

유한의 숙여진 등에 이마를 기대었다.

"아저씨, 그 선배 좋긴 한데요……."

닿은 피부로 긴장한 등이 여실히 느껴지자 봄은 그를 살짝 일으켰다. 유한이 고개를 들어 봄을 응시했다.

꼼지락거리며 제 팔을 붙든 작고 하얀 손을 가볍게 그러쥐었다. 그 온기는 쏙 들어오더니 빈속을 채웠다. 유한의 잇새에서 가라앉아 갈라진 목소리가 흘러나왔다.

"좋아?"

"네, 좋아요."

단호한 봄의 대답에 유한의 표정이 굳었다. 유한의 손에 힘이 들어가자 봄은 그의 무릎에 무게를 살짝 지탱하며 엉덩이를 떼고 몸을 기울였다.

"그래도 저는요……."

봄이 작게 속삭이자 온기가 유한의 귓가를 스쳤다. 말끝을 흐리는 봄의 목소리가 서서히 옅어져 갔다. 그 순간 깃털이 내려앉듯 부드러운 감촉이 유한의 뺨에 닿았다 떨어졌다.

"아저씨가 제일 좋아요."

"너……."

갑작스런 접촉에 유한이 놀란 듯 손을 쥐고 있던 힘이 느슨해졌다. 봄은 살짝 손을 뒤집어 되레 유한의 손을 붙잡으며 화사한 미소를 그렸다. 붉은색으로 물든 입술이 아찔한 향을 내뱉는다.

"아저씨, 나랑 연애할래요?"

작은 손끝의 떨림과 봄의 달콤한 속삭임에, 유한의 마음속 말라 버린 씨앗이 싹을 틔웠다. 유한은 성큼 봄에게 다가갔다. 서로 닿은 코끝에 떨림이 있는 숨소리가 가까워졌다.

유한이 매력적인 미소를 입가에 담은 채 말했다.

"좋아. 우리 연애하자."

그 순간 말캉한 혀끝이 맞닿았다.

연애가 시작되고 사소한 것들이 사소한 것이 아니게 되었다. 그건 무심코 올려둔 투박한 돌멩이 하나가, 어느 날부터 광채가 돌기 시작하는 일과 같은 것이었다.

평소였으면 아무렇지 않게 넘어갔을 것에 눈이 갔다. 언어 선택이나 행동 하나하나, 옷매무새가 신경 쓰이기 시작했고 그저 단출했던 화장도 이젠 부끄러워 쥐구멍으로 숨어 버리고만 싶었다.

봄의 아침은 정신없이 바빠졌다.

"빗, 빗, 빗! 어디 뒀지?"

분주하게 집 안을 왔다 갔다 했다. 잉크를 작은 발바닥에 묻혀 놨으면 방 안을 까맣게 물들이고도 남을 터였다.

봄은 빠르게 트레이닝복을 벗고 침대 위에 곱게 펼쳐진 하늘빛 원피스로 갈아입었다.

급하게 작은 핸드백 속에 물건을 챙겨 넣는 봄의 다리가 쉴 새 없이 움직였다. 그때마다 무릎 살짝 위에서 부드러운 쉬폰이 살랑살랑 스쳤다.

봄은 드라이기로 말려도 여전히 물기가 남아 있는 머리칼을 바라보며 빗으로 빗어 내리기 시작했다. 빗이 한 번씩 쓸려 내려갈 때마다 작은 물방울들이 바닥으로 뚝뚝 떨어졌다.

축 늘어진 까만 머리칼이 거울을 통해 비쳤다. 젖은 머리가 볼품없었다.

'바짝 말릴까⋯⋯.'

탁상 위에 놓인 시계를 흘긴 봄은 머리칼 끝을 돌돌 말며 작게 중얼거렸다.

"보기 싫나⋯⋯?"

그때 휴대폰이 불빛을 깜빡이며 부르르 떨어 댔다. 봄의 얼굴이 순식간에 햇볕이 내려앉은 듯 밝아졌다.

"아저씨!"

—어디야?

봄의 반기는 목소리에 기분이 좋은 듯 유한이 웃음기를 담고 물었다.

"집이요! 이제 출발해요. 아저씨는 일어났어요?"

—음⋯⋯.

"조금만 기다려요. 곧 갈게요. 오늘은 뭘 먹죠? 아저씨, 먹고 싶은 거 있어요?"

—해 주려고?

반신반의하는 목소리에 봄이 차가운 머리끝을 만지작거리며 고개를 살짝 기울였다.

"노력하면 되지 않을까요?"

봄의 대답에 수화기 건너편에서 유한의 웃음이 흘러 들어왔다. 바람과 닮은 소리였다.

—오늘은 됐어. 안 와도 돼.

"네?"

갑작스러운 유한의 말에 봄이 눈을 크게 뜨고 화장대 의자에 털썩 앉았다. 거울 속엔 하늘색 원피스를 입고 화사한 얼굴을 한 여자가 실망감을 담은 표정으로 덩그러니 있었다.

처량해 보이는 모습에 봄은 작게 한숨을 쉬고 유한에게 되물었다.

"무슨 일…… 있어요?"

—실망했어?

유한의 낮은 목소리가 잘게 떨리더니 잔웃음을 흘리며 부드럽게 이어졌다.

—지금 문 열어 봐.

갑작스런 이야기에 봄이 빠르게 거실로 나가 인터폰을 켰다.

"어?"

화면 속에 익숙한 인영이 자리 잡고 있었다. 봄의 작은 입술이 곡선을 그리며 작게 벌어졌다.

"와, 아저씨!"

서둘러 현관문을 활짝 열고 유한을 반겼다. 봄의 얼굴에 피어오른 미소에 유한이 집 안으로 한 발짝 내딛으며 짓궂게 말했다.

"그렇게 보고 싶었어?"

"네네! 매일매일 보고 싶어요!"

마냥 좋은 듯 봄은 얼굴을 위아래로 세게 흔들고는 손을 내밀어 유한의 팔을 잡아끌었다. 툭, 다리에 뭔가 닿았다. 고개를 내리자 유한의 손에 들린 하얀 봉투가 시선을 사로잡았다.

"어? 딸기다!"

유한을 올려다보는 봄의 눈동자가 생기로 가득 차 반짝였다.

"딸기만 보여? 여기 초밥도."

"맛있겠다! 집은 어떻게 알고 찾아왔어요?"

"직원 명부 있잖아."

"그거 권력 남용 아니에요?"

"그게 아니면 찾아오지도 못했겠지. 그래서 싫어?"

유한은 초밥과 딸기를 건네며 봄의 오뚝 솟은 코끝을 톡 하고 살짝 건드렸다. 봄은 간지러운 감촉에 코를 찡긋거리며 작게 웃었다. 청량한 웃음소리가 마치 오르골마냥 맑게 진동했다.

동그란 뒤꿈치를 살짝 띄운 봄이 양팔을 뻗어 유한의 목을 껴안았다. 따뜻한 온기와 함께 당겨지는 느낌에 유한은 몸을 살짝 기울였다.

봄과 유한의 시선이 허공에서 맞부딪쳤다. 봄의 눈꼬리가 예쁘게 휘었다.

"아뇨! 좋아요."

봄은 턱을 살짝 들어 유한의 뺨에 잘게 입을 맞췄다. 이내 새빨개진 얼굴을 넓은 어깨에 묻고 키득키득 작은 울림을 뱉으며 중얼거렸다. 아, 부끄럽다.

유한은 봄을 껴안으며 손으로 목을 살짝 감쌌다. 하얀 목이 손안에 들어차자 그 가느다란 형태가 느껴졌다. 그리고 아직까지 물기가 어린 머리칼이 손등에 닿았다.

"젖었잖아. 이러고 나오려 한 거야? 감기 걸린다."

유한이 타박하듯 봄의 머리에 살짝 콩알을 놓았다.

"그치만 안 그러면 늦는단 말예요."

어깨에 얼굴을 묻은 봄의 목소리가 웅얼거리듯 들려왔다.

유한은 양손으로 봄의 어깨를 붙잡고 떨어뜨리며 몸을 살짝 숙여 얼굴을 마주했다. 봄의 눈이 여러 번 깜빡거리자 가늘고 긴 속눈썹이 날갯짓하듯 팔랑거리며 음영을 그렸다 지웠다.

"늦어도 돼. 그러니 앞으로 머리 바짝 말리고 나와. 드라이기는?"

다정한 음성에 봄은 생긋 미소 지었다. 봄이 이끄는 방향을 따라 방 안에 들어간 유한은 화장대 옆에 놓인 드라이기를 발견했다.

"앉아."

의자를 끌어당긴 유한은 뒤에서 머뭇거리며 서 있는 봄의 어깨를 살짝 눌러 앉혔다.

"고개 숙여 봐."

"이렇게요?"

고개를 숙이자 머리카락에 가려졌던 새하얀 목덜미가 드러났다. 좀 전까지만 해도 그의 손안에 쥐었던 체온이었다.

저려 오는 듯한 손끝에 유한은 드라이기를 세게 붙들었다. 버튼을 올리자 위잉 하는 소음과 함께 봄의 젖은 머리카락이 흩날렸다. 부드러운 손길로 머리를 가볍게 쓸어내렸다.

"아저씨."

"왜?"

기계의 소음 속에 숨어 버리는 목소리를 캐치한 유한은 봄의 동그란 가마를 내려다보았다. 이리저리 흔들리는 머리카락에도 가마의 모양은 변함없이 또렷했다.

"근데 어떻게 우리 집에 올 생각을 했어요?"

봄의 작은 뒤통수가 옆으로 갸웃거렸다. 그 모습에 유한은 저도 모르게 미소를 입에 담으며 대답했다.

"매번 너만 우리 집 왔잖아."

"그야…… 저는 그게 일인데……."

봄은 무심코 고개를 뒤로 들었다가 그가 보이지 않음을 깨닫고 다시 시선을 아래로 내렸다.

투명한 거울이 머리가 앞으로 흐트러진 제 모습과 유한의 모습을 고스란히 비추었다. 자신의 머리를 말리느라 고개를 숙인 유한의 눈동자가 자세히 보이지 않았다.

그때 그의 입술이 부드럽게 움직이며 실루엣을 그렸다.

"일? 글쎄……. 난 이제 일이 아닌데."

"네?"

그 순간 봄은 몸을 한 바퀴 돌리며 유한을 바라보았다. 시야를 가리는 흘러내린 머리칼들을 뒤로 쓸어 넘겼다. 더운 바람이 스민 듯 머리카락을 만진 손바닥이 금세 따뜻해졌다.

유한은 갑작스런 봄의 동작에, 혹시나 부딪힐세라 드라이기를 쥔 손을 살짝 들어 그녀의 행동반성에서 밀리 떼었다.

"어째서요?"

봄이 입술을 작게 우물거리며 되물었다.

봄을 내려다보고 있자니 입안이 바짝 타는 듯한 갈증이 밀려왔다. 의아한 눈길이 자신을 향했다.

유한은 비어 있는 손으로 그녀의 턱 끝을 받치고 고개를 살짝 숙였다. 그 순간 입술이 맞닿았다. 유한은 탐스럽게 익은 붉은 과육을 가볍게 훑었다.

"어, 어?"

갑작스런 접촉에 봄은 놀란 듯 토끼 눈이 되었다. 당황한 봄의 음성에 유한이 물기가 스민 입술을 엄지손가락으로 쓸어내리고는 따뜻한 미소를 머금으며 말했다.

"우리 연애하잖아."

꺅, 봄이 외마디 비명을 지르며 유한에게서 다시 등을 돌렸다. 작은 두 손으로 달아오른 얼굴을 감싼 뒤 고개를 푹 숙였다. 입술 위로 닿았던 말랑한 온기에 심장이 콩닥콩닥 뛰는 소리가 귓속까지 닿았다.

봄의 반응을 예상 못 한 유한은 당황한 듯 옹송그린 작은 뒷모습을 바라보았다. 여린 어깨에 손을 살짝 얹으며 몸을 숙여 봄의 귓가에 속삭였다.

"놀랐어? 미안."

그러면서도 붉게 물든 귓바퀴를 만지작거리는 유한의 부드러운 손길에 봄은 몸을 움찔거리며 신음성과 비슷한 목소리를 뱉어 냈다.

"아…… 아뇨, 그게 아니라……."

얼굴을 가리고 있던 손을 조금 내려 유한이 만지작거린 귀를 감쌌다. 열기가 스민 듯 뜨거웠다. 손끝의 감촉이 아직 남아 있는 것만 같았다.

봄은 거울 속으로 비치는 유한을 흘깃 바라보고는 이내 모기 소리만큼 작게 말했다.

"어떡해. 나 지금 너무 행복해요."

눈앞에서 마주한 다홍빛으로 물든 봄의 두 **뺨**과 가늘게 떨리는 두 손, 그리고 입가에 피어오른 아찔한 꽃향기에 유한은 취해 버릴 것만 같았다.

고개 숙인 봄의 머리칼을 가볍게 흩트리는 유한의 잇새로 웃음이 흘러나왔다.

"너 때문에 미치겠다, 정말."

어느새 바짝 마른 머리카락은 유한의 기다란 손가락 사이를 부드럽게 간질이며 **빠져**나갔다. 시선을 마주한 봄이 웃으며 손을 배 위로 올리고 중얼거렸다.

"아저씨, 저 배고파요."

새우가 올려진 초밥 하나를 입으로 집어넣은 봄이 꼭 다문 입을 오물거렸다.

"맛있어?"

유한이 물을 따라 건네며 물었다. 혀끝을 자극하는 식감에 봄은 밝은 얼굴로 엄지손가락을 치켜들었다.

"우와, 진짜 맛있어요! 어디예요, 여기?"

"아파트 앞에 새로 생겼어. 다음에 같이 가자."

"네, 아저씨도 얼른 먹어요! 이거 저 다 못 먹어요. 얼른요!"

봄이 초밥 하나를 소스에 살짝 찍어 유한의 입가에 가져다 대었다. 유한은 자연스럽게 입을 열어 초밥을 받아먹었다. 눈꼬리를 끌어 내린 봄이 고개를 살짝 기울였다.

"어때요? 맛있죠?"

"너나 많이 먹어, 살 좀 찌워야지."

"제가 무슨 살을 찌워요."

타박해도 다정한 유한의 목소리에 봄이 어깨를 으쓱이며 다시 초밥 하나를 입에 넣었다. 입술이 위아래로 몇 번 움직이더니 꿀꺽 삼켜졌다.

유한이 팔을 뻗어 봄의 손목을 쥐었다. 한 손에 들어오고도 공간이 남는 손목은 뼈대 위에 살가죽만 덧대어진 느낌이었다. 힘만 주면 부러질 듯이.

봄은 유한에게 붙들린 왼손을 의아하게 바라보았다.

"아저씨?"

"이것 봐, 너무 말랐네. 이거 다 먹어."

손끝으로 초밥을 가리킨 유한이 단호하게 말하며 봄의 입에 초밥 하나를 더 밀어 넣었다.

"너무 많아요!"

"그럼 뱃속에 빈공간이 없을 때까지 먹어."

봄의 입술이 열릴 때마다 초밥은 계속해서 작은 입속으로 들어가 위장을 차곡차곡 채웠다. 유한의 감시 아래 그가 초밥 하나를 먹을 때 봄은 두 개를 먹어야 했다.

시간이 점점 흐르자 먹는 속도가 느려지더니 봄은 젓가락을 테이블에 놓았다.

"배불러요. 도저히 못 먹겠어요."

볼록 솟은 배를 문지르던 봄이 투정하듯 유한을 바라보았다. 초밥 몇 개가 남긴 했지만 꽤나 많은 양이 사라져 있었다.

유한은 만족스럽게 미소 지으며 봄의 머리를 톡톡 두들겼다.

"잘했어, 딸기 먹을래?"

"네, 먹을래요!"

"배부르다며?"

"여자는 원래 식사 배랑, 디저트 배랑 따로 있는 거 몰라요?"

봄이 양손으로 꽃받침을 하며 턱을 괴고는 생글생글 웃었다. 어이없다는 듯 그 모습을 보던 유한의 잇새로 바람 빠진 웃음이 비집고 나왔다.

포장되어 있는 딸기를 꺼내어 물에 깨끗하게 헹궈 내자 물기가 맺혀 붉은빛이 도드라졌다.

"와, 맛있겠다!"

딸기를 한입 베어 물자 상큼한 과즙이 혀끝으로 퍼졌다. 제철이었다면 더 달콤하고 맛있었겠지만 이 계절에 딸기를 맛볼 수 있다는 것에 봄은 충분히 만족했다.

"아저씨, 고마워요. 정말 맛있어요!"

"맛있어?"

"네. 거기다가 아저씨랑 같이 마주 보고 앉아 있으니까…… 아, 너무 행복해. 진짜 좋아요."

손끝에 묻은 달콤한 과즙을 핥는 봄의 두 뺨이 붉었다.

"아저씨는 어때요? 우리 집 처음 왔잖아요."

"나도 좋아. 자주 올까?"

"정말요?"

유한에게 살짝 몸을 내민 봄의 새까만 두 눈동자가 천장의 조명에 반사하며 반짝였다. 산뜻한 향기가 봄에게서 흘러나왔다. 유한은 봄의 두 뺨을 감싸며 중얼거렸다.

"음…… 안 되겠다. 생각 좀 해 봐야겠어."

봄에게서 작은 웃음소리가 흘러나오자 엷게 울리는 진동이 유한의 손바닥에서 느껴졌다. 봄이 활짝 미소 지으며 제 뺨을 감싸고 있는 온기 위로 두 손을 덮었다.

"아, 따뜻해."

"그만 유혹해."

유한은 붉은빛이 번진 봄의 입술 위로 가볍게 입을 맞추고는 검지로 볼록한 이마를 톡 건드렸다. 마냥 좋은 듯 봄은 유한의 손을 끌어 내리며 꼭 쥐었다.

"저, 아저씨가 있어서 참 좋아요. 방전된 배터리도 아닌데 이상하게 에너지가 채워지는 것 같아요."

"다행이네, 도움이 되어서."

"저요……. 큰아버지와도 잘 해결될 것 같아요."

유한은 자신을 붙들고 있는 작은 온기를 내려다보았다. 가늘고 하얀 봄의 손이 참 작아 보였다.

"많이 생각해 봤어?"

"네. 어제…… 거절했어요."

봄의 망설이는 목소리에 유한은 얼마 전에 그녀가 해 준 이야기를 상기시켰다. 큰집에 들어와 살던 큰아버지의 제안에 많은 고민을 하고 망설이던 봄이 결단을 내린 듯했다.

유한은 손을 뻗어 봄의 어깨 아래서 살랑거리는 머리카락의 끝을 잡고 만지작거렸다. 부드러운 머리카락이 손끝에서 미끄러지며 가볍게 간질였다.

"저는요, 이대로가 좋아요. 마음이 불편하기도 하고…… 쌓여 있는 앙금이 없어지기에는 많은 시간이 걸리니까……. 아직은 큰집이 어렵고, 힘들고, 무서워요. 그래도 조금씩 천천히 다가가야 하지 않을까 생각했어요. 그래서 큰집에 들어갈 수는 없더라도, 자주 방문하고 인사드리려구요……."

유한을 불안하게 바라보던 봄은 버릇처럼 하얀 치아로 볼록한 입술을 눌렀다.

"아저씨, 저…… 잘하고 있는 거죠?"

"잘하고 있어."

손끝에서 노니는 머리카락을 놓은 유한은 동그랗게 말린 네 개의 손가락으로 봄의 턱을 받쳤다. 그리고 짓눌린 붉은 입술을 가볍게 쓸었다.

"그만 깨물어. 상처 나겠다."

"고마워요."

말을 하는 입술의 움직임을 따라 유한의 손가락이 파도치듯 울렁였다.

봄은 입술을 간질이는 따뜻한 유한의 엄지손가락을 붙잡고 살며시 자신의 손가락을 맞대었다. 한 마디 차이 나는 손가락의 모양새가 어른과 아이 같았다.

"와, 손 크다."

빙글빙글 회전하는 지문 위로 도장 찍듯 꾹 누른 봄이 유한을 물끄러미 보았다.

"아저씨는 한 번씩 보면 연애 베테랑 같아요."

"뭐?"

"스킨십이 너무 자연스럽지 않아요?"

토끼의 탈을 쓴 여우를 눈앞에 둔 채 굳어 버린 유한의 얼굴 위로 금세 억울한 심정이 고스란히 묻어 나왔다. 그 모습에 봄은 배시시 웃더니 새빨간 혀를 입술 사이로 내밀고는 자리에서 벌떡 일어났다.

"아뇨, 그냥 그렇다구요!"

"너…… 이리 안 와?"

"꺅! 싫어요."

뻗어 나오는 유한의 손길을 빠르게 피한 봄이 뒷걸음질 치며 맑은 웃음을 뱉어 내었다. 거실로 도망간 봄에게 성큼성큼 다가 갈 때마다 그녀는 한 발짝씩 뒤로 물러섰다.

거리가 점점 좁혀지자 유한은 발걸음을 멈춰 서며 봄에게 손을 흔들었다.

"가까이 와."

살짝 고민하던 봄이 유한의 앞으로 조금씩 다가가 고개를 갸웃거렸다.

"이만큼?"

"좀 더."

"그럼 이만큼?"

"더 가까이."

봄은 세 발짝 남겨 둔 채 멈춰 서서 유한을 바라보았다. 부드럽게 움직이는 그의 손짓에 마치 최면에 걸리듯 홀리는 기분이었다. 봄이 고개를 설레설레 저으며 눈을 질끈 감았다.

"위험해요. 더 못 가겠어요."

더 이상 다가오지 않은 채 봄이 등을 돌리자 유한은 재빠르게 다가가 허리를 낚아채듯 껴안았다. 외마디 비명이 유한의 귓가에 스몄다.

한 팔에 들어오는 작은 체구는 따뜻한 체온을 가지고 있다는 걸 증명이라도 하듯 닿은 곳마다 잔 떨림이 느껴졌다. 등과 맞닿은 가슴에서 심장의 뜀 소리가 들려왔다.

유한은 웃음기 담긴 목소리로 봄의 귓가에 속삭였다.

"다시 말해 봐."

봄이 당황한 듯 어물거렸다.

"아뇨, 제가 말실수…… 꺅! 잠깐만……!"

유한이 봄의 옆구리를 건드리는 순간 맑고 청량한 웃음소리가 들려왔다.

"그만, 그만요!"

웃음을 참으려 몸을 웅크린 채 힘겹게 말하는 봄을 보며 유한은 간질이던 손의 움직임을 멈추었다. 밭은 숨을 뱉어 내는 봄의 두 손엔 유한의 손이 꼭 붙들려 있었다.

봄이 눈을 치켜뜨며 눈가에 맺힌 물기를 손끝으로 훔쳤다.

"못된 손! 나쁜 손!"

입술을 뾰루퉁하게 내민 봄이 유한의 손등을 혼내듯 찰싹찰싹 쳤다. 옆구리가 아직도 웃음의 여운이 남아 있는 듯 간질간질했다.

네가 먼저였어. 유한이 봄의 머리를 흩뜨리며 낮게 중얼거렸다. 그때 상큼하고 산뜻한 바람이 코끝을 자극했다.

"레몬 향 난다."

"레몬이요? 어?"

봄은 되물으며 고개를 들어 뒤에 서 있는 유한을 바라보려다 무리임을 깨닫고 주위를 두리번거렸다. 시야에 창이 살짝 열린 베란다의 모습이 자리 잡았다. 봄이 두 손바닥으로 손뼉을 치며 말했다.

"아! 밖에 화분 있어요. 제가 키우는 거요."

창틈으로 불어오는 공기에 레이스 커튼이 팔랑거리며 춤을 췄다.

"꽃이 폈어?"

"아뇨, 저건 꽃 안 펴도 향이 나긴 해요. 잠시만요!"

봄이 유한의 품을 벗어나 쪼르르 베란다로 다가가 창을 활짝 열었다. 베란다로 나가자 커튼 위로 봄의 움직이는 실루엣이 그려졌다.

"와, 아저씨!"

작은 감탄사가 들려오더니 봄이 화분을 품에 안고 빼꼼 몸을 내밀었다.

"이것 봐요."

새끼손톱만큼 작은 꽃들이 촘촘히 푸른 잎들 사이로 입을 벌리고 있었다. 산뜻한 레몬 향이 짙어졌다.

"꽃 폈네."

"그렇죠? 안 필 줄 알았는데…… 예쁘다."

"허브?"

"골든 레몬 타임이요. 이름 예쁘죠?"

봄은 화분을 내려다보며 말했다. 입가에 맑은 미소가 부드럽게 자리 잡았다. 갓 피어난 새싹처럼 봄의 목소리는 파릇파릇한 생기를 띠었다.

"향기 좋다……."

봄이 화분을 탁자 위에 조심스레 올려두며 소파에 털썩 주저 앉았다. 그 옆에 앉은 유한이 봄의 옆모습을 가만히 응시하다 입을 열었다.

"휴가 때…… 어디 가?"

그러고 보니 휴가가 성큼 다가와 있었다. 유한의 질문에 화분의 파란 잎을 손끝으로 톡톡 건드리던 봄이 망설임 없이 대답했다.

"오랜만에 이모 집 갈 거예요."

"아……."

"이모랑 이모부도 보고 싶고, 이야기도 나누고 싶고. 밤하늘이 보고 싶기도 하고……."

봄이 유한을 돌아보며 수줍게 중얼거렸다. 푸른빛도 너무 보고 싶어요. 속삭이는 목소리가 가슴께를 간질였다. 익숙한 감각이었다.

유한은 팔꿈치를 소파에 기댄 채 머리를 짚으며 봄의 하얀 얼굴을 내려다보았다. 새가 지저귀듯 봄의 입술에서 밝은 목소리가 재잘거리며 흘러나왔다.

"아! 리포트도 해야 되는데, 거기 가면 뭔가 될 것 같아요."

"리포트? 있었어?"

"방학이긴 한데, 한 번씩 과제 내주시는 교수님이 계시거든요."

"같이 갈까?"

갑작스레 흘러나온 이야기에 봄이 놀란 눈을 하고는 유한을 되돌아보았다. 커튼에 반사되어 들어온 빛이 유한의 머리에 내려앉았다. 갈색 빛이 도드라지며 가닥가닥 옅어졌다.

유한의 눈이 휘어지며 미소를 띠었다.

"과제, 뭔지 몰라도 도와줄게."

"정말요?"

봄의 까만 눈동자와 유한의 옅은 빛으로 부서져 내리는 눈동자가 허공에서 부딪혔다.

"아저씨, 정말 연애 베테랑 아녜요?"

"뭐?"

서로의 눈에서 푸른빛이 번져 나오는 착각에 봄과 유한은 마주 보며 잇새에서 웃음을 뱉어 내었다. 봄의 맑은 웃음과 유한의 낮은 웃음소리가 서로 뒤섞였다.

숲 속에서 흘러 들어온 나비 한 마리가 앉아 날갯짓을 시작했다. 가슴께가 다시 간지러워졌다. 설렘이었다.

퍼석한 모래 위로 타이어가 스쳐 지나가는 순간 뿌연 바람이 일어났다. 뜨겁게 내리쬐는 태양이 보닛 위를 이글거리며 달구었다. 희미한 열기가 아지랑이처럼 피어올랐다.

　서늘한 바람이 나오는 에어컨의 방향을 아래로 내린 봄은, 오소소 소름 돋은 팔을 감싸 안고 문질렀다.

　밖은 찜통이라 할 정도로 더운데 차 안의 기온은 그보다 훨씬 낮아 담요가 필요하다는 게 아이러니했다.

　"밖은 엄청 덥겠다."

　봄은 창밖을 바라보며 중얼거렸다.

　"추워?"

　운전대를 잡고 있던 유한이 에어컨 온도를 올리며 차게 식은 봄의 손을 살짝 쥐었다.

　"그렇게 춥진 않아요."

손등을 휘감은 채 전해지는 온기에 봄의 입술이 곡선을 그렸다. 그 옆으로 옅은 보조개가 옴폭 자리 잡았다.

"아저씨, 아저씬 얼마 만에 오는 거예요?"

"글쎄……. 그때 이후로 안 왔으니까, 4년?"

"저는 매년 왔었거든요. 이모랑 이모부가 여기에 있고 재현이도 집이 여기 있으니까……."

반대쪽 손으로 유한의 손톱과 손가락 끝의 동그란 모양새를 따라 만지작거리던 봄이 생글생글 웃으며 앞을 바라보았다.

익숙한 갈림길 하나가 거리를 좁혀오자 봄의 표정이 서서히 밝아졌다.

"아저씨, 잠깐요. 여기 잠깐 세워 주세요!"

봄은 유한과 함께 꼭 쥐고 있던 손을 들어 창밖을 가리켰다. 차가 멈춰 섰다.

"여긴 왜?"

고개를 숙인 봄이 흘러내린 머리칼을 귀 뒤로 넘기면서 작은 가방 속을 뒤적거렸다.

"찾았다!"

유한이 그녀의 손에 들린 물건을 바라보며 의아한 듯 말했다.

"카메라?"

"저 과제해야 한댔잖아요! 잠깐만요……."

봄이 차문을 열었다. 훅 밀려 들어온 더운 열기가 서늘한 기운과 맞부딪쳤다. 문이 닫히자 남은 기운이 차게 식어 있던 피부를 덮쳤다.

차 앞으로 쪼르르 달려가는 봄의 작은 뒤통수를 따라 유한의 시선이 움직였다.

봄은 길 주변을 돌아다니며 사진을 찍었다. 찍은 사진을 확인할 때 얼핏 보이는 봄의 옆모습에 유한의 입가는 서서히 곡선을 그렸다.

찍은 결과가 만족스럽지 못한지 살짝 찌푸린 눈가와 뾰루퉁한 입술, 찡긋거리는 오똑한 코끝, 이마에서 내려오는 곡선이 부드럽게 턱 끝까지 흘러내렸다.

옆모습도 이쁘네. 그 순간 고개를 든 봄과 시선이 마주쳤다.

"아저씨!"

활짝 웃으며 손을 흔드는 봄의 목소리가 흐릿하게 들려왔다. 목소리는 점점 선명해지더니 봄이 차 안으로 들어왔다.

"아저씨, 많이 기다렸죠?"

이마에 맺힌 땀방울을 훔친 봄이 어깨 위로 흩어진 머리칼을 한데 모아 쥐어 반대쪽으로 넘겼다. 차는 다시 출발했다.

"무슨 과제야?"

"그런 게 있어요. 나중에 기회 되면 알려 드릴게요."

웃음기 담긴 목소리로 대꾸하며 봄은 자신이 찍은 사진을 확인하듯 카메라를 돌려 보았다.

"과제가 뭔지 모르면 도와줄 수가 없는데……."

"괜찮아요. 아저씨는 그냥 딱! 제 옆에 있어 주기만 하면 돼요."

"딱?"

"네. 껌처럼 제 옆에 붙어 있어 주세요."

고개를 돌려 유한의 옆모습을 바라보던 봄은 손을 뻗었다. 껌

지와 중지손가락 두 개를 세워 걸음 걷듯 유한의 팔뚝을 서서히 타고 내려갔다.

"그만해."

오감을 깨우는 감각에 유한이 팔을 움직여 피하려는 순간, 손가락 끝이 널찍한 그의 손바닥 위로 도착했다. 가볍게 톡톡 점프하더니 작은 다리는 몸을 활짝 폈다. 하얀 손바닥이 유한의 손을 감싸듯 덮었다.

"찰싹."

봄은 육성으로 소리 내며 유한의 손가락 틈새로 제 손가락을 밀어 넣어 깍지를 꼈다. 손을 들어 유한의 손등을 뺨에 비비던 봄이 작게 웃으며 속삭였다.

"이렇게 떨어지지 마요."

"이모! 이모부! 나 왔어!"

집 안으로 한달음에 들어간 봄이 거실에 가방을 내려놓으며 외쳤다. 뒤따라 들어오는 유한의 옷깃을 서둘러 당긴 봄은 배시시 웃었다.

"아저씨, 이리 와요."

"봄이 왔어?"

하루 전에 연락을 받았던 수인이 급하게 나오며 봄을 반겼다. 읽고 있던 신문을 선반 위에 얹으며 현욱도 거실로 나왔다.

의아한 듯 봄과 유한을 번갈아 보는 그의 얼굴 위로 얼핏 당황스런 기색이 어렸다. 머리 한구석에서 요란하게 울리는 적색 경고등을 차마 무시할 수 없었다.

"잘 왔다. 근데 뒤엔……."

현욱이 다정함을 가장한 눈빛으로 대답을 기다리듯 봄을 응시했다.

"이모부, 저기 숲 속 별장…… 주인? 아들?"

봄은 고민하다가 고개를 갸웃하며 대답했다. 대답하고도 이상한지 코끝을 찡그리며 현욱을 바라보다 이내 유한에게로 고개를 돌렸다.

"맞아요?"

유한은 봄의 머리카락을 자연스럽게 흩트리며 입가에 미소를 그렸다. 그리고 자신들을 바라보는 현욱을 향해 고개를 살짝 숙였다.

"안녕하십니까, 봄이 남자 친구입니다."

"뭐?"

"어머."

"와!"

유한이 말을 내뱉는 순간 그들은 높낮이가 다른 제각각의 반응을 보였다.

현욱은 얼어 버린 듯 말문을 잃었고, 수인은 입가를 가리며 즐거운 듯 웃더니 봄의 뺨을 톡 건드리며 말했다.

"대체 언제 사귀었대?"

봄이 자연스럽게 유한의 팔을 붙들며 그를 올려다보았다.

"남자 친구라고 하니까 되게 느낌 이상하다."

"싫어?"

유한이 봄의 살짝 주름 잡힌 코끝을 문질렀다. 봄이 눈을 부드럽게 휘며 예쁘게 웃었다.

"아뇨, 아뇨! 좋아요! 남자 친구님. 이모부, 내 남자 친구!"

생글생글 웃는 봄이 유한에 대해 정의 내리는 순간 현욱은 지끈거리는 머리를 짚었다. 마냥 어리기만 했던 꼬마 공주가 어느새 여인의 탈을 쓴 채 남자 한 명을 데려왔다. 자신의 연인이라며.

현욱은 순진한 눈망울을 도록도록 굴리는 봄을 보고는 이내 유한을 향해 손짓하며 버럭했다. 괘씸함이 턱 끝까지 차올랐다.

"절대 안 돼! 감히 어디서……! 봄이 너도…… 안 돼! 무조건 안 돼!"

격앙된 현욱의 모습에 옆에 있던 수인이 그의 입을 손으로 틀어막았다. 그리고 놀란 듯 눈을 크게 뜬 봄에게 살짝 윙크했다.

"당신, 봄이 나이가 몇 살인데……. 언제까지 품 안의 자식처럼 껴안으려고 그래요. 봄아, 냉장고에 음료 있으니까 꺼내 올래?"

"네. 이리 와요. 시원한 음료 마셔요, 우리."

유한의 옷깃을 잡아 안으로 데려가는 봄의 뒷모습을 보던 현욱이 불만스런 얼굴로 수인의 눈치를 보며 투덜거렸다.

"자식 키워 봐야 소용없다더니……."

"손님인데 반겨 줘야죠, 얼른."

수인이 웃음기 담긴 얼굴로 그의 등을 살짝 떠밀었다.

간단한 다과를 먹고 난 뒤, 수인의 손맛이 느껴지는 소담스럽지만 맛깔난 식사가 차려졌다.

"많이 먹어요."

수인이 다정스레 웃으면서 유한에게 말했다.

찰그락, 그릇과 수저가 마주치는 소리가 식탁 위에서 흘러나왔다. 그 소리가 멈출 때까지 현욱은 유한에게 간단한 신상 명세만 묻고는 시위를 하듯 입을 닫았다.

그럴수록 수인은 유한에게 더 관심을 보이며 봄과의 관계를 캐물었다. 그 순간마다 봄의 두 뺨은 노을빛을 머금고 발그레 달아올랐다.

그 모습이 사랑스러운지 유한은 연신 미소를 띤 채 봄의 수저 위로 반찬을 하나씩 올려 주었다.

"나 그만 주고 얼른 먹어요!"

봄이 불만스레 말할 때마다 유한은 다른 반찬을 향해 움직이는 젓가락질을 멈추지 않으며 대꾸했다.

"이미 먹고 있어, 난."

그 모습을 보던 수인이 현욱의 옆구리를 살짝 건들며 속삭였다.

"애정이 넘치지 않아요? 아, 보기 좋아라."

"좋아 보이긴, 무슨."

현욱은 코웃음 쳤다.

서로 다른 기온을 머금은 저녁 식사를 마치고 봄은 수인을 따라 뒷정리를 하러 주방으로 들어갔다.

수인이 그릇을 깨끗하게 씻으면, 봄은 물기에 젖은 그릇을 마른 수건으로 윤이 나게 닦은 뒤 제자리에 넣었다.

"오랜만에 이모랑 있으니까 너무 좋다."

설거지하는 수인의 어깨에 살짝 턱을 기댄 봄이 두 팔을 벌려 허리를 끌어안았다.

"얜 정말. 얼른 하고 유한 군한테 가 봐. 네 이모부랑 어색해서 쥐구멍에라도 숨어 버리고 싶을지 몰라."

"에이. 우리 아저씨 그런 사람 아니다, 뭐."

봄이 수인의 어깨에 뺨을 비비며 배시시 웃었다. 그 설레는 웃음을 듣던 수인이 머리로 어깨 위 봄의 이마를 톡 쳤다.

"그렇게 좋아?"

"응, 이런 기분 처음이야. 이모…… 나 어쩜 좋아."

"왜?"

"볼수록 더 좋아져."

머릿속에 떠오르는 유한의 잔상이 가슴께에 내려앉았다. 두근두근, 심장 소리가 수인에게 들릴까 싶어 봄은 몸을 움츠렸다.

숲은 더 넓어지고 푸르러졌다. 바람이 살랑살랑 불어올 때마다 풀내음이 코끝을 자극하고 지저귀는 새소리가 짙어졌다. 시원한 그늘이 뒤덮인 틈새로 부서지는 빛줄기가 내려앉아 어두운 그곳을 밝혔다.

익숙하면서도 익숙하지 않은 풍경에 봄은 가볍게 달려 나가 푸르른 가운데 섰다. 부드러운 머리칼이 흩날리고 무릎 위로 살짝 올라간 하늘색의 쉬폰 스커트가 물결쳤다.

빛을 가리듯 손바닥을 펼쳐 하늘을 향했다. 활짝 벌린 손가락을 붙이자 빈 틈새로 빛이 새어 들어왔다.

"뭐하는 거야?"

봄의 모습을 고스란히 보던 유한이 걸음을 옮기며 물었다.

"이렇게 하면 손이 따뜻해지는 것 같아요."

거리가 점점 좁혀지더니 유한은 성큼 봄의 앞에 섰다.

"이것 봐요. 햇빛이 제 손 안에 있어요."

유한이 손을 들었다. 봄의 손등 위를 마디마디가 길쭉한 손이 덮어 버리자 틈새를 비집고 들어오던 가느다란 빛줄기가 모습을 감추었다.

"그러네."

유한은 봄의 손을 내리면서 아래에 놓인 한쪽 손마저 감쌌다.

올려다보는 봄의 동그란 눈동자 위로 자신의 얼굴이 비쳤다. 촉촉이 윤기를 띠는 입술이 살짝 벌어져 있었다. 그 붉은 틈새의 달콤함을 알고 난 뒤부터 기다릴 여유가 없었다.

유한은 고개를 숙여 꽃잎 위로 입을 맞췄다. 놀라 뒤로 도망가는 혀를 낚아채 가볍게 휘감았다. 달콤한 감각에 녹아내릴 것 같았다.

귓속으로 매미 소리와 지저귀는 새 울음이 느껴지는 순간, 유한은 긴장한 듯 꿈쩍 않는 봄의 작은 입술 위로 잘게 입 맞추었다.

"이것 봐, 넌 내 손 안에 있어."

유한이 웃음기 담긴 목소리로 중얼거리곤 붉음이 짙어진 입술 위를 엄지손가락으로 훑었다.

"아, 정말!"

유한의 옷을 잡아당긴 봄이 그 품에 얼굴을 묻으며 말려 들어가는 목소리로 중얼거렸다.

"……이러면 부끄럽단 말예요."

"얼른 가. 과제해야 한다며."

"진짜 짓궂어!"

품에서 얼굴을 뗀 봄이 유한을 흘기고는 등을 홱 돌렸다. 작은 보폭으로 나아가는 봄의 뒷모습이 폴짝폴짝 노니는 토끼 같아 유한의 잇새로 웃음이 흘렀다.

"아저씨, 안 와요? 빨리요!"

봄이 가만히 서서 움직이지 않는 유한에게로 손짓했다. 솨아아, 나뭇잎이 바람에 서로 몸을 부딪쳤다. 푸른 숲이 봄에게로 쏟아져 내렸다.

"으아, 차가워."

흐르는 물결 아래 하얀 발이 꼼지락거렸다.

봄은 서늘한 계곡 물에 담근 발을 들어 통통, 표면을 두들겼다. 그 움직임에 물의 흐름이 멈추더니 물방울이 튀어 올랐다. 두 손에 꼭 쥔 샌들이 같이 흔들거렸다.

"조심해, 넘어질라."

봄의 모습을 바라보던 유한은 불안한 시선으로 말했다.

가냘픈 몸이 한 번씩 휘청거릴 때마다 그의 어깨도 함께 들썩였다.

"아저씨, 여름인데 물놀이는 해야죠!"

평평한 돌 위에 앉아 있는 유한에게 다가가 샌들을 올린 봄이 두 팔을 얹으면서 턱을 괴었다. 서늘한 기온이 전류가 흐르듯 피부를 통해 짜르르 퍼졌다.

유한은 상기된 봄의 이마에 묻은 물기를 손끝으로 닦아 주며 웃었다.

"그렇게 좋아?"

"네! 이렇게 아저씨랑 같이 올 줄 알았겠어요? 재현이도 별로 안 좋아해서 매번 혼자 왔었는데…….."

"위험하니까 앞으로는 혼자 오지 마."

"그럼…… 같이 와 줄 거예요?"

"그래."

까만 머리칼을 부드럽게 쓸어내린 손이 뺨에 닿자 봄은 눈을 찡긋거리며 웃었다.

따스하게 쏟아져 내리는 볕을 쐬며 배를 뒤집고 누운 고양이 마냥, 봄이 금세라도 갸르릉하고 울 것만 같았다.

아래로 살짝 접힌 봄의 눈 끝을 가볍게 만진 유한이 손을 내려 볼을 톡 하니 건드렸다.

"얼른 물에서 나와."

봄이 서서히 눈을 뜨자 긴 속눈썹이 파르르 떨렸다. 맑고 큰 눈동자 속에 유한이 고스란히 담겼다.

"음…… 싫어요!"

봄이 장난스럽게 웃고는 돌에서 몸을 떼며 유한을 향해 손을 뻗었다.

"같이 놀아요!"

유한이 고개를 젓자 뾰루퉁하게 입술을 내민 봄은 물속에 양손을 담그고는 모았다. 그리고 옴폭하게 만들어진 작은 웅덩이에 고인 물을 유한에게 뿌렸다.

물에 젖은 유한의 모습에 봄의 입술이 서서히 벌어지더니 까르르 웃음을 뱉었다. 그리고 저만치 도망가며 외쳤다.

"어때요? 시원하죠!"

"너! 아……."

물기를 머금은 머리칼을 쓸어 넘기며 봄에게 한마디 하려는 순간, 손끝에 딱딱한 뭔가 닿았다. 시선을 내리자 익숙한 물건이 눈에 들어왔다.

유한의 낮은 목소리가 신음성처럼 흘러나왔다.

"카메라……."

"으앗!"

유한의 시선이 향한 곳을 따라 움직이던 눈동자가 멈추었다. 놀라 두 뺨을 감싼 봄은 얼어 버린 몸을 움직일 생각도 못 한 채, 아직 동결되지 않은 입술을 가까스로 움직였다.

"아저씨…… 제 카메라 안 젖었죠?"

유한이 카메라를 들고 이리저리 살피며 전원을 켰다. 다행히 물에 젖지는 않은 듯 카메라 앵글 안으로 봄의 모습이 들어왔다.

물에 살짝 젖은 머리를 아래로 늘어뜨리고 아까 그 자세 그대로 놀란 모습에 유한은 셔터를 눌렀다. 찰칵, 찰칵.

"음…… 잘 나오는데?"

찍힌 사진을 확인한 유한이 어깨를 으쓱이며 말했다. 봄이 안도의 한숨을 내쉬며 다가섰다.

"이리 줘요."

유한이 카메라를 건네자 봄은 찍힌 사진을 내려다보았다.

"어? 나 찍은 거예요?"

동그랗게 눈을 뜬 봄이 유한을 올려보았다. 그리고 이내 고개를 숙여 사진을 보며 중얼거렸다.

"아저씨, 진짜 못 찍는다……. 두 번째 사진은 그렇다 쳐도 첫 번째 사진은…… 저인 줄도 모르겠잖아요."

첫 번째 사진을 보던 봄이 키득거리며 작은 웃음을 내뱉었다.

"이것 봐요, 초점이 다 흔들렸어요."

"이리 줘. 새로 찍어 줄 테니."

계속 이어지는 봄의 들떠 있는 목소리에 유한은 한쪽 눈썹을 일그러뜨렸다. 제 앞으로 내밀어진 손에 봄이 몸을 홱 돌리며 말했다.

"싫어요!"

"빨리."

"저는 이 사진이 좋아요!"

유한은 한숨을 내쉬며 이마를 짚었다. 왜 찍었나 싶은, 후회 가득 섞인 목소리가 흘러나왔다.

"마음에도 없는 소리 하지 마."

"아녜요! 마음에 든다니까요? 아저씨가 저 처음으로 찍어 준 거니까……."

봄이 사진을 계속 바라보며 말했다.

"아저씬 모를걸요? 제가 옛날에 사진 한 징이 없이서 얼마나…… 얼마나 후회했는데……."

"아……."

유한이 말을 하려 입을 여는 순간 하늘에서 빗방울이 떨어졌다. 한 방울, 두 방울 빗줄기가 내려앉은 곳마다 돌의 색이 짙어졌다.

"비 와요."

봄이 하늘을 올려다보았다. 나뭇잎 틈새로 보이던 파란 하늘과 조각난 햇빛들이 사라져 있었다.

유한은 여전히 계곡 물에 발을 담근 봄을 끌어 올리며 말했다.

"일단 피해야겠다. 이리 와."

품에 안긴 카메라를 작은 가방 속에 넣은 봄이 앞서 가는 유한의 뒤를 쫓았다.

이슬에 촉촉이 젖은 풀잎들이 발등을 간지럽게 스쳤다. 하늘에서 떨어지는 빗방울이 초록 방패들을 거쳐 아래로 낙하했다.

봄은 손바닥을 내밀었다. 톡톡, 규칙 없이 떨어지는 물방울들이 옴폭 파인 손바닥 가운데로 모였다.

살짝 기울이자 아래로 쪼로록 쏟아지는 가는 물줄기에, 봄은 슬며시 미소 짓고는 앞을 바라보았다.

앞서 가는 유한의 머리칼이 물기를 머금은 듯, 옅었던 색이 짙어져 있었다.

등 뒤에서 빗방울들과 함께 바람이 불어왔다. 나뭇잎들이 파르르 떨리는 소리가 빗소리와 함께 고요한 숲 속에 가득 퍼졌다. 익숙한 감각이었다.

한 발짝씩 내딛던 봄의 발걸음이 멈추었다.

'숲 속에 아저씨가 있어⋯⋯.'

가방 속의 카메라를 꺼내 유한의 뒷모습을 앵글 속에 담았다. 이 순간을 잊고 싶지 않아졌다. 찰칵, 셔터를 누른 순간 갑자기 빗줄기가 굵어졌다.

봄은 급하게 카메라를 넣고 유한의 옆으로 쪼르르 달려갔다. 그리고 단단한 팔에 매달리며 말했다.

"아저씨, 나 아저씨 사진 찍었어요."

"언제?"

유한은 살짝 묵직해진 팔과 자신을 올려다보는 눈동자를 응시했다.

"좀 전에요! 이거 저 해도 돼요?"

"검열하고."

"나중에 보여 주고 싶어요."

밝게 웃는 봄의 뺨에 빗방울이 내려앉았다. 유한은 봄의 젖은 뺨을 훔치고 젖은 머리칼을 쓸었다. 봄의 체온이 서서히 내려가고 있었다. 서늘한 감촉이었다.

"얼른 비부터 피해야겠다."

"그럼 나 허락한 걸로 알아요?"

"그래, 그래."

승낙의 대답에 봄은 맑고 청량한 웃음소리를 내뱉으며 유한의 팔을 앞뒤로 흔들었다.

"얼른 가요! 비가 점점 많이 내리잖아요!"

유한에게 머리를 기댄 봄이 가벼운 허밍을 내뱉었다. 유한의 입술이 호선을 그렸다. 빗소리와 섞인 음률이 바람을 타고 흘렀다.

짧았던 4일간의 휴가가 마무리되었다. 봄은 풀어 놓았던 짐을 챙기다 말고 무릎을 세우고 앉아 턱을 괴었다.

"가기 싫다아, 진짜. 안 가면 안 되나? 안 되겠지?"

아쉬움 섞인 한탄이 살짝 벌어진 입술을 타고 흘러나왔다. 그때 노크 소리가 들리더니 방문이 열렸다.

"준비 다 했어?"

유한이 쪼그려 앉아 있는 봄을 보면서 웃었다.

"뭐하고 있어."

그 자세 그대로 시선만 돌린 봄은 입술을 내밀며 투정 부리듯 말했다.

"아저씨 혼자 가요. 나 이모랑 이모부랑 더 있을래."

유한이 봄의 뒤로 다가가 몸을 숙였다. 봄의 두 손을 잡고 위로 당겼다.

"가기 싫어요!"

"안 돼, 너 없으면 내 식사는?"

"제가 무슨 식모도 아니구……."

봄이 엉덩이에 힘을 주고 버티며 고개를 설레설레 저었다.

"안 일어날 거야!"

"나 너 없으면 안 돼. 아가씨, 얼른 일어나."

유한의 잇새로 웃음기 섞인 낮은 음성이 흘러나왔다. 유한이 봄의 손을 놓고 겨드랑이 사이로 손을 쑥 넣어 들었다. 그 순간 봄이 종이 인형처럼 일으켜졌다.

그 손길이 간지러웠던 듯 까르르 맑은 웃음을 터뜨리는 봄이 반으로 접혔다. 유한의 손이 어느 순간 봄의 허리를 안고 있었다.

"갈 거지?"

유한이 봄의 귓가에 속삭였다. 따뜻한 숨결이 귓바퀴를 타고 흘러 들어왔다. 봄은 여운이 남은 듯 잔웃음을 내뱉으며 눈가에 맺힌 눈물을 훔쳤다.

"가요, 간다구요."

"착하다, 우리 딸기."

"정말, 이럴 때만 딸기죠?"

봄이 살짝 눈을 흘기자 유한이 낮게 웃음을 흘리며 달아오른 붉은 뺨에 입을 맞대었다.

"얼른 준비해. 기다릴게."

봄의 뺨엔 부드러운 입술이 닿은 감촉이 남았다.

"미치겠어, 정말."

살짝 그곳에 손을 대며 앞에 놓인 거울을 바라보았다.

사랑에 빠진 눈을 하고 있는 여자가 행복한 표정으로 자신을 바라보고 있었다. 귓가에 머문 숨소리의 잔상이 심장의 두근거림을 계속 일깨웠다.

봄은 그 모습을 떨치듯이 눈을 질끈 감은 채 고개를 휘휘 젓고 짐을 마저 싸기 위해 빠르게 움직였다. 느릿느릿 한 시간 동안 싸던 짐이 금세 정리가 되었다.

짐 가방을 내려다본 봄이 허탈하게 웃으며 중얼거렸다.

"나 진짜 가기 싫었나 보다."

자신의 방을 한 번 둘러본 봄이 다음을 기약하며 방을 나섰다.

"이모, 이모부! 어디 있어? 나 이제 갈 건데?"

봄의 목소리에 수인은 급하게 부엌에서 종이 가방을 들고 나왔다.

"안 챙긴 건 없고? 자, 이거 들고 가. 밑반찬이야. 요리도 못하는 애를 보내 놔서 걱정이 한둘이 아니네, 정말. 아직도 재현이한테 얻어먹지, 너?"

"와, 이모 고마워! 맛있게 먹을게."

수인을 껴안은 봄은 뒤에 있던 현욱에게도 다가가 폭 안겼다.

"이모부, 다시 올게. 그땐 딸기 사 놓고 기다려 줘."

현욱의 품 안에서 봄의 목소리가 웅얼거리듯 들려왔다.

"몸조심하고, 밤늦게 다니지 말고, 맛있는 거 사 준다고 덥석 따라가지도 말고."

현욱은 문 앞에 서 있는 유한을 한 번 보고는 봄의 어깨를 붙잡고 시선을 맞추며 세뇌시키듯 말했다.

"남자는 모두 다 짐승이야, 짐승! 알겠지?"

봄은 현욱의 부리부리한 시선에도 천진하게 웃었다.

"이모부, 집에 도착하면 전화할게요."

"봄아, 잘 가."

수인은 집밖을 나서는 봄과 유한의 모습을 보며 미소 지었다. 표정이 굳어 있는 현욱의 손을 감싸자 경직되어 있던 힘이 풀렸다.

"딸 키워 봤자 소용없다더니."

"아쉬워요? 그래도 봄이 첫 연애를 시작했잖아요. 마음을 열 상대가 생겼으니 기뻐해야죠."

"그건 그렇다만…… 그래도……."

"정 불안하면 그때 큰집에 들어가 살라 하지 그랬어요."

어둡게 가라앉은 현욱의 얼굴을 본 수인이 봄이 했던 얘기를 상기시켰다. 큰집에서 화해의 제스처를 취했다는 소식을 전하던 목소리의 떨림이 생각났다.

목구멍에 커다란 덩어리가 걸린 듯한 그 이물감에 여간 마음이 편하지 않았다.

수인은 그때 봄의 선택을 존중한다 했지만, 한편으로 반대의 선택을 했다면 마음속에 쌓여 있는 앙금이 더 빨리 사그라지지 않을까 싶기도 했다.

수인의 불안한 생각을 눈치채기라도 한 듯, 현욱은 바닥에 놓인 신문을 집어 들며 담담히 말했다.

"봄이 혼자 사는 게 불안하지만 그건 됐어. 잘한 거야. 20년 가까이 떨어져 지내 온 사인데…… 남이나 다름없지."

"그건 그렇지만……."

"그 집 사람들이 우리 공주님을 그 집 틀에 맞추려고 간섭하고 윽박지르는 거…… 생각만 해도 속에서 분통 터지니까. 난 우리 봄이 선택이 옳았다고 믿어."

현욱의 굳어 있던 입매가 부드럽게 휘었다. 수인은 봄이 얘기만 했을 뿐인데 금세 풀어진 현욱을 보고는 덩달아 미소 지으며 말했다.

"마실 거 갖다 드려요?"

"아, 딸기우유가 갑자기 먹고 싶어지는데……."

팔랑, 신문 한 장을 넘긴 현욱이 시선을 살짝 들며 웃음기 맺힌 음성으로 말했다.

"달콤한 게 먹고 싶어졌어."

모른 척 신문을 다시 한 장 넘기는 현욱의 모습에 수인은 가슴속에서 피어오르는 따뜻한 온기를 느꼈다.

"잠시만 기다려요. 금방 가져다줄게요."

향기를 머금은 봄바람이 옅은 잔향을 남긴 채 모래처럼 흩어졌다.

"휴가가 너무 짧아요."

봄이 턱을 괸 채 투정 부리자 유한은 가볍게 웃음을 내뱉었다. 듣기 좋은 낮은 울림이 흘렀다.

봄은 시선을 돌려 미소를 띠고 있는 유한의 옆모습을 바라보았다.

투명한 유리창을 투과한 빛이 유한에게 내려앉았다. 옅은 갈색으로 이뤄진 가는 머리칼이 투명해졌다. 쥐는 순간 부드럽게 손가락을 빠져 흘러 나갈 것만 같았다.

머리칼 옆으로 드러난 귀와 그 아래로 이어지는 날렵한 턱선, 살짝 떨리는 목울대를 보던 봄의 두 뺨이 붉게 상기되었다.

유한이 오른손을 내밀며 말했다.

"손."

"여기요."

봄은 설레는 가슴을 다독이며 유한의 손바닥 위로 제 손을 올렸다. 유한은 정면을 바라본 채 운전을 계속하면서 손끝의 감각으로만 봄의 손 모양을 익히듯 느리게 선을 그렸다.

봄은 웃으면서 손을 살짝 움츠렸다.

"간질간질해요."

"작다, 네 손."

"아저씬, 손이 참 크네요."

유한의 가늘고 긴 손가락이 봄의 손가락 사이를 파고들며 깍지를 꼈다. 봄은 유한의 손에 둘러싸인 손을 꼭 쥐었다.

"내일 이노센트 한번 가 봐야겠네요?"

"휴가였으니까."

"그럼 난 민경이랑 지연이 일이나 좀 도와줘야겠어요."

생글생글 웃으며 봄이 말하자 유한은 한쪽 눈썹을 올리면서 깍지 낀 손에 힘을 주었다.

"안 돼, 넌 내 옆에 있어."

"아저씨 하는 거 보고 생각 좀 해 볼게요. 아, 맞다! 나 궁금한 게 있었어요."

봄의 대답에 차를 멈출까 말까 고민하던 유한은 계속 이어지는 목소리에 살짝 시선을 옮겼다.

"뭔데?"

앞의 신호등이 빨간불로 바뀌었다. 유한은 속도를 줄이며 차를 멈추었다.

"이것 봐요. 이노센트 철자가 이렇잖아요."

봄이 유한의 손등에 'InnoScent'를 쓰면서 중얼거렸다.

"근데 여기 S가 없어야 하지 않아요?"

봄은 고개를 갸웃하며 유한과 눈을 마주쳤다. 살짝 좁힌 미간 사이로 가는 실선이 자리 잡았다.

"인상 펴."

유한이 비어 있는 손으로 봄의 미간 사이를 문질렀다.

"독특하고 눈에 띄잖아. 순수와 향기, 의미도 좋고. 그리고 그
것들이 널 생각나게 했으니까."

입가에 미소를 지은 유한이 쥐고 있던 봄의 손을 들어 코끝으
로 끌었다.

가볍게 숨을 들이쉬자 파릇한 풀냄새와 산뜻한 로션 향이 뒤
섞여 흘러 들어왔다. 봄의 향이 짙어졌다.

손등에 살짝 입 맞춘 유한이 듣기 좋은 목소리로 말했다.

"그래서 더 좋았어."

"……아, 나 부끄러워졌어요."

봄이 창밖으로 고개를 돌리며 작게 중얼거렸다. 신호가 바뀌
고 차가 다시 매끄럽게 움직였다.

"넌 매번 부끄러워져?"

유한이 웃음기를 담은 채 말했다. 그 소리에 봄이 유한을 살
짝 흘겼다.

"흥, 그래서 싫어요?"

봄은 붙잡힌 손을 빼내려고 살짝 비틀었다.

유한은 미꾸라지처럼 도망가는 따뜻한 온기를 다시 붙잡으면
서 낮게 말했다.

"아니, 좋아. 더."

그 소리에 금세 마음이 풀린 듯 봄이 수줍게 웃음 지었다.

"이제 일상으로 돌아간다니 실감이 안 나요. 이래서 월요병이
생기나 봐요."

서울로 가는 표지판을 보던 봄이 유한을 돌아보았다.

"다음에도 같이 와요."

맑은 목소리 속에서 바람에 스치던 나뭇잎 소리가 들려오는 듯한 착각이 들었다. 뒤늦게 유한이 대답했다. 그래.

봄은 청량하게 웃으며 유한의 손등을 잡아당겨 쪽, 입을 맞추었다.

"좋아요. 약속했어요?"

발코니 창을 투과한 따뜻한 빛이 거실에 살포시 내려앉았다. 햇살이 환하게 밝힌 거실엔 봄과 유한이 나란히 앉아 TV를 보고 있었다. DVD 대여점에서 함께 빌려 온 영화는 한창 중반부를 향해 가고 있었다.

영화 속 주인공이 꽈당 넘어지는 순간, 폭신한 소파에 몸을 묻은 봄이 유한의 어깨에 머리를 기대며 웃음을 내뱉었다.

떨림이 피부에 닿아 오자 유한은 작은 어깨를 감싸고 부드러운 머리칼을 쓸어내렸다. 그 다정한 손길을 의식하지 못한 봄은 화면에만 집중하고 있었다.

봄의 가느다란 다리의 끝에 달려 있는 작은 발이 까딱까딱 움직일 때마다 작은 손이 가볍게 떨렸다.

유한은 옆모습을 가만히 내려다보았다. 촘촘히 뻗은 긴 속눈썹이 음영을 그렸고, 촉촉한 입술은 살짝 벌어져 있었다. 그 입술을 꾹 누른 하얀 치아, 다홍빛으로 물든 뺨, 그리고 TV의 화면이 반사된 까만 동공이 빛을 내었다.

예쁘고 반짝이는 것들만 모으고 모아 이루어진 듯한 봄을 보자 유한의 입이 바싹 타들어 갔다. 옆에 놓인 물 컵을 들어 입안을 축였다.

처음부터 영화를 보지 않고 있었던 건 아니었다. 영화는 꽤 알려진 로맨틱 코미디였고 흥미롭고 설레는 내용으로 잔잔히 흘러가고 있었다.

다만 영화를 보던 봄이 작은 감탄사를 내뱉는 순간, 귓속을 파고드는 낮은 숨소리가 잠들어 있던 유한의 모든 감각을 자극하며 깨웠다.

그 감각을 의식했을 때부터 지금까지 유한은 오롯이 봄의 모습만 바라보았다. 영화에 몰입한 봄은 눈치채지 못하고 있었지만.

"아……."

봄의 입술이 낮은 탄식을 흘렸다.

'이쪽을 바라봐.'

유한의 마음이 속삭였다.

'여기야.'

유한의 짙은 눈동자가 봄의 시선을 갈망했다. 봄이 무의식중에 고개를 살짝 기울이자 머리카락이 아래로 쏟아지며 얼굴의 1/3을 가렸다. 손끝이 저려 왔다.

유한은 집중하듯 손끝에 힘을 주며 뺨에 흐른 봄의 머리칼을 귀 뒤로 넘겨 주었다. 귓바퀴로 뜨거운 손끝이 접촉했다.

짜릿한 전기가 타고 흐르는 느낌에 봄이 화들짝 놀라며 유한을 돌아보았다.

유한과 봄의 유리알 같은 눈동자가 허공에서 부딪혔다. 유한이 배부른 사자처럼 입가에 만족스러운 미소를 담았다.

봄은 갑자기 마주친 시선에 당황한 듯 입을 벌린 채로 말을 잃었다.

"어…… 그러니까……."

우물쭈물하는 봄의 입술이 그리는 움직임을 보던 유한이 이야기를 하라는 듯 고개를 살짝 까딱였다.

"영화 재미없어요?"

"보고 있었어."

"진짜요? 고개 돌리자마자 눈이 마주쳐서 재미없나 했어요. 그러니까 귀가……."

입가에 미소를 띤 유한을 보던 봄은 그의 손끝이 닿았던 귀를 덮었다. 짜릿한 잔상이 남은 귀가 달아오른 채 열기를 머금고 있었다.

"너 보고 있었어."

"귀가 닿아…… 네?"

유한이 살짝 올라간 봄의 눈썹을 따라 그렸다. 부드러운 손끝은 아래로 내려와 동그란 코끝을 톡 건드렸다. 그 손길에 한쪽 눈을 찡긋거린 봄이 유한을 바라보았다.

"네가 너무 예뻐서."

다정함이 담긴 낮은 음색에 눈 끝을 부드럽게 휜 봄이 입가에 미소를 지었다.

"그만해요! 아저씨, 난 아저씨가 나 예쁘다고 할 때마다 심장이 막 떨려요."

이러다 심장마비 걸리겠어. 작게 중얼거린 봄은 유한의 두 뺨을 제 손으로 감쌌다. 그리곤 고개를 살짝 들어 그의 입술에 촉, 입 맞췄다.

TV에서 잔잔하면서도 애잔한 음악이 흐르며 엔딩 크레디트가 올라갔다. 봄은 화면을 흘끔 보고는 붉어진 얼굴로 꽃 같은 웃음을 내뱉었다. 유한이 TV를 껐다.

"마지막 장면 못 봤어요!"

"나중에 보고 지금은 날 봐."

"음…… 그럴까요?"

살짝 고개를 갸웃하는 봄의 손에 힘이 들어갔다 빠졌다. 뺨에 닿아 있는 봄의 손을 붙잡은 유한이 시선을 맞추었다.

말랑하고 따뜻한 감촉이 동그란 이마에, 놀라서 뜬 두 눈에, 오똑한 코끝에 서서히 내려앉았다.

유한의 따뜻한 숨결이 볼에 내려앉는 순간, 말랑한 그의 입술이 붉은 입술에 스치듯 닿았다 떨어졌다. 유한의 뺨을 쥐고 있던 봄의 손이 아래로 내려앉았다.

"네가 다른 곳 보면 질투할 거 같아."

"좋아요. 그럼 난 아저씨만 봐야지."

봄이 유한에게 온전히 몸을 돌리며 양반다리를 했다.

마주하고 있는 눈동자 속에 서로의 모습이 오롯이 담기고, 고요한 집 안에 시계 초침 소리가 점점 커졌다.

시계 소리와 빠르게 뛰는 심장 소리가 뒤섞이는 순간, 봄은 몸을 살짝 비틀었다.

"그만해요."

"왜? 좋은데."

"그냥 그만해요. 안 되겠어요."

유한이 낮은 웃음을 흘렸다.

두 뺨을 붉힌 봄은 다리를 다시 쭉 뻗고 TV 속 유한과 자신의 모습을 바라보았다. 그리고 유한의 다리 위에 제 다리를 올리며 장난치듯 톡톡, 쳤다.

가벼운 발길질에 유한은 다리로 작은 발을 옭아매면서 옴짝달싹 못 하게 죄었다. 봄이 외마디 비명을 내뱉으며 유한의 옆구리를 팔꿈치로 쿡쿡 건드렸다.

"그만요, 그만! 얌전히 있을게요."

유한이 다리를 풀어내며 봄의 머리를 쓰다듬듯 쓸었다.

"학교는 어때?"

유한이 방학이 끝나고 개강한 봄의 안부를 물었다.

학교를 다시 가게 되면서 비록 아르바이트는 그만뒀지만 봄은 유한의 집에 자주 놀러 왔다. 같이 밥을 먹고 영화를 보고, 가벼운 데이트를 하면 일주일이 금세 지나갔다. 아까울 정도로.

"저 줄 거 있어요!"

유한의 질문에 뭔가 생각난 듯 두 손바닥을 짝 하고 마주친 봄이 벌떡 자리에서 일어났다. 현관 앞으로 쪼르르 달려간 봄이 문 앞에 던져 둔 가방을 뒤적이며 작게 중얼거렸다.

"어디 있지? 아, 찾았다. 아저씨, 이것 봐요."

유한에게 다시 돌아온 봄이 팸플릿 하나를 내밀었다. 가방에서 이리저리 굴러다닌 듯한 종이는 끝이 말려 둥글어져 있었다. 유한은 시선을 종이 위로 내렸다.

"이건 뭐……."

유한의 한쪽 눈썹이 살짝 올라갔다.

"저 과제 점수 잘 받아서 전시회에 걸리게 됐어요."

봄이 생글생글 웃었다.

"전시회?"

"네. 와 줄 거죠?"

팸플릿을 넘기는 유한의 얼굴을 뚫어져라 응시하던 봄은 구부러진 팔 틈새로 팔을 쏙 넣으며 말했다.

"와서 보고 가요."

"알겠어."

유한이 봄과 시선을 맞추며 부드럽게 미소 지었다. 긍정적인 대답에 봄의 크고 까만 동공이 별처럼 빛났다.

고개를 기울여 유한의 어깨에 기대자 봄의 머리칼이 쏟아져 내리며 그의 목 주변을 간질였다.

"나, 내일도 올까요? 수업 마치면 점심시간이니까…… 내일은 맛있는 거 먹으러 가요!"

즐거운 듯 재잘거리며 봄은 유한의 각진 어깨에 머리를 비볐다. 달콤한 샴푸 향과 살 내음이 유한의 오감을 일깨웠다. 목에 뭔가 걸린 듯 메이면서 아렸다.

"집으로 오면 되죠?"

따뜻한 온기를 타고 흐르는 잔 떨림이 접촉한 피부로 맞닿았다.

"그래."

고개를 끄덕이며 대답하는 유한의 목소리가 잠긴 듯 갈라졌다. 봄이 맑은 웃음을 내뱉었다. 쏟아지는 햇살에 투명해진 유한의 갈색 머리칼을 봄이 손끝으로 만지작거렸다.

"참, 근데 비밀번호요. 무슨 숫자예요?"

봄은 손끝에서 부슬대는 머리칼 가닥가닥을 헤아리듯이 느리게 문지르며 물었다.

"무슨 비밀번호?"

작고 하얀 손에서 흩어지는 제 머리칼이 서로 부딪히는 소리를 듣던 유한이, TV의 검은 화면 위로 비치는 봄의 얼굴을 바라보았다. 봄도 같이 TV 속의 유한을 응시했다.

"집 번호 말이에요. 지금까지 별생각 없었는데……."

봄이 말끝을 흐리며 현관문 비밀번호인 '0814'를 떠올렸다. 이제 와 곱씹어 보니 날짜 같기도 하고 휴대폰 번호 뒷자리 같기도 했다.

"생일이야."

그때 유한의 낮은 음성이 담담하게 흘러나왔다.

"네?"

"내 생일."

"8월 14일이요?"

TV 화면 속 유한의 눈을 바라보던 봄이 고개를 휙 옆으로 돌렸다.

"진짜요? 왜 말 안 했어요! 지났잖아요!"

봄은 손끝에 문지르던 유한의 머리칼을 아프게 당겼다.

"아파."

봄의 매운 손길에 유한이 미간을 좁히며 바짝 힘이 들어간 손을 감쌌다.

"미워, 정말. 생일 챙겨 주지도 못했잖아요."

유한의 손이 닿자 머리카락을 스르륵 놓은 봄은, 뾰루퉁 입술을 내밀고 투정 부리듯 말했다. 유한이 뾰족 튀어나온 입술을 살짝 잡아 꾹 눌렀다 놓았다.

"못나졌네."

유한의 입가에 미소가 자리 잡았다.

"생일이 뭐 중요해. 그동안 네가 옆에 있었으니까 됐어."

"그래두……."

"내년에 챙겨 줘. 내년까지 나랑 있어 줄 거지?"

"그거야 그때 가서 보구……."

"뭐?"

봄의 투덜거림에 유한의 목소리에 단단한 못이 박혔다. 그런 유한의 모습에 봄은 활짝 웃으면서 혀를 빼꼼 내밀었다.

"농담이에요."

"어느 입이 그런 못된 소리를 해."

"여기 이 입이 했어요."

유한의 장난스런 목소리에 봄이 입술을 쭉 내밀었다.

"이 예쁜 입술?"

유한이 새빨간 입술에 새 모이 쪼듯 입 맞추었다. 숨 쉴 새 없이 마주치는 입술에 봄이 도망가려는 듯 고개를 저으면서 뒤로 쭉 뺐다.

"그만요, 그만!"

"왜? 싫어?"

"아뇨, 그건 아닌데……."

저는 더 달콤한 게 좋아요. 봄이 시선을 회피하며 기어들어가는 목소리로 속삭이자 유한이 고개를 숙이며 낮게 중얼거렸다.

"이런 거?"

유한의 눈동자가 짙어졌다. 얼굴이 가까워지더니 입술이 맞닿았다. 더운 숨결이 틈새로 오가고 매끈한 혀가 봄의 오돌토돌한 입천장을 간질였다.

봄이 눈을 질끈 감으며 웃음을 내뱉자 동굴 소리처럼 입안에서 웅웅거리며 퍼졌다. 유한이 살짝 입술이 떨어뜨리자 봄이 달콤한 눈웃음을 지으며 속삭였다.

"네, 이런 거요."

전시회장엔 잔잔한 클래식과 함께 하얀 크림 빛 색상이 흘러내렸다.

입구에서 봄을 기다리던 유한은 주변을 둘러보았다. 조용한 분위기 속에서 사람들이 작품을 보며 작게 속삭이고 있었다.

이슬비가 가랑비가 되고, 가랑비가 작달비가 되는 듯이 귓속말들이 모이고 모여 작은 소요를 일으켰다.

그곳엔 학교 학생으로 보이는 사람과 그의 가족들, 그리고 전시회 소식을 듣고 관람하러 온 사람들이 뒤섞여 있었다.

"아저씨!"

어디선가 봄의 목소리가 들려왔다. 시선을 돌리자 봄이 팔랑팔랑 뛰어오고 있었다. 레몬색 원피스가 봄의 움직임에 살랑살랑 흔들렸다.

"많이 기다렸어요?"

"뛰지 말고……."

"아저씨가 저 멀리서 보이는데 어떻게 걸어와요!"

유한이 흘러내린 봄의 머리칼을 쓸어 넘겨 주며 상기된 뺨을 감쌌다. 힘겨운 듯 숨을 몰아쉬는 봄이 피부에 닿는 보드라운 감촉에 슬며시 웃으며 유한의 옆에 찰싹 붙었다.

"얼른 들어가요!"

봄은 유한의 팔을 잡아당기며 전시회장 안으로 발걸음을 옮겼다.

"아저씨, 팸플릿 가져왔어요?"

그녀가 손을 살피자 그가 살며시 고개를 저었다. 봄은 입구에서 팸플릿 한 장을 꺼내면서 활짝 펼쳤다.

"사실 저도 처음 오는 거예요. 아저씨랑 같이 오려고 꾹 참았어요. 아저씨랑 제일 먼저 제 작품을 보고 싶었어요."

살짝 붉어진 얼굴을 감추려 고개를 숙인 봄이 팸플릿을 빠르게 넘겼다. 그 모습에 작게 웃은 유한이 봄의 머리를 감싸듯 눌렀다.

"영광인데?"

팸플릿으로 얼굴을 가리고 눈만 빼꼼 내민 봄의 눈꼬리가 휘었다.

"이리로 가요. 이쪽으로 가다 보면 제 거 나와요!"

팔짱을 낀 봄이 한쪽 방향을 손으로 짚으며 말했다.

유한과 함께 한 발짝씩 발을 디디며 앞으로 걸어 나갔다. 빠르지도 느리지도 않은 걸음은 전시회를 관람하기엔 적당했다.

눈앞으로 여러 작품이 스쳐 지나갔다. 봄은 새삼 이 여유로움이 감사해졌다.

소담한 사기 찻잔의 맑은 물에서 마른 찻잎이 푸른빛으로 우려 나오는 순간이 떠올랐다. 코끝에 옅은 차향이 스친 듯도 했다.

봄은 유한의 옆모습을 흘깃 바라봤다. 그의 차분한 눈동자가 전시물을 응시하고 있었다.

유한을 보다 보면 가끔 이 사람이 자신의 곁에 있다는 사실이 믿기지 않을 때가 있었다.

그렇게 불안이 덮칠 때마다 유한은 따뜻한 손길로 머리를 쓰다듬어 주었다. 시간이 갈수록 그가 더 좋아지고 사랑스러워졌다.

그때, 진중하게 일자로 닫힌 유한의 입매가 부드러운 곡선을 그렸다. 봄은 그의 눈동자가 향한 방향을 따라 시선을 움직였다.

자신의 사진이었다.

한 평의 절반 정도를 차지한 사진들이 크림 빛 벽지 위에 나란히 걸려 있었다.

그가 처음 찍어 준 자신의 모습과 재현과 함께 걷던 흙길, 제 손을 감싸 주던 매끄러운 수인의 손, 자상한 현욱의 신문 읽는 옆모습, 마지막으로 한가운데 선 유한의 뒷모습.

사진들은 각자의 이름을 가진 채 작은 공간을 메웠다.

소중한 순간이었고 언제나 소중한 사람들이었다. 그것들을 하나하나 생각하자 코끝이 찡해지면서 목구멍이 아려 왔다.

"예쁘다."

유한의 손끝이 사진에 닿았다. 매우 조심스러운 손길이었다.

흐릿해서 윤곽이 안 보이지만 해맑게 웃던 봄의 모습이 오버랩되듯 겹쳐졌다. 맑은 웃음소리와 함께 나뭇잎들이 바람에 스치던 소리가 들려왔다.

"예뻐요……."

물기에 젖은 봄의 음성이 들려왔다. 유한이 부드럽게 미소 지으며 봄의 작은 어깨를 감싸 안았다. 오른쪽 아래에 적힌 작품의 제목에 유한의 손이 닿았다.

사랑하는 사람이 바라보는 나.

유한은 고개를 숙이며 물기에 젖은 봄의 뺨에 입 맞추었다.

"사랑해."

속삭이는 음성이 귓속으로 선명하게 파고들었다. 심장이 뛰기 시작하는 순간, 익숙한 소리가 들려왔다. 나뭇잎을 스치는 바람 소리였다.

전시회를 본 뒤 함께 가기로 약속했던 초밥 집에 들러 점심을 먹고 돌아오는 길이었다.

도로에서 차들이 스쳐 지나가는 모습을 보던 봄은 문득 생각
난 듯 유한을 바라보며 물었다.

"아저씨, 하나 언니 소식 알아요?"

"그건 왜?"

"요즘 재현이 집에 하나 언니가 자주 놀러 와서 놀러 가질 못
해요. 놀러 갈 때도 재현이한테 물어봐야 해서……. 갈 때마다
언니 눈빛이 무서워요……."

봄이 모기처럼 작은 목소리로 중얼거렸다.

"아마 이번 주나 다음 주 중으로 일본에 돌아가지 않을까 싶
은데."

유한은 담담히 말하며 정면을 바라보았다.

"정말요? 언니 일본 다시 가요? 어디로요?"

"오사카. 꽤 오래 있긴 했지. 처음엔 2주 뒤에 돌아갈 계획이
라 했었으니……."

유한은 놀란 듯 동그랗게 눈을 뜬 채 자신을 바라보는 봄의
얼굴을 곁눈질하며 미소 지었다.

언제는 눈빛이 무섭다더니. 일본으로 돌아간다는 말에 아쉬워
하는 모습이 귀여워 손을 뻗었다.

손가락 틈새로 부드럽게 머리칼이 흘러내렸다. 봄은 머리 위
에 있는 유한의 손을 내리며 그 사이로 익숙하게 손가락을 밀어
넣었다. 깍지를 낀 틈새로 따뜻한 온기가 맞닿았다.

"음……."

"왜?"

"아뇨. 왠지 재현이한테 알려 줘야 할 것 같아서요. 재현인 모

르고 있는 것 같았는데……."

봄이 고개를 갸웃거리고는 비어 있는 오른손으로 가방을 뒤적여 휴대폰을 꺼내었다. 한 손으로 제 손 크기만 한 휴대폰을 조작하려니 여간 어려운 게 아닌 듯 봄의 미간이 옴폭 패었다.

결국 무릎 위에 네모난 기계를 올린 봄은 한참을 만지작거리다 재현의 이름을 찾은 듯 잇새로 낮은 감탄사를 흘렸다. 독수리 타법마냥 한 손가락으로 글자를 치는 봄의 고개가 점점 아래로 숙여졌다.

"위험해, 바로 앉아."

"이것만 보내구요."

신호등에 빨간불이 들어왔다. 유한이 차를 조심스레 멈춰 세우며 핸들을 잡던 손을 뻗어 휴대폰 액정을 가렸다.

"하지 마."

"어?"

화면이 커다란 손에 가려지자 봄은 숙였던 머리를 번쩍 들고는 유한을 올려다보았다. 자신을 바라보는 유한의 눈동자에 담긴 감정을 고스란히 읽어 낼 수 있을 것 같은 기분이었다.

유한은 끝내 서로 얽혀 있던 손을 놓지 않았다. 꼭 붙잡은 손바닥 틈새로 땀이 차올랐다. 누구의 손에서 배어 나온 땀인지 알 수 없었다. 붉은 열기가 손끝에 집중되더니 감각을 예민하게 만들었다.

"아저씨, 안 할게요."

대답하는 봄의 얼굴에서 맑은 미소가 피어올랐다. 유한의 올라갔던 눈썹이 가볍게 내려앉았다.

휴대폰을 가리고 있던 유한의 손이 옆으로 비키더니 핸들을 도로 붙잡았다. 아무 대답도 없었고 큰 표정의 변화도 없었지만 그 속의 안도감을 봄은 알 수 있었다.

창밖으로 시선을 돌리자 목적지를 가리키는 표지판이 시야에 들어왔다. 봄이 유한의 손을 들어 뺨에 비비며 나른하게 의자에 기대었다.

"아, 빨리 가서 쉬고 싶다."

달콤한 방향제의 향기가 혀끝을 달게 만들었다.

작은 숨소리가 방 안에 규칙적인 리듬을 타고 흩어졌다. 째깍 째깍 울리는 시계의 짧은 바늘은 숫자 4를 향해 가고 있었다. 아직 한낮이라면 한낮이었다.

회색 빛 커튼은 바리케이트를 치듯 햇빛 한 줄기도 들어오지 못하게 틈새를 가렸다. 오로지 침대 옆 작은 등 하나만이 어두운 방 안을 밝히고 있었다.

둥그런 산을 이루듯 볼록한 이불이 살짝 움직였다. 그 속에 숨어 있던 작은 인영의 얼굴이 드러났다. 세상모르게 잠들어 있는 봄이었다.

나른한 햇볕에 취한 듯 차 안에서 곤히 잠들어 버린 그녀를, 유한은 제 침실로 옮겨 새하얀 이불보에 묻었다.

봄의 긴 속눈썹은 눈 아래로 뻗어 있었고 코끝에서는 부드러운 숨결이 흘러나왔다. 언제 깨어날지 알 수 없는 잠자는 숲 속의 공주처럼 봄은 잠들어 있었다.

유한은 봄의 옆에 기대 앉아 노트북을 바라보았다. 이제 막 시작한 차기작은 다섯 페이지 남짓 넘어가고 있었다. 타이핑 중인 그의 입가엔 미소가 자리 잡고 있었다.

"으음……."

이불 속에서 봄이 꼬물꼬물 움직이며 작은 신음 소리를 내뱉었다. 한쪽 눈을 찡그리며 힘겹게 몸을 일으킨 봄이 졸린 눈을 비비며 주위를 둘러보았다.

"아저씨?"

파란빛이 도는 익숙한 천장과 새하얀 벽지, 그리고 제 옆에 있는 유한.

봄은 배시시 웃으며 유한의 어깨에 머리를 비볐다. 따뜻한 유한의 향기가 스며들자 마음이 편안하게 내려앉았다.

"졸려요……."

봄이 잠투정하듯 작게 옹알거렸다.

"더 자도 돼."

유한은 봄의 헝클어진 머리카락을 빗질하듯 쓸어내리며 정리해 주었다. 두피에 닿는 유한의 부드러우면서도 단단한 손가락의 감촉이 좋은 듯 한참을 기대 있던 봄이 느릿하게 고개를 들었다.

"더 자면 못 일어나요. 안 돼요. 아, 목말라."

음성을 뱉어 내는 목소리가 살짝 갈라졌다. 봄은 따끔거리면서 칼칼한 목을 살짝 문질렀다.

"기다려."

무릎 위에 놓여 있던 노트북을 책상 위에 올린 유한이 자리에서 일어났다.

문이 여닫히는 소리에 봄은 정신이 조금 드는 듯 온몸을 휘감고 있는 이불을 걷어 내었다. 침대 아래로 발을 내딛자 그늘진 바닥에서 서늘한 냉기가 발목을 휘감고 올라왔다.

"으아, 발 시려."

발가락을 움츠린 봄은 도망가듯 유한의 책상 앞에 있는 의자로 올라갔다. 푹신한 시트에서 유한의 스킨향이 묻어 나오는 것 같았다.

봄은 의자에 앉아 책상 위로 턱을 괴었다가, 앞에 놓여 있는 책을 한 번 뒤적이고는 이마를 책상 위에 살짝 기대었다.

은은한 목재 향기가 묻어 나왔다. 왠지 그 향기가 유한다워 가벼운 웃음을 잇새로 흘린 봄이 양팔로 턱을 괴며 시선을 들었다.

활짝 펼쳐진 검은 노트북이 바탕화면을 비추고 있었다. 빼곡히 들어서 있는 한글 파일들이 눈을 어지럽게 했다. 그 순간 익숙한 단어가 봄의 눈을 사로잡았다.

"어? 딸기?"

손끝이 노트북 터치패드 위로 자연스럽게 올라갔다. 봄은 한 손으로 턱 끝을 만지작거리며 고개를 갸웃거렸다. 마우스 커서가 한참 한글 파일 위를 배회하며 맴돌았다.

"사랑에 빠진 딸기? 딸기?"

노래 제목 아니었나? 봄이 작게 중얼거리며 시선을 가만히 고정시켰다. 결국 호기심을 이기지 못하고 파일 위에 자리한 마우스 커서를 확인하고는 터치패드를 빠르게 두들겼다.

화살표 모양의 커서가 모래시계 모양으로 바뀌면서 회전했다. 열릴 듯 말 듯 하던 한글 파일이 뜨려는 그 순간, 의자가 빙그르르 돌아갔다.

"뭐해? 이리 와."

유한은 토끼 눈을 한 채 자신을 바라보는 봄의 코끝을 톡 건드렸다. 봄이 반사적으로 코끝을 찡긋하며 해맑게 그를 불렀다.

"아저씨."

"가자, 딸기야."

"꺅."

유한이 살짝 몸을 숙이며 봄의 무릎 밑에 손을 밀어 넣었다. 봄의 작은 체구가 팔랑 들렸다. 여전히 가벼운 무게에 유한은 뭘 더 먹여야 하나 싶어 아주 잠깐 인상을 찌푸렸다 풀었다.

봄은 갑자기 높아진 시야에 놀라 외마디 비명을 지르며 유한의 목덜미를 와락 껴안았다. 따뜻한 온기가 짙어졌다.

"아저씨, 놀랐잖아요!"

봄은 유한을 얄미운 듯 흘겨보며 가볍게 가슴을 톡 쳤다. 유한은 부드럽게 봄의 이마에 입 맞추며 미소 지었다.

"놀랐어?"

웃음기 섞인 그의 목소리가 낮게 울리듯 들려왔다. 거실로 향하는 그들의 등 뒤, 온전히 열린 한글 파일 속 첫 문장 위로 커서가 깜박였다.

살랑살랑, 한 줄기의 빛처럼 부드러운 바람이……

하얀 페이지 위를 수놓은 검은 글씨가 새로운 시작을 알리고 있었다.

바닥에 깔린 카펫에 봄을 앉힌 유한은 소파에 앉으며 그녀를 다리 사이에 두었다.

봄이 소파에 등을 기대면서도 의아한 듯 고개를 갸웃하자 유한은 테이블 위에 놓인 물 잔을 건네주며 말했다.

"마셔."

봄은 물 컵을 입가에 댄 채 여러 모금을 삼켰다. 서늘한 기운이 담긴 물이 부드럽게 넘어갔다.

컵을 내려다보며 고개를 숙이는 순간, 유한은 등 아래로 쏟아지는 검은 머리칼을 살짝 쥐었다. 부드러운 머리카락이 매끄럽게 흘러내렸다.

머리칼 사이로 파고들어 간 유한의 손가락이 이마에서 정수리 방향으로 쓸어 나오며 머리카락을 그러모았다. 유한의 손끝이 가느다란 목에 닿을 때마다 봄은 몸을 움찔거렸다.

"아저씨?"

서툰 손길로 끈의 매듭을 짓는 순간 봄은 고개를 들어 유한과 시선을 마주했다. 유한의 손길이 닿은 머리카락과 목의 경계선마다 열기를 머금은 듯 화끈거렸다.

"하얀 목이 가려져서."

유한의 입술이 봄의 가느다란 목덜미로 내려앉았다. 발끝에서부터 저릿하게 올라오는 감각에 봄은 화들짝 놀라며 입술이 닿은 곳을 손으로 감쌌다.

"예뻐."

손을 뻗은 유한이 목에 닿아 있는 봄의 왼손을 잡아끌어 다시 입 맞췄다. 유한의 부드러운 입술이 닿은 손가락에서 이물감이 느껴졌다.

봄은 동그랗게 눈을 뜨며 제 손을 바라보았다.

"어?"

"마음에 들어?"

"그게…… 그러니까."

"이리 와."

유한이 봄을 일으켜 제 무릎 위에 앉혔다.

움직일 때마다 목덜미 뒤에서 하나로 묶인 머리칼의 꼬리가 살랑거리며 간질였다. 열기가 사그라지지 않은 봄의 뺨이 다홍빛으로 물들었다.

"으아……."

갑작스레 가까워진 시선에 봄이 두 뺨을 감싼 채 유한의 눈동자를 응시했다. 옅은 갈색 눈동자 사이로 당황한 자신의 모습이 선명하게 그려져 있었다. 쥐구멍으로 숨어들어 가고 싶은 기분이었다.

봄은 기어들어 가는 목소리로 유한에게 속삭이듯 말했다.

"정말, 뭐예요."

"뭐긴 뭐야. 커플링이지."

유한은 가느다란 손가락에 끼워진 반지의 테두리를 손끝으로 매만졌다. 봄은 붉어진 두 뺨을 감싸던 손을 내리며 유한의 손끝이 닿아 있는 네 번째 손가락을 내려다보았다.

익숙하다 싶었더니 예전 영화관에서 스치고 지나갔던 목걸이

와 함께 있던 반지였다.

"이거…… 어떻게……."

"마음에 안 들어?"

말을 잇지 못한 채 반지만 내려다보고 있자 유한은 반지가 끼워져 있는 자신의 손으로 봄의 왼손을 감쌌다.

발코니 창을 투과하여 쏟아져 내린 따뜻한 햇볕에, 서로 엇갈린 반지가 빛을 내었다.

"정말 좋아요. 어떡해……."

봄은 미소를 지었다. 이슬이 살짝 맺힌 눈꼬리가 접히자 예쁜 반달이 되었다. 봄은 유한의 어깨에 얼굴을 묻으며 수줍은 미소를 내뱉었다.

빗방울이 잔잔한 호수에 파동을 일으키듯, 피부에 닿은 잔 떨림과 봄에게서 흘러나온 달짝지근한 향기는 유한을 뒤흔들었다. 치명적인 향이었다.

"딸기 먹고 싶다."

유한이 기대어 있는 봄의 머리칼을 부드럽게 쓸어내리며 그녀의 귓가에 속삭였다. 봄이 고개를 살짝 들며 유한의 눈동자를 마주했다. 붉은 입술이 선을 그리며 움직였다.

"나도 먹고 싶어요! 근데 철 지난 지 오래됐는데…… 마트에 사러 갈까요?"

반짝이는 유리알이 굴러 들어간 듯 맑은 봄의 눈동자를 바라보던 유한의 입술이 호선을 그리며 매력적인 미소를 머금었다.

그 미소에 봄의 머릿속이 아찔해졌다. 빠르게 뛰는 심장 소리가 바로 옆에서 들려오는 듯했다.

시선이 점점 좁혀졌다. 봄이 숨을 멈춘 순간 유한과의 거리가 급격히 가까워졌다.

"아니, 너."

유한의 나지막한 음성이 귓속으로 파고드는 순간 더운 숨결이 교차했다. 말캉하고 부드러운 입술이 맞닿은 채 봄의 얼굴은 화르륵 붉게 달아올랐다.

곰의 탈을 쓴 짐승이 새빨갛고 달콤한 딸기를 한입에 잡아먹어 버렸다.

옅은 웃음소리가 서로에게서 흘러나왔다.

어디선가 열린 문틈으로 시원한 바람이 흘러 들어왔다. 숲의 향기가 밀려 들어오고 있었다.

Side Story
남겨진 조각들

햇볕에 그을린 기다란 손가락 끝이 동그란 버튼을 향했다. 검은 장막을 드리운 채 죽어 있던 화면이 서서히 밝아지더니 시간이 눈에 들어왔다. 8시 30분.

매끈한 미간이 두 갈래로 갈라져 작은 홈을 만들었다. 재현은 신경질적으로 창밖을 바라보았다. 하루가 시작했음을 알리는 태양은 뜨끈한 열기를 머금은 채 세상을 내리비췄다.

"지금까지 안 온 건가?"

분명 회식한다는 얘기까지는 들었는데 그 뒤로 봄은 연락 두절이었다. 평소 같았으면 도착하지마자 자신의 집에 들르거나 전화 한 통은 기본적으로 했을 텐데.

재현이 무거운 발걸음을 한 발짝 내딛자 키홀더에 옹기종기 모인 열쇠들이 이리저리 부딪히며 쇳소리를 내뱉었다. 찰랑.

조용한 복도. 숨죽인 듯 흐르는 침묵이 봄의 작은 보금자리에 흐르고 있었다. 거침없이 뻗어 나간 손이 초인종을 눌렀다.

요란하게 울리는 소리가 서너 차례 반복되더니 금세 사그라져 복도에 여운을 남기듯 맴돌았다. 자동적으로 손을 뻗자 허리춤에서 느껴지는 차가운 감촉에 재현은 아래를 내려다보았다.

'여기 없다.'

봄이 걸어 준 토끼 모양의 열쇠고리가 아래로 대롱거리며 쳐졌다. 힘을 가득 들여 주먹 쥔 손을 주머니에 집어넣었다. 울퉁불퉁한 열쇠 무리가 손바닥을 짓누르며 서늘한 흔적을 새겼다.

재현은 성큼성큼 걸음을 옮겨 엘리베이터 버튼을 눌렀다. 번뜩이는 엘리베이터 문이 초조한 자신의 모습을 그대로 투영했다. 깜박거리며 점점 높아지는 숫자를 바라보다가 그대로 문을 걷어찼다.

"아, 진짜. 이 계집애가!"

사람 걱정시키고 난리야. 메아리치듯 복도를 가득 메운 소음처럼 저릿한 통증이 발끝으로 전해졌다.

문 열리는 소리와 함께 나타난 텅 빈 공간에 재현은 발을 내디뎠다. 무의식적으로 아래층을 누르려 뻗은 손의 방향을 틀어 1을 눌렀다.

유난히 조용한 하루처럼 엘리베이터는 거침없이 내려갔다.

점점 1과 가까워지는 숫자를 보던 재현이 가볍게 심호흡하며 천천히 눈을 감았다 떴다. 뒤죽박죽 엉킨 머릿속은 여전했다.

엘리베이터 문이 열리자 밝은 햇살이 쏟아지는 활짝 열린 아파트 입구가 눈에 들어왔다.

'덥다.'

내리자마자 활짝 입 벌린 문틈으로 밀려 들어온 열기에 재현은 미간을 좁히며 셔츠를 한 번 펄럭였다.

"……그냥 집에서 기다릴까."

입구에서 봄을 기다리려던 생각을 접어야 하나 싶어 다시 뒤돌아 멈춰 있는 엘리베이터 버튼을 눌렀다. 그때였다. 누군가 입구로 뛰어 들어오며 다급하게 외쳤다.

"잠깐만요! 엘리베이터 좀 잡아 주세요!"

따각따각, 말발굽 소리처럼 다급하게 뛰어 들어오던 발걸음이 재현의 앞에서 멈추었다. 여자는 힘겨운 듯 몸을 반으로 접은 채 늘씬한 다리를 짚고 거친 숨을 내쉬었다.

"감사합니다."

인사하는 목소리가 어딘가 낯익었다. 재현은 고개를 드는 여자를 보고는 표정이 미묘하게 굳어졌다. 영화관에서 봤던 그 여자였다.

재현은 비틀려 올라간 제 입술을 느끼고는 빠르게 표정을 가다듬었다.

"어? 네가 왜 여기 있어!"

이마에 맺힌 땀방울을 손끝으로 훔치던 하나가 재현과 시선을 마주했다. 언젠가 영화관에서 실랑이를 벌였던 달갑지 않은 얼굴에 두 눈이 커졌다. 기억 속의 그는 저도 모르게 손가락을 치켜들 만큼 무례한 남자였다.

"뭐야, 같은 아파트였어?"

"여긴 대체 무슨 일로?"

재현은 자신을 향한 검지를 옆으로 스윽 밀어내며 의아한 듯 물었다.

"흥, 알 거 없잖아! 네 갈 길이나 가."

고개를 홱 하니 돌린 하나는 재현과 닿았던 손가락을 옷자락에 문질렀다. 더운 날에 손끝까지 진득해지는 기분이었다.

"당신 못지않게 나도 불쾌해요."

그 모습을 보던 재현이 실소를 흘리면서 말했다. 그리고 이내 지나가라는 듯 살짝 몸을 틀었다.

그를 흘겨본 하나는 고개를 빳빳이 치켜들며 자연스럽게 엘리베이터에 올라탔다.

'건방지고 얄미워 죽겠어! 정말.'

닫히는 문 사이로 곧게 뻗은 재현의 등을 바라보며 하나는 인상을 와락 찡그렸다.

"어! 잠깐!"

그때 잊고 있던 뭔가 생각난 듯 외마디 비명을 지르며 버튼을 다급하게 눌렀다. 다시금 열리는 문 밖으로 몸의 절반만 쏙 내민 하나가 밝게 외쳤다.

"잠깐만! 너!"

손을 뻗어 옷자락을 잡아끌자 입구를 바라보던 재현의 시선이 돌아갔다.

"야, 마침 잘됐다. 몇 층인지 헷갈렸는데."

재현의 팔뚝을 꽉 붙든 하나는 눈을 빛내며 싱긋 미소 지었다. 재현은 붙들린 팔을 흘깃 보고는 불쾌한 듯 한쪽 눈썹을 치켜 올렸다.

그가 입을 열려는 순간, 하나가 먼저 치고 들어왔다.

"알바생 집 말이야, 몇 층이야?"

짜증이 가득 담긴 재현의 표정이 서서히 어두워졌다.

"내려요, 당장."

재현은 자신을 팔을 붙들고 있는 가는 손목을 잡아채고는 거침없이 당겼다.

"야! 미쳤니? 왜 이래, 이거 놔!"

높은 굽에 제 몸을 가누지 못한 채 막무가내로 끌려 나온 하나는 약한 통증이 느껴지는 손목을 그러쥐며 내려다보았다. 저릿한 통증과 함께 붉은 기운이 머물러 있었다.

하나는 눈을 치켜뜨며 재현을 노려보았다.

"이게 무슨 행패야? 미쳤니? 아하, 설마…… 너희 동거하니? 그런 거지? 아니면 네가 여기 왜 있겠어? 집 못 알려 줄 이유도 없고. 어쩐지, 영화관에서도 둘 사이가 심상치 않다 싶었어. 순진하게 생겼다 싶었더니 여우였구나? 얌전한 고양이가 부뚜막에 먼저 올라간다는 얘기가 괜히 있는 게 아……."

"알바생이 아니라 한봄입니다."

재현은 일자로 굳은 입매를 벌리며 서늘한 목소리로 하나의 말을 끊었다.

"누가 모른대? 흥!"

코웃음 치는 하나의 모습에 재현은 지끈거리는 이마를 짚으며 한숨을 내쉬었다. 여전히 문틈 사이로 꾸역꾸역 밀려 들어오는 더운 열기가 담배 연기마냥 숨통을 죄었다.

"여기까진 어떻게 알고 왔습니까?"

"네가 웬 참견이야!"

"여기까지 와서 진상짓 하는 이유가 뭡니까? 어떻게 알았어요?"

"알, 알 필요 없잖아! 됐어! 너 필요 없어."

재현의 추궁하는 말투에 하나는 시선을 회피하면서 신경질적으로 엘리베이터 버튼을 눌렀다. 문이 열리는 짧은 순간이 길게 느껴질 수 있다는 걸 처음 깨달았다.

민혁과 유한 몰래 훑었던 이노센트 직원 명부가 머릿속에 희미한 잔상처럼 떠올랐다.

'이 바보, 꼴통! 정확하게만 봤어도 이 사람한테 안 붙잡히는 건데.'

바싹 말라 오는 입안과 격동하는 심장에 하나는 눈을 질끈 감았다 떴다. 그 순간 문이 활짝 입을 벌렸다. 급하게 발을 다시 들이밀 때 갑자기 단단한 온기에 비틀리듯 잡혔다.

"당신 못 가."

"왜 이래, 진짜! 그냥 좀 할 얘기가 있다니까? 네가 뭔데 이래!"

뱃속이 부글부글 끓어오르듯 속이 이상하게 타들어 갔다.

'기분 더러워.'

맑은 시야가 점점 안개로 둘러싸이듯 흐려졌다.

자신을 이해한다던 세영도, 능글거리면서 살갑게 웃어 주던 민혁도, 무심하지만 가끔 다정했던 유한도 그 작은 여자아이를 감싸고돌았다.

배신감. 낯설지 않은 감정이 소용돌이치듯이 하나의 마음을 헤집어 놓았다.

"나도 몰라! 모른다구! 걔 때문에 우리 한이가 이상해! 아니, 모두가 이상해!"

풀썩, 더러운 바닥도 개의치 않은 채 하나는 주저앉았다. 철가루가 자기장의 영향을 받는 것처럼, 자잘한 모래는 하얀 다리가 자석인 것처럼 다닥다닥 들러붙었다.

하나는 시선을 치켜들어 날카롭게 쏘아보듯 재현에게 악을 쓰며 말했다.

"너도 그 앨 감쌀 거지? 다 똑같아! 그 작은 계집이 뭔데! 다들 변했어."

끝내 울음에 잠긴 음성이 작은 속삭임처럼 흘러나왔다.

"한이는 내 전화도 안 받아……. 정말 이럴 순 없어."

"그만해요."

"이렇게 날 무시하진 않았단 말야! 이게 다 알바…… 아니, 봄이. 그래, 그 애 때문이야! 이제 이거 좀 놔."

여전히 재현에게 잡혀 있는 한쪽 팔을 살짝 잡아당겼다. 그러자 재현은 언제 세게 힘을 주었냐는 듯 그녀의 팔을 자연스레 놓아주었다.

"목도 아파, 짜증나……."

빳빳하게 치켜들고 있던 고개를 힘없이 떨군 하나는 재현에게 붙잡혔던 손목을 바라보았다.

온기가 머무른 그곳을 가볍게 그러쥐며 감싸자 서늘한 제 체온에 금세 사그라졌다. 따뜻함은 자신의 기대가 만들어 낸 헛된 착각이었던 것마냥.

툭, 눈물 한 방울이 하얀 손등에 진득한 흔적을 남겼다. 재현은 자신과 관계가 없는 사람이었다.

이렇게 떼쓰고 울분을 토해도 변하는 게 없다는 걸 뼈저리게 알고 있었다. 다만 필요했을 뿐이다. 화풀이할 상대가.

하나를 가만히 지켜보던 재현이 몸을 숙여 그녀의 잡티 없이 매끈한 이마를 바라보았다.

"그렇게 서럽습니까?"

"안 서러워! 얘가 진짜 뭐래?"

발끈하며 시선을 올리던 하나는 그대로 숨을 들이켰다. 흐트 러짐 없이 올곧은 눈동자가 시야 안에 가득 들어찼다. 그의 짙은 눈썹이 살짝 위로 방향을 틀었다.

"철이 덜 들었네."

그의 건조한 음성이 귓바퀴를 타고 파고들자 시야를 흐리게 했던 물방울이 메말라 흩어졌다.

"……뭐?"

순식간에 붉게 달아오른 그녀의 얼굴을 바라보던 재현은 구 김진 제 옷을 탁탁 털어 내었다. 날카롭게 날이 선 하나의 두 눈 을 다시 마주했다.

"그 말 취소해, 너!"

불만 가득 섞인 하나의 표정에 재현의 다물려 있던 입꼬리 한 쪽이 말려 올라가며 서서히 벌어졌다.

"그나저나 세탁은 했습니까?"

"뭘 세탁해?"

퉁명스럽게 대꾸한 하나는 더럽혀진 다리를 탁탁 쳐 모래들 을 털어 내며 무릎을 짚고 힘을 주었다.

"내 옷."

"그게 뭔데…… 아!"

무심코 대꾸하던 하나의 머릿속에 하늘색 재킷의 형태가 섬광처럼 스쳤다. 일어나려던 동작이 순간 멈추더니 무릎을 짚었던 한 손이 미끄러졌다.

위태롭게 휘청거리는 하나의 어깨를 재현이 재빠르게 붙잡았다.

"괜찮아요?"

당황한 듯 바닥을 바라보며 눈동자를 깜빡거리던 하나는 재현의 손을 급하게 털어 내며 몸을 바로 세웠다. 뻐근한 손목을 돌리며 태연스레 재현을 바라보았다.

"그거? 방구석 어딘가에 박혀 있겠지. 아님 뭐, 걸레가 돼서 굴러다닐 수도 있고. 아, 거울이 어디 있더라."

괜스레 가방 속을 뒤적이던 하나는 재현을 흘끔 곁눈질했다. 잠깐의 침묵이 흘렀다. 재현의 미간이 험악하게 일그러졌다.

"노, 농담이야! 누가, 누가 안 돌려준대? 돌려주면 되잖아!"

악당이라도 잡을 듯이 어두워진 그 표정에 하나는 급하게 말을 바꾸며 초조하게 손톱을 매만졌다.

'자국, 없어지겠지? 없어질 거야. 정 안 되면 세탁소에 맡겨야지.'

거무튀튀한 물이 든 채 검은 비닐 봉투에 구겨져 있을 옷을 떠올리며 하나는 손가락 두 개를 번쩍 들며 말했다.

"음…… 이틀 뒤! 그래, 모레 줄게."

"설마 세탁 안 했습니까?"

재현은 미심쩍은 시선으로 하나의 얼굴을 내려다보았다. 봄보다 비교적 키가 큰 하나 덕에 시야가 더 가깝게 느껴졌다.

"했어! 해 놨는데…… 곱게 개켜 놓기까지 했어! 무슨 소리야."

뜨끔뜨끔, 벌이 쏘기라도 하는 듯 따가운 심장을 감추고 어색하게 소리 내 웃으며 재현의 어깨를 툭 쳤다.

"뭐하는 겁니까?"

냉랭한 재현의 말에 하나는 인상을 찡그리면서 꽥 소리 질렀다.

"야, 그래! 집구석에 파리 꼬인 채 뒹굴고 있어! 새로 사 주면 되잖아!"

"언제요?"

"언제긴 언제야. 모레라니까? 일단 나 볼일 좀 보고……. 그럼 이만……."

미소 짓고 있는 입가가 경련을 일으키자 하나는 한 손으로 가리며 슬쩍 몸을 틀었다.

이미 불이 들어와 있는 엘리베이터 버튼을 의미 없이 계속 눌러 댔다. 등 뒤에서 식은땀 한 방울이 흐르는 것 같았다. 다시 위층으로 올라가 버린 엘리베이터가 원망스러웠다.

하나는 문을 뚫어져라 노려보며 속으로 외쳤다.

'열려라, 열려라, 열려라.'

점점 아래로 내려오던 숫자가 1로 변하자 하나의 표정이 환해졌다. 그 순간 어깨 죽지를 감싸며 꽉 틀어쥐는 뜨거운 무언가에 하나의 몸이 들썩였다.

"어딜 다시 들어가요?"

그 무심한 듯하면서도 미묘하게 신경을 툭툭 건드리는 음성이 왜 이렇게 얄미운 건지 알 수가 없었다. 한이었다면 좀 더 다정함을 담고 있었을 텐데.

"정말, 너 왜 이러니?"

하나의 신경질적인 목소리에도 재현은 표정 변화 없이 눈썹을 들어 올렸다.

"그래. 안 가, 안 가! 지금 사 주면 될 거 아냐?"

"잘 생각했어요."

멀어지는 엘리베이터를 힐끔 보며 울상을 지은 하나는 뒤따라오는 재현을 아주 잠깐 노려보았다. 싱글싱글 웃는 얼굴이 조금 전과는 다르게 영락없이 소년이었다.

'그렇게 몰아세우더니.'

걸음을 늦춰 재현과 나란히 선 하나는 허리춤 한쪽에 팔을 올리며 말했다.

"나이도 어린 거 같은데, 너무 건방지다고 생각하지 않니?"

"제대로 대우해 드리고 있잖아요."

하나가 재현에게 고개를 기울이며 의아한 눈빛을 띠었다.

'대체 어딜 보고?'

재현은 긴 손가락을 뻗어 아까부터 시선이 가던 이마를 쿡 찔렀다.

"정신 연령이요."

짧막한 대답에 또다시 붉으락푸르락하는 하나를 보며 재현은 바람 빠진 실소를 흘렸다.

"보기보다 다혈질인가 봐요."

재현은 툭 말을 던지며 하나를 등지고 앞질러 걸었다. 따각따각, 걸음걸이가 빨리지는 듯 굽이 바닥에 부딪히는 소리가 정신 사납게 들려오기 시작했다.

"야! 너!"

하나는 삿대질하면서 들고 있던 핸드백 끈을 땀이 나도록 쥐었다. 재현이 걸음을 멈추고는 고개만 살짝 돌리면서 어깨를 으쓱였다.

"뭐합니까? 옷 사 준다면서요? 빨리 와요. 날씨 진짜 덥네."

재현은 한 손으로 작은 그늘 막을 만들며 뜨겁게 내리쬐는 태양을 올려다보았다.

하나는 시야에 들어찬 재현의 모습 위로 신기루를 보는 듯 아지랑이가 피어오르는 착각에 미간을 좁혔다.

쿵! 갑자기 들려오는 소리에 하나는 주위를 둘러보며 고개를 갸웃했다.

"뭐지? 야, 들었어?"

작게 중얼거리자 재현은 손을 내리며 하나를 향해 완전히 몸을 돌려세웠다.

"뭘 들어요?"

대답하는 재현의 까무잡잡한 구릿빛 피부에 땀이 송골송골 맺혀 있었다.

쿵, 쿵! 갑자기 빨리지는 소리에 하나의 얼굴이 달아올랐다. 심장이 여러 번에 걸쳐 내려앉는다. 쿵, 쿵, 쿵, 쿵.

'미쳤나 봐!'

하나의 마음이 무더위의 아이스크림마냥 녹아내리고 있었다. 흐물흐물 바닥에 흘러내릴 때까지.

거울 속의 여자가 와인 빛이 도는 짧은 단발머리를 부드럽게 빗질했다. 버건디 색으로 물든 촉촉한 입술을 위아래로 살짝 문질렀다.

스스로가 만족할 정도로 매력적이고 아름다운 모습에 하나는 입가에 미소를 띠었다. 마무리로 보석함에서 꺼낸 진주 귀걸이를 허전한 귀에 걸자 가느다란 목선이 눈에 띄었다.

"언니, 또 거기 가?"

"으응."

세영은 침대에 걸터앉으며 오늘도 나갈 준비를 하고 있는 하나의 뒷모습을 가만히 바라보았다. 최근 들어 하나의 외출이 잦아지고 있었다.

검은색 탱크탑을 입은 하나의 어깨 위로 장미 문양의 타투가 눈에 들어왔다.

"언니, 어깨에 장미는 언제부터 있었어?"

"한국 오기 바로 전에? 별로야?"

"그런 건 아닌데. 눈에 확 들어오네."

"유한이가 싫어할까 봐 그동안 일부러 가렸거든."

하나가 팔을 뻗어 타투가 새겨진 자리를 문지르며 세영을 돌아보았다.

가느다랗고 길쭉한 손가락이 딱 봐도 하나의 손인 걸 알 수 있을 것만 같았다. 까만 매니큐어가 맨들맨들한 손톱 위를 덮고 있었다.

"이거…… 이재현도 싫어하면 어떡하지?"

하나가 불안한 시선으로 최근 들어 자주 듣게 되는 이름을 언급했다. 버릇처럼 손톱을 문지르는 모습을 바라보던 세영이 작게 한숨을 내쉬었다.

어느 순간부터인지 하나의 입술에서 재현의 이름이 흘러나오는 일이 잦아졌다. 외출의 원인도 그 남자 때문이었다.

매서웠던 눈매와 뚜렷한 이목구비, 그리고 까무잡잡했던 피부를 생각하면 유한과의 접점을 찾을 수가 없었는데, 하나는 재현이 유한과 닮았다고 철석같이 믿고 있는 듯했다.

세영이 보기에 유한이 버드나무 같은 이미지라면, 재현은 좀 더 단단하고 뾰족한 가시가 있는 푸른 소나무 같았다. 하나는 끝끝내 재현이 버드나무라고 우겼지만.

그때 턱을 괸 하나가 불만스러운 듯 제 손발을 내려다보며 투덜거렸다.

"세영아, 난 왜 이렇게 큰 거지? 딱 너만 했어도 좋았을 텐데."

"아냐, 언니. 언니는 모델처럼 길쭉길쭉해서 예뻐."

"손도 크고, 발도 크고, 키도 크고……. 모든 게 못났잖아! 이재현은 작은 걸 좋아하는 것 같았는데!"

하나는 작고 아담했던 봄을 떠올렸다.

어깨 위로 늘어진 까만 생머리와 하얀 얼굴에 오밀조밀 자리 잡고 있었던 이목구비는, 거울에 비친 자신의 모습과는 정반대였다.

하나가 얼굴을 일그러뜨리며 울상을 지었다.

"이래서 한이도 날 안 좋아했던 건지 몰라."

어쩔 수 없다는 듯 미소 지은 세영이 활짝 편 하나의 손을 감쌌다. 하나의 큰 손이 다 가려지지 못한 채 삐죽 고개를 내민다.

물끄러미 손을 내려다보던 세영은 다정하게 말했다.

"울 오빠야 그렇다 쳐도, 그 남자는 언니를 싫어한다 한 적은 없었잖아."

"좋다고 한 적도 없어."

"그거야 아직 언니의 매력을 잘 몰라서 그런 거지."

"그래? 그런 걸까?"

세영의 다독거림에 세상 근심을 다 가진 듯했던 하나의 표정이 활짝 밝아졌다.

"나 얼른 이재현 집에 가 봐야 해!"

시계의 초침이 가리키는 시각에 하나는 몸을 벌떡 일으키며 재킷을 팔에 걸쳤다.

세영은 현관에서 샌들을 신는 하나의 모습을 보며 배웅했다. 경쾌한 걸음걸이에 세영의 입가가 미소를 그렸다.

재현의 집으로 가기 위해 택시를 탄 하나의 입가에서 가벼운 허밍이 흘러나왔다.

갈 때마다 그는 하나를 밀어내면서 가시 돋친 말들을 내뱉었지만, 그 입술은 한 번도 틀린 말을 한 적이 없었다. 그 속에 담긴 다정함이 읽히던 순간부터 하나는 더 이상 그의 말에 상처 입지 않게 되었다.

그 뒤로 유한에게 남은 미련을 모조리 떨쳐 버리겠다는 듯 재현에게 매달렸다. 그 덕에 재현에게 더욱더 매료되고 만 하나는 한국에 있는 시간 중 절반 가까이를 그의 집을 방문하는 데 허비했다.

"오늘은 없겠지?"

하나는 재현의 집 앞에 서서 망설이던 손으로 초인종을 눌렀다.

한 번씩 그의 집에 있는 봄을 볼 때마다 배알이 뒤틀렸지만, 있는 그대로의 감정을 내보인다면 재현에게 밉보일 게 분명했다.

하나는 그에게 잘 보이겠다는 일념 하에 수차례 치밀어 오르는 감정의 홍수들을 억눌렀었다.

"제발, 혼자 있어."

하나는 작게 빌면서 재현이 나오길 기다렸다. 오늘도 봄이 재현의 집에 있는 걸 본다면 바닥에 앉아 울어 버릴 것만 같았다.

"이재현! 나 왔어."

문을 열자 비치는 재현의 얼굴에 하나는 함박웃음을 지으며 손을 흔들었다.

"오늘은 혼자야?"

"당연하지. 근데 또 왔냐? 제발 그만 좀 와라. 나한테 원수졌냐?"

하나는 그의 목을 껴안으며 간드러지는 웃음을 뱉어 냈다. 재현이 지끈거리는 이마를 짚으며 한숨을 내쉬었다.

"좀 가라."

재현은 오늘도 하나를 밀어내었다.

"싫어! 내 맘이거든?"

하나는 코웃음 치면서 두 팔에 힘을 주었다. 따뜻한 온기가
품 안 가득 차올랐다. 남성적인 스킨 향기도 코끝을 간질였다.

막무가내인 하나의 말에 한숨을 쉰 재현이 발걸음을 옮기며
열려 있던 현관문을 닫았다.

하나를 집 밖으로 쫓아낼 생각은 없었다. 밀어내면 밀어낼수
록 하나는 한 발짝 더 다가서서 그의 앞에 버티고 섰다.

"네 향기가 나한테 밸 때까지 안고 있어야지!"

하나의 활기찬 목소리가 귓속으로 파고들었다. 낮은 웃음을
흘리던 재현이 입가에 미소를 그리며 속삭였다.

"그래. 네 마음대로 해라, 해."

그 순간, 웃음소리에 뒤섞인 채 서로의 거리가 좁아지는 소리
가 어렴풋이 들려왔다. 서로에게 감정이 스미는 소리였다.

Epilogue
너와 나, 그리고 우리

"음, 어떡하지?"

꽃집 앞에 주저앉은 채 옹기종기 모인 화분들을 둘러보던 봄이 인상을 찌푸렸다. 하얀 이가 입술을 내리눌렀다.

살랑살랑 불어오는 바람에 머리카락이 흩날렸다. 봄은 한 손으로 어지러이 흩어진 머리칼을 하나로 모았다. 하얗게 드러난 목덜미로 서늘한 공기가 스쳤다. 그때 머리 위로 거뭇거뭇한 그늘이 졌다.

"뭘 어떡해?"

낯익은 목소리에 고개를 올려다보았다. 눈부신 햇빛에 가느다랗게 떠진 봄의 눈이 서서히 동그란 형태를 띠었다.

"어? 재현아!"

"여기 앉아서 뭐하냐?"

재현이 음료를 입에 문 채 봄을 내려다보았다.

거의 동이 난 아메리카노에 꽂힌 하얀 빨대를 검은 음료가 타고 올라갔다. 재현의 두 뺨이 홀쭉해졌다. 금세 비어 버린 컵에선 꼬로록거리는 울림이 아우성쳤다.

시선을 위로 향한 봄의 이마가 살짝 주름졌다.

"맛있어? 엄청 쓴데, 그거."

"그냥, 쿠폰 있어서 먹었지."

재현이 어깨를 으쓱이며 빈 컵을 봄의 머리에 툭 올렸다. 중심을 못 잡고 미끄러진 컵이 바닥에 나뒹굴자 재현이 짓궂게 웃었다.

"그거 하나 중심 못 잡냐."

"아이, 정말! 쓰레기는 네가 버리란 말이야."

봄이 벌떡 일어나 빈 컵을 재현의 품으로 밀며 투덜거렸다.

"이거 사려고? 너 화분 많잖아. 시들었어?"

짧은 머리카락을 쓸어 올린 재현은 봄의 시선이 머물던 화분으로 고개를 숙였다. 허리가 구부정하게 굽을수록 화분과 시야가 가까워졌다. 코끝으로 풀잎 향이 뒤섞여 밀려 들어왔다.

"……어, 그게. 시든 건 아닌데……."

"그럼 왜?"

들려오는 재현의 투박한 음성에 봄의 까만 눈동자가 데구루루 굴렀다. 몸을 접은 채 자신을 바라보는 재현과, 작은 화분을 번갈아 응시하는 봄의 혀끝에서 따가운 말이 맴돌았다.

'할까? 그러다 상처가 되면?'

뒤죽박죽 얽힌 생각의 실타래가 혈관을 타고 녹아내리는 걸까, 머리가 뜨거워지고 심장의 뜀이 빨라졌다. 봄은 바짝 마른 입술을 혀로 축이고는 질끈 물었다.

"뭘 그렇게 생각해."

어느 틈에 몸을 일으킨 재현이 봄의 이마를 톡 건드렸다.

"이 작은 머릿속은 뭐가 그리 복잡하냐."

"아……."

"괜찮으니까 그냥 말해."

"해도 돼?"

"그래."

가볍게 띤 미소와 재현의 대답이 신호탄이 된 듯 봄은 망설이 던 말을 속사포처럼 내뱉었다.

"너도 알다시피 4년 전에 아저씨를 만났잖아? 세영이랑 유선 이모도 같이. 근데 세영인 이미 만났는데 이모는 아직 못 만났어. 내일 아저씨랑 같이 뵈러 가거든. 아, 뵈러 간다니까 어색하다. 그래도 아저씨 어머니구 이제 이모라 부르면 안 되는데. 그치? 아무튼 갈 때 빈손으로 갈 수가 없잖아! 옷가게를 하신다고 했던 거 같은데 가게에 둘 화분 같은 거 사 가려고. 아니, 그냥 꽃바구 니 가져갈까? 좀 오버하는 건가……. 아님 케이크? 뭘 사 가야 하는 거지? 나 어떡해야 해, 재현아?"

"진정해."

재현은 봄의 발갛게 달아오른 두 뺨을 감싸며 불안한 시선과 마주했다. 부드러운 피부와 닿은 손바닥에서 따끈한 체온이 느 껴졌다. 봄의 흐린 낯빛이 도드라졌고 까만 눈동자엔 물기가 아 른거렸다.

뺨을 감싼 손을 떼고 어깨를 붙잡으며 이마를 살짝 덮었다. 봄 의 시선이 재현에게 내려앉았다.

"머리 좀 식혀. 너 지금 과부하 걸렸어."

"복잡하고 불안해."

"화분 사 갈 거야? 같이 골라 줄게."

재현이 가볍게 흩뜨린 봄의 머리칼이 손가락 사이를 부드럽게 빠져나갔다. 봄의 가는 손목을 붙들고 가게 안으로 끌었다.

꽃집 안엔 익숙한 꽃들과 낯선 꽃들이 가득 들어차 있었다. 뒤섞인 향기가 오묘했다. 재현은 성큼성큼 꽃을 다듬고 있는 여자에게 다가가 말했다.

"관리하기 편하고 물 많이 안 줘도 잘 자라는 거 하나 주세요."

검은 앞치마를 두른 여자는 재현의 요구에도 당황하지 않고 부드럽게 웃으면서 물었다.

"어떤 종류가 좋으세요? 꽃이나 허브? 선인장은요?"

"허브는 키우기 번거롭지 않나요? 선인장이 좋을 것 같은데."

"다육이는 어떠세요? 보기에 좋고, 물도 3주에 한 번씩 주면 되니까요."

"어때?"

재현이 제 뒤에 우물쭈물 서 있는 봄을 돌아보며 물었다. 봄은 고개를 빼꼼 내밀어 여자가 가리키고 있는 화분을 바라보았다.

모양이 제각각 다른 식물들이 작은 화분에 담겨 있었다. 옹기종기 모인 모양새가 귀여웠다.

"와, 예뻐요. 이거 종류별로 하나씩 주세요. 키우는 방법이 다르진 않아요?"

"네, 물만 너무 자주 안 주시면 돼요. 이걸로 드려요?"

봄이 한결 밝아진 표정으로 고개를 끄덕이자 여자는 쟁반을 가져와 종류별로 하나씩 올렸다.

"그새 기분 풀렸어?"

그의 옷깃을 쥔 채 배시시 웃는 봄과 그녀의 손목을 꼭 붙든 재현의 손에 여자는 웃음기 담긴 목소리로 말했다.

"연인이세요? 다정하네요."

"아뇨, 그건 아니구요……."

봄이 화들짝 놀라며 옷깃을 놓고 재현에게 붙잡힌 손을 빼냈다. 재현은 허전해진 손을 내려다보고는 긴장한 봄의 어깨를 쥐었다.

"그냥 친구예요. 포장 잘해 주세요. 선물할 거라서."

봄의 귓속으로 파고드는 재현의 목소리는 담담했다. 가볍게 웃는 얼굴엔 기운이 없었다.

"햇빛 잘 비추는 데다가 놓아두세요. 햇빛을 받을수록 색감이 예뻐지거든요."

"감사합니다. 가자."

"다음에 또 올게요!"

종이 가방에 담긴 화분을 받아 든 재현이 봄의 어깨를 당겼다. 봄이 급하게 뒤돌아 고개를 꾸벅 숙이며 인사했다.

평일 낮의 거리는 한산했다. 재현과 봄은 나란히 그 길을 걸었다.

매미 소리가 그친 계절이 다가오자 나뭇잎들이 색색의 옷을 갈아입었다. 선선한 바람이 불었다. 매년마다 돌아오는 가을의 향기였다.

"나 화분에 꽃 폈어."

재현이 침묵을 깨고 입술을 떼었다.

"향기 좋더라."

"화분?"

"그때 네가 사다 준 거."

봄이 올려다보자 재현이 어깨를 으쓱했다. 봄은 재현의 집에서 깨져 버린 화분을 떠올렸다.

흙과 화분으로 난장판이었던 집과 상처 입은 발, 그리고 마음의 정리. 그날의 잔상이 선명하게 떠올랐다.

그때 버려졌을 거라 생각했던 화분이 꽃을 피웠단다. 봄의 얼굴이 밝아졌다.

"와, 정말?"

"하나가 꽤 마음에 들어 했지."

재현은 하나를 생각하는 듯 피식 웃었다. 공항에서 가기 싫다고 울고불고 떼를 쓰던 모습을 떠올리던 봄도 머쓱하게 웃었다.

"하나 언니는 잘 지내?"

"어, 화분도 똑같은 거 하나 안겨서 보냈어. 꽃 핀 거 보여 줄까?"

"응응!"

재현이 폰을 꺼내 사진첩을 뒤적이더니 봄에게 내밀었다. 보랏빛 꽃에서 꼭 라벤더 향기가 묻어 나오는 것 같았다.

"향 좋지? 불면에도 좋댔어."

봄이 웃으며 중얼거리자 재현이 봄의 머리카락을 살짝 잡아당기며 짓궂게 말했다.

"다시 달라고 하면 안 된다? 하나 질투해."

자연스럽게 흘러나오는 이름에 담긴 애정에, 봄은 재현이 잡아당긴 머리끝을 빼내며 살짝 흘겨보았다. 안 그래, 바보야!

"하나 언니 보고 싶다."

"학기 끝나고 겨울에 놀러 가기로 했어. 선물 사다 줄게."

"진짜? 안부 전해 줘! 다음엔 나도 갈 거라구!"

"생각해 보고."

재현이 시원한 웃음을 내뱉었다. 봄은 구름 한 점 없는 청량한 파란 하늘을 바라보았다. 벌써 가을이었다.

봄과 유한은 유선의 숍과 멀지 않은 곳에 위치한 소담한 카페에 먼저 도착했다. 그들은 서로 마주 보고 앉았다. 한껏 긴장한 듯한 봄의 모습에 유한이 부드럽게 미소 지었다.

"불안해?"

"티 많이 나요? 떨려 죽을 것 같아요. 이모 정말 오랜만에 보는 거잖아요."

봄이 빠르게 뛰는 가슴 위에 손을 얹으면서 유한에게 웅얼거렸다.

"긴장하지 마."

유한이 손을 뻗어 봄의 손을 누르듯이 감쌌다. 따뜻한 온기가 손등을 타고 흐르자 마음이 한결 차분해졌다.

그제야 카페에서 흐르는 잔잔한 뉴에이지가 열린 귀를 통해 느껴졌고, 달콤한 우유와 뒤섞인 커피 향이 코끝을 자극했다.

"마셔."

봄은 머그컵을 들었다. 따뜻한 코코아에서 모락모락 하얀 김이 올라왔다. 옆에 놓인 종이 가방 속에 예쁘게 포장된 화분을 흘깃 바라본 봄이 유한에게 말했다.

"화분, 좋아하실까요? 놓을 데 없으면 어떡해요?"

봄의 걱정스런 목소리에 유한이 태연하게 앞에 놓인 제 몫의 잔을 들었다.

"넓어서 그 정도 화분은 놓을 데 널렸어. 걱정 마."

"지금 선물이 작다고 일부러 그러는 거 아니죠?"

유한의 대답에 봄이 작은 입술을 삐죽였다.

"이 작은 머리로 대체 무슨 생각을 하는 거야."

"음, 아저씨 생각?"

유한이 손을 뻗어 머리를 부드럽게 쓸어내리자 봄의 눈꼬리가 예쁘게 접혔다. 까만 눈동자가 눈꺼풀에 가려졌다. 금세라도 목울대에서 갸르릉거리는 소리가 흘러나올 것만 같았다.

봄이 천천히 눈을 뜨고 유한을 응시하며 작은 목소리로 중얼거렸다.

"아저씨, 나 예뻐 죽겠죠?"

"왜 그렇게 생각해?"

손가락 사이를 넘나드는 까만 머리칼을 놓지 않은 유한이 봄을 바라보며 웃었다.

"그냥, 그럴 것 같았어요. 저는 항상 그래요."

"그래. 매순간 예뻐, 네가."

유한이 몸을 기울여 봄의 붉은 입술에 스치듯 입 맞췄다. 살짝 닿았다 떨어지는 온기에 봄은 유한의 손을 꼭 붙들었다.

시간이 느리게 갔으면 좋겠다. 이 따뜻함을 놓치는 순간이 영원히 오지 않았으면 싶었다.

카페 문이 열리는 소리가 나더니 낯익은 모습이 드러났다. 베이지색 트렌치코트를 입은 유선이 다가오며 쾌활하게 웃었다. 차분했던 카페가 활기를 띠는 듯 밝아졌다.

"많이 기다렸어?"

봄이 자리에서 일어나 고개 숙여 인사했다.

"안녕하세요!"

"봄아! 왜 이렇게 예뻐졌어? 키도 좀 더 컸네?"

"이모도 예전이랑 변한 게 하나도 없으세요!"

유선이 클러치 백을 의자에 올리며 봄을 위아래로 훑었다. 반가움이 담긴 봄의 얼굴이 꽃이 피듯 화사하게 밝아졌다.

"어머, 얘. 이모가 웬 말이니!"

봄의 옆에 앉은 유선이 손짓하며 말했다.

"어머님, 하고 불러야지. 자, 불러 봐, 얼른."

봄을 바라보는 유선의 두 눈엔 기대감이 담겨 있었다. 유선과 마주하던 시선을 살며시 내린 봄은 작은 손을 꼼지락거리며 손끝을 마주쳤다.

어머니. 익숙하면서도 생소한 단어였다. 가슴께가 간질거렸다. 손끝부터 전해지는 저린 감각이 전신을 에워쌌다. 목에 덩어리가 걸린 듯 선뜻 목소리가 흘러나오지 않았다.

봄은 작은 목소리로 낮게 중얼거렸다.

"……어머니."

봄이 내뱉은 흐린 목소리에도 유선은 만족스러운 듯 미소를 띠었다.

"좋다. 근데 낯간지럽긴 하네."

봄의 잘게 떨리는 손을 감싼 유선이 머쓱하게 웃으며 다정한 목소리로 이야기했다.

봄은 유한을 올려다보았다. 부드럽게 휜 눈동자에 담긴 시선이 따뜻했다. 잘했어, 수고했어. 말을 건네는 것처럼.

"처음에 세영이한테 유한이가 너랑 연애한다는 소리를 듣고 얼마나 놀랐는지 아니? 근데 이렇게 보니 어울리는 것 같기도 하고."

유선이 봄과 유한을 번갈아 보다가 씩 웃으며 봄의 붉어진 뺨을 톡 쳤다. 봄이 움찔하는 모습이 귀여워 잇새에서 웃음이 흘러나왔다.

"잘 어울려요?"

자연스럽게 물으며 유한이 턱을 괸 채 봄을 애정이 담긴 눈길로 응시했다. 그의 시선에 봄이 사랑스럽게 웃곤 검지를 들어 작게 오므린 입술에 가져다 대었다.

"애정 행각은 여기까지! 숍 근처니까, 거기로 가자. 봄이한테 선물할 것도 있고."

"선물이요?"

유선이 봄의 손을 잡아끌며 자리에서 일어났다. 봄은 어리둥절한 듯 유한을 바라보며 갸웃했지만, 유한은 짐작 가는 게 있는 듯 이마를 살짝 짚으며 고개를 저었다.

숍은 단아하면서도 기품 있고 화려했다. 천장에 달린 샹들리에가 조명을 반사하며 여러 색으로 부서져 내렸다. 전체적으로 하얀 벽지는 연한 파스텔 핑크가 은은하게 돌고 있었고 벽지마다 펄이 뿌려진 듯 반짝였다.

쇼윈도 앞에 디스플레이 되어 있는 새하얀 웨딩드레스가 햇살에 반사되어 화사한 빛을 내었다. 유선이 운영하는 웨딩숍의 풍경이었다.

봄은 햇볕이 들어오는 창가에 가져온 화분을 나란히 늘어놓았다. 작은 화분들이 앙증맞았다. 유선은 봄이 가져온 화분들을 이리저리 돌려 보다가 말했다.

"예쁘다, 귀엽네. 잘 키울 테니까 자주 보러 오렴."

"네!"

"봄아, 여기로 와 봐."

살며시 미소 짓는 봄을 보던 유선이 가는 손목을 붙잡고 유한이 앉아 있는 소파로 이끌었다.

봄의 의아한 듯한 시선에 유선이 웃으면서 테이블 위에 늘어져 있는 카탈로그 하나를 펼쳤다. 한 장씩 넘어갈수록 화려하면서도 예쁜 드레스들이 스쳐 지나갔다.

봄의 작은 입술이 살짝 벌어지더니 감탄사를 내뱉었다.

"와, 예쁘다."

"예뻐?"

"네!"

봄의 맑은 두 눈이 넘어가는 책장을 따라 빠르게 움직였다. 양 볼에 발그레한 홍조가 머물렀다.

"내가 딱 어울리는 걸 생각해 뒀거든?"

"네?"

"봄인 작고 하얘서 미니 드레스가 어울릴 거야. 안 그러니, 유한아?"

유선이 부드럽게 미소 지으며 동의를 구하듯 유한을 돌아보았다.

숍 매니저가 가져다준 커피를 마시던 유한이 테이블 위에 잔을 내려놓고 소파에 기대었다. 긴 팔을 뻗어 손끝에 닿는 봄의 까만 머리칼을 쓸었다. 두피에 닿은 손바닥으로 따뜻한 체온이 느껴졌다.

"글쎄요. 짧으면…… 곤란한데."

유한이 난처하게 웃으며 나지막하게 중얼거렸다.

"그래도 입고 나면 예쁠걸?"

자신이 모르는 내용의 대화가 오고가자 영문을 모르겠다는 듯 봄이 눈을 깜빡였다. 유선은 어리둥절한 표정으로 고개를 갸웃거리는 봄의 팔을 건드리며 카탈로그를 가리켰다.

"이거 예쁘지?"

유선이 펼친 책자에 자리한 것은 짧은 미니 드레스 형식이었다. 하얀 천을 휘감아 화사하면서도 옅은 분홍빛이 감돌았다. 허리춤의 분홍색 꽃장식이 도드라졌고, 치마 끝단의 풍성한 레이스가 꽃봉오리처럼 부드러운 곡선을 그렸다.

봄이 고개를 끄덕이며 대답했다.

"네! 예뻐요!"

"마음에 들면 입어 볼래?"

"제가요?"

봄이 카탈로그를 보느라 숙이고 있던 고개를 들었다. 머리카락이 고갯짓을 따라 흔들렸다. 소파의 가죽을 만지작거리는 봄의 손끝에서 뽀드득거리는 소리가 들렸다.

"그때 내가 옷 하나 해 준다 했잖아."

"으앗, 전 드레스인 줄은…… 그게 좀…… 부담되고."

"그냥 옷이면 어떻고, 드레스면 어때? 입는 건 매한가진데."

대수롭지 않게 말하던 유선이 봄의 손목을 붙들며 일으켰다.

"예쁘게 컸으니까 입어 봐. 나중에 봄이 결혼할 때 미리 참고하게. 참! 혹시 유한이랑 헤어져도 여기로 오면 돼. 알겠지?"

"으앗! 이모!"

"이모 말고 어머님!"

당황한 듯 외치는 봄의 얼굴이 더욱 달아오르자 유선은 붉어진 뺨을 살짝 꼬집으며 호칭을 정정했다. 부끄러움을 감추지 못한 봄이 제 머리칼을 잡고 얼굴을 쏙 가렸다.

눈만 빼꼼 내민 모양에 유선의 입가에 웃음이 만연히 피어올랐다.

"매니저님, 와서 여기 귀여운 아가씨 드레스 입는 거 도와줄래요?"

봄의 등을 떠밀어 피팅룸으로 밀어 넣은 유선은 미간을 좁힌 채 자신을 바라보는 유한을 돌아보며 한쪽 눈을 찡긋했다.

"유한아, 기다려 봐. 깜짝 놀랄걸?"

"장난은 그만 치세요."

"장난이라니."

대답과는 달리 머물러 있는 짓궂은 기색에 유한은 한숨을 쉬며 소파 손잡이에 팔을 올린 채 머리를 괴었다.

손에 잡히는 카탈로그를 아무 생각 없이 넘기는 유한의 시선에 턱시도를 입은 남자와 웨딩드레스를 입은 여자가 나란히 이미를 맞댄 채 웃고 있는 사진이 들어왔다.

여자의 얼굴엔 봄의 맑은 미소가, 남자의 얼굴엔 제 얼굴이 겹쳐졌다.

"미쳤지, 정말."

피팅룸 안에서 도란도란 대화 소리가 어렴풋이 들려왔다. 봄의 맑은 목소리가 옅게 묻어 나오는 듯했다. 혀끝이 바싹 마르는 느낌에 남아 있는 커피를 입안에 머금었다.

뭐라 표현해야 할지 모르겠는 그 감정이 가슴 아래쪽에서 울컥 치솟으며 형태를 내밀었다. 초조함, 불안함, 기대감, 그리고 떨림. 복잡한 감정들이 뒤섞였다.

내심 봄의 모습이 빨리 저 커튼을 걷고 드러났으면 좋겠다 싶으면서도, 미래가 확실하지 않은 시점에서 이곳에 섣불리 온 게 아닌가 싶은 생각이 머릿속에서 어지러이 교차했다.

"신부 나갑니다."

그때 피팅룸 안에서 유선의 목소리가 들려왔다. 유한은 기대고 있던 몸을 세우며 시선을 앞에 두었다. 하얀 레이스 커튼이 걷히더니 고개를 살짝 숙인 봄의 모습이 드러났다.

"아……"

유한의 굳게 닫혀 있던 입매가 부드럽게 풀리면서 낮은 탄성을 흘렸다.

"어때? 머리도 위로 틀어 올렸으면 더 여성스럽고 예뻤을 텐데."

"저 괜찮아요?"

봄이 말간 눈으로 저를 바라보며 수줍게 웃었다. 드레스가 어색한지 허리춤에 어정쩡하게 있던 손이 짧은 치맛자락을 꼭 쥐었다.

어깨가 드러나는 드레스의 디자인은 봄의 마른 어깨와 옴폭 팬 쇄골 라인을 고스란히 그려 내었다.

그 아래로 타이트하게 허리를 조인 드레스의 끝은 봄의 무릎 위에서 마무리를 지었다. 하얀 다리가 레이스 아래에서 유난히 돋보였다.

"예쁘지?"

만족스러운 듯 유선이 고개를 끄덕이며 말했다.

예쁜 커플이었다. 제 아들이라지만 무심하고 무뚝뚝해서 걱정이었는데, 봄을 바라보는 시선엔 애정이 흘러넘치듯 묻어 나왔다.

아무 말 없는 유한과 부끄러워 어쩔 줄 모르는 봄은 연애를 갓 시작한 풋풋한 커플처럼 보였다. 그들을 흐뭇하게 바라보는 유선에게 매니저가 다가와 장부를 하나 내밀었다.

"사장님, 예약 손님 오셨어요."

"벌써? 그럼 일단 상담실로……."

매니저가 고개를 끄덕이며 사라지자 유선이 유한과 봄에게 말했다.

"잠시만 기다려. 예약 손님이 생각보다 빨리 오셨네. 상담 끝나고 올게."

"저 이렇게 있어요?"

"예쁜데, 뭐."

봄이 급하게 등을 돌리는 유선을 애타게 바라보았지만 그녀는 딱 한마디만 남긴 채 유유히 사라졌다.

고요한 시간이 흘렀다. 봄은 창가에 놓인 화분을 한 번 바라보고 쇼윈도의 앞에 있는 마네킹을 바라봤다. 두근거리는 심장소리가 귓가에서 들려왔다.

고개를 돌리자 유한의 시선과 마주쳤다. 살짝 풀려 있는 입매와 달리 그의 옅은 눈동자가 아지랑이 비치듯 일렁였다.

그 속에 담겨 있는 무언가가 길게 뻗어 나와 제 발목을 칭칭 감았다. 아니, 저릿한 손끝인가? 그때 유한의 입술이 살짝 벌어졌다.

"가까이 와."

달콤하면서도 다정한 음성이 봄의 귓바퀴를 타고 흘러 들어왔다. 우물쭈물하며 유한에게 다가가던 봄이 한 손은 치마를 쥐고 한 손으로는 얼굴을 가렸다. 봄의 크고 까만 눈동자가 방향을 잃은 채 방황했다.

"나 부끄러워요."

"얼른."

유한이 손을 뻗어 봄의 손목을 단단히 붙들고 잡아당겼다. 그 순간 외마디 비명을 지른 봄이 소파 위로 부드럽게 안착했다.

"예쁘다, 우리 딸기."

유한은 봄의 두 뺨을 감싸고 부드럽게 눈을 휘며 입술 끝을 끌어 올렸다. 그의 얼굴이 온전한 웃음을 담았다. 얼떨떨하게 유한의 옅은 동공을 바라보던 봄의 두 눈이 순간 커졌다.

더운 숨결이 뺨에 살짝 닿는가 싶더니, 입술 위로 부드럽고 말랑한 감촉이 스쳤다.

"정말 보쌈해 버릴까."

봄의 가는 허리를 감싸 안은 그가 하얀 목덜미에 얼굴을 묻으며 속삭였다.

"보여 주기 아까워."

입술이 닿은 부분이 간질간질했다.

"진짜요?"

작게 투정 어린 그의 목소리에 놀란 듯 봄이 되물었다. 그의 품에 안겨 있자니 뜨거운 체온이 옮아 제 몸까지 열기에 덥혀지는 것 같았다.

"어, 눈이 돌아갈 것 같아."

그의 숨소리와 목소리가 뒤섞여 봄의 귓가에 내려앉았다. 봄의 입술이 서서히 벌어지더니 까르르 맑은 웃음을 내뱉었다.

나란히 옆으로 앉아 있자니 봄의 맨 무릎이 유한의 다리에 부딪쳤다. 유한이 봄의 하얀 다리를 내려 보다가 옆에 벗어 둔 재킷을 그 위로 덮었다.

"앞으로는 이렇게 노출 심한 건 금지야."

"어차피 가을인 걸요? 이제 겨울도 올 거구."

"계절에 상관없이 안 돼."

단호하게 말하며 유한은 봄의 어깨를 끌어안았다. 가볍게 웃은 봄이 조곤조곤한 목소리로 이야기했다.

"음. 아저씨는 턱시도 입고, 난 웨딩드레스 입는 날이 올까요?"

유한은 하얀 어깨 위로 늘어진 머리칼을 쓸어내렸다.

이제는 봄을 잃는다는 걸 상상조차 할 수 없었다. 유선이 우스갯소리로 언급했던 그녀와의 헤어짐에 유한은 심장이 내려앉는 줄 알았다.

혹시나 그렇게 되어 버린다면 저가 제정신으로 있을 수 있을까.

목을 가다듬으며 대답하는 그의 목소리가 잠겨 있었다.

"……오겠지. 시간이 조금 더 흐른 뒤에."

서로의 들숨과 날숨이 교차했다.

"너와 내가, 우리가 되는 그날이."

봄이 유한의 어깨에 머리를 살짝 기대며 맑게 웃었다.

"와. 상상만으로도 행복하다, 우리."

봄의 행복한 음성에 유한의 촉촉하게 젖어 있던 마음 한군데서 푸른 싹이 텄다.

싱그러운 향기가 봄에게서 흘러나왔다. 향긋한 꽃이나 산뜻한 민트의 향을 닮은 것도 같았다. 봄과 여름의 경계쯤, 딱 그때의 향이었다.

봄이 수채화처럼 번져 나갔다. 서서히 느리게.

—fin

마무리할 수 없을 것만 같았던 딸기가 이렇게 결실을 보았습니다. 완결을 내기까지 힘들었던 여정들이 눈 녹듯 녹아내립니다. 첫 출간이어서 기분이 남다르기도 해요.

글 속에 아직 회수 못 한 이야기들과 자세히 풀어내고 싶었던 이야기들이 남았습니다. 짧은 글에 다 담기지 못해 아쉽네요. 하지만 쓰고 싶었던 에피소드를 모두 넣었다면 글이 늘어지지 않았을까 하며 자기 위안 삼고 있어요.

유한의 몸에는 사리가 쌓였을 듯싶네요. 순수한 봄을 데리고 더 이상의 진도를 나가기에는 차마……. 결국, 딸기는 신 하나 없이 이렇게 담백하게 마무리 짓습니다.

맑고 청량감 있는 글이 쓰고 싶어 시작한 글인 만큼, 많은 분들이 제 글을 읽고 가슴 설레고 행복하셨으면 하는 소박한 바람입니다.

글을 마무리하며 감사해야 할 분들이 많습니다.

이렇게 출판이란 좋은 기회를 마련해 주신 봄 출판사와 손수화 팀장님, 그리고 책으로 나오기까지 도움을 주신 교정자님, 표지 디자이너님 정말 감사드립니다.

지금까지 글을 쓰면서 많은 힘이 되고 도움을 주셨던 서니 언니, 은영 언니, 나혜 언니, 수지 언니, 유리 언니, 여니, 슬구 모두 감사드립니다.

책이 나오기를 함께 응원하고 기다려 주던 소중한 제 친구들 J×2, K×2, S, M에게도 애정을 전합니다. 부족한 글을 사랑해 주시고 꾸준히 카페 방문해 주시는 그린나래 회원님들께도 감사의 인사드립니다.

마지막으로 저의 사랑하는 가족들에게 제 마음을 이 글으로나마 전해 봅니다. 당신들 덕분에 힘을 내어 글을 씁니다.^^

이 글을 끝으로 품 안의 딸기를 떠나보내겠습니다. 앞으로 더 좋은 글로 찾아뵐게요.^^

—단(但) 올림.